삼성 컨스피러시

이 책은 〈바이 코리아〉 개정판입니다.

삼성 컨스피러시

초판 1쇄 발행 | 2012년 10월 22일
초판 17쇄 발행 | 2019년 10월 1일

지은이 김진명
발행인 이대식

편집 김화영 나은심 손성원 김자윤
마케팅 배성진 박상준 **관리** 홍필례
디자인 모리스

주소 서울시 종로구 평창길 329(우편번호 03003)
문의전화 02-394-1037(편집) 02-394-1047(마케팅)
팩스 0505-115-1037(02-394-1029)
홈페이지 www.saeumbook.co.kr
전자우편 saeum98@hanmail.net
블로그 saeumbook.tistory.com
페이스북 facebook.com/saeumbooks
인스타그램 instagram.com/saeumbooks

발행처 (주)새움출판사
출판등록 1998년 8월 28일(제10-1633호)

ISBN 978-89-93964-47-9 03810

삼성 컨스피러시

김진명 장편소설

새움

차 례

작가의 말

이 소설은 그래서 지금, 다시 쓰였다

내가 대학생이던 시절, 미국 잡지 〈뉴스위크〉에 세계 100대 기술이 소개된 적이 있었다. 당시 100대 기술 중 60여 개는 미국이 보유하고 있었고, 일본이 20여 개, 그 나머지를 유럽이 갖고 있었다. 목록 어디에서도 내 조국 코리아의 이름은 찾아볼 수 없었다. 그때 나는 지구의 역사가 끝날 때까지 이 구도는 변하지 않으리라 절망했었다. 당시 우리나라는 여성의 생머리를 잘라 가발을 만들어 파는 회사가 가장 높은 수출고를 올리고 있던 시절이었으니 그때의 내 기분은 당연한 것이었다.

그러나 그로부터 불과 삼십 년이 지난 지금, 이제 대한민국은 세계 정상을 다투는 기술을 열 손가락에 꼽을 정도로 보유하게 되었다. 한마디로 기적이 아닐 수 없다. 이러한 변화 발전의 밑바탕엔 참으로 눈물겨운 인재 양성과 기술 개발이 있었음은 두말할 필요도 없다.

그랬던 우리 사회가 어느 때부터인가 눈에 띄게 과학기술의 투자에 소홀해지고 있다. 특히 오 년 전 새 정권이 출범할 때 여야가 너무나 쉽게 과학기술부를 없애기로 합의하는 걸 보면서 나는 절망하지 않을 수 없었다.

내가 처음 이 소설을 쓰던 당시도 상황은 다르지 않았다. 아니, 그때 남겨두었던 서문을 들여다보면 내 문제의식은 지금보다 훨씬 컸던 것 같다. 〈바이 코리아〉라는 제목으로 묶여져 나왔던 소설 머리에 이런 내용이 있었다.

오늘날 고등학교를 졸업하는 대다수의 젊은이들은 이공계가 아닌 인문계 대학에 지원한다고 한다. 70퍼센트 이상의 학생들이 인문계 학과를 지원하고 있다는 통계도 보도된 바 있다. 그런가 하면 이공계 출신의 우수한 학생들조차 상당수 고시촌에 들어가 사법고시 준비를 한다는 것은 공공연한 사실이고, 기초과학 분야인 수학과나 물리학과는 존폐를 걱정하고 있다고 한다.

사정이 이러니 우리나라의 과학기술은 해가 갈수록 자꾸 위축될 수밖에 없다. 반면에 이웃 중국에서는 90퍼센트의 학생들이 이공계에 진학하고 나머지 10퍼센트의 학생들만이 인문계를 택한다고 한다. 입으로는 과학기술이 국력이라고 외치고 있지만, 이것이 우리의 현실이다.

십 년 전 쓴 위 글을 오늘 시점으로 날짜만 바꿔도 사정은 전혀 달라지지 않는다. 이 소설은 처음부터 그러한 문제의식으로 쓰였던 것이다.

당시 나는 내 대학 시절의 절망을 극복해낸 삼성전자가 자랑스러웠다. 하여 삼성전자를 롤모델 삼아 과학기술에 대한 인식을 사람들과 함께 공유하고 싶었던 것이다.

이제 다시 시간이 흘러 그렇게 자랑스러웠던 삼성전자조차 우리 사회 일각에서 부정적 인식을 얻게 된 것도 사실이다.

그럼에도 불구하고 내가 이 소설을 새롭게 내기로 결심한 것은, 이제 기업은 기술 개발과 제품 판매에서 한 걸음 더 나아가 외국의 투기 자본 및 기업 탈취 음모와도 보이지 않는 전쟁을 치러야 살아남을 수 있는 시기에 돌입했기 때문이다.

명실공히 세계 일류 기업인 삼성전자라 할지라도 거대한 금융 자본들이 악의적으로 담합해 덤벼든다면 속수무책일 수밖에 없는 것이 지금의 현실이다. 그들은 삼성전자의 경영권을 탈취해 한국의 기업이 아닌 외국 기업으로 탈바꿈시킬 수도 있고, 경쟁사를 위한 하청 기업으로 전락시켜 버릴 수도 있다.

최근 무섭게 부상하는 삼성전자를 견제하기 위해 애플의 대규모 소송이 시작되었는데, 이 전쟁의 와중에서 삼성전자의 경영권 탈취가 검토되었거나 검토되고 있음은 확실하다. 외국인들이 삼성전자 지분의 50퍼센트를 보유하고 있는 지금, 이 전쟁에 제3세력의 어떤 음모인가가 개입한다면 삼성전자는 순식간에 외국 기업이 되어버릴 가능성이 매우 높다.

나는 그간 애플의 움직임을 유심히 지켜봐 온 바를 토대로 삼성과 애플 간에 벌어지고 있는 특허 전쟁의 발단과 음모를 공개하는 작품을 써볼 작정이었다. 대하소설 〈고구려〉의 집필 와중에 잠시 외도를 감행한 것은 그런 이유에서이다.

이 소설은 그래서 지금, 다시 쓰일 필요가 있었다.

2012년 10월

김진명

프롤로그

1983년, 도쿄.

"회장님, 결론은 노입니다."

삼성 비서실 사장의 목소리는 단호했다. 좌중은 그의 결론에 모두 고개를 끄덕였다.

이병철 회장은 고개를 들어 창밖을 바라보았다. 휘황찬란한 도쿄 시내의 야경이 시야에 들어왔다. 서울의 밤 풍경에 비할 바가 아니었다. 이 회장은 고개를 돌리지도 않은 채 처연한 목소리로 다시 물었다.

"홍 회장, 당신 생각은 어떻소?"

홍 회장이라 불린 사람은 눈을 감고 있다가 자신이 거명되자 그제야 눈을 뜨고 말없이 창밖으로 다가와 있는 거대한 어둠 속에 시선을 묻었다. 한동안 침묵이 계속되었다. 이 회장의 눈길이 제자리로 돌아오고 나서야 홍 회장은 입을 열었다.

"삼성의 결론입니다."

이번에는 이 회장이 고개를 끄덕였다.

'삼성의 결론'이란 말은 삼성의 모든 것이었고, 무엇보다 자신이 즐겨 쓰던 말이었다. 이 말 앞에 누가 대적할 수 있단 말인가. 이 회장의 뇌리에 수많은 기억이 주마등처럼 스쳐 지나갔다. 언제나 이견은 있었지만 비서실이 취합해낸 날카로운 결론 앞에서는 모두가 고개를 끄덕이지 않을 도리가 없었다.

삼성 비서실.

아마 당시로서는 국가의 정보를 다루는 안기부보다 더하면 더했지 못하진 않을 것이었다. 그런데 이제 그 비서실이 결론을 내리고 홍 회장이 '삼성의 결론'이란 단어로 그 뜻을 지지하고 있지 않은가. 홍 회장이 어떤 인물인가. 예전의 중앙정보부장 이후락과 신민당 총재 유진산, 그리고 바로 이 사람 중앙일보 회장 홍진기를 일컬어 한국의 삼대 조조라 부르던 시절이 있었다.

홍진기는 삼성의 중요한 결정에는 반드시 참석해 자신의 의사를 밝혀왔고 그의 의사는 언제나 최대한 존중되어 왔다. 그런 홍진기가 비서실의 의견에 고개를 끄덕였다. 그렇다면 결론은 이미 정해진 것이었다.

"사장단도 모두 반대하고 있습니다."

비서실 사장이 다시 한 번 힘주어 쐐기를 박듯 말했다.

삼성 사장단.

한국 최고의 인재들이 높은 경륜을 쌓고 나서도 오십 줄에 들어서야 비로소 바라볼 수 있는 자리였다. 삼십 년간 한국의 경제를 그 섬세한 촉수로 더듬어온 최고의 경영자들, 그들이 만장일치로 반대한다면 더 이상 재고의 여지도 없는 것이었다.

"음."

이 회장의 입에서는 자신도 모르게 묵직한 신음이 흘러나왔다.

"회장님, 이제 그 자리에 가셔서 의사를 분명히 밝히셔야 합니다."

이 년에 걸친 암중모색의 결론은 그렇게 내려졌고, 이제 그 결론은 만천하에 공표되어야만 했다. 특히 이 회장이 자금을 부탁했던 일본 경단련의 멤버들에게는 확실히 통보해야만 했다.

"알겠네."

약간의 침묵이 흐른 후 이 회장은 드디어 고개를 끄덕였다.

"자동차 대기시키겠습니다."

비서실 사장이 비로소 안심이 된다는 듯한 표정으로 회의를 정리하려 들었다.

"못난 놈들, 사랑은 눈물의 씨앗인 것을……."

이 회장의 입에서 혼잣말처럼 뱉어진 말이었다.

"그만 모두 해산하지."

이 회장은 짤막하게 지시를 내리고는 고개를 다시 창밖으로 돌렸다.

자리에 모였던 사람들은 어쨌든 그룹의 위기를 막았다는 안도감으로 서로의 얼굴을 둘러본 후, 이 회장의 등에 대고 깊이 고개를 숙이고는 자리를 빠져나갔다.

텅 빈 방에서 도쿄의 불야성을 보는 이 회장의 뇌리에 강렬한 한 줄기 열등감이 치솟았다.

'이것이 삼성의 한계인가? 우리는 결국 이 정도밖에 안 된단 말인가?'

이 회장의 머리에 일본을 대표하는 전자 회사의 이름들이 떠올랐다. 소니, 마쓰시타, 도시바, 히타치, 미쓰비시 등 모두가 업계를 대표하는 쟁쟁한 기업들이었다. 그에 비하면 삼성은 아직도 갈 길이 너무 멀었다. 텔레비전, 냉장고, 세탁기 같은 거나 만들어내는 수준에 불과하지 않은가. 그나마도 세계 삼류 정도의 수준밖에 되지 않았다.

이 회장은 다시 독일의 프랑크푸르트에서 보았던 한 전자 제품 센터의 진열장을 떠올렸다. 필립스, 지멘스, 소니, 마쓰시타 등의 상품밖에 보이지 않아 의아한 생각이 들었던 이 회장은 매장의 문을 열고 직접 들어가지 않을 수가 없었다. 유럽 수출이 상당히 되고 있는 걸로 보고를 받았는데 삼성의 상품이 하나도 없다니…….

"삼성에서 나오는 컬러 TV는 없소?"

비서에게 시킬 경황도 없이 뱉어낸 이 회장의 질문에 점원은 반갑게 대답했었다.

"물론 있습니다. 사시게요?"

"일단 보아야 할 것 아니오."

"그건 곤란한데요."

"왜 그렇소?"

"삼성 제품은 이 카탈로그를 보시면 됩니다."

"아니요. 나는 물건을 보아야만 선택할 수 있소."

"죄송하지만 여기 매장에는 삼성 제품이 없습니다."

"그게 무슨 소리요? 팔기는 하는데 매장에는 없다니?"

"삼성은 저가품이라 매장에 비치해두지는 않습니다. 진열장의 수준을 떨어뜨리니까요. 하지만 카탈로그에서 상품을 고르시면 가까운 창고에서 바로 가져올 수는 있습니다."

"뭐라구? 진열장의 수준을 떨어뜨린다구? 이 죽일 놈이 어디서!"

그때 느꼈던 굴욕감이란 그야말로 참담한 것이었다. 그리고 그런 굴욕감이 오늘 밤 또다시 처참한 열등감으로 되살아나고 있었던 것이다.

'이 회장, 삼성전자는 앞으로도 할 일이 많아요. 전자레인지, VTR, 캠코더 등 너무도 많이 있지 않소.'

마쓰시타 회장의 권고는 결코 비꼬는 말이 아니었다. 사실이 그랬다. 만들어야 할 것들은 너무도 많았고, 이런 품목들로 세계를 지배하지 못할 이유도 없었다. 지금 비서실의 결론도 그렇게 나고 있지 않은가.

'회장님, 반도체는 너무 어렵습니다. 우리 기술로는 어림도 없습니다. 아무 기술도 없이 그렇게 엄청난 투자를 할 수는 없는 일입니다. 그 투자가 잘못되면 우리 삼성그룹 전체가 흔들립니다.'

맞는 말이었다.

'더군다나 아직 일본도 제대로 된 반도체를 만들어내지 못하고 있습니다. 세계적으로도 IBM 정도가 겨우 시제품을 만들어내고 있습니다. 절대 우리가 할 일이 아닙니다.'

이 회장은 자리에서 일어나 창가로 다가갔다. 머리가 무거워 자연히 눈길이 아래로 향한 이 회장은 아직도 뇌리에서 거대한 열등감을 떨칠 수 없었다.

한국에서는 일류니 최고니 하지만 세계 유수의 기업들 사이에 서면 얼마나 보잘것없는가. 견딜 수 없는 갑갑함이 온몸을 짓눌러오자 연약한 체구의 이 회장은 쓰러질 듯 어지럼증을 느꼈다. 수행 비서가 재빨리 그런 이 회장의 상태를 눈치채고 다가와 허리를 부축했다. 하지만 이 회장은 손을 내저었다. 수행 비서는 한 발 뒤로 물러나긴 했지만 여전히 이 회장의 용태가 걱정스러워 두 팔을 내리지 못하고 있었다.

"불을 끄고 자네는 나가 있게."

"하지만……."

"나가 있게."

이 회장의 나지막한 목소리가 비서를 압도했다.

"알겠습니다."

수행 비서가 불을 끄고 밖으로 나가자 이 회장은 몸을 꼿꼿이 세우고 도쿄의 불야성을 정면으로 응시했다. 눈의 초점을 모으자 소니, 도시바 등의 네온사인이 눈에 들어왔다. 이 회장은 한참 동안 꼿꼿한 자세로 그렇게 명멸하는 네온사인을 뚫어질 듯 바라보았다.

한 시간이 지나도록 이 회장이 기척이 없자 수행 비서는 조용히 문을 열고 안을 살폈다. 어둠 속에서 이 회장은 그때까지도 꼿꼿한 자세 그대로 그 자리에서 창밖을 바라보고 있었다.

"회장님."

수행 비서가 다가가 나직이 부르자 이 회장은 기척을 느끼고 뒤로 돌아서는 듯하다 비틀거렸다. 놀란 비서가 황급히 손을 뻗었으나 이 회장은 순식간에 온몸에 힘을 잃고 그 자리에 쓰러지고 말았다.

"아니, 회장님!"

비서가 외마디 소리를 지르며 다급하게 이 회장을 부축했다. 안의 소동을 눈치챘는지 사람들이 우르르 뛰어 들어와 이 회장의 뒤를 받쳤다.

"서울의 건희를 불러! 건희를 부르란 말이다!"

언제나 침착하고 냉정하던 이 회장이 절규하듯 소리를 질렀다. 처음 보는 이 회장의 흥분한 모습이었지만 오히려 비서진들은 이 회장의 의식이 또렷하다는 사실에 안도했다.

"알겠습니다, 회장님. 즉각 전화를 걸겠습니다. 회장님을 일단 병원으로 모시겠습니다."

그러나 이 회장은 천천히 손을 내저었다.

"나는 괜찮아."

다음 날 오전.

급히 비행기를 타고 일본으로 건너온 이건희 부회장은 하네다 공항에 마중 나와 있는 비서실 사장으로부터 자세한 보고를 받았다.

"큰일은 없었지만 회장님께서 속이 많이 상하셨던 모양입니다. 아마 부회장님께 위로를 받고 싶은 심정이셨던 것 같습니다."

그러나 이건희 부회장은 말없이 고개를 가로저었다. 그럴 분이 아니었다. 비명 한 번 못 지르고 변을 당하더라도 결코 건강 문제로 자신을 일본으로 부를 분이 아니었다.

"으음."

"사실 회장님께서 많이 서운하셨던 모양입니다. 모두가 반대하자 독백처럼 한마디 하셨는데, 우리 모두 가슴이 아팠습니다."

"무슨 말씀을 하셨소?"

"우리를 못난 놈들이라고 꾸짖으시고는 사랑은 눈물의 씨앗이라고 하셨습니다."

이건희는 눈을 감았다.

'사랑은 눈물의 씨앗이라고?'

"음."

이건희의 입에서 신음이 새어 나왔다.

이 말이 무얼 의미하는지는 몰라도 단지 아버지가 감정이 상해서 한 말은 아니란 것을 느낄 수 있었다. 게다가 아버지가 자신으로부터 위안을 얻기 위해 일본으로 불렀을 리도 만무했다. 이건희는 문득 이번 일본행에서 자신은 삼성의 운명을 좌우할 거대한 결정을 내려야 할지 모른다는 생각이 들었다.

이 회장의 집무실에 들어서면서 핼쑥한 아버지의 얼굴을 보자 건희는 마음이 쓰려왔다.

"아버님!"

그러나 이 회장의 목소리는 여느 때보다 더 칼칼했다.

"거기 앉거라."

"네."

건희는 아버지 앞에서 두 손을 무릎에 모으고 앉았다. 이 회장은 비서가 차를 앞에 놓을 때까지 아무 말도 없다가 손짓으로 비서를 물리쳤다. 아무도 들어오지 말라는 뜻이었다.

이 회장의 입에서 뜻밖의 말이 흘러나왔다.

"어제 밤이 새도록 나는 네 형을 생각했다."

"네, 아버님."

"네 형 맹희는 참으로 불쌍한 사람이다."

"네, 아버님."

"나는 이제껏 맹희를 냉정하게 대해왔다. 너는 그 이유를 아느냐?"

"알고 있습니다."

"말해보아라."

"저를 위해서 그런 것으로 생각하고 있습니다."

"너를 위해서?"

"……."

"하긴 너는 그렇게 생각할 수밖에 없겠지. 그러나 내가 맹희를 차갑게 대한 것은 바로 삼성을 위해서야."

"……."

"내가 맹희를 너처럼 대한다면 그에게도 힘이 생긴다. 그러면 삼성이 분열돼. 나는 삼성의 분열을 막기 위해 맹희를 철저히 차갑게 대하고 있는 거야."

"알고 있습니다, 아버님."

"그런데 나는 어제 밤새 네 형을 생각했다. 가엾은 맹희를 말이야."

"아버님이 항상 형님을 가슴 깊이 묻어두고 계시는 건 저도 잘 알고 있습니다."

"그래, 맹희야말로 삼성을 위해 자신을 희생한 영웅이다. 내가 그걸 왜 모르겠니. 맹희가 아니었으면 내가 교도소에 갔을 테고, 그러면 삼성은 없는 거야."

"알고 있습니다."

건희는 자신을 더욱 추슬렀다. 항상 자신에게 형 맹희와 거리를 두라고 얘기하던 아버지가 형의 얘기를 자꾸 한다. 여기에는 간단찮은 이유가 있을 것이다. 자신을 불시에 도쿄로 부른 것이나, 얘기의 서두를 형에 대한 회상으로 시작하는 것이나, 모두 건희의 마음을 무겁게 눌러왔다.

"나는 그렇게 맹희의 희생을 딛고 일어선 삼성이 겨우 이 정도밖에 안 되나 하는 생각이 들어 밤새 잠을 이루지 못했다. 이런 정도밖에 못할 거라면 왜 맹희를 희생시켜 가면서까지 기업을 해왔는지 아비로서 후회스럽기 짝이 없더란 말이야."

건희는 아버지의 실망이 얼마나 큰 것인지 알 것 같았다. 이 회장은 착 가라앉은 목소리로 말을 이어갔다.

"건희야."

"네, 아버님."

"너도 알다시피 나는 애국자가 아니다."

"네."

"하지만 나는 솔직한 사람이다."

"네, 아버님."

"언젠가 〈타임〉지와 인터뷰를 한 적이 있다. 그때 나는 조국이 해방되지 않았으면 친일파로 남아 있었을 거라고 말했다."

"알고 있습니다, 아버님."

"굳이 그런 말을 할 필요도 없고 아무도 그런 말은 안 하지만, 나는 그렇게 말했다."

"네, 아버님."

"기업가는 결코 애국자가 되어서는 안 된다. 나라가 망해도 기업가는 자신의 기업을 살려야 한다. 나는 그 말을 하고 싶었던 것이다. 알겠느냐?"

"네."

"나는 평생을 그런 신념으로 살아왔고, 그래서 맹희를 희생시키면서까지 삼성을 지켜왔다. 나는 스스로를 최고의 기업가로 생각해왔다."

"……."

이 회장은 잠시 말을 멈추고는 시선을 창밖으로 돌렸다. 아버지의 옆모습을 보는 순간 건희는 가슴속 깊숙한 곳에서 자신도 모를 한 줄기 뜨거운 기운이 솟구쳐 오르는 것을 느낄 수 있었다. 지금 눈앞의 아버지는 자신이 이 방에 도착하기까지 염려하고 불안해했던 그런 모습이 아니었다. 여전히 동물적 감각이 살아 흐르는 매섭고 깐깐한 표정이었다. 더군다나 그것은 분명 이제껏 봐오던 사업가의 모습만이 아니었다. 차라리 지사의 그것에 가까웠다.

'아, 아버지는 승부를 보시려는 거구나.'

건희는 순간 자신을 불러들인 아버지의 뜻을 알 것 같았다.

"내가 너를 왜 일본으로 불렀는지 알겠느냐?"

이 회장은 얼굴을 돌리지도 않은 채 나직한 목소리로 건희에게 질문을 던졌다.

"네, 아버님."

건희 역시 나직이 대답했다.

"그래? 그걸 안단 말이지?"

"……."

건희는 말없이 아버지의 얼굴을 응시했다. 이 회장은 이번엔 무심한 표정으로 건희의 눈을 물끄러미 들여다봤다.

"그럼 네 생각은?"

건희는 순간 아찔한 기분이 들었다. 아버지는 거두절미하고 가슴에 칼을 찔러왔다. 이제 자신의 말 한마디에 삼성의 운명이 좌우될 참이었다. 찰나적이지만 건희는 냉정하게 머리를 돌렸다. 삼성그룹 경영이라는 시각에서 보면 아버지의 고집은 분명 위험한 것이었다. 비서실의 결론이 '노'로 난 이상 어느 누구도 합리적으로 그 결론에 반대할 수 없었다.

하지만 아버지는 지금 아무도 동조해주지 않는 일에 고집을 피우고 있었다. 그룹은 이미 여러 분야에서 최고로 올라섰다. 특히 동방생명의 수신고나 이익률은 해가 다르게 증가하고 있었다. 제일제당, 삼성전자 등 모두가 업계 최고가 아닌 것이 없었다. 그룹의 경영은 지금 땅 짚고 헤엄치기였다.

그런데 그런 그룹의 운명을 걸고 반도체 사업을 하겠다고?

한마디로 미친 짓이었다. 그룹의 일부 임원들 사이에서는 노(老)회장이 드디어 자신감이 지나쳐 망령이 들었다는 얘기도 나돌고 있던 참이었다.

건희는 공항에서 들어오던 차 안에서 비서실 사장이 들려준 이야기를 떠올렸다. 자신의 장인인 홍진기 회장조차 막무가내로 고개를 흔들었다는 얘기에 뒤이어 비서실 사장은 끝까지 이렇게 강조하지 않았던가.

'삼성이 반도체에 투자하는 그날로 그룹을 떠나겠다는 사장들도 있습니다. 혹시 부회장님의 의견을 물으시면 단호하게

거부해주십시오. 그러면 모든 게 원점으로 돌아올 것입니다.'

사실 비서실 사장의 얘기를 떠올릴 것도 없었다. 합리적인 두뇌를 가진 삼성맨이라면 누구라도 거부할 수밖에 없는 사안이었다. 그러나 지금 이 순간 이건희는 함부로 입을 열지 않았다.

세상에는 합리적 사고로만 생각해서는 안 되는 부분도 있는 법이었다. 전문적인 경영 수업을 받은 데다 수재로 소문난 건희인들 반대를 생각하지 않았으랴. 그러나 지금 이 순간 건희는 백지에서 자신의 판단을 세울 요량으로 차분히, 아주 냉정하게 아버지를 관찰하고 있었다.

아니, 사실 관찰이랄 것도 없었다. 아버지에 대해서는 누구보다도 잘 알고 있었고 이제껏 무수히 그 불가사의한 모습을 목도해왔다.

다만 지금 건희는 아버지의 몸에서 배어 나오는 기를 느끼고자 애쓰는 것이었다. 그것이 한 노인의 고집에 불과한 것인지 아니면 대가의 몸에서 뻗어 나오는 본능적 승부수인지를 판단하고 싶었던 것이다.

대답을 요구한 이 회장이 자신을 바라보고 있었다. 건희는 아버지의 눈길에서 묻어나는 쓸쓸함을 느낄 수 있었다. 아버지가 느끼는 외로움은 누구도 이해하지 못할 것이란 걸 건희는 요즘 와서 조금씩 깨달아가고 있는 중이었다.

순간 건희의 가슴속에서 울컥 치미는 것이 있었다. 그것은 아버지에 대한 신뢰에서 오는 것이기도 했고 이 세상에서 단 두 사람, 아버지와 자신만이 가질 수 있는 연대감에서 오는 것이기도 했다. 아버지는 장남과 차남을 모두 제치고 자신을 그룹의 후계자로 지명했고, 오늘에 이르기까지 안팎의 이견을 모두 아우르면서 자신의 입지를 굳혀주었다. 이 과정에서 두 사람만이 느끼는 연대감은 독특한 것이었다.

그러나 그럴수록 건희는 이를 악물었다. 이번 일만큼은 결코 의리라든지 효라든지 하는 감정을 개입시켜 결정해선 안 될 일이었다.

건희는 정신을 집중했다. 모두가 걱정하는 자금이라는 문제를 빼고 본질만을 보려고 노력했다. 그러자 전자 세대의 지난날이 눈에 들어왔다. 진공관으로 시작해 트랜지스터를 거쳐 IC로 넘어온 전자 세대가 눈에 보였다. 모두가 평화롭게 자신의 영역을 고수하던 진공관 시대가 있었다. 누구나 자신의 제품을 만들어 내놓던 이 시대는 그러나 트랜지스터의 시대가 시작되면서 급속한 변동을 겪기 시작했다. 트랜지스터를 지나 IC의 시대로 접어들자 제품은 더욱 복잡해졌고 업체 간 기술의 격차는 더 커졌다. 건희는 앞으로 전자 세대가 거듭될수록 그 격차는 더 벌어질 것이란 사실을 느낄 수 있었다.

순간 건희는 깊이 깨닫는 바가 있었다.

'아, 아버지는 이미 십 년 후를 내다보시는 게 아닌가. 백색 가전으로 일본을 추월할 수 없다면 삼성전자의 운명은 어찌될 것인가? 여기서 승부수를 던지지 않으면 십 년 후의 삼성전자는 어찌될 것인가를 생각하시는구나. 그래서 이토록 절실하게 반도체에 매달리시는구나. 모두가 달콤한 꿈에서 깨어나지 못할 때에 아버지는 홀로 전쟁을 치르고 계시는구나.'

여기까지 생각한 건희는 비로소 머리가 트였다. 그제야 사랑은 눈물의 씨앗이라고 한 말의 뜻을 알 것 같았다. 성공은 실패에서 나오고, 실패라는 씨앗이 성공이라는 열매를 맺는 것이었다. 아버지는 그 말을 하고 싶었던 것이리라.

건희는 무겁게 입을 열었다.

"아버님은 승부에서 져본 적이 없는 분이십니다. 저는 그 아들이고요."

"그래?"

이 회장은 지그시 아들을 바라보았다. 그 한마디에 많은 것이 담겨 있었다. 그가 똑똑하다는 생각은 언제나 해왔지만 이렇게까지 자신의 마음을 헤아리리라고는 생각지 못했다. 그러나 이 회장은 버럭 소리를 질렀다.

"위험한 놈!"

"……."

"너는 위험한 놈이야. 삼성그룹이라는 엄청난 집단을 이끌어갈 놈이 그렇게나 가볍게 이 애비의 결정을 따르겠다니……. 너는 위험한 놈이야."

"……."

"참모들이 맞다. 삼성은 반도체에 투자해서는 안 돼. 실패하면 모든 게 무너진다. 너는 삼성을 이끌고 나갈 총수야. 그런 너라면 당연히 나를 만류해야지!"

"알고 있습니다."

"그런데 왜 나의 고집을 받아들이려는 거냐?"

"그것은 바로 아버지의 결정이기 때문입니다."

이 회장은 버럭 역정을 냈다.

"너는 애비가 결정하면 뭐든지 따르는 놈이냐? 그게 그룹 총수로서 할 소리더냐? 내가 그렇게 가르쳤느냐?"

그러나 건희는 조금도 동요하지 않았다. 여전히 조용한 목소리로 말을 이어나갔다.

"아닙니다. 그런 뜻이 아닙니다. 이건희의 아버지가 결정했기 때문에 아들 이건희가 따른다는 뜻이 아니고, 삼성의 이병철이 결정했기 때문에 따른다는 뜻입니다. 제가 아는 한 세계 최고의 기업가는 누가 뭐래도 이병철입니다."

"……."

이번에는 이 회장이 침묵했다.

가슴속 깊은 곳에서부터 쏴아 하고 밀려드는 감동이 있었다. 이제는 죽어도 여한이 없을 것 같았다. 항간에는 이건희가 그룹을 물려받게 된 데는 장인 홍진기가 있었기 때문이라는 말이 돌았고 본인도 그런가 하는 생각을 안 해본 것은 아니었다. 하지만 지금 이 순간 이 회장은 분명히 느낄 수 있었다. 앞으로 이건희가 이끄는 삼성은 자신이 일구어온 삼성과는 많이 다를 것이라는 사실을.

"삼성전자는 갈림길에 있습니다. 삼류로 남느냐, 반도체에 운명을 거느냐입니다. 저는 삼성전자를 삼류로 남기기는 싫습니다."

"……."

이 회장은 더 이상 할 말이 없었다. 자신의 심리를 이렇게나 정확하게 꿰뚫어 보는 아들이 무서울 정도로 섬뜩하게 다가왔던 것이다.

특종

2002년, 서울.

"따르르릉."

의림은 신문사 내 자신의 자리에서 울려대는 전화를 받았다.

"정 기자 되십니까?"

"네, 정의림입니다."

전화기 저편의 목소리는 상당히 조심스러웠다. 의림은 수화기를 더욱 바짝 귀에 대었다.

"정 기자와 만나 급히 의논할 일이 있어 전화했소."

"의논이라구요?"

"그렇소. 전격 공개할 일이 있소."

"전격 공개요? 전화상으론 안 되는 일입니까?"

"그렇소. 만나야 하오."

"누구시죠?"

"전화상으로는 말하기 곤란하오."

신분을 숨긴 채 걸려온 전화였지만 수화기 건너편 상대의 목소리에선 신뢰감이 느껴졌다. 장난으로 건 전화일 리는 없다는 생각이 들었다. 게다가 그 목소리에는 어쩐지 거역하기 힘든 힘이 실려 있는 것도 같았다. 의림은 급히 펜을 꺼내면서 물었다.

"어디서 만날까요?"

상대방의 목소리는 여전히 나직하게 깔렸다.

"대전으로 와줄 수 있겠소?"

"대전이요?"

의림은 순간적으로 망설였다. 보통 일이 아닐 거라는 생각이 들긴 했지만, 대전이라면 상대방에 대한 아무런 정보 없이 가기엔 너무 먼 거리였다.

"음."

의림은 시계를 들여다보았다. 대전까지 갔다 오려면 오늘 계획했던 모든 일들이 미뤄질 수밖에 없었다.

"우선 누구신지 말씀을 해주셔야겠는데요."

의림은 점잖게 자신의 의사를 전달했다. 그러나 상대의 대답은 매한가지였다.

"미안하오. 그러나 보안상 어쩔 수 없소."

의림은 다소 언짢았지만 이내 웬만한 일이 아니고는 이렇게 일방적으로 고집을 부릴 리가 없다는 생각도 들었다.

"그렇다면 어떤 종류의 일인지만이라도……."

"……."

이번에는 아예 침묵이었다. 오고 싶으면 오고 아니면 말라는 뜻인가? 의림은 그냥 전화를 끊어버릴까도 생각했지만 왠지 미련이 남았다. 도도하게 대전으로까지 내려오라는 상대방의 목소리에서 어쩌면 생각지도 못한 특종이 터질 듯한 예감마저 들었다.

잠시 망설이던 의림은 이 불확실하지만 강력한 예감에 투자하기로 작정하고 마지막으로 물었다.

"다른 신문사에도 연락하셨습니까?"

만약 그랬다면 의림은 몸을 뺄 작정이었다. 다른 신문사의 돌아가는 상황을 보고 그때 가서 덤벼들 수도 있는 일이었다. 뉴스의 가치를 판단하는 방법이 그리 간단치는 않지만, 신문기자의 입장에서 보면 남은 모르는 정보가 가치가 큰 법이었다. 다행히 상대는 의림의 마음을 가볍게 해주었다.

"아니요. 이게 처음이오. 그리고 마지막이 될 거요."

"알겠습니다. 바로 출발하겠습니다."

상대로부터 장소와 시간을 받아 적은 의림은 바로 자동차에 올라 시동을 걸었다. 뭔가 물건이 될 수 있을 것 같다는 예감이 강하게 들었다. 상대의 목소리에서 전해지는 신뢰감이나 중압감 때문이기도 했지만, 대전이라는 지역이 주는 의미심장

함도 있었다.

'계룡대…….'

의림은 어쩐지 느낌이 계룡대로 쏠렸다. 물론 대전에는 첨단 연구단지를 비롯해 정부 관련 기관들도 여럿 있었다. 그러나 의림은 왠지 이것이 군사정보와 관련된 뉴스일 거라는 생각이 들었다. 국방부 출입 기자이자 기획기사 전문인 자신에게 전화를 걸어왔다는 점에서 더욱 그러했다.

경부고속도로를 달려 대전 톨게이트를 빠져나간 지 얼마 되지 않는 곳에 전화를 걸어온 사람이 지정한 다방이 보였다. 의림은 길가에 차를 세우고 다방 안으로 들어갔다. 상대방이 사전에 답사를 이미 끝내놓은 듯 다방 안은 몹시 조용했고 손님도 한 사람밖에 없었다.

의림이 자리에 앉자마자 유일하게 자리를 차지하고 있던 그 사내가 일어나 의림의 곁으로 다가왔다.

"정 기자요?"

전화기를 통해 듣던 예의 그 묵직한 목소리였다. 의림은 그의 얼굴을 보는 순간 동시에 두 가지 생각이 들었다. 우선 그의 짧게 깎은 머리와 차렷 자세에 익숙한 몸동작들은 그가 양복을 입고 있음에도 불구하고 오랜 군 생활을 거친 장교라는 확신을 주었다. 또한 그가 매우 급박한 상황에 처해 있다는 느낌이 들었다. 무언가에 쫓기고 있는 사람에게서만 느낄 수 있는 긴장감이 그의 주변을 보이지 않게 감싸고 있었던 것이다.

"전화를 거셨던 분이군요."

"그렇소. 차를 가지고 왔소?"

말을 하면서도 사내는 연신 의림의 등 뒤 출입구를 살폈다. 의림에게도 그가 느끼고 있을 긴장감이 그대로 전해져 왔다.

"네."

"그러면 나갑시다."

의림은 취재노트를 챙겨 들고 사내의 뒤를 따라 다방을 나섰다. 그러면서 상대방이 과연 어떤 사람일까를 곰곰 생각했다. 그의 말투며 행동에서는 어쩔 수 없는 조급함이 묻어났지만, 다른 한편으로는 꼿꼿하고 당당한 태도가 배어 있었다. 소신으로 꽉 차 있는, 그러나 지금 당장은 무언가 급박한 사정에 쫓기는 군인일 거라는 느낌이 강하게 들었다.

오십대 초반으로 보이는 사내는 자동차에 타자 손짓으로 갈 곳을 일러줬다. 그렇게 해서 그들이 도착한 곳은 전혀 특별한 장소가 아니었다. 그저 한적한 장소에 다다르자 사내는 차를 세울 것을 요구했고, 의림이 차를 세우자마자 잠시 바깥을 살핀 후 차 안에서 입을 열기 시작했다. 의림은 그가 보안을 위해 차 안을 택했음을 묻지 않아도 알 수 있었다.

"나는 공군에 근무하는 조영수 대령이오. 신형 전투기 구매 사업단에서 평가 임무를 맡고 있소."

의림은 자신의 예상이 빗나가지 않았다는 사실에 내심 흐뭇했다. 역시 상대방은 짐작대로 결코 단순한 군인이 아니었다. 오조 원 내지 육조 원이라는 어마어마한 돈이 드는 차세대 전투기 구매 사업단에서도 핵심적인 역할을 수행하는 사람이 아닌가.

의림은 인사를 나누며 조심스럽게 품 안의 소형 녹음기 버튼을 눌렀다.

"정식으로 기자회견을 할까 하는 생각도 해봤지만 보안을 염려해서 정 기자만 불렀소."

"고맙습니다."

"정 기자, 내 말을 잘 들으시오."

조 대령은 다시 한 번 다짐을 두었다.

"말씀하시죠."

"이제 곧 정부는 나를 구속할 거요."

과연 뉴스 가치가 상당할 것 같은 첫마디였다.

"네? 무슨 문제가 있나요?"

"흐흐흐."

조 대령은 쓰게 웃었다.

"문제? 그렇소, 문제가 있소. 미국 비행기를 사선 안 된다고 주장하니 구속을 당할 수밖에……. 알겠소? 나는 미국의 미움을 산 것이오."

"미국의 미움을 샀다고 한국 정부가 현역 대령을 구속한단 말인가요?"

"그렇소. 전투기 구매 사업에 관한 한 한국 정부의 관련자들은 모두 미국 편으로 보면 되오. 국방장관이 조지 부시 미국 대통령과 의형제라는 소문마저 나돌고 있을 정도니 말이오."

국방부에 출입하는 의림도 그런 소문은 익히 들어서 알고 있었다.

"그들이 나를 구속하는 이유는 프랑스 다소사(社)의 라팔 전투기 때문이오."

"그럼 대령님은 미국 비행기를 사지 말고 프랑스의 라팔을 사야 한다고 주장하시는 모양이군요."

조 대령은 묵묵히 고개를 끄덕였다.

"지금 경합하는 네 종류의 전투기 중에서는 라팔이 제일 낫소. 라팔은 그야말로 우리가 원하는 차세대 전투기요. 가격, 성능 등 모든 면에서 라팔이 제일이오. 그에 비하면 보잉의 F15는 구세대 기종인 데다 얼마 후면 단종이 되어 부품조차 구하기 어려운 비행기요."

"그런데요?"

"최종 평가서는 내 손으로 작성될 예정이오. 그게 내 역할이지. 그런데 나는 지금 국방부의 여러 관리들로부터 라팔 대신

F15를 구매해야 한다는 최종 평가보고서를 작성하라는 압력을 받고 있소."

"누구죠? 압력을 가하는 사람들이?"

"국방부의 핵심 인물들이오."

"어떻게 하실 거죠?"

"방법이 없소. 내가 평가한 그대로 서류를 올리면 결재될 리가 없소."

"그런데 라팔이 제일 좋다는 것은 확실한가요?"

의림은 따져 물었다. 국방부에 출입하는 여러 언론사의 기자들이며 소위 군사 마니아들 사이에서도 라팔과 F15를 둘러싼 논쟁은 한창 진행 중이었고, 의림 역시 여러 소문과 의견들을 두루 듣고 있는 터였다. 그런 의견이며 논쟁들 속에서도 쉽게 결론이 나기는 어려웠고, 어느 한쪽이 일방적으로 더 월등하다는 주장은 아무도 내세우지 못하고 있는 형편이었다. 그런데 바로 그 차세대 전투기 평가 임무를 맡은 현역 공군 대령이 지금 라팔이 더 훌륭한 비행기라고 단언하고 있는 것이었다.

"말할 필요도 없소. F15는 미국 공군에게도 거부당한 비행기요. 무엇보다 비행기가 좋고 안 좋고를 떠나서 우리에게는 라팔을 사야 할 확고부동한 이유가 따로 있소."

조 대령의 목소리에는 힘이 들어가 있었다. 오직 전문가에게서만 나오는 자신감이 깔려 있었다.

"그게 뭐죠?"

"프랑스는 우리에게 100퍼센트 기술이전을 해주기로 했소. 즉, 우리가 라팔을 완전히 만들어낼 수 있도록 모든 기술을 전수하기로 약속했단 말이오. 반면 미국은 부분적인 기술을 마지못해 전수해주는 것뿐이오."

"음."

"나는 이번에 평가 실무를 맡으면서 우리에게 무엇이 가장 중요한가를 생각했소. 국민들의 세금으로 엄청난 금액의 비행기를 사면서 우리가 그들의 철 지난 무기 하치장 역할이나 하도록 해서는 안 되지 않겠소? 그래서 나는 야심찬 계획을 별도로 세웠소."

"어떤 계획이죠?"

본격적으로 호기심이 발동하기 시작한 의림이 서둘러 물었다.

"이번 기회에 미국이든 프랑스든 그들의 모든 기술을 전수받아 우리의 항공우주산업에 날개를 달겠다는 생각을 한 거요. 하지만 현실적으로 미국을 설득하기는 쉽지 않을 거라고 판단되었소. 그래서 나는 다소사의 간부들을 자꾸 부추겼소. 한국은 미국 비행기를 살 수밖에 없는 처지다, 그러나 라팔을 살 수 있는 단 하나의 조건이 있다, 그것은 라팔을 제조하는 기술을 한국에 완전히 넘겨주는 것이다. 보라, 세계 전투기 시장에서 당신들은 미국과 피나는 경쟁을 하고 있지 않느냐, 우리가 당신네 비행기를 사면 지금 한창 경합하고 있는 싱가포르와 네덜란드에서도 이길 것이다. 이렇게 부추겼던 거요."

"그래서요?"

"결국 라팔에 대한 모든 기술을 이전한다는 약속을 받아낼 수 있었고, 계약 조건에 이를 명시할 수 있었소. 그것은 곧 머잖아 우리도 라팔을 만들 수 있게 된단 뜻이었소."

이야기를 하는 동안 조 대령의 표정은 한껏 희망에 부풀어 상기되었다. 하지만 이내 다시 시들해지고 말았다.

"하지만 이제 그 꿈이 모두 깨지고 만 거요."

"아직 최종 결정이 난 건 아니잖아요?"

"아니요. 유일하게 저항해온 사람이 바로 난데…… 이제는 더 이상 방법이 없소. 지금 정 기자를 만나는 게 나의 마지막 저항이 될 거요."

조 대령의 얼굴에서 형언할 수 없는 고독이 느껴졌다.

"정말 모든 게 끝났나요?"

조 대령은 힘없이 고개를 끄덕였다.

"끝났소. 정 기자, 이게 말이나 되오? 이번 계약이 성사된다면 우리는 라팔을 자체 생산할 수 있게 되고, 우리의 항공우주산업을 몇십 년 앞당길 수 있는데, 라팔을 포기하고 그 F15

를 산다는 게 말이나 되느냔 말이오? 무슨 정치적 고려, 미국과의 작전연계성 운운하지만…… 그건 다 웃기는 얘기요. 만약 그렇다면 미국은 최소한 신형을 팔아야 할 거 아니오? 지금 네덜란드 정부도 라팔을 살지 미국 비행기를 살지 고민하고 있지만, 그들이 염두에 두고 고민하는 건 F15가 아니라 F22요. 라팔과 같은 미국의 차세대 전투기 말이오. 무슨 말인지 알겠소? 우리 한국은 이렇게 비참한 처지에 있는 거요."

"음."

의림의 입에서 저도 모르게 신음이 새어 나왔다.

"우리가 미국과의 동맹 관계를 고려해서 어쩔 수 없이 미국 비행기를 사야 한다고 하더라도, 최소한 네덜란드처럼 미국의 신형 차세대 전투기를 사야 한다는 얘기군요?"

"왜 아니겠소? 하지만 미국이 신형기를 준다 하더라도 우리는 라팔을 사야 하오. 왜냐하면 언제까지나 외국 비행기를 사들일 수는 없으니까. 비행기는 너무 비싸고 모델이 자꾸 바뀌기 때문이오. 최선의 방법은 우리가 비행기를 직접 만드는 거요. 일전에 테제베(TGV)를 샀고, 이제는 우리가 직접 그걸 만들 수 있는 것과 같은 이치요. 테제베처럼 라팔도 프랑스가 100퍼센트 기술이전을 해주기로 했으니 이보다 더 좋은 기회란 있을 수 없소. 그런데 F22도 아닌 썩은 F15를 사겠다니……! 이건 미친 짓이오. 어느 나라 국민을 위한 정부인지

도무지 알 수가 없소."

"국회 쪽에는 알아보셨나요? 예산을 결정하는 건 국회 몫인데……."

"국회? 정 기자는 아직도 우리 국회를 믿으시오? 그자들은 인기와 돈에만 좌우되고, 온갖 수치와 이론으로 무장한 정부 관료들의 단순 거수기에 지나지 않아요."

조 대령의 목소리는 한없이 처연하게 들렸다.

"정식 채널을 통해서는 어떠한 합리적인 설득도 통하지 않는다는 얘기군요?"

"그렇소. 게다가 또 다른 문제도 있소. 내가 이 건을 국회로 가져가는 순간, 아마 국회의원을 만나기도 전에 나는 곧장 제거될 거요. 정 기자는 군의 생리를 잘 알잖소? 이런 일을 민간에 공개하는 것은 내게는 바로 파멸을 의미하는 거요."

"언론은 어떨까요? 신문이나 여론이 보호해드릴 수는 없을까요?"

조 대령은 희미하게 웃었다.

"나 역시 최종적으로는 국민의 여론 외에 달리 방법이 없다고 생각했소. 그래서 아까도 말한 것처럼 기자회견 같은 걸 생각해보기도 했소. 하지만 기자회견에 관한 소문이 퍼지는 순간 나는 역시 자유의 몸이 아닐 거요. 내가 기자회견을 하도록 가만히 놔둘 사람들이 아니니까. 그래서 부득이 이렇게 정 기자와만 따로 만나게 된 거고……."

"저를 만난 이상 그 뒷감당은 피하기 어려우실 텐데……."

조 대령에게 어떤 시련이 닥칠지 의림으로서는 쉽게 짐작이 가지 않았다.

"아마 일단은 구속이 될 거요. 기밀 누설 같은 걸로 말이오."

"그 부분은 법정에서 다툴 여지가 있지 않을까요?"

의림은 조 대령이 구속된다면 자기 역시 마음이 편치 않을 것임을 직감하고 있었다. 도울 수만 있다면 기꺼이 도와야 할 것이란 생각도 들었다.

"일단 나를 구속하면…… 뭐라도 더 털어낼 거요."

"혹시 마음에 걸리는 점이라도 있습니까?"

"깨끗하게 산다고 살아왔지만, 털어서 먼지 안 나는 사람이 세상에 있겠소? 게다가 나는 독실한 가톨릭 신자라 거짓말을 할 수도 없고…… 하고 싶지도 않소. 사실 선배가 찔러주는 돈을 받은 적이 있소. 차비 등의 인사치레였지만 이 년간 받은 걸 다 합하면 한 천만 원쯤 될 거요. 그 선배는 다소 측의 에이전트고……."

"그렇다면 조 대령님의 어떤 주장도 설득력을 갖기는 어렵겠군요. 결국은 뇌물을 받고 다소사의 비행기를 팔아주려 했다는 설명만 남겠죠."

"그래서 지금 정 기자를 만나는 겁니다. 어쩐지 정 기자라면 내 개인의 신상 문제를 떠나서, 이번 차세대 전투기 구매 사업의 핵심이 무언지를 잘 설명해줄 수 있을 것 같았소."

"그렇군요. 하지만 제가 기사를 쓴다고 하더라도 전체적인 상황 자체가 바뀔지 어떨지는 모르는 일 아닙니까?"

"아마 결과가 달라지지는 않을 거요. 결국엔 F15를 들여오게 되겠지. 하지만 평생 군복을 입고 나라만을 생각하며 살아온 내 양심에 비추어 이건 말도 안 되는 결정이고, 이렇게라도 불의와 부정에 저항하지 않으면 나의 양심은 견딜 수가 없소."

"가슴이 아프군요."

그러나 조 대령은 조금도 감상에 사로잡혀 있지 않았다. 오히려 그는 의림을 바라보며 희미하게 웃었다. 그러더니 다소 난데없는 질문을 해왔다.

"참, 이준우 기자는 잘 있소?"

"이 기자요? 잘 아시는 모양이죠?"

"그렇소. 오늘 하루 종일 연락이 안 되던데…… 혹시 무슨 일이라도 있소?"

의림은 조 대령의 얼굴에 순간적으로 어두운 그림자가 스쳐 지나가는 것을 보았다.

"글쎄요, 그건 잘 모르겠습니다. 부서가 서로 달라서."

의림은 조 대령이 처음에는 경제부에서 일하는 이준우 기자에게 연락을 했을 거란 생각이 들었다. 그러다 연락이 닿지 않자 자신에게 전화를 걸어온 모양이었다.

"음, 그러면 이 기자에게 말을 좀 전해주겠소?"

"네, 당연히."

"파리는 안개에 젖어."

"파리는 안개에 젖어라구요?"

"그렇소."

"그렇게만 말하면 알아들을까요?"

"알아들을 거요."

이상한 말이었다. 무슨 까닭으로 이런 이상한 말을 전해달라고 하느냐고 묻고 싶었지만, 조 대령은 더 이상 얘기를 하고 싶은 생각이 없는 눈치였다.

"네. 틀림없이 전해드리지요."

조 대령은 손을 내밀었다. 그러나 의림은 조 대령의 손을 쉽게 잡을 수 없었다. 지금 저 손을 쥐고 나면 다음엔 교도소에서 봐야 한다는 생각이 의림으로 하여금 차마 조 대령의 손을 잡을 수 없게 하는 것이었다.

"자, 어서."

조 대령은 이미 확고한 결심이 선 얼굴로 웃으며 의림을 재촉했다. 의림이 마지못해 손을 내밀자 조 대령은 의림의 손을 굳세게 맞잡은 후 다시 꼿꼿한 자세로 거수경례를 했다. 의림이 당황하자 경례를 마친 조 대령이 나직하되 강단 있는 목소리로 말했다.

"이것은 국민에게 대한민국 공군 대령 조영수가 바치는 경례요. 공군 대령 조영수는 차세대 전투기 사업의 평가 담당관 임무를 양심에 한 점 부끄럼 없이 정확히 수행했다는 의미요."

말을 마치자 조 대령은 즉시 차 문을 열고 나가더니 뒤도 돌아보지 않고 걸어갔다.

의림은 서울로 올라오는 차 안에서 심각한 혼돈에 휩싸였다. 자신이 이 사실을 신문에 내면 조 대령이 즉각 구속될 것은 불 보듯 뻔했고, 종내는 그의 인생을 망쳐버리게 될 터였다. 그런데도 양심상 그냥 있을 수 없다며 기사화해달라는 군인을 어떻게 이해해야 할지 몰랐다.

그러나 그날 저녁 의림은 결국 기사를 작성하여 데스크에 내고 말았다. 그것이 조 대령의 뜻을 이루어주는 것이라 생각했기 때문이다.

다음 날 의림의 기사는 특종을 쳤다. 과연 조 대령은 연행되었고, 수사가 시작되자마자 묻지도 않은 수사관에게 천백만 원의 뇌물을 받은 사실을 실토했다. 따라서 조 대령이 제기한 평가상의 문제점은 모두 뇌물 수수라는 혐의 앞에서 힘을 잃고 말았다.

기자의 죽음

그날 밤 의림은 미친 듯이 술을 마셨다. 평소 술을 즐기는 편이 아니었지만 그날 밤만큼은 마시지 않고는 견딜 재간이 없었다. 특종이 제보자를 구속시키는 희한한 사태가 묘한 기분을 자아냈던 것이다. 그러나 기이한 특종보다 그를 더 취하게 만드는 것은 조 대령이라는 존재였다.

기자라는 신분 때문에 늘 자신의 존재와 사회와의 상관관계를 생각해오긴 했지만, 의림은 자신이 과연 조 대령처럼 할 수 있을까 생각하니 자신이 없었다.

많은 사람들이 애국자니 애국심이니 하는 말을 쓰며 살고 있고 자신도 애국심에서는 남들 못지않다고 자부하던 의림이었지만, 조 대령을 생각하니 왠지 자괴감이 한없이 밀려드는 것이었다.

그러나 이미 조 대령은 파렴치한으로 시민들에게 낙인찍혀 있었다. 매일 수십 번도 넘게 뉴스를 듣는 택시 기사는 술을 마시고 돌아가는 의림에게 조 대령 얘기를 꺼내 화를 돋우었다. 묻지도 않았는데 조 대령에 대해 그는 욕부터 해댔다.

"나쁜 놈 아닙니까? 국민의 혈세가 오조도 넘게 들어가는 전투기를 사는 놈이 돈을 받아 처먹고 나쁜 비행기를 사려 했으니 말입니다. 라팔인지 나팔인지 몰라두."

"그런가요?"

의림은 더 이상 그 일을 떠올리고 싶지 않았지만 택시 기사는 입을 다물지 않았다.

"그런 놈들은 다 총살시켜버려야 해요. 그것도 한 열 방쯤 쏴 죽여야 한다니까."

가뜩이나 조 대령에 대한 연민의 정을 억누를 길 없던 의림은 도가 넘는 택시 기사의 발언에 울컥했다.

"이보시오. 아무것도 모르면서 너무 심한 거 아니오."

"심한 말이 아니죠. 그런 놈들 때문에 이 나라가 요 모양인 것 아닙니까?"

"아니, 틀렸소. 그런 사람 때문에 이 나라도 희망이 있는 겁니다."

"아니, 이 양반 미친 사람 아냐?"

그렇게 시작된 말다툼이 급기야는 욕설로 발전했고, 함부로 욕을 해대던 기사는 의림이 격분해 차를 세우라고 고함치자 차를 아예 파출소로 갖다 댔다.

"이 양반이 술에 취해가지고는 자꾸 차를 세우라고 시비를 거는데 무슨 봉변을 당할지 몰라 여기까지 왔습니다."

멀쩡하게 거짓말하는 기사가 조 대령과 더욱 대비되어 보이자 의림은 도저히 참을 수가 없었다.

"이 새끼야, 너같이 양심도 뭣도 없는 놈들이 이 나라를 말아먹는 거야, 알겠어? 그래도 너 같은 놈이 사는 건, 뇌물 같지도 않은 뇌물 천만 원 받고 인생 결딴나는 줄 알면서도 양심상 그냥 있지 못하는 사람이 있어서인 거야. 뭘 알기나 해?"

소동 끝에 결국 의림이 순찰차에 태워져 이송된 곳은 경찰서였다. 택시 기사는 나가고 신분을 밝히지 않은 의림은 잠시 경찰서에 보호조치된 것이다. 물론 신분을 밝히고 그냥 나가도 될 일이었지만, 의림은 신참 시절 경찰서를 쫓아다니던 일이 생각나 잠시 술을 깨고 나가는 것도 괜찮을 것 같은 기분이 들었다.

옛날과는 비교도 안 되게 깨끗해진 보호실에는 의림 외에는 한 사람도 없었다. 술이 약한 의림은 눈을 감고 있다가 스르르 잠이 들었다.

의림이 잠을 깬 것은 계속해서 울어대는 휴대폰 때문이었다. 졸린 눈을 비비며 번호를 확인하니 입사 동기인 최 기자의 것이었다. 의림은 이상하다는 생각이 들어 먼저 시계를 보았다.

새벽 한 시.

부서가 다른 최 기자가 이 밤에 전화를 걸어올 일이 없었다.

'음, 한잔씩들 하는 모양이군.'

의림은 동기들끼리 모여 한잔하다가 전화를 걸어온 것으로 생각했다. 전화를 걸어줄까 하다가 진동으로 전환하고 그냥 눈을 감으려던 의림은 곧이어 또다시 묵직하게 울려오는 진동음에 플립을 열고 전화기를 귀에 갖다 댔다.

"정 기자, 고지 못 봤어?"

"무슨 고지?"

"경제부의 이 기자 말이야."

"이 기자? 응, 준우?"

"그래, 죽었어."

뜻밖의 얘기였다.

"무슨 소리야? 준우가 죽다니?"

"교통사고야. 어젯밤에 죽었어. 지금 여기 현대중앙병원인데 빨리 와. 동기들도 다 와 있어."

"……."

저쪽은 이미 감정이 정리되었는지 용건을 마치자 무심하게 전화를 끊었지만 의림은 잠시 멍한 기분이 되어 핸드폰만 내려다보고 있었다.

경제부의 이 기자, 즉 이준우는 동기 중에서도 의림과 가장 가까웠다. 불과 얼마 전에 집들이를 다녀왔는데…… 그 친구가 교통사고로 죽었다는 말이 믿기지 않았다. 한참이나 웅크리고 앉아 있던 의림은 갑자기 정신이 번쩍 들어 벌떡 일어났다.

의림은 보호실 형사에게 신분증을 내보였다.

"아, 진작 얘기를 하지 그랬소."

형사는 기자 신분증을 보자 계면쩍은 표정으로 말했다.

예상치 않은 급보에 얼마간 남아 있던 술기운마저 달아난 의림은 보호실을 나와서 바로 택시를 잡아탔다.

"세상에 참, 이럴 수 있는 거야? 그 친구가 교통사고를 당하다니."

신문사 동료들은 빈소 한군데 자리를 잡고 앉아 소주잔을 나누고 있었다.

"어떻게 된 거야?"

"어떻게 된 거고 뭐고 우선 술부터 한잔 마셔."

의림이 몇 잔을 비우고 나자 동기인 최 기자가 설명을 시작했다.

"어젯밤 평소답지 않게 많이 마신 모양이야. 혼자 택시를 잡으려고 차도를 건너다 달려오던 차에 받혔어. 그 차는 뺑소니쳤고."

너무나 간단한 죽음이었다. 더 이상 물어볼 것도 대답할 것도 없이 자주 발생하는 유형의 사고였고, 그런 죽음이라 달리 느껴볼 적개심도 원망할 상대도 없었다.

“개죽음했네.”

의림의 입에서 자신도 모르게 튀어나온 말이었다.

“그래, 걔 정말 똑똑했는데.”

“똑똑한 정도가 아니었지. 수재였어.”

“근성도 대단했어. 경제부 기자가 아니라 독종 사회부 기자 같았다니까.”

또 다른 동기가 끼어들었다.

“그런데 요 몇 달간은 거의 글을 안 썼어. 일주일에 한 번 이상은 반드시 야심찬 기획기사를 써내던 친군데.”

“신혼이라 그런 거잖아.”

“그럴까? 내 생각엔 신혼에다 부모 장례가 겹쳐도 그렇게 글을 안 쓸 친구는 아닌데. 어쨌든 준우 아내 어떡하지? 아까 준우 아내가 날 보더니 그렇게 서럽게 울더라구.”

“준우 아내, 사람 참 괜찮은데……. 그놈 그래도 결혼 하난 잘했었는데.”

동료들은 제각기 한마디씩 하면서 고인의 요절을 안타까워했다.

“정 기자, 아침에 장지에 갈 거야?”

“그럼, 가야지.”

그러나 다음 순간 의림은 멈칫했다. 내일 할 일이 만만찮다는 생각이 들었던 것이다. 비록 조 대령 건으로 특종을 하긴 했지만 기획기사는 엄연히 날짜가 정해져 있기 때문에 하루도 비울 수가 없는 것이었다.

"아냐, 난 안 되겠어. 기사를 끝내야 해."

의림은 날이 밝아오자 자리를 떠나 집으로 가서 잠시 눈을 붙이고는 바로 출근했다.

며칠 후, 늦은 점심을 먹고 돌아온 의림의 책상에 메모가 하나 남겨져 있었다.

이준우 기자 부인, 연락 부탁.

뜻밖이었다. 아직 상을 치르고 제대로 정리도 안 되었을 텐데 무슨 일일까 의아해하며 의림은 전화기를 집어 들었다. 버튼을 누르는 동안 장례식장에서 하얀 소복을 입고 초췌한 모습으로 인사를 하던 부인의 모습이 눈에 밟혔다. 결혼을 한 지 얼마 되지도 않았거니와 집들이를 한 게 바로 엊그제 같은데 이런 일이라니.

전화를 기다리고 있었는지 신호가 가자 수화기 저쪽에서는 바로 부인의 목소리가 흘러나왔다. 어느 정도 마음을 추슬렀는지 차분한 목소리였다.

"여보세요."

"정의림입니다."

"네, 정 기자님."

"장지까지 가지 못해서 미안합니다."

"무슨 말씀을요. 끝까지 마음 써주신 것만 해도 고마운데요."

"일간 찾아뵈려던 참이었습니다."

"그런데 좀 이상한 게 있어서 전화를 드렸어요."

"네? 무슨……?"

"남편의 수첩을 보다 보니 이상한 내용이 있었어요."

"네? 그게 뭐죠?"

"뭔가를 낙서처럼 휘갈겨 썼는데 마치 자신의 죽음을 예감한 것처럼 써놓았어요."

의림은 머리털이 쭈뼛 서는 걸 느꼈다.

"뭐라고 썼죠?"

"전화로 말씀드리기에는 좀 그래요. 길지는 않아도 눈으로 보시는 게 나을 것 같아요."

"네, 알겠습니다. 바로 가겠습니다. 아…… 그런데 준우의 사고를 처리한 경찰서는 어딥니까?"

의림은 막 전화를 끊으려다 문득 떠오른 의문에 그렇게 물었다. 그제야 누구도 정확한 사고 경위를 모르고 있는 것 같다는 생각이 들었던 것이다.

"강남경찰서예요."

"알겠습니다."

전화기를 내려놓는 의림의 뇌리에 온갖 상념이 생겨났다 사라졌다. 자신의 죽음을 예감한 낙서라고? 만약 그렇다면 이 기자의 사고는 단순한 교통사고가 아닐 수도 있다는 이야기였다.

의림은 이 기자의 집으로 가는 길에 먼저 강남경찰서에 들렀다. 구체적 사고 경위를 먼저 알아두어야 할 것 같았다.

의림이 드링크제를 한 박스 사가지고 교통사고 조사반으로 가자 담당자는 너스레를 떨었다.

"아이고, 세상에. 기자한테 드링크를 다 받아보고. 세상 참 오래 살고 볼 일이네."

"이준우 사건 기록 좀 볼 수 있을까요?"

"아, 그러시죠."

"뺑소니친 놈은 아직 잡지 못했어요?"

"미안합니다. 사실 목격자 없는 뺑소니는 잡기가 그리 만만치 않거든요. 잡는다 하더라도 시간이 좀 걸려요."

"사고 경위는 어떻게 된 겁니까?"

"그게 그러니까, 여기를 좀 보세요."

담당자는 사고 조사서 뒷면에 그려진 약도를 더듬었다.

"그러니까 그게 밤 열한 시 무렵이었어요. 피해자가 술에 취해 길을 건너고 있었어요. 바로 여기서 이렇게 길을 건너려고 했던 겁니다. 그런데 차 한 대가 이쪽 방향에서 쏜살같이 달려오다 피해자를 보지 못하고 그대로 받아버렸어요. 피해자는 충격이 컸던지 공중에 붕 떴다가 여기까지 날아간 거죠. 물론 현장에서 즉사했고 이 차는 그대로 도주해버렸어요. 밤늦은 시간이라 목격자도 없고 해서 애로투성이입니다."

의림은 경찰 기록을 유심히 살폈으나 이 사고가 단순한 교통사고가 아니라는 사실을 집어낼 만한 부분은 없었다.

의림은 아무런 소득도 없이 그냥 나오는 수밖에 없었다.

준우의 아내는 의림이 찾아오자 다시 슬픔이 북받치는 모양이었다. 의림은 그녀를 위로하고 감정이 수그러지기를 한참이나 기다렸다.

"이게 그 취재수첩이에요."

준우의 아내는 두툼한 검정색 기자수첩을 의림 앞에 내놓았다. 그러더니 중간쯤의 페이지를 펼쳐 보였다. 준우가 적은 메모들의 맨 마지막에 해당하는 구절 하나가 눈길을 끌었다. 그 분위기가 감정적인 것으로 보아서는 술이라도 한잔 마시고 취한 상태에서 쓴 것 같았지만, 어딘지 모르게 절실함이 배어 있는 문장이었다.

내가 무서운 음모의 일단을 잡아낸 것일까? 왠지 모르게 불안하다. 만약 내 예상이 맞는다면?

"음."

의림의 입에서 자기도 모르게 신음이 새어 나왔다.

"준우 씨는 왜 불안함을 느꼈을까요?"

준우의 아내가 의문이 가득 찬 목소리로 물었다. 하지만 그건 오히려 의림이 준우의 아내에게 묻고 싶은 말이었다.

"글쎄요. 좀 알아봐야 하겠는데요. 근데 준우가 평소에 불안해할 이유는 없잖아요?"

"제가 아는 한은 없어요."

"그렇다면 일에서 불안을 느꼈다는 얘길까요? 무슨 음모의 단서라도 잡아내고 나서."

"그랬을지도 모른다는 생각이 들어요. 결혼 무렵부터 심층 취재할 것이 있다고 했거든요. 결혼식만 올리고 나면 취재에 매달려야 한다고 입버릇처럼 중얼대더니 과연 언제부턴가 완전히 취재에 묻혀버렸어요."

"그게 얼마나 됐죠?"

"한 삼 개월이요."

의림은 고개를 갸우뚱했다. 신문기자의 생리란 그때그때 취재해서 보도하고 나면 잊어버리는 것이었다. 삼 개월이나 한

우물을 판다는 것은 신문기자는커녕 잡지기자에게도 불가능한 일이었다.

"삼 개월간 그렇게나 열심히 했다면 뭔가 성과가 있었을 텐데, 왜 이 친구가 보도한 건 하나도 없죠?"

의림은 어제 영안실에서 누군가 하던 얘기를 떠올렸다. 그 친구는 몇 달간 준우가 거의 글을 쓰지 않았다고 했다.

"취재는 많이 하는 것 같았어요. 집에 안 들어오는 날이 있었을 정도로 굉장히 열심히 돌아다녔어요."

"신혼인데 집에 안 들어올 정도로 취재를 하고 다녔다는 겁니까?"

"네."

"다른 일은 아니구요?"

"아니에요. 아시잖아요? 그 사람 술도 별로 즐기지 않는 거."

"그렇군요."

의림은 뭔가 아주 이상하다는 생각이 들었다. 성실하고 비상한 친구가 신혼살림도 제쳐둘 정도로 뭔가에 열중해 취재를 했는데 그 결과물은 하나도 없다는 사실을 어떻게 받아들여야 할까.

"뭔가 있을 거예요. 이 친구 물건이나 노트 같은 걸 잘 찾아보면 이제까지 취재한 것이 있겠죠. 이 기자가 쓰던 방이 따로 있나요?"

"네."

부인은 의림을 서재로 안내했다.

기자의 업무가 늘 그렇듯 준우의 서재도 온갖 잡동사니로 어지러울 정도였다. 시시콜콜한 스크랩에서부터 옛날 신문이나 낡은 잡지에 이르기까지, 꽤나 산만함이 느껴지는 방이었다.

"컴퓨터를 좀 켜봐도 될까요?"

"네."

의림은 일단 컴퓨터의 파일들을 이것저것 모두 뒤졌으나 특별한 느낌을 주는 자료는 없었다. 경제부에서 일했던 준우는 경제 관련 자료와 메모를 CD에 잔뜩 담아두었지만, 거기서도 특이할 만한 것은 찾을 수 없었다.

"서랍을 열어볼까요?"

준우의 아내는 대답도 듣기 전에 이미 열쇠로 서랍을 열고 있었다. 서랍 안에 있는 것은 기사 스크랩 같은 것이 대부분이었는데, 모두 경제 분야와 관련된 자료들이었다.

"이게 뭐지?"

우중충한 기사 스크랩들 사이에서 눈에 확 띄는 게 하나 있었다. 화려한 컬러의 팸플릿이었다.

"어머, 이건 스위스 여행 안내 팸플릿이네요."

"그렇군요. 두 분이 스위스 여행을 가려고 했었나요?"

"아닌데요."

"평소에 그런 얘기를 나눠본 적도 없었어요?"

"네, 신혼여행 갔다 온 지 얼마나 됐다구요."

"이상하군요. 이런 흔한 팸플릿을 잠근 서랍에 넣어두다니……."

"그러게요. 일하는 데 필요한 자료와 광고지를 뒤섞어서 보관할 만큼 어수선한 사람이 아닌데……."

"이게 준우가 얘기하는 음모와 무슨 관련이라도 있을까?"

의림은 혼잣말처럼 중얼거리며 삼면으로 접힌 팸플릿을 펼쳤다. 팸플릿 상단에는 간단한 메모가 적혀 있었다. 역시 단순 광고지는 아니라는 얘기였다.

파리—스위스—로마(바이스로이)

"흠, 이 친구 좋은 데는 다 가려고 했던 걸까요? 그것도 혼자서?"

준우의 아내는 잠시 팸플릿에 눈길을 던졌다가 이내 고개를 가로저었다.

"이런 여행 계획이 있었으면 틀림없이 제게 말했을 거예요. 회사 일이었다 해도."

"그랬겠죠."

의림도 고개를 끄덕였다.

"그런데 정 기자님 보기엔 어떠세요? 과연 준우 씨가 단순 사고가 아닌 다른 이유로 일을 당했을 가능성도 있을까요?"

준우의 아내가 의혹과 불안이 잔뜩 밴 얼굴로 물었다. 의림은 준우의 아내가 간신히 목소리를 자제하고 있다고 생각했다.

"본인이 불안하다고 느꼈다면……."

의림은 말끝을 흐렸다.

"메모로 보아서는…… 누군가가 준우 씨를 의도적으로 죽인 것이 아닌가 싶은, 그런 이상한 생각이 자꾸 들어요."

준우의 아내는 졸지에 사랑하는 남편을 잃은 충격 때문인지 사고를 간단히 넘기려 들지 않았다. 하긴 그것이 이런 경우 대부분의 미망인이 보이는 심리 상태일 것이었다.

"좀 더 깊이 알아봐야겠지만, 지난 삼 개월간 열심히 취재했는데도 별로 보도한 게 없는 걸로 보아서는 준우가 뭔가 다른 일을 하고 있었을지도 모르겠군요. 그러다 어떤 종류의 음모를 알아챘고 그 결과로 사고가 났을 가능성도 있겠네요."

"그 다른 일이라는 게 뭘까요?"

"우선 회사에 가서 이 친구가 무슨 일에 집착하고 있었는지 확인해봐야겠어요."

의림은 부인에게 인사를 하고 집을 나왔다.

남겨진 낙서

다음 날 의림은 출근하자마자 이준우가 근무하던 경제부로 갔다.

"정의림, 웬일이야?"

한때 같이 사회부에서 근무한 적이 있는 선배가 친근하게 말을 붙여왔다.

"점심때도 되고 오랫동안 사수 대접도 못하고 해서 모시러 왔죠."

"이놈 봐라, 이제 능구렁이 다 됐는데. 평소에 코빼기도 안 보이던 놈이, 뭔가 필요한 게 있어서 와놓곤……."

선배는 타박하면서도 기분이 좋은 모양이었다. 두 사람은 식당으로 자리를 옮겼다.

"선배, 이준우는 경제부에서 무슨 일을 하고 있었어요?"

"그 녀석 좀 이상했어. 최근에는 인터넷에 완전히 미쳐 있었거든."

"게임이나 포르노에 미쳐 있었단 얘기는 아니겠죠?"

"물론 그건 아니고, 일과 관련된 것 같기는 했는데 뚜렷이 뭘 하는진 모르겠더라. 그러면서 언젠가는 지나는 말로 대특종을 칠지 모른다고 하더군. 나는 짜식이 기사도 잘 안 쓰고 그러니까 미안해서 그러는 줄 알고 건성으로 넘겨버렸어. 근데 왜 그래?"

"그러니까 경제부 일을 하고는 있었단 얘기군요."

"그야 당연하지. 안 그러면 회사에서 쫓겨났게."

"뭐에 미쳐 인터넷을 헤집고 다녔는지는 전혀 모르구요?"

"모르겠어. 언젠가 우연히 녀석이 인터넷에 빠져 있는 모습을 보다 못해 도대체 뭐에 저렇게 미쳤나 하고 들여다본 적이 있었어."

"뭐였어요?"

"모건스탠리였나 골드만삭스였나 확실히 기억이 나진 않는데, 하여간 유명한 미국의 투자은행을 들여다보고 있더군. 그래서 내가 뭘 그렇게 열심히 하느냐고 물었더니 내게 해외 취재를 보내줄 수 없겠느냐고 묻더군."

의림은 귀가 번쩍 뜨이는 느낌이었다.

"해외 취재? 스위스요?"

"아니, 웬 스위스야? 갑자기."

"아니, 아니에요. 어딜 가려고 했어요?"

"미국."

"무슨 일로요?"

"얘기를 분명히 안 해. 대충 주워섬기기에 내가 정색을 하고 뭐라 그랬더니 한국에 투자하고 있는 외국인들을 심층 취재하고 싶다더군. 의미는 있는 거 같았는데, 그 무렵에 〈동아일보〉에서 비슷한 취재를 해 시리즈로 보도하고 있었거든. 그래서 내가 부적절하다고 했어. 그랬더니 그냥 고개를 끄덕이고 말던데."

"그게 끝이에요?"

"그럼 끝이지. 가지 말라는데 제가 무슨 수로 마음대로 출장을 가겠어?"

"그렇군요. 사수가 말리는데 조수가 갔다가는 그냥 죽지."

의림은 웃으며 한마디 하고는 자리에서 일어났다.

"근데 왜 그래? 준우는 이미 죽었잖아."

"별일 아니에요."

적당히 얼버무리고 난 의림은 회사로 들어가 경제부의 후배를 휴게실로 불러냈다.

"선배, 웬일이에요?"

"이준우 기자 말이야, 최근에 어때 보였어?"

"이 선배요? 글쎄요, 요즘 통 말이 없었어요. 최근엔 뭔가에 미친 것 같았어요. 인터넷만 죽어라 파고들었으니까요."

역시 선배나 후배나 본 것은 똑같았다.

"최근에 쓴 기사 중에 뭐, 남에게 원한을 사거나 할 만한 것은 없었어?"

"원한? 전혀 없었어요. 어떤 개인에게 불이익을 주거나 할 기사를 쓰는 사람도 아니고, 이놈의 경제 기사에 무슨 그리 큰 원한이 깃들겠어요?"

신문사에서 이준우의 죽음에 별다른 의문을 품은 사람은 하나도 없는 모양이었다.

"최근의 기사는 어떤 것들이었어?"

"그 선배 최근엔 기사도 별로 쓰지 않았어요. 어딘지 바쁘게 다니는 것 같긴 한데 기사를 쓰진 않고, 회사 일보다 훨씬 중요한 뭔가가 있는 것 같아서 좀 이상하게 생각하기는 했죠."

의림은 고개를 끄덕였다.

"회사 일보다 훨씬 중요한 일이라……."

의림이 신중한 표정으로 고개를 끄덕이자 후배가 물어왔다.

"근데 이 선배에 대해 왜 그리 관심이 많아요?"

"응, 그냥 좀 알아볼 게 있어서. 그보다 준우가 쓰던 컴퓨터 좀 볼 수 있나? 어디에 있지?"

"다른 기자가 쓰고 있어요."

"누구지? 좀 보자고 해."

"후배긴 한데…… 김한별이라고 아시죠?"

"그래, 알았어. 내가 부탁해보지."

후배와 헤어진 의림은 김한별이라는 기자의 자리를 찾아갔다. 그러고 보니 얼마 전 있었던 신입 기자 환영식에서 얼굴을 익힌 후배였다. 열 명 남짓한 신입 기자들 가운데 입사 성적이 가장 좋았다고 했고, 얼핏 보기에도 두 눈에 총기가 철철 넘치는 여자였다. 그렇게 인사를 나누었지만 이후 부서가 달라 딱히 마주칠 일은 없던 후배 기자였다.

"김한별 기자죠? 사회부 정의림입니다."

"알고 있어요, 선배. 무슨 일이세요?"

김한별은 의림을 꽤나 잘 아는 눈치였다.

"뭘 좀 부탁하려고요."

"뭘요? 아니 일단 말씀부터 놓으시죠. 하늘 같은 선배님인데 제가 듣고 있기 거북해요."

"음…… 좋아. 그런데 자네 컴퓨터 말이야. 이준우 기자가 쓰던 거 맞지?"

"그런데요?"

"내가 잠깐 좀 살펴봐도 될까?"

"어머, 어떡하죠?"

"왜?"

"다 지워버렸어요. 기분도 그렇고 해서요."

"저런! 파일을 지울 때 이상해 보이던 것이라도 없었어? 좀 특이한 문장이라든지 메모라든지?"

"죄송해요. 별로 신경 쓰지 않고 그냥 지워버렸어요."

아쉬웠지만 이해할 수는 있었다. 아마 누구라도 그랬을 것이었다.

"혹시 특별한 메모나 일정표 같은 건 보지 못했어?"

김한별은 잠자코 고개를 가로저었다.

"파리, 스위스, 로마, 바이스로이 같은 단어는?"

"죄송해요. 그런 단어가 들어간 파일은 보지 못했어요. 사실 있었다고 해도 제가 자세히 본 게 아니라서……."

의림이 낭패한 표정을 짓자 한별은 미안해 죽겠다는 표정으로 뭔가를 곰곰 생각하더니 이내 고개를 끄덕이며 입을 열었다.

"방법이 전혀 없는 것 같지는 않은데요……."

"뭐지, 그 방법이?"

"하드를 복구시켜 보는 거죠."

"하드를 복구시킨다? 그럼 파일들이 모두 다시 살아날 수도 있다는 건가?"

"아니, 일부가 남아 있을 수도 있다는 거죠."

"그나마 다행이군. 일부라도 건질 수 있다니……. 그럼 어서 해봐."

"호호호. 그게 그렇게 쉬운 일이 아니에요. 여기서 제가 직접 할 수 있는 일도 아니고요."

“그래? 그럼 어떻게?”

“일단 오늘 저녁에 제가 용산에 좀 나가볼게요. 제 친구 중에 데이터 복구 전문가가 한 명 있으니까 부탁을 해볼게요.”

“그래. 고마워, 김 기자.”

“근데 왜 굳이 죽은 이준우 선배의 데이터를 보려고 하시는 거죠?”

의림은 잠깐 망설였다. 아무런 상관도 없는 김한별에게까지 준우의 사망과 관련된 얘기를 다시 꺼내야 하는 것인지 얼핏 판단이 서질 않았다. 하지만 기꺼이 협조해준 후배에게 거짓말을 해야 할 이유도 별반 없다는 생각이 들었다.

“이준우 기자의 사고에 아무래도 이상한 점이 있는 것 같아서 그래. 뭔가 석연치 않은…….”

“석연치 않다? 뭐가요?”

“아직은 나도 잘 몰라. 일단은 하나하나 알아보는 과정이니까 자세한 얘기는 나중에 하기로 하지.”

“알겠어요. 최대한 빨리 데이터를 복구해볼게요.”

“그래, 고마워.”

다음 날, 김한별이 CD 한 장을 들고 의림을 찾아왔다.

“하드에 남아 있던 파일들이에요.”

“정말 고마워, 김 기자. 나중에 밥 살게. 근데 얼마나 살려낸 거지?"

"죄송하지만 다 살려내진 못했대요. 그래도 전체 데이터 가운데 80퍼센트 정도는 살려낸 셈이라네요."

"음, 그 정도면 꽤 많이 복구된 것 같은데? 아무튼 고마워."

"건투를 빌게요. 나중에 밥 사주시는 것도 잊지 마시고요."

"그래, 알았어. 약속 지킬게."

의림은 서둘러 CD를 컴퓨터에 밀어 넣었다. 갖가지 파일들이 그 안에 담겨 있었다. 의림은 파일들 하나하나를 모두 열어 읽어나가기 시작했다. 족히 수백 개는 될 듯한 파일들을 모두 열어서 살펴보는 일은 결코 간단한 작업이 아니었다. 하지만 무언가 특별한 감흥을 일으키는 파일이나 문서를 찾기는 쉽지 않았다. 대개가 경제부 기자로서 취재에 필요한 내용들과 실제 기사로 작성된 문건들이었다. 준우의 집에 있던 컴퓨터에 남겨진 파일들과 상당 부분 겹친다는 것도 특징이었다. 아마도 하나의 파일을 두 군데 컴퓨터에 보관하는 것이 준우의 습관인지도 몰랐다.

파일들을 순서에 따라 차례로 열고 닫기 시작한 지 얼마나 지났을까. 이미 퇴근 시간이 지나고 있었지만 의림은 아무런 단서도 찾아낼 수가 없었다. 그때 김한별이 퇴근길에 다시 의림의 자리로 찾아왔다.

"혹시 뭐 찾은 게 있나 싶어서요."

데이터 복구를 도와준 김한별 역시 호기심이 발동한 모양이었다.

"아니, 아직은……. 근데 양이 너무 많네. 좀 더 봐야 할 것 같아."

"그래요? 그렇담 제가 좀 도와드릴까요?"

"아니, 괜찮아. 데이터를 복구해준 것만도 어딘데 그런 부탁까지 할 수는 없지."

"괜찮아요. 다행히 오늘은 저녁 약속도 없고……. 저도 뭐가 있을지 무척 궁금하거든요. 게다가 선배 짐작대로 준우 선배가 단순 교통사고로 사망한 게 아니라면, 그 내막을 밝혀야 할 책임이 같은 경제부 기자인 제게도 얼마 정도는 있는 거니까요……."

그렇게 말해주는 한별이 의림으로서는 고맙기 그지없었다.

"그렇다면 한두 시간 손을 좀 빌릴까?"

"기꺼이."

마침 의림의 옆자리 기자는 출산 휴가를 떠나 장기간 자리를 비운 상태였다. 한별은 그 자리에 앉더니 이내 CD를 복사해서 의림과는 반대 순서로 파일을 살펴보기 시작했다. 그렇게 두 사람은 저녁 식사도 잊은 채 준우가 남긴 데이터들을 살펴나갔다.

"선배…… 선배……."

두어 시간이나 흘렀을까. 한별이 조용히 의림을 불렀다. 의림은 한별 쪽으로 의자를 밀어 가까이 다가갔다.

"북학인이라는 이상한 이름의 파일이 있는데, 내용도 좀 이상해요."

의림은 한별이 열어놓은 문서 파일로 눈길을 돌렸다. 문서는 단 두 문단으로 된 짧은 것이었다.

그는 대단한 능력을 가진 사람이다. 시간이 지날수록 조 대령이나 나나 하나의 점에 불과하다는 생각이 든다. 점조직에서의 하나의 점 말이다. 그런데 그는 그 점 하나하나를 이용해 엄청난 밑그림을 그리고 있다. 그 그림이 무엇인지는 아직 알 수 없다. 어쨌든 이제 암호를 받아 그에게 전달하면 이번 일은 끝이다. 물경 수천억 원짜리 일이 끝난다는 말이다.

그런데 그는 앞으로 내가 할 일이 더 중요하다고 했다. 수천억 원짜리 일보다 더 중요한 일. 그런 걸 내가 할 수 있을까? 그의 예상이 맞는다면, 나는 음모의 일단을 잡아낸 것일까? 과연 삼성전자에 그런 일이 일어나고 있는 것일까?

"이게 무슨 말이죠?"

도무지 갈피를 잡을 수 없다는 표정으로 한별이 의림의 얼굴을 빤히 건너다보며 물었다.

"으음."

의림은 길게 한숨을 토해냈다. 그러고는 나름대로 조리 있는 설명이 되길 바라는 심정으로 입을 열었다.

"나도 무슨 의미인지 정확히 알 수는 없어. 하지만 어렴풋이 떠오르는 건 있어."

그렇게 말한 의림은 잠시 생각하다 다시 입을 열었다.

"좋아, 이제부터 그 얘길 할 테니 같이 정리를 좀 해볼까?"

"네, 선배."

한별은 호기심으로 눈을 빛내고 있었다. 이제 막 시작되려는 판타지 영화를 기다리는 어린아이처럼.

"여기 나오는 조 대령은 내가 며칠 전에 만났던 그 사람이 분명해."

"세상에 조 대령이 한둘이겠어요?"

손쉬운 추리는 사절이라는 듯 한별이 중간에 자르고 나섰다.

"아니, 그건 분명해. 여기 보면 암호를 받아서 그에게 전달한다는 말이 나오는데, 조 대령은 실제로 내게 암호 전달을 부탁했거든."

"조 대령이 이준우 선배가 아니라 정 선배한테 암호 전달을 부탁했단 말이에요? 뭔가 앞뒤가 안 맞는 것 같은데……."

"정확한 사정은 나도 몰라. 하지만 그날 조 대령이 만나려던 사람은 정작 내가 아니라 준우였는지도 몰라. 하지만 준우는 연락이 되지 않는다고 했어."

"그래서요?"

"그날 차세대 전투기 선정 사업에 관한 얘기 말고 조 대령이 준우의 안부에 대해서도 물었었어."

"두 사람이 잘 알고 있던 사이라는 얘기?"

"그렇지."

"그러면서 선배에게 암호 전달을 부탁했단 말이죠?"

"그래. 준우에게 전해달라면서."

"어떤 암혼데요?"

"파리는 안개에 젖어."

"파리는 안개에 젖어? 그게 다예요?"

"음."

"무슨 뜻인지 통 모르겠는데요."

"그러니까 암호라는 거지. 다른 사람들은 전혀 알아들을 수 없는 이상한 말."

"그렇군요. 그런데 선배는 왜 이준우 선배에게 곧장 암호를 전달하지 않았던 거죠?"

"하려고 했어. 하지만 그날 준우는 자리에 있지 않았고, 따로 연락을 취할 방도가 없었어. 그 다음 날엔 교통사고 소식을 들었고."

"그 뒤에는요?"

"그 뒤에? 그 뒤엔 조 대령이 전해달라던 암호는 솔직히 까맣게 잊고 있었지. 준우가 당한 사고에 대한 의문에만 매달려 있었으니까. 그런데 지금 이 메모를 보자마자 다시 그 생각이 난 거야."

"그렇다면 조 대령과 이준우 선배는 무슨 관계일까요? 일간지 경제부 기자와 차세대 전투기 사업의 평가 담당관이 어울릴 일은 별로 없을 것 같은데요?"

"그렇지. 게다가 차세대 전투기 선정 사업은 워낙 비밀스런 대형 사업이라 나 같은 국방부 출입 기자조차 담당자나 자세한 내막을 알 수 없는 일이야. 조 대령과 준우가 어떤 관계를 맺고 있었는지는 나로서도 짐작조차 할 수 없어."

"혹시 이준우 선배 부인은 뭔가 알고 있지 않을까요?"

그건 의림도 미처 생각지 못했다. 의림은 즉시 수화기를 들어 준우의 아내에게 전화를 걸었다. 의례적인 인사를 끝내고 혹시 공군의 조영수 대령과 준우 사이에 어떤 관계가 있는지 아느냐고 물었지만 준우의 아내는 금시초문이라고만 답했다.

몇 마디 인사말을 더 하고 전화를 끊는 의림에게 한별이 말했다.

"확실히 이준우 선배가 무언가 상당히 복잡한 일에 얽혀 있었다는 감은 드네요."

"음, 나도 그래. 하지만 그게 어떤 일일지는 아직 그림이 그려지지 않아. 자, 일단 나가자."

두 사람은 파일을 닫고 컴퓨터를 껐다. 어느새 저녁이 아니라 야식을 먹어야 할 시간이 되어 있었다. 두 사람은 신문사 앞에 치킨을 파는 호프집으로 향했다.

스위스 은행

호프집에는 이미 대여섯 명의 동료 기자들이 술을 마시고 있었다.

"여어, 이게 누구야? 우리 신문사 최고의 민완 기자와 미녀 기자가 동시에 한집에 나타난 거 맞아?"

"그러게. 이거야말로 특종 아닌가?"

술집으로 들어서는 두 사람을 본 동료들이 너스레를 떨었다. 둘은 자연스럽게 그들과 합석했다.

"정 기자, 지난번 기사는 정말 대단했어. 하지만 그 바람에 나까지 바빠졌으니 오늘 맥주 값은 네가 내라."

사회부 선배 하나가 혀 꼬부라진 소리를 했다.

"예, 선배. 제가 내겠습니다."

"하여튼 우리 정의림 기자님, 능력 좋아. 일주일에 한 번씩 기획기사를 쓰더니 특종까지 하고, 이렇게 우리 신문사 최고의 미녀 기자까지 꿰차고 말이야."

"내 참, 보자 보자 하니……."

김한별은 술 취한 선배들의 농담에 당장이라도 자리를 박차고 일어설 태세였다. 의림은 그런 한별에게 눈짓을 했다. 조금만 있다가 나가자는 의미였다.

"그건 그렇고, 선배."

의림은 사회부 선배 기자를 돌아보며 말을 걸었다.

"조 대령은 잘 있어요?"

"응, 잘 있어. 근데 이상한 일이 있었어."

"뭐가요?"

"그 조 대령이란 사람, 의림이 네 안부가 아니라 갑자기 경제부 이준우 안부를 나한테 묻더라구. 이상한 일이지?"

"그래서요?"

"갑작스런 교통사고로 죽었다고 하니까 대경실색을 했다가 이내 고개를 끄덕이더군."

"고개를 끄덕였다?"

"그래. 마치 그런 일이 있을 줄 알았다는 듯한 태도였어. 참 이상하지?"

의림 역시 내내 이상한 느낌을 떨칠 수가 없었다. 그리고 점점 더 준우가 단순한 교통사고를 당한 것이 아닐지 모른다는 생각이 굳어지고 있었다. 의림 쪽으로 고개를 돌리는 한별의 표정 역시 그런 느낌을 감추지 못하고 있었다.

다음 날 아침, 의림은 사무실에 들렀다가 이내 송파의 기무사 분실로 조 대령을 찾아갔다.

"이 기자의 사고 얘기는 들었소. 그 말은 전달했소?"

"아니, 못 했습니다. 이 기자는 바로 그날 밤에 죽었습니다. 저는 그 사고가 교통사고를 가장한 살인일 수도 있다고 생각합니다."

조 대령은 눈을 지그시 감고 무언가를 생각하는 듯하다가 이내 고개를 가로저으며 눈을 떴다.

"혹시 수사에 진전이 있소?"

"현재까지는 없습니다."

그는 미간을 잔뜩 좁혔다. 의림은 그의 찡그린 표정을 한참 바라보며 다음 얘기를 기다렸지만 조 대령은 아무 말도 없었다.

"이 기자의 살해 가능성에 대해 혹시 짚이는 게 없습니까?"

"아니, 그런 건 없소."

"하지만 이상하네요. 저랑 처음 만나던 날 이 기자와 연락이 되지 않는다며 꽤 어두운 표정을 지으셨던 것 같은데……."

"그건 내 일과 관련이 있었기 때문이오."

"조 대령님과 관계된 일이요?"

"아니, 그게 아니고 이 기자를 통해서만 연락이 되는 그런 사람이 있기 때문이오."

"그 사람이라면 저도 압니다."

"뭐요, 정 기자가 그 사람을 안다고?"

"네, 그 메모, 아니 암호는 그 사람에게 건너가는 것이었다는 것도 압니다."

"정말이오?"

조 대령은 반색을 했다.

"그럼 혹시 그 사람과 연락을 할 수 있소?"

"아닙니다. 연락처까지는 모릅니다. 하지만 그의 연락처를 주시면 제가 이준우 기자 대신 그 말을 전하겠습니다."

의림의 대답을 듣고 난 조 대령은 쓰게 웃었다.

"그럴 수 있다면 뭐가 걱정이겠소? 나로서는 그가 어떤 사람인지조차 모르니 말이지."

"네?"

의림은 놀라지 않을 수 없었다. 조 대령은 지금 자신이 전달하려던 중요한 암호를 최종적으로 전달받을 사람이 누구인지조차 모른다고 말하고 있는 것이다. 그러나 다음 순간 의림은 준우가 자신이나 조 대령이나 점조직의 점 같은 존재에 불과하다고 써놓았던 문장을 떠올렸다.

"정 기자, 나는 그가 누군지 알지 못하오. 이름도 모르고 무얼 하는 사람인지도 모르오. 하지만 내가 수행하던 차세대 전투기 기종 선정과 관련하여 그가 배후에서 무언가 큰 역할을 하고 있었던 것만은 분명하오."

"배후에서 큰 역할을 했다?"

"그렇소. 물론 나는 신념을 가지고 움직인 것이지만 돌아보면 모든 게 내 힘만으로 된 게 아니라는 생각이 드오. 아무튼 그건 시간이 지나면 알게 될 테고, 우선은 중요한 일이 있소."

"그 암호 말입니까?"

"그렇소. 이 기자의 주변을 잘 조사해보면 어딘가 흔적이 있을 거요. 어서 그를 찾아 그 암호를 꼭 전해주시오. 모르긴 해도 시간을 다투는 일일 거요."

"알겠습니다."

의림은 면회실을 나와 부대 부근의 한 벤치에 앉아 곰곰 생각했지만 북학인이라는 파일명 속의 '그'를 어떻게 해야 찾을 수 있을지 막막하기만 했다. 기대했던 조 대령이 이토록이나 그에 대해 깜깜하다면 베일에 싸인 그를 찾는다는 것은 거의 불가능에 가깝다는 생각이 들었다. 깊이 생각하던 의림은 결국 이 기자가 남긴 자취를 하나하나 더듬어보는 수밖에는 달리 방법이 없다는 결론에 이르렀다.

사무실에 돌아와 보니 책상에 메모 한 장이 붙어 있었다.

돌아오시는 대로 연락 주세요. -한별

김한별이 직접 와서 남기고 간 메모가 분명했다. 의림이 경제부로 찾아가니 다행히 한별은 자리에 있었다.

"이준우 선배가 인터넷에 다소 과도하게 빠져 있었다는 건 알고 있죠?"

난데없이 한별은 의림에게 그렇게 물었다.

"그래, 알고 있어."

"인터넷이라는 바다에서 이준우 선배는 어딜 그렇게 열심히 항해하고 있었을까요?"

"글쎄, 경제 관련 내용들을 수집하려던 거 아니었나?"

경제부에서 몇 년째 준우와 같이 일하던 선배에게서 들었던 이야기를 떠올리며 준우는 그렇게 되물었다.

"비슷하긴 한데…… 의외의 서핑을 자주 한 거 같아요. 지난번 데이터를 복구한 하드를 다시 살펴봤더니 스위스 쪽에 접속한 기록들이 여럿 보이더라구요."

의림은 귀가 번쩍 뜨이는 느낌이 들었다.

"스위스라고?"

"네, 그것도 스위스 은행."

"스위스 은행?"

그것만으로는 준우가 무얼 찾고 있었는지 쉽사리 짐작이 가지 않았다. 하지만 그가 여행 팸플릿에 남긴 메모에 스위스라는 단어가 포함되어 있었다는 사실만은 또렷하게 기억이 났다.

"또 하나, 바이스로이에 대한 기초 정보도 찾아냈어요."

"그건 사람 이름 아닌가?"

"저도 처음엔 그럴 거라고 생각했어요. 그래서 인터넷에서 검색을 해볼 생각도 하지 않았죠. 그런데 나중에 혹시나 하고 검색을 해봤더니 사이트가 하나 뜨더라구요."

"그래?"

"네, 대충 훑어보니 과학재단이었어요. 하지만 특별한 내용이 나와 있지는 않아요. 한번 보실래요?"

"그래."

한별이 인터넷으로 들어가 바이스로이를 쳐 넣자 모니터에는 '과학재단 바이스로이'라는 타이틀과 주소 밑에 복잡한 정관과 과학 지원금을 지불하는 방법, 그리고 바이스로이 장학금을 받은 사람들의 명단 일부가 떴다. 한참이나 모니터를 들여다보던 의림의 기대가 바로 실망으로 바뀌었다.

"음, 이걸로 알 수 있는 건 아무것도 없겠군."

"스위스 은행도 보실래요?"

"음."

한별이 인터넷에 들어가 주소창에 'sw'를 입력하자 바로 스위스 은행의 주소들이 떴다.

"이건 이준우 선배가 한두 번이 아니라 수없이 이렇게 'sw'로 시작되는 주소들을 쳤다는 뜻이에요. 여기 은행들의 주소가 쭉 뜨는 거 보이죠?"

"그렇군. 그럼 준우가 메모에 스위스라는 말을 남긴 것은 결국 스위스 은행을 말하는 것이었나?"

"알 수 없죠. 하지만 여기서부터 추리를 시작해보는 건 나쁘지 않을 것 같아요."

의림은 그렇게 말하는 한별의 얼굴을 자세히 들여다보았다. 아직은 앳된 티가 가시지 않은 신입 여기자였다. 하지만 우연히 끼어든 일임에도 한별은 의림에게 가장 큰 지원군이 되고 있었다. 어쩌면 이번 준우의 일을 해결하는 데 그녀는 없어서는 안 될 파트너 같다는 생각마저 들었다.

"고마워. 나도 내 자리에 가서 이 주소들을 좀 더 뒤져볼게."

그렇게 한별과 헤어져 자리로 돌아온 의림은 준우가 돌아다녔을 것으로 추정되는 스위스의 은행들과 바이스로이 재단 홈페이지를 구석구석 뒤져보았다. 하지만 거기서 준우의 죽음이나 우리나라 차세대 전투기 구입 사업과 관련되는 어떤 정보를 찾아낸다는 것은 도저히 불가능해 보였다.

"따르르릉."

피로에 지친 눈을 부비며 책상에 얼굴을 묻고 있을 때 전화기가 요란하게 울렸다.

"정의림입니다."

지친 목소리로 의림은 전화기를 들었다.

"저, 여기 이준우 기자 집입니다. 마침 자리에 계시네요."

"아, 네."

그렇게 대답하고 의림은 한동안 말을 잇지 못했다. 준우의 죽음과 관련된 조사는 아직 아무런 소득도 올리지 못하고 있었던 것이다. 비록 의심이 가는 대목은 있었지만 명확하게 정리될 수 있는 것은 아무것도 없었다. 의림이 주저하고 있자 준우의 아내가 말을 이었다.

"지난번에 저희 집에서 봤던 팸플릿 기억하시죠?"

"네, 그런데요?"

의림은 직감적으로 준우 아내가 무언가 중요한 단서를 포착했을 거라는 생각이 들었다.

"거기 스위스라는 단어가 적혀 있던 것도 기억하시죠?"

"그럼요. 그렇잖아도 지금 그 스위스 때문에 인터넷을 뒤져보고 있는 중입니다."

"그러신가요? 혹시 무슨 단서라도?"

"아닙니다. 아직은 아무것도 알 수 없습니다. 죄송합니다."

"죄송하다는 말씀은 제가 드려야지요. 바쁘실 텐데 이렇게 남편 일로……."

"아닙니다. 준우는 제 가장 친한 친구이기도 했으니까요."

"고맙습니다. 그건 그렇고……."

"네, 말씀하세요."

"스위스라는 단어와 연관된 기억이 하나 떠올라서 전화 드렸습니다. 전혀 상관이 없는 얘기일 듯도 한데, 혹시나 해서요."

"어떤 기억을 말씀하시는지?"

"언젠가 준우 씨와 텔레비전에서 하는 외국 영화를 보다가 스위스의 비밀금고 얘기가 나온 적이 있었어요."

"스위스 은행의 비밀금고 말인가요?"

의림은 정신이 퍼뜩 들어 자세를 고쳐 앉았다.

"네. 그런데 문득 준우 씨가 그날 박정희 전 대통령의 비자금이 스위스 은행의 비밀계좌에 들어 있을지도 모른다는 얘길 했었던 기억이 떠올랐어요. 농담처럼 주고받은 말이었고, 저는 그런 뜬소문 같은 얘기는 신경도 안 쓰는 사람이어서 별로 대수롭게 여기지 않았죠. 하지만 거꾸로 생각해보면 이상해요. 준우 씨는 헛소문을 퍼뜨리거나 근거 없는 말을 농담으로라도 입에 담을 사람이 아니거든요."

"그건 그래요. 저도 잘 알죠."

"이게 무슨 도움이 될까요?"

"아직은 알 수 없지만 틀림없이 도움이 될 겁니다. 무언가를 알게 되면 연락드릴게요."

그렇게 의림은 준우 아내와의 전화를 끊었다. 하지만 전화를 끊고 나서도 쉽사리 갈피를 잡을 수가 없었다. 준우가 스위스 은행에 큰 관심을 가졌던 것만은 분명해 보였다. 잦은 웹 서핑의 기록이 이를 말해주고 있었다. 하지만 그가 스위스 은행의 사이트들을 통해 어떤 정보를 찾았던 것인지는 쉽게 짐작하기가 어려웠다.

'박정희의 비자금이라…….'

그렇다면 준우는 스위스의 비밀금고에 있을지도 모르는 박정희 전 대통령의 비자금에 관한 기획기사를 준비하고 있었던 것일까? 보안이 철저하기로 소문난 스위스의 비밀계좌에 박정희의 비자금이 숨겨져 있다는 정보라도 얻었던 것일까? 이를 확인하기 위해 직접 스위스까지 갈 궁리를 했던 것일까?

하지만 이는 논리적으로 그럴듯한 스토리가 전혀 아니었다. 한국의 신문기자인 준우가 혈혈단신 스위스로 건너간다고 정보를 확인해줄 은행들이 있을 리 만무했다. 게다가 준우는 해외 출장지로 스위스가 아니라 미국에 보내달라고 요청했다고 했었다. 무언가 앞뒤가 맞지 않는 셈이었다. 기실 박정희의 비자금에 대해서는 자신도 언젠가 호기심을 갖고 추적해본 적이 있었다. 따라서 그것이 기사가 되기는 요원하다는 것을 누구보다 잘 아는 의림이었다. 의림은 옛 기억을 떠올리며 일단 인터넷에 접속해 박정희의 비자금과 관련된 당시의 기사들을 검색해보았다.

궁정동에서 박 대통령이 살해되고 나서 청와대의 금고를 가장 먼저 열었던 사람은 전두환이었다. 전두환은 금고에서 약 십억 원 정도의 현금을 발견하고 이를 박근혜에게 주었다고 기록되어 있었다. 그 외 박정희의 비자금에 대해서는 더 이상 어떤 기사도 찾을 수 없었다.

'전두환…….'

추적 당시에도 그랬지만 의림은 다시 박정희와 연결되어 있는 전두환이라는 이름에 주목했다. 당시 보안사령관이었던 전두환은 박 대통령 시해 사건 직후 비상한 속도로 모든 실권을 장악했던 인물이다. 실제로 청와대의 금고를 열었던 사람도 전두환이었으니, 박정희의 비자금에 대해서도 가장 확실한 정보를 얻을 수 있는 입장에 있었던 것이다.

'박정희의 비자금, 스위스 은행, 전두환.'

무언가 연결이 되어 있다는 느낌은 들었지만 손에 쥘 수 있는 분명한 그림은 그려지지 않았다.

박정희의 비자금

의림은 한별과 식사를 끝내고 찻집에 마주 앉았다. 의림의 머릿속에는 온통 비자금에 관한 내용뿐이었으므로 이야기는 자연스레 그쪽으로 흘러갔다.

"박정희에게 정말 비자금이 있었을까요?"

"그 시대엔 외국에서 차관을 들여와도 정치자금으로 몇 퍼센트씩 미리 떼어내곤 했어. 그런 돈들이 결국 어디로 갔겠어?"

"그렇다면 박정희 사후 그 돈의 행방에 대해 알려진 건 없나요?"

"없었어. 전혀."

"그럼 그 돈은 다 어디로 갔죠?"

"누군가 해먹었겠지."

"그게 누굴까요?"

"알 수 없지. 하지만 가장 의심스러운 사람은 역시 전두환이야."

"그렇게 단정할 수 있을까요?"

"물론 단정할 수는 없어. 하지만 때로는 정황이 단정보다 더 정확하기도 해. 박정희 사후 약 칠팔 년 동안 혼자서 무소불위의 힘을 휘두르던 사람이 전두환이야. 권력을 향해 얼마나 많은 돈이 몰려드는지도 잘 알고 있었으니, 당연히 전임 대통령의 비자금에 대해서도 추적하지 않았겠어?"

"그 돈들은 다 어디 있었을까요?"

"타인의 명의로 예금되어 있었겠지. 국내외 여기저기에."

"그러니까 스위스 은행 같은 곳에도 있었을 수 있다?"

"그래. 스위스 은행과 관련해서 실제로 이후락의 이름이 오르내리기도 했어. 물론 신문에 실린 건 아니지만."

"그건 박정희의 돈이 아니라 이후락 개인의 돈과 관련된 소문 아니었나요?"

"이후락은 박정희의 분신 같았던 인물이야. 이후락이 박정희고 박정희가 이후락이지."

"설마 박정희가 스위스 비밀은행에 돈을 넣었을까요? 그래도 일국의 대통령인데……."

"대통령? 대통령이기 때문에 스위스 은행에 돈을 넣는 거지. 노태우도 넣었잖아. 미국에 있는 노소영이가 가지고 있던 돈다발의 띠가 스위스 은행의 것이었어. 후진국이나 독재 국가의 권력자들은 스위스 은행에 돈을 넣게 마련이지. 언제 데모나 쿠데타가 나서 해외로 쫓겨날지 모르니까."

한별은 고개를 끄덕였다.

"국내에 예금되어 있던 돈이야 최고 권력자라면 쉽게 찾을 수 있었겠죠. 하지만 외국 은행의 돈은 어땠을까요? 그것도 쉽게 찾을 수 있었을까요?"

"아마 쉽지는 않았겠지. 하지만 완전히 불가능한 것도 아니야."

"불가능한 것은 아니라고요?"

"실제로 필리핀의 마르코스가 스위스 은행에 몰래 예금해두었던 돈 오억 달러 이상이 필리핀에 반환된 적이 있었어."

"그렇다면 우리도 가능하단 얘긴가요?"

"뭐가?"

"국민의 이름으로 박정희의 돈을 찾아오는 일 말이에요."

"원칙적으로는 가능하지. 필리핀의 예를 보더라도 그렇고. 하지만 그리 쉽지는 않아. 셀라시에 황제던가 에티오피아의 독재자가 스위스에 예금한 돈이 있었는데, 스위스는 이런저런 핑계로 그 돈을 해당 국가의 국민들에게 돌려주지 않고 있어."

"일관성이 없다는 얘기네요."

"그래. 일관성은 없어."

"그렇다면 전두환이 박정희 사후에 그의 비자금을 되찾아 왔을 가능성은요?"

"음……. 일단 두 가지 방법이 있었을 거야."

"두 가지 방법?"

"우선 상속자들을 이용하는 방법이지."

"상속자들을 이용한다구요?"

"그래. 박정희의 유가족이 전두환에게 처리를 일임한다는 각서 등을 써주었을 경우에 해당하지. 박정희의 비자금이 스위스 은행에 예치되어 있다는 물증이 유가족들에게 어떤 식으로든 남아 있고, 그 유가족들이 전두환에게 이에 관한 처리를 위임한다는 각서 같은 걸 써주었다면, 전두환은 개인 자격으로 그 돈을 찾을 수 있었을 거야."

"하지만 박정희 대통령의 유가족이 그런 걸 써주었을 리가 있을까요?"

"나도 그럴 리는 없다고 생각하지만 세상일은 또 모르지. 당시 전두환은 박정희의 후계자임을 자처했고 유가족을 보살피겠다고 공언했었거든. 또 우리가 모르는 비밀이나 거래가 그들 사이에 있었을 가능성도 있고 말이야."

"전두환의 계략에 그 가족들이 말려들었을 가능성도 배제할 수 없다는 말이네요."

"맞아."

"다음은요?"

"전두환이 유족 모르게 스위스 건을 처리했을 수도 있어."

"어떻게요? 그건 불가능한 일 아닌가요?"

"스위스 은행에 대고 전두환이 대한민국 국민의 이름으로 청구했을 수도 있다는 얘기야. 즉 박정희의 예금은 한국 국민의 것이다. 그러니 당신들은 어차피 돌려주어야 한다. 나는 한국을 대표하는 사람이다. 그러니 나에게 돌려달라. 이렇게 나왔을 수 있다는 거지."

"하지만 스위스 은행에서 그리 쉽사리 응했을 것 같지는 않군요. 그런 주장에."

"순순히 응했을 리는 없지. 하지만 그런 주장이 먹혔을 수도 있어. 마르코스의 예에서도 보듯이 스위스 은행은 그 돈을 돌려주긴 해야 하거든."

"그런가요?"

"전두환이 그런 식으로 접근을 했다면 스위스 은행에서는 신중하게 검토를 했을 거야. 그러고는 어떤 방법을 찾아냈겠지."

"어떤 방법?"

"전두환과의 타협이지. 나눠 먹기 말이야."

"그랬던 예가 있었나요?"

"미국이 자국 출신의 마약상이 스위스 은행에 몰래 예금한 돈을 찾아내고 이의 반환을 청구한 적이 있었어. 그때 미국과 스위스 은행이 찾아낸 묘안이 반씩 나눠 먹는 것이었어."

"그렇군요."

의림은 한별과 대화를 나누면서 스스로 정리를 했다. 그러자 조금은 길이 보이는 듯도 했다. 물론 박정희가 스위스 은행에 비자금을 숨겨두었었는지, 그리고 전두환이 이를 어떻게든 꺼내 썼는지 여부에 대해 결론을 내릴 수는 없었다. 하지만 준우가 스위스 은행에 유독 관심을 기울인 이유 가운데 하나가 박정희의 비자금과 관련된 것일 거라는 추리는 충분히 가능했다. 그렇다면 준우는 왜 그랬던 것일까? 여전히 정리되는 것은 없었다. 그러나 의림은 웃으며 말했다.

"아무튼 고마워. 김 기자 덕분에 정리가 많이 됐네."

"뭐예요? 나는 듣기만 했는데……."

"사실은 들어주는 일이 정말 힘든 일이거든."

"선배도 참내…… 참, 알려드릴 게 하나 있어요."

"뭐지?"

"그 바이스로이라는 재단 말이에요."

"바이스로이? 뭐 특별한 게 있었어?"

"혹시나 해서 우리나라 뉴스에서 검색을 해봤더니 재밌는 기사가 하나 나왔어요."

"어떤 기산데?"

"얼마 전 세계수학경시대회에서 18등을 하고 온 우리나라 학생이 한 명 있었는데, 그 학생에게 엄청난 장학금을 제공하겠다는 제의가 있었대요."

"그 장학금을 제의한 재단이 바이스로이 재단?"

"그래요."

"근데 뭐가 이상하다는 거지?"

"두 가지 점에서 이상해요. 첫째는 18등을 한 학생에게만 그런 제안을 했다는 거예요. 이번 세계수학경시대회에서는 사실 우리나라 학생들이 상위권을 모두 휩쓸었어요. 그건 알고 있나요?"

"아니, 잘 모르겠는데."

"그렇군요. 어쨌든 1등부터 20등을 차지한 상위권 학생들의 60퍼센트가 우리나라 학생들이에요. 올해만 그런 것도 아니에요. 매년 거의 그랬죠."

"그렇다면 18등을 한 학생이 최고의 수학 영재는 아닌 셈이네?"

"그래요. 그런데도 그 학생에게만 장학금 제안을 했다니 뭔가 이상한 거죠."

"음, 게다가 또 이상한 게 더 있다?"

"네. 그 장학금이란 게 상상을 초월할 정도로 엄청난 규모라는 거예요."

"어느 정돈데 그래?"

"지금부터 박사 학위를 딸 때까지의 모든 학비와 생활비."

"그래?"

"어느 나라의 어느 대학에서 공부를 하든 필요한 모든 경비를 대겠다는 거래요."

"그 정도로 엄청난 규모라면 조건이 붙지 않을까?"

"표면적이고 직접적인 조건은 전혀 없는 모양이에요."

"그래? 얘기를 듣고 보니 김 기자 말대로 좀 이상한 느낌이 드는군."

"그래요. 뭔가 수상한 단체예요."

다음 날, 의림이 회사에 출근해 책상에 앉자마자 전화벨이 울렸다.

"예, 정의림입니다."

"정 기자님, 여기 이준우 기자 집인데요."

전화는 준우의 아내에게서 온 것이었다.

"준우 씨 이메일에서 이상한 게 나와서 전화 드렸어요."

"이메일이요? 그건 전에 다 봤던 건데 새로 나온 게 있단 말인가요?"

"아니, 그게 아니고, 준우 씨 이메일이 하나 더 있었어요. 제 명의로 개설된 별도의 이메일이요."

"무슨 얘기죠?"

"준우 씨가 제 이름과 주민등록번호로 아이디를 하나 만들어서 누군가와 이메일을 주고받고 있었던 거 같아요."

의림의 귀가 번쩍 뜨였다.

"상대가 누구죠?"

의림은 기대감에 급히 물었다. 어쩌면 그 사람이 '그'일지도 모른다는 생각이 들었던 것이다.

"북학인이라는 아이디의 사람이에요."

'북학인? 역시 그랬구나.'

그 파일명은 곧 사람 이름이었던 것이다.

"제가 지금 바로 댁으로 가겠습니다."

의림은 전화로 나눌 이야기가 아니라는 것을 직감하고는 바로 준우의 집으로 갔다.

준우의 아내는 의림을 보자마자 서둘러 그를 서재의 컴퓨터 앞으로 안내했다. 모니터에는 준우가 누군가와 주고받은 이메일이 하나 떠 있었는데, 의림이 의자에 앉자마자 그의 아내가 바로 설명을 시작했다.

"여기 이카루스라는 것은 준우 씨가 사용하던 아이디고, 북학인이라는 것이 상대방의 것이에요."

"이걸 어떻게 찾아냈죠?"

"제가 오늘 아이디를 하나 만들려고 하는데, 제 주민번호로는 이미 등록이 되어 있다고 계속 나오는 거예요. 그래서 분실

센터를 통해 확인해보니 뜻밖에도 제 이름으로 이 이카루스라는 아이디가 만들어져 있더군요. 틀림없이 남편이 만든 것일 거라는 걸 짐작할 수 있었어요. 그리고 비밀번호까지 겨우겨우 확인을 하고 보니 이 이메일이 있는 거예요. 얼마나 많이 연락을 주고받았는지는 모르겠어요. 남겨진 메일이라곤 달랑 이거 하나밖에 없거든요."

유일하게 남아 있는 메일은 준우가 사고 직전에 북학인이라는 아이디의 상대에게 보낸 것이었다. 거기엔 이렇게 적혀 있었다.

북학인, 삼성전자에 관한 것은 지금 한창 조사 중이라 결론이 나오면 말씀드리겠습니다. 확실한 것은 당신의 예감대로 불길한 무언가가 계획되고 있다는 것입니다. 하지만 비자금과 관련해서는 불행히도 저는 아직 전두환의 출금 날짜를 알아내지 못했습니다. 증거가 없어 어떻게 해야 할지 막막합니다. 그런데 북학인, 저는 시간이 지날수록 당신에 대해 신비감을 느낍니다. 당신이 제게 준 정보는 모두 최고급입니다. 즉, 당사자들 말고는 이 세상의 누구도 모르는 내용이죠. 그런데 당신은 이미 모든 걸 다 알고 있는 듯한 느낌을 줍니다. 나는 당신이 모르는 게 하나도 없는 사람이라고 믿을 정도가 되었습니다. 이제 정말 궁금한 것은 당신의 정체입니다.

의림은 모니터를 들여다보며 준우의 아내에게 물었다.

"북학인에 대해 전에 들어보신 적은 없었나요?"

"네, 전혀 없었어요."

의림은 조용히 북학인의 이름을 되뇌어보았다.

"북—학—인, 북학인이라……."

하지만 준우의 메일을 통해서도 그의 정체를 알기는 어려워 보였다. 게다가 준우 자신이 북학인의 정체가 궁금하다고 고백하고 있으니 의림이 그 정체를 밝히는 것은 요원해 보였다. 준우의 마지막 메일에 아무런 답장이 없었다는 것도 의림으로서는 퍽 이상한 일이었다. 확실히 베일에 싸인 인물이라는 것만 알 수 있을 뿐, 그가 과연 어떤 사람인지는 전혀 감을 잡을 수가 없었다. 조 대령 역시 아는 바가 전혀 없는 눈치였는데……. 그럼에도 준우와 조 대령은 북학인에 대해 상당한 신뢰를 보내고 있었다. 과연 그의 정체는 무엇일까?

그때 의림의 머리에 아이디어 하나가 떠올랐다.

"이 북학인이라는 사람이 준우의 사고 소식을 알고 있을까요?"

"글쎄요, 그건 모르겠는데요."

전혀 짐작할 수 없다는 표정으로 준우의 아내가 대답했다. 당연한 대답이었다.

"좋은 수가 있어요."

"뭐죠?"

"이메일을 보내보는 겁니다."

"북학인에게요?"

"네. 이 사람은 준우의 사고에 대해 뭔가 알고 있을 것만 같아요."

의림은 대답과 동시에 키보드를 두드리기 시작했다.

북학인, 긴급히 연락 드릴 일이 있습니다.

"답변이 올까요?"

준우의 아내도 잔뜩 긴장한 목소리로 물어왔다.

"글쎄요."

신중하게 대답을 하면서도 의림은 웬지 알 수 없는 기대가 가슴 깊은 곳에서부터 솟아나는 것을 느낄 수 있었다. 바로 이 북학인이 모든 비밀을 한 손에 쥐고 있을 것 같은 느낌이 드는 것이었다.

풀리는 의혹들

결과는 이내 찾아왔다.

준우의 집에서 나와 사무실로 돌아온 의림이 이카루스의 메일을 열자마자 한 통의 메일이 도착해 있었던 것이다.

메신저로 연결을 하시오.

직접 대화를 할 수 있도록 하라는 애기였다. 의림은 메신저를 연결한 후 바로 준우의 소식부터 알렸다.

「저는 이준우 기자가 아닙니다. 이 기자는 얼마 전 사망했습니다.」

「뭐요?」

「교통사고를 당했고, 범인은 뺑소니를 쳤습니다.」

상대방은 잠시 침묵했다.

「그렇다면 당신은 누구요?」

「저는 이준우의 동료 기자인 정의림입니다.」

「정의림? 그렇다면 조 대령을 인터뷰한 바로 그 기자요?」

「그렇습니다.」

의림의 대답에 이어 북학인은 한동안 말이 없었다. 모니터에서는 잠시 빈 커서만 깜박이고 있었다. 한참 만에야 북학인은 정신을 가다듬은 듯 다시 말을 걸어왔다.

「그런데 이 아이디는 어떻게 알아냈소?」

「이준우 기자의 부인이 알려줬습니다.」

「사인이 교통사고라고 했소?」

「그렇습니다.」

「정말로 단순한 교통사고요?」

「확실치는 않습니다.」

「음, 그래요?」

의림은 상대가 이런 놀라운 사실을 접하면서도 절제된 표현만을 사용하는 것을 보자 속이 깊은 사람일 거라는 생각이 들었다.

「사실 이 기자의 죽음에 대해 좀 만나서 하고 싶은 얘기가 있습니다.」

「무슨 얘기요?」

「저는 이 기자가 단순한 교통사고로 죽은 것으로는 생각하지 않습니다.」

「왜 그렇게 생각하는 거요?」

의림은 자초지종을 설명했다. 준우가 불안을 느끼고 있었다는 점, 조 대령으로부터 암호를 건네받아 북학인에게 전달해야 할 절체절명의 순간에 사고를 당했다는 점, 교통사고인데도 아무런 흔적이 남아 있지 않다는 점에 대해 설명하고, 마지막으로 준우가 얼마나 북학인을 신뢰하고 있는지에 대해서도 말했다.

「그러니까 정 기자는 나를 조 대령이 얘기한 바로 그 배후 인물로 생각한단 말이오?」

「그렇습니다.」

상대방은 더 이상 의림의 짐작을 부인하려 하지 않았다. 대신 다른 질문을 던져왔다.

「조 대령은 잘 있소?」

「네, 하지만 이상한 일이 하나 있습니다.」

「무슨 일이오?」

「그는 비장한 심정으로 인터뷰를 하고 구속이 되었습니다. 그런데 구속의 사유가 금품 수수입니다. 말하자면 파렴치범이 된 것이고, 그가 차세대 전투기 구매와 관련하여 내세웠던 주장들은 모두 신뢰를 잃게 되었습니다. 그런데도 이준우 기자는 그가 수천억짜리 일을 해냈다고 메모를 남겼습니다. 이건 무슨 뜻입니까?」

「결과적으로 그렇게 된다는 뜻일 거요.」

「이해가 잘 안 가는군요.」

「세상엔 이해가 안 가는 일도 있는 법이오.」

「설명을 좀 부탁드려도 될까요?」

상대는 잠시 침묵을 지키다가 이윽고 글을 보내왔다.

「이야기의 전말이 그리 간단치 않소.」

「그래도 설명을 해주셨으면 합니다. 조 대령을 인터뷰해 특종을 터뜨렸지만 마음은 항상 편치 않았거든요.」

「음, 당신은 몰인정한 기자는 아닌 것 같군요. 그럼 간단하게 설명을 하겠소.」

「네.」

「미국이 외국에 비행기를 팔 때는 고려하는 요소가 무척 많소. 돈을 준다고 아무 나라에나 전투기를 파는 게 아니란 말이오. 그들이 설정한 기준에 맞아야 하오.」

「어떤 기준이 있나요?」

벌써 몇 년째 국방부에 드나들고 있는 의림은 대강의 내용을 쉽게 짐작할 수 있었다. 하지만 상대의 말을 끊지 않기 위해 잠자코 추임새만 넣었다.

「우선 현재 전투기를 만들고 있거나 만들 능력이 있는 나라에만 최신형의 비행기를 판매한다는 거요.」

「전투기를 만드는 나라요?」

「그렇소. 힘이 있는 나라는 대접받게 마련이오. 국제 관계에서 힘없는 나라는 무기를 살 때 가장 큰 설움을 느끼는 거요. 가격도 비싸고 물건도 부실하지만 어쩔 수 없이 사야만 할 때가 많소.」

「그래서 우리는 F22를 살 수 없다?」

「그렇소. 미국 정부는 현재 다른 나라에는 F22를 팔지 않소. 그건 앞으로 십여 년 후에나 외국에 선을 보이게 될 거요. 어쨌든 미국 비행기로는 F15가 우리가 살 수 있는 최고 기종이오.」

「조 대령의 판단은 다르던데요?」

「F15가 라팔보다 조금 성능이 떨어진다는 건 거짓말이 아니오.」

「그렇지만 우리로서는 역시 F15를 살 수밖에 없다는 건가요?」

「그렇소. 라팔이 F15보다 우수하다지만 그건 조종사의 편의성이 조금 낫다는 정도의 차이에 불과한 것이오.」

「당신 말대로라면 처음부터 F15를 추천하면 될 일 아니었나요? 프랑스 측이나 조 대령을 부추겨서 사지도 못할 라팔을 띄워놓고, 또 기술이전 조건까지 붙이도록 한 건 무슨 속셈이죠?」

「우리 국방부와 나는 미국이 비싼 값으로 비행기를 팔려고 할 것에 대비해 나름대로 연구를 많이 했소. 그래서 수의계약을 하지 않고 사상 처음으로 국제입찰이라는 방식을 택한 거요. 그러자 미국의 불만이 대단했소. 일본도 수의계약을 하는

데 왜 한국의 국방부가 국제입찰을 하느냐고 거세게 항의를 했지.」

「그들로서는 그럴 법도 했겠군요.」

「어쨌든 국제입찰은 진행이 되었고, 프랑스의 차세대 전투기 라팔이 기종 자체에서는 점수를 약간 더 받았소. 하지만 국방부로서는 라팔을 사기가 두려웠던 거요.」

「왜요? 미국의 압력을 이겨낼 수 없었나요?」

「물론 그런 부분도 없다고 할 수는 없소. 하지만 우리 국방부에서 가장 두려워했던 것은 미국의 압력 같은 것이 아니오.」

의림은 의아한 생각이 들기 시작했다.

「그럼 뭐죠?」

「문제는 돈이었소.」

「라팔이 F15에 비해 훨씬 비싼 가격을 제시했나요? 조 대령의 얘기는 그렇지 않았던 걸로 기억하는데…….」

「물론 현재 제시된 금액으로만 보자면 라팔이 더 비쌌던 것은 아니오.」

「그런데도 돈이 문제란 말이군요.」

「그렇소. 이런 큰 구매를 결정할 때는 가장 중요한 게 물건을 파는 측의 안정성이오. 유럽 내에서 라팔을 사기로 한 나라는 프랑스뿐이오. 프랑스 공군만이 자국기 라팔을 이백 대 사기로 했고, 다른 나라 공군들은 모두 유로파이터를 사기로 했소. 이미 칠백 대가 계약이 돼 있소. 다소사가 추가 주문을 받지 못해 비행기를 대량으로 생산하지 못하게 되면 라팔의 생산 단가는 천정부지로 올라가게 되어 있소. 국방부 출입 기자니 그 정도는 알 수 있겠죠?」

「그러나 구매 금액을 미리 정해두지 않습니까?」

「테제베도 계약 금액을 정해두었지만 상황에 따라 여러 번 바뀌었소. 이런 큰 거래에서는 그런 일이 다반사요.」

「100퍼센트 기술이전이라는 특혜도 있지 않았나요? 그 약속을 받아내는 일에는 북학인 당신도 무언가 역할을 한 것으로 알고 있는데…….」

「그런 약속은 사실 실체가 없는 거요.」

「그렇다면 당신이 프랑스 측으로부터 그런 약속을 이끌어내기 위해 노력한 이유는 어떻게 설명할 수 있죠?」

「설명이라……. 당신과는 오늘 처음 대화를 나누는 것이니 너무 많은 설명을 내게 요구하지는 말아주시오. 다만 나는 최종적인 우리의 국익을 위해 그런 것이라는 대답만 해두겠소.」

「라팔을 팔아야 하는 프랑스 측의 사정을 이용해 기술이전 약속까지 받아냈지만 그건 최종적으로 라팔을 실제 구매하기 위해 그런 것은 아니었다는 얘기군요?」

「그렇소.」

「그렇다면 그렇게 뒤에서 일을 꾸민 궁극적인 이유, 당신이 생각하는 국익이라는 것의 정체는 뭐죠?」

「앞서 말했듯이 우리가 걱정한 것은 일차적으로는 돈이오.」

「라팔로 결정할 경우 비용이 상상 이상으로 초과될 수 있다는 걱정 때문에 F15를 선택했다는 말인가요?」

「아니요, 정 기자. 우리는 솔직히 사업의 시작 전부터 F15를 염두에 두고 있었소.」

「그렇다면 F15를 산다는 전제 하에, 그 가격을 떨어뜨리기 위해 국제입찰을 감행하고 프랑스 측의 기술이전 약속까지 이끌어냈다는 얘긴가요?」

「거기까지만 알아두시오. 더 복잡한 얘기는 차차 하기로 합시다.」

「좋습니다. 그런데 조 대령은 왜 결정된 일을 가지고 구속될 줄 뻔히 알면서도 저와 그런 인터뷰를 가졌던 걸까요?」

「정 기자, 조 대령은 그렇게 간단한 사람이 아니오. 다만 그는 양심이 있고 판단이 정확한 사람이오. 기종이 미국 것으로 결정되었다 싶자 그는 미국인들로부터 하나라도 더 얻어내려고 무척 고민을 했을 거요. 잘 생각해보시오. 그는 왜 수사관이 묻지도 않고 증거도 하나 없는 자신의 비리를 스스로 털어놨겠소? 그리고 그 결과를 보시오. 당신도 알고 있는지 모르겠지만, 거만한 미국인들이 비행기 값을 오억 달러 이상 떨어뜨렸소.」

「그게 정말인가요?」

의림은 처음 듣는 소식에 귀가 쫑긋했다. 그가 담당한 국방 관련 분야의 가장 중요한 뉴스가 되고도 남을 얘기였다. 준우가 메모에서 수천억 원짜리 일이라고 말한 것이 바로 이를 두고 한 말이었으리라는 짐작도 들었다. 의림은 내처 북학인에게 질문을 던졌다.

「그렇다면 조 대령은 국익을 위해 자신을 희생하며 거사를 했고, 국방부는 그걸 활용했다는 얘깁니까?」

「음, 조금 다른 부분도 있지만 별로 중요한 일이 아니니 이쯤 해둡시다.」

「좋습니다. 일단 그 얘기는 여기까지 하죠. 하지만 여전히 제게는 커다란 의문들이 몇 가지 남아 있습니다. 이건 당신이 심부름꾼으로 이용하던 이준우 기자의 사망 사건과도 연관된 것이니 당신에게도 답변할 책임이 있다고 생각하는데, 대답해 주실 수 있나요?」

「…….」

북학인은 한동안 대답이 없었다. 의림은 다시 자판을 두드렸다.

「이준우 기자가 메모에서 스위스를 언급하고 부인에게 스위스 은행에 박정희의 비자금이 숨겨져 있을지도 모른다는 얘기를 했다는데, 혹시 알고 있나요?」

「이준우 기자가 스위스 은행의 박정희 비자금에 대해 조사하고 있었다는 사실은 나도 알고 있소. 그건 내가 부탁한 일이니까 말이오.」

「그렇다면 준우의 죽음은 그 일과 연관된 게 아닐까요?」

「짐작이 가는 건 있지만 지금으로선 확신할 수 없소.」

「좋습니다. 그럼 이준우 기자의 메모에 있는 로마나 바이스로이 재단은 뭐죠? 그것도 혹시 당신과 관련된 게 아닌가요?」

「바이스로이 재단에 대해서는 내가 이준우 기자에게 제보를 한 것이 사실이오. 그 재단의 본부가 있는 곳이 로마고.」

「어떤 내용의 제보였죠?」

「바이스로이 재단으로부터 장학금을 받고 공부를 했던 우리나라의 과학자들 중 상당수가 행방불명이나 다름없는 상태에 있다는 내용이었소.」

「말하자면 그 행방불명된 과학자들의 소재를 파악해보라는 지령을 내리신 셈이로군요?」

「듣기가 거북하오. 이준우 기자는 여러 면에서 나를 돕고 있었지만 단순히 나의 심부름꾼이나 하수인 역할을 하던 사람이 아니오. 당신이 이 기자와 가까운 사이였다면 이 기자가 그렇게 어수룩한 사람이 아니었다는 것 정도는 알 텐데?」

「물론 준우는 그렇게 어수룩한 사람이 아닙니다. 제 입사 동기이기 이전에 친한 친구니까 잘 압니다.」

「그렇군요. 잘 알겠소. 그럼 오늘은 이만 줄일까요?」

「아니, 잠깐만요.」

의림은 서둘러 상대를 붙잡았다.

「아직도 궁금한 게 남았소?」

「물론 궁금한 점은 여전히 많습니다. 하지만 그보다 당신에게 꼭 전해야 할 말이 있습니다.」

「전해야 할 말?」

「조 대령이 이준우 기자에게 전하려던 말, 그리고 결국은 당신에게 전하려던 암호요.」

「음……. 그게 뭐였죠?」

「'파리는 안개에 젖어.'」

「그렇군요.」

「무슨 말인지 아시나요?」

「물론 알고 있소. 하지만 그 말을 사용하게 될지 어떨지는 지금으로선 불투명해졌소.」

「이준우 기자가 죽었기 때문인가요?」

「…….」

북학인은 이번에도 부인도 시인도 하지 않았다. 의림은 북학인에게 마지막 질문을 던졌다.

「제가 다시 연락하려면 어떻게 해야 하죠?」

「내가 필요로 하는 정보들을 제공할 수 있다면 연락하시오. 이 아이디는 언제든 열려 있으니까.」

「당신이 필요로 하는 정보라면, 이준우 기자가 캐고 있던 정보겠군요?」

「그렇소. 역시 머리 회전이 빠른 사람이군요, 정 기자는.」

「그 가운데 하나는 아마도 바이스로이 재단으로부터 장학금을 받은 뒤에 사라졌다는 과학자들의 행방이겠군요?」

「그렇소. 사람 찾는 일을 할 수 있겠소?」

「신문기자가 하는 일의 상당 부분이 그런 비슷한 일이니까……. 알겠습니다. 찾아보지요. 그런데 왜 그들의 행방이 국제 무기 거래에 관여하는 당신의 관심사가 되죠?」

「나는 무기 거래업자가 아니오.」

「그럼 뭐죠?」

의림은 상대의 정체를 어떻게든 조금이라도 밝혀보고 싶었다.

「우리나라의 앞날을 걱정하는 과학자 정도라고 해둡시다.」

「과학자?」

「철학자라고 해도 상관은 없소.」

「음, 그렇군요. 그 외에 또 필요한 정보들이 더 있나요?」

「그렇소.」

「뭐죠?」

「이준우 기자는 전두환이 스위스 은행으로부터 박정희의 비자금을 찾아간 것이 언제인가를 추적하던 중이었소.」

「전두환이 박정희의 비자금을 회수해간 것이 확실하다는 말인가요?」

「그렇소.」

「그렇다면 이제 와서 그 날짜를 밝히는 게 무슨 의미가 있죠?」

「스위스 은행에 입금되어 있던 박정희의 비자금은 전두환과 스위스 은행이 반씩 나누었소. 나는 스위스 금융계의 내부 인맥을 통해 이런 사실을 확인했고, 지금 스위스 은행이 슬쩍해버린 박정희의 그 나머지 돈을 찾으려 하는 것이오. 내 대신 이 일을 진행할 사람도 찾아두었소. 문제는 스위스 은행 놈들이 모든 증거 자료를 다 폐기했다는 것이고, 따라서 그들을 굴복시키기 위해서는 전두환이 돈을 빼간 날짜를 근거로 거래내역을 조사해서 이를 증거로 제시해야 한다는 것이오.」

「이준우 기자가 하던 일이 그겁니까?」

「그렇소.」

의림은 준우가 스위스 은행들에 그토록 관심을 가졌던 이유를 비로소 이해할 수 있었다. 하지만 설사 전두환의 출금 일자를 알아낸다 하더라도 스위스 은행으로부터 추가로 나머지 돈을 받아낸다는 것은 매우 비현실적인 얘기처럼 들렸다. 의림은 자신의 생각을 솔직히 말했다.

「스위스 은행이 착복한 돈을 지금 와서 받아낸다는 것은 불가능한 얘기 아닌가요?」

「물론 쉬운 일은 아니오. 하지만 지금 스위스는 바로 그 비밀은행 제도 때문에 골머리를 앓고 있소. 우리로서는 기회요. 게다가 스위스의 일개 은행이 아니라 그 정부를 압박할 수 있는 힘을 가진 사람이 이 일을 하고 있으니까, 그런 문제는 정 기자가 걱정할 일이 아니오.」

「저는 그저 전두환의 출금 날짜만 알아내면 된다는 얘긴가요?」

「그렇소.」

「알겠습니다. 알아보지요.」

「그럼 그때 다시 연락합시다. 건투를 비오.」

북학인은 그렇게 마지막 인사를 남기고 메신저에서 나가버렸다. 의림은 쓴웃음을 지으며 메신저의 연결을 끊었다. 하지만 북학인과의 대화를 통해 의림은 이제껏 풀 수 없었던 몇 가지 의문들을 풀 수 있었다. 비록 준우의 사인에 대해 분명하게 밝혀진 것은 없었지만 어쩌면 조만간 이 문제에 대한 해답 역시 얻을 수 있을 것 같았다. 그러려면 우선 북학인이란 자와의 끈을 놓쳐서는 안 된다는 생각이 들었고, 그가 내준 수수께끼들을 풀어야겠다고 다짐했다.

대통령의 유럽 방문

그날 오후부터 의림은 두 가지 숙제에 동시에 매달리기 시작했다. 하지만 이내 두 가지 수수께끼를 혼자서 한꺼번에 풀기에는 무리가 있다는 생각이 들었다. 준우가 쉽게 해답을 찾지 못한 이유 또한 혼자서 모든 것을 해결하려 했기 때문일 거라는 생각도 들었다. 의림은 만만한 후배를 생각해보았지만 딱히 떠오르는 이름이 없었다. 다들 분초를 다투며 일에 매달리고 있었고, 그들에게 이런 엉뚱한 수수께끼를 맡긴다는 것은 아무리 선배라고 해도 쉬운 일이 아니었다.

'김 기자라면 이것저것 길게 설명하지 않아도 될 텐데……'

그런 아쉬운 생각 끝에 의림은 수화기를 들었다.

"미안한데, 부탁할 일이 좀 있어."

"뭔데요?"

특별히 바쁜 일이 없는지 한별은 반갑게 전화를 받았다.

"수고한 김에 바이스로이 재단에 대해 좀 더 확실하게 조사를 해주면 좋겠어."

"어떤 부분에 대해서요?"

"바이스로이 재단으로부터 장학금을 받았던 사람들 가운데 여럿이 실종 상태라는군."

"정말이에요?"

"그래."

"모두 한국 사람들인가요?"

"얼마나 많은 사람들이 실종된 것인지는 나도 몰라. 일단 내가 알고 있는 건 다섯 명의 한국인이야."

"다섯 명의 한국인 과학자들이 실종 상태란 말이죠?"

"그래."

"그건 확실한 정보인가요?"

"아마도."

"아마도?"

"나도 북학인에게서 명단만 받은 거라서……."

"북학인? 그와 연락이 되었단 말이에요?"

"그래."

의림은 북학인과 메신저로 나눈 대화들에 대해 한별에게 간단하게 설명을 했다. 그러면서 준우의 죽음에 얽힌 비밀을 밝히기 위해서는 북학인이 내준 문제를 우선 해결해야 한다는 자신의 판단도 덧붙였다.

"알겠어요. 최대한 알아볼게요."

"고마워, 김 기자. 앞으로도 잘 부탁해."

"알겠어요. 다른 사람 같으면 어림없지만 선배 부탁이니까 들어주는 거예요. 이건 잊으면 안 돼요."

"알았어."

그렇게 한별에게 바이스로이 재단 쪽 조사를 맡긴 의림은 전두환이 박정희의 비자금을 출금한 날짜가 언제인지를 푸는 문제에만 집중하기 시작했다. 그리고 어느새 그는 북학인이 했던 말들을 모두 믿고 있는 자신의 모습을 발견할 수 있었다.

의림은 우선 전두환과 스위스 은행의 책임자가 직접 만나지 않고는 담판이 불가능했을 것이라는 생각이 들었다. 이미 비밀을 간직한 스위스 은행과 앞으로 영원히 비밀을 지켜야 할 또 다른 당사자가 된 전두환 사이에 대리인이 끼어들 여지는 없어 보였다. 그렇다면 스위스 은행과 전두환이 접촉을 할 수 있는 장소는 어디일까? 그건 스위스일 수밖에 없었다. 박정희의 비자금을 찾아서 인출하는 일의 성격상 아쉬운 쪽은 스위스 은행이 아니라 전두환이었고, 따라서 스위스 은행의 책임자가 서울을 방문해 전두환과 만났을 가능성은 그다지 크지 않을 것이었다. 의림은 이런 생각들을 바탕으로 전두환 집권 당시의 기사들을 하나하나 체크해 나가기 시작했다.

그러다가 마침내 대통령의 외국 순방 관련 기사 가운데 눈에 띄는 걸 하나 찾아냈다.

전두환 대통령, 유럽 4개국 방문

1986년에 있었던 전두환의 유럽 국가 방문을 전하는 기사였다. 의림은 차분히 기사를 읽어나가기 시작했다.

오는 4월 5일부터 전두환 대통령은 부총리 등 17명의 공식 수행원을 거느리고 유럽 4개국을 방문한다. 방문국은 영국, 서독, 프랑스, 벨기에 등 4개국이며, 공식 수행원 외에도 정주영 회장 등 기업인 34명이 동행할 예정이다. 이 4개국의 공식 순방 외에 전두환 대통령 부처는 스위스를 경유할 예정이며, 북미의 밴쿠버와 시애틀에도 들를 예정이다.

기사에 따르면 전두환은 영국, 서독, 프랑스, 벨기에 등 4개국을 방문하고 그 사이에 스위스를 비공식적으로 방문하기로 되어 있었다.

'스위스란 말이지?'

의림은 혼잣소리를 중얼거리며 당시의 모든 기사들을 꼼꼼히 읽어나갔다. 그러면서 중요한 내용들을 하나하나 메모했다.

정리를 해놓고 보니 당시 전두환 대통령의 유럽 순방 일정은 모두 16박 17일 동안이나 이어지는 장기 여행이었다. 게다가 유럽만 들른 것도 아니었다. 밴쿠버에서의 1박을 시작으로 영국에서 3박, 서독에서 2박, 스위스에서 2박, 프랑스에서 2박, 벨기에에서 2박, 그리고 시애틀에서의 2박으로 일정이 구성되어 있었는데, 신문들은 하나같이 '유럽 순방'이라고만 전하고 있었다.

순방의 결과를 전하는 기사들을 보면 그 사정의 대강이 이해는 되었다. 밴쿠버나 시애틀에서의 일정에는 한 나라의 대통령으로서 으레 소화해야 마땅한 정치적 일정이 거의 없었던 것이다. 말하자면 나들이와 다를 바 없는 일정들이 대부분이었던 것이고, 따라서 당시의 기사에서도 이들 지역에서 무슨 활동을 했는지에 대해서는 거의 언급이 없었다. 스위스에서도 마찬가지였다. 그가 스위스에 간 것은 분명하나 어디서 무얼 했는지에 대해서는 거의 소개가 없었다. 사마란치 IOC 위원장과 만나 몇 마디 대화를 나눈 것이 일정의 전부였다.

벨기에에서의 일정에도 의문은 있었다. 벨기에 국왕과 식사를 한 일 외에 이렇다 할 공식적인 활동 자체가 없었던 것이다. 그렇게 생각하고 보니 전두환 대통령의 동선 자체가 비상식적인 것이었다. 동에서 서로 이동한다거나, 남에서 북으로 이동한다거나 하는 기본적인 동선이 없는 것처럼 보였던 것이다. 동서남북을 종잡을 수 없게 움직이는 방식이었는데, 이런 식으로 여행의 동선을 짠다는 것은 역시 상식적으로 납득이 되지 않는 것이었다.

의림은 당시의 유럽 순방 중에 전두환과 스위스 은행의 접촉이 있었을 것이라고 가정하고, 실제의 동선과 일정들을 머릿속으로 그려보았다.

전두환 대통령이 스위스를 방문한 것은 토요일인 4월 12일이었다. 그날 아침 전두환 대통령 일행은 독일의 본에서 스위스의 제네바로 갔다. 이어 로잔으로 옮겨간 대통령은 거기서 1박을 하고, 13일에 다시 제네바로 와서 1박을 더 했다.

이어 월요일 아침인 14일에는 프랑스로 건너갔다. 프랑스에서의 일정은 비교적 상식적인 것이었고 언론의 관심도 높았다. 그렇게 이틀 동안의 프랑스 방문을 마친 뒤 전두환 대통령 일행은 16일에 벨기에로 건너갔다. 그런데 이 벨기에에서의 일정 역시 베일에 싸여 있었다. 그렇게 공식적으로 하는 일 없이 이틀을 벨기에에 머물던 전두환 대통령 일행은 마침내 유럽 순방 일정을 모두 마치고 미국으로 건너갔다가 귀국을 한 것으로 되어 있었다.

그렇다면 전두환과 스위스 은행의 책임자가 만난 것은 언제일까? 당연히 스위스에 있던 이틀 동안의 주말 가운데 하루일 가능성이 높았다. 비공식 방문인 데다가 주말이어서 언론의 특별한 관심도 받지 않던 순간이었다. 휴식을 위한 것처럼 보일 이 시기에 스위스 은행의 책임자와 전두환이 만나 박정희의 비자금에 대해 담판을 지었을 가능성이 가장 높았다. 하지만 담판을 지었다고 해서 바로 그 자리에서 돈이 건네지지는 않았을 것이었다. 한두 푼도 아닌 돈을 즉석에서 내줄 수는 없었을 것이 분명했다. 그렇다면 실제로 인출이 이루어지고 돈이 스위스 은행에서 전두환의 손에 넘어간 것은 언제일까? 스위스에 이은 프랑스 방문을 마치고 전두환 대통령 일행이 벨기에로 건너가 다시 2박을 했다는 사실에 답이 있는 것으로 보였다. 아무런 공식 일정이 없던 그 이틀 사이에 전두환은 스위스 은행이 돈을 가져오기를 기다리고 있었던 것이 틀림없었다.

의림은 고개를 끄덕이며 수첩에 날짜를 적어 넣었다.

1986년 4월 16~17일

전두환이 스위스 은행으로부터 돈을 챙긴 것은 벨기에에서 체류한 이 이틀 중 하루라는 결론이었다. 의림은 즉시 인터넷으로 들어가 북학인을 불렀지만 그는 부재중이었다. 의림은 자신의 결론에 간략한 설명을 곁들여 이메일로 보냈다.

폐허 위의 대화

로마 시내 한복판.

유서 깊은 이 도시에 들어서면 발에 채는 게 유적일 정도로 로마는 모든 역사의 도시 중 으뜸이라고 할 만하다. 콜로세움이나 시스티나 성당은 말할 것도 없고, 트레비 분수에서부터 판테온 등 각종 사원과 성당에 이르기까지 로마는 유적으로 꽉 들어찬 도시이다. 그러나 유적 중의 유적이라면 아무래도 폐허 그대로 버려둔 로마포럼이 제일일 것이다. 역사를 알고 그 허무를 아는 사람이라면 로마포럼을 제쳐둔 채 로마를 구경하는 어리석음을 저지르지는 않을 것이다.

붉은 해가 길게 그림자를 드리우며 이제는 폐허가 된 한 아치문을 스치고 지나갈 무렵, 한 대의 검정색 벤츠가 이 폐허로 들어서는 가장 가까운 소로에 멎었다.

앞자리의 비서와 운전석의 기사가 누가 먼저랄 것도 없이 재빠른 동작으로 달려 나와 문을 열자, 턱이 움푹 들어간 신사복 차림의 한 사나이가 느린 동작으로 차에서 내렸다. 그는 고개를 들어 지는 해를 한 번 바라본 다음 천천히 발걸음을 옮겨, 시민들이 모여 회의하던 공회당의 폐허 앞에 걸터앉았다.

비서가 얼른 차 안의 바에서 스카치 병과 잔, 그리고 얼음을 꺼내 이제 오십대 초반으로 보이는 사나이에게 지극히 공손한 태도로 따랐다. 사나이는 폐허 속에 몸을 묻은 채 천천히 잔을 기울였다. 스카치의 향기를 입안에 굴리며 한 잔을 다 마시고 난 후에야 사나이는 몸과 마음이 풀리는 모양이었다.

"글렌, 답안지는 입수했나?"

"네."

글렌이라고 불린 비서는 품 안에 넣어두고 있던 두툼한 갈색 봉투 하나를 얼른 꺼냈다. 그는 봉투를 열고는 그 속에서 하얀 종이를 꺼냈다.

"적절한 애가 있다던가?"

"네. 18등을 한 김동현이라는 아이가 특출한 걸로 나타났답니다. 나이는 열여섯입니다."

"김동현? 한국 이름이군."

"그렇습니다."

"그래, 어떤 특이점이 있다던가?"

"츠바이슈타인 박사의 말에 의하면, 이 아이는 오차방정식의 답을 군론을 통해 풀려고 시도를 했답니다."

"호, 오차방정식을 군론으로? 그러니까 군집합으로 말이지?"

"그렇습니다."

"역시 한국 아이들 중에서 그런 특출한 아이가 나오는군. 그 애는 천재야. 그럼, 천재고말고. 오차방정식의 해를 군론을 통해 내려고 시도했다는 자체가 대단하지 않은가. 더군다나 배우지도 않은 분야일 텐데 말이지."

"이제 회장님도 수학의 대가가 다 되신 것 같습니다. 츠바이슈타인 박사도 그 소년을 대단히 칭찬하셨습니다."

"그 아이한테 우리의 오메가 시스템을 적용시키게."

"네? 오메가 시스템을 말입니까? 츠바이슈타인 박사의 말을 듣고 이미 박사 과정까지 전액 장학금을 지급하겠다는 제안은 해둔 상태입니다만, 이제 열여섯인 아이한테 오메가 시스템을 적용하는 건 너무 과한 투자가 아닐는지……."

"세상의 모든 수학자에게 가장 어려운 것이 바로 고차방정식이야. 오차방정식을 군론으로 풀려고 했다는 시도 자체가 천재성을 보여주는 거야. 그래, 다른 아이들은 어떻다고 하던가?"

"우수하지만 평범하다고 했습니다."

"흐흐, 츠바이슈타인다운 평가군. 단체는 어느 나라가 일등인가?"

"한국입니다."

순간 사나이의 눈꺼풀이 약간 꿈틀거렸다.

"역시 그렇군. 수학은 머리야. 머리만을 보자면 한국 애들이 제일이지. 누구도 따라갈 수가 없어. 음, 요한슨을 한국으로 보내게. 가서 이번에 입상한 아이들의 부모를 만나 우리의 알파 시스템을 설명해주고 필요하면 돈을 주고 오라고 하게."

"알겠습니다."

"그리고 기왕 한국에 가는 김에 열다섯에서 스무 살 사이의 학생들 중에서 수학 성적이 전국 상위 10위 안에 드는 학생들의 명단을 작성해 오라고 해."

"알겠습니다."

사나이는 이상한 지시를 내리고는 다시 위스키를 입안에 털어 넣었다. 그는 무엇인가 생각하는 듯한 표정을 지었다가 결론을 내렸다는 듯 머리를 끄덕이며 중얼거렸다.

"그래, 역시 한국이야. 머리는 한국 애들이야."

상전의 이런 모습을 보던 글렌이 궁금증을 참지 못하겠다는 표정으로 물었다.

"회장님."

"왜?"

"제 생각엔 그 점이 이상합니다."

"어떤 점이 말인가?"

"세계 100위권에 드는 대학조차 하나 없는 한국이 어떻게 세계적 경시대회에서는 줄곧 우승을 하는지 그 이유를 알 수가 없습니다."

"당연히 그게 궁금하겠지."

사나이는 웃었다. 그러고는 비서가 들고 있는 안주 접시에서 거위 간 한 조각을 들어 천천히 입속으로 가져갔다.

"한국은 썩은 나라야. 하지만 무시할 수 없는 나라지."

"네?"

"후후, 자네는 알 수 없어. 암, 알 도리가 없지."

사나이는 눈길을 폐허의 중심으로 던졌다. 거기에는 옛 황제의 궁전과 그 앞에 마치 황제의 궁전을 포위하듯 둘러싸고 있는 의회가 이제는 흉물스런 벽돌 더미로 변한 채 사나이의 시선을 받고 있었다.

사나이는 마치 무슨 일이라도 회상하는 듯한 표정을 지었다. 그는 염세주의 철학자처럼 눈을 가느스름하게 뜨고 인류 최고의 문명이 무너져 내린 현장을 몇 잔의 위스키와 함께 천천히 감상했다. 그의 이러한 태도는 그가 타고 온 최고급 벤츠와는 어울리지 않는 것이었지만 나름대로 세상과 역사에 대한 자신의 확고한 태도를 나타내주는 것이었다.

"세상에는 아주 특이한 두 민족이 있어."

"호오."

글렌은 관심이 잔뜩 담긴 눈길로 자신의 상전을 쳐다보며 맞장구를 쳤다. 이 비서는 자신의 상전이 풀어내는 이야기에 대단한 가치를 두고 있었다. 자신의 상전은 하는 일이 특이한 만큼이나 세상에 대한 해석 또한 아주 특이하다고 생각했다. 대학원에서 인류학을 전공한 자신도 깜짝 놀랄 정도로 그의 분석에는 논리가 있었고, 어떤 교수도 갖추지 못한 독창성이 있었다. 아마 자신을 비서로 뽑은 것도 어쩌면 자신이 대학원에서 인류학을 전공했다는 사실 때문인지도 몰랐다. 그만큼 그는 이 비서를 상대로 역사와 문화에 대해 얘기하기를 좋아했다.

"두 민족이라면 아마도 유대인과……."

"맞혀보게."

"유대인은 확실한데 다른 한 민족은 잘……."

"그렇겠지. 그건 바로 한국인이야."

"한국인이라구요? 저는 한국인에 대해서는 잘 알지 못합니다."

"당연하지."

사나이는 다시 위스키를 털어 넣었다. 글렌은 얼른 거위 간이 놓인 접시를 앞으로 내밀었다. 사나이는 거위 간을 입안에 집어넣으며 잠시 눈을 감았다 떴다.

"글렌."

"네."

"로마인들은 이 거위 간을 최고의 음식으로 여겼지. 그건 지금도 마찬가지지만 말일세."

글렌은 거위 간에 눈길을 모았다. 하지만 글렌은 거위 간을 별로 좋아하지 않았다. 자신의 상전이 끊임없이 권했음에도 글렌의 비위가 거위 간과는 맞지 않았던 것이다.

"저 궁전을 보게. 황제의 궁전일세. 저 안에서 얼마나 많은 사람들이 이 거위 간을 먹었겠나. 얼마나 많은 거위들이 그들의 입맛을 위해 버려졌겠나. 하지만 지금 남은 것은 무엇인가? 흙, 흙밖에는 남은 것이 없지 않나."

사나이는 다시 허전한 눈길로 폐허를 훑었다.

"이것 봐, 아무리 찾아봐도 거위 간은 이제는 없어. 역사란 이토록 허무한 것이라네."

"저도 그렇게 생각하고 있습니다."

"언제부터인가 나는 거위 간을 위해 살기로 마음을 먹었네. 거위 간 말일세."

"네……."

"후후, 거위 간이야말로 진실이야. 그런 점에서 나는 한국인들에게 감사하네. 한국인들이 나에게 이 비싼 거위 간을 먹여주니까."

"설마 한국인들이 거위 간을 먹여주기 때문에 특이하다고 하시는 건 아니겠죠?"

"하하하."

사나이는 기분이 좋은 듯 크게 웃었다.

"정말 그럴지도 몰라. 아니, 정말 그렇군. 그들은 아주 특이한 존재들이지. 역사책에만 파묻혀 있던 가난한 학자를 이렇게나 부자로 만들어주었으니 말이야."

"하지만 회장님의 관찰력은 남다르신 데가 있습니다."

"후후, 그런가. 세상에 한국인을 제대로 아는 사람은 없어. 우선 한국인 자신들이 스스로를 모르지. 아까 자네가 이상하다고 했지? 왜 세계 100위권에 드는 대학 하나 못 가진 한국이 수학경시대회에서는 매번 일 등을 하는지……."

"네."

"수학경시대회만 그런 게 아니야. 세상에서 머리 좋기로는 유대인 못지않은 사람들이 바로 한국인들이야. 노벨상을 탔어도 벌써 몇 개나 탔어야 할 사람들이지. 여하튼 한국인들은 매우 신비해."

"어떤 점이 말입니까?"

"어떤 점? 글쎄, 하여튼 신비해."

사나이는 다시 눈길을 폐허로 던졌다가 갑자기 무엇인가 생각난 듯 글렌에게 말했다.

"그래, 한국인은 마치 이런 폐허의 주인인 것 같은 느낌을 줘. 그들은 역사를 상실한 민족이거든."

"매우 낭만적인 표현이군요."

"하지만 그들은 고통받고 있지. 되찾아야 할 역사가 있다는 것은 사람을 괴롭게 만드는 법이야. 그들의 역사는 나에게도 숙제니까."

"무슨 말씀입니까?"

"나는 원래 비교역사학의 전문가 아닌가. 처음 내가 이 신비한 민족과 맞닥뜨린 것은 고인돌을 통해서였어. 세계 고인돌의 반 이상이 한국에 있더군. 이상하지 않나? 이 넓은 지구상에서 그 좁은 한반도라는 지역에 세계 고인돌의 60퍼센트가 있다는 사실이 말이야. 고인돌에 미쳐 있던 나는 한국어를 아주 열심히 공부했어. 그러고는 무작정 한국에 갔지. 뭐라도 얻어보려고 말이야."

"호, 세계 고인돌의 반 이상이 한국에 있는 줄은 저도 몰랐는데요."

사나이는 약간 뒤틀린 웃음을 지었다.

"그런데 막상 한국에 가니 아무도 모르는 거야. 학자든 뭐든 아무도 세계 고인돌의 반 이상이 자기 나라에 있다는 사실조차 모르고 있었어. 그래서 나는 그 나라 역사를 샅샅이 뒤졌어. 그러면서 나는 웃음을 참을 수가 없었어."

"왜요?"

"흐흐. 세계 고인돌의 반 이상이 자기 나라에 있으면 그 역사란 건 무서울 정도로 오래됐다는 얘기가 아닌가? 그런데 이 사람들은 자기네 역사를 줄이지 못해 안달이더군. 고인돌이 강력한 부족국가의 상징이란 건 자네도 잘 알 테지? 그런데 이 사람들은 중국에서 누군가 내려오기 전의 한반도란 그저 미개인들이 흩어져 살았던 곳으로만 생각하더군. 모든 역사책도 그렇게 만들고. 그러면 그 많은 고인돌들은 나중에 세계 각지에서 수입해 갖다 두었단 말인가? 이렇게 온 나라 전체가 잘못된 역사를 전적으로 받아들이고 사는 나라는 처음이었어."

"그게 신비하단 말씀인가요?"

"아니, 더 신비한 일이 있었어."

사나이는 위스키를 한 잔 더 따랐다. 폐허에서 위스키와 거위 간을 즐기는 이 사나이에게서는 알 수 없는 풍자와 허무가 묻어 나왔다.

"자네도 알다시피 나는 비교역사 연구가이면서 《성서》 전문가야. 그런데 어느 날 나는 두 눈동자가 튀어나올 뻔한 발견을 하나 했어. 바로 그 한국에서 가장 신비하다는 인물의 예언서를 읽을 때였지. 그 책에서 《성서》의 〈요한계시록〉과 똑같이 쓰인 구절을 찾아낸 거야."

"네? 언제 쓰인 책인데요?"

"한국에 《성서》가 처음 소개되기도 전의 책이야. 그 책에는 놀랍게도 《성서》의 〈요한계시록〉과 같은 숫자가 문장 하나 틀리지 않고 나와 있었어."

글렌은 아직 확실히 이해하지 못했다는 듯한 눈길로 자신의 상전을 쳐다보았다.

"어떻게 그런 일이 생길 수 있습니까?"

"문화의 뿌리가 같다는 얘기지. 한국인들이 중국 문화를 받아들이기 전, 본래 그들이 가지고 있던 문화는 수메르족하고 뿌리를 같이하는 거란 얘기야. 이스라엘이 수메르족의 후예이듯 말이지."

"수메르란 동쪽에서 온 사람들이 아닙니까?"

"물론이네. 그들은 바이칼호 부근에 살다 일부는 동진해서 시베리아를 지나 한반도로 들어가고, 또 일부는 서쪽으로 자그로스 산맥을 넘어 중근동으로 들어갔어. 또 다른 일부는 그냥 바이칼호 부근에 남아 있었고. 이들은 자꾸 서로 이질화되어 갔지만 아직도 어느 부분에서는 동질의 문화를 갖고 있어. 〈요한계시록〉과 그 예언서에 나오는 숫자가 같다는 점은 그런 것을 말하고 있는 거지."

"오오, 그거야말로 인류 역사상 가장 중요한 연구 과제군요."

"과제? 그렇지, 과제지. 하지만 나는 진정으로 실망하고 말았네. 나는 한국에 가서 이 문제에 대해 어느 정도 연구가 되어 있는지 알아보았지만 실망스럽게도 연구된 게 전혀 없었어.”

“그럴 리가요?”

“믿지 못하겠지만 사실이라네.”

“오오.”

“처음에 나는 한국을 좋아했어. 그러나 차츰 한국이 너무도 싫어지기 시작했네.”

“왜요?”

“그들은 인류의 유산을 죽여버린 게 아닌가. 그들 자신이 활발하게 연구해 세계에 내놓아야 할 고대의 신비한 유산을 모조리 묻어버리지 않았나? 그들은 범죄자야. 인류의 유산을 탕진한 범죄자.”

“이상하군요. 그 나라에도 학자와 연구자들이 있을 텐데요.”

“그 나라에서는 이런 문제를 제기하면 미치광이 취급을 받아. 내가 이런 문제를 제기하자 갑자기 한국의 학자들이 모두 나를 미워하기 시작했다네.”

“네? 미워하다니요? 고맙게 생각했으면 했지.”

“그게 한국이라는 나라야. 모두가 패거리로 나뉘어 있어. 연구는 하나도 안 하는 놈들이 패거리끼리 뭉쳐가지고 나를 공격하는데, 나중엔 인신공격까지 하더군.”

“……”

“그 나라에 고인돌이 그렇게 많으니 굉장히 강성한 고대국가가 있었을 거라고 했더니 그런 나라는 중국에나 있었지 자기네 나라는 고구려니 뭐니 하는 나라가 최초의 고대국가였다고 떼를 지어 달려드는데…… 나는 그만 두 손을 들고 말았네. 알고 봤더니 그건 일본인들이 식민 지배 때 조작해 가르친 역사였어."

"한국은 아직 일본의 식민지인가요?"

"그럴지도 모르지. 한 가지 분명한 것은, 그 나라는 먹고사는 것밖에는 모르는 나라라는 거야. 모두가 돈에만 관심이 있고 역사니 문화니 하는 것은 껍질밖에 없는 나라지."

"과연 회장님은 한국인들을 미워하시는군요."

"……."

"혹시 애정이 증오로 변한 게 아닌가요?"

사나이는 말없이 눈길을 돌려 폐허가 되어 무너져 있는 한 교회의 지붕을 뚫어지게 쳐다보았다. 둥근 돔의 꼭대기에 꺾인 십자가가 겨우 붙어 있는 형상이 기괴한 분위기를 자아냈다. 사나이의 눈에 다시 허무의 그림자가 드리워졌다.

"나는 한국인들을 이용해 돈을 벌 뿐이야. 누구보다도 한국인을 잘 아니까."

"……."

"자네는 내가 하는 일을 제대로 이해하기 어려울 거야. 하지만 하나 분명한 사실은, 앞으로의 세상은 내 두 손에 의해 지배된다는 거지. 이제 멀지 않았어."

"저는 회장님에게 그저 놀라고 있을 뿐입니다."

"세상은 우둔한 자들이 생각하는 것처럼 단순하게 돌아가지 않아. 아직은 아냐. 하지만 이제 곧 세계는 나에게 손을 벌리게 되어 있어."

사나이와 비서는 그렇게 폐허 위에서 의미를 알 수 없는 대화를 나누었다.

보이지 않는 전쟁

의림과 한별은 기분 좋게 식사를 했다. 식사를 마치고 조용한 찻집으로 자리를 옮긴 두 사람은 어느새 친숙해졌는지 겉으로 보아서는 제법 연인같이 다정해 보이기도 했다.

"그래, 진전이 좀 있었어?"

"네, 어느 정도는."

"빨리 들어보고 싶군."

"그 전에 우선 선배 얘기부터 해봐요. 전두환이 박정희의 비자금을 인출한 날짜를 찾아냈나요?"

"아마도 그런 것 같아."

"그런 것 같다? 확실하진 않다는 말인가요?"

"음, 증거는 없고 순전히 추리로 찾아낸 날짜거든."

"북학인은 뭐래요?"

"아직 응답이 없어. 무언가 바쁜 일이 있는지 어제 보낸 메일을 아직도 열어보지 않았더군."

"그랬군요."

"이제 김 기자가 조사한 내용을 좀 들어볼까?"

"네, 좋아요. 하지만 아직 조사가 완전히 끝난 건 아니에요. 실종된 과학자들의 소재지가 파악된 건 아니니까요. 하지만 진전은 있었어요."

한별은 자신이 찾아낸 사실들이 자랑스러운지, 아니면 의림과의 대화가 즐거운 것인지 재빠르게 말을 이어가고 있었다. 그러더니 불쑥 종이 한 장을 내밀었다. 그것은 해외에서 공부하고 있는 한국인 과학자들의 명단, 더 정확하게는 바이스로이 장학금을 받는 사람들의 명단이었다.

"모두 좋은 곳에서 공부를 하고 있군."

명단에 올라 있는 대학들은 한결같이 해외의 일류 대학들이었다.

"네, 그래요. 하지만 이건 몇 년 전의 데이터에요."

"몇 년 전의 데이터라구?"

"네, 이걸 더 봐요."

그러면서 한별은 다시 종이 한 장을 꺼내 의림 앞으로 내밀었다. 거기엔 좀 전에 보았던 사람들의 이름이 적혀 있었다.

"이건 가장 최근의 데이터예요. 아까 본 데이터에 등장하는 학교들을 졸업한 뒤에 이 사람들이 지금 어디서 무얼 하고 있는지를 보여주는 데이터죠."

"음, 그런가?"

의림은 종이에 적힌 내용들을 눈으로 훑어 내려갔다.

"뭔가 좀 이상하지 않아요?"

하지만 한별의 지적과 달리 특별히 이상한 점은 눈에 띄지 않았다. 실종된 것으로 표기된 사람도 없었고, 실업자나 거렁뱅이가 되었다는 사람도 보이지 않았다.

"글쎄, 잘 모르겠는데……."

의림은 대답을 얼버무렸다.

"이걸 보고도 뭔가 이상하다는 생각이 들지 않는단 말이에요?"

"음, 모두 좋은 직장에 취직해 있잖아."

"바로 그거예요. 왜 최고의 학자나 교수가 되고도 남았을 이 사람들이 하나같이 특정 기업을 위해 일하는 단순한 직장인이 되었느냐 하는 거죠."

의림은 다시 한 번 명단을 찬찬히 훑어보았다. 열 명이 약간 넘는 명단에서 직업이 교수라거나 연구원인 사람은 단 하나도 없었다. 그냥 넘어가자면 얼마든지 넘어갈 수 있는 일이었지만 의심하고 보면 또 얼마든지 의심할 수 있는 일이었다.

"그래, 이건 뭔가 이상하군. 단 한 사람도 교수나 연구원이 아니네."

"그럼 여기서 우린 무얼 느낄 수 있죠?"

의림은 반사적으로 한별의 얼굴을 바라보았다. 한별도 의림의 얼굴을 똑바로 응시했다. 두 사람은 거의 동시에 한 단어를 내뱉었다.

"옵션!"

두 사람은 한동안 서로의 얼굴을 바라만 보고 있었다. 한별이 먼저 침묵을 깼다.

"옵션. 선배가 얘기한 대로예요. 그 장학금에는 겉으로 드러나지 않는 무서운 옵션이 있다는 얘기예요. 이럴 수는 없어요. 옵션이 있지 않고는 교수나 연구원이 하나도 없을 수가 없어요. 그런데 모두 취직을 하고 있어요. 그렇게 공부를 많이 한 사람들이."

"바이스로이는 아무런 옵션도 없이 장학금을 준다고 하지 않았던가?"

"그랬죠."

"그렇다면 긴 세월에 걸쳐 장학금을 주면서 차차 수혜자를 포섭해나간다는 얘기로군."

"어쩌면 이 장학금은 최악의 장학금일 수도 있어요. 교수나 연구원이 하나도 없다는 사실은 이 장학금이 수혜자의 장래를 매우 강력하게 제한하고 있다고 볼 수도 있으니까요."

"혹시 준우의 죽음이 이 바이스로이 재단의 수상한 점과 관련되지 않았을까 하는 생각이 새롭게 드는군."

사실이 그랬다. 준우는 북학인의 요청에 따라 바이스로이 재단에서 장학금을 받고 공부한 과학자들, 그들 가운데 실종된 사람들에 대한 조사를 진행하고 있었다. 바이스로이 재단과 거기서 지급하는 장학금에 매우 특별한 문제가 있다고 한다면, 이를 파헤치던 준우를 그들이 손본 것일 수도 있다는 생각이 들었다.

"갑자기 무서운 생각이 들어요."

한별도 같은 느낌을 받은 모양이었다. 찻집 바깥으로 눈길을 돌리는 그녀의 표정이 굳어지고 있었다.

"그나저나 어떻게 하면 실종자들을 찾을 수 있을까요?"

"계속 추적을 해봐야 하겠지만…… 여기 앉아서 인터넷을 뒤지는 것만으로는 어렵겠다는 생각이 드는군."

"그럼 어쩌시려고요?"

"바이스로이 재단에 가서 직접 물어보는 방법이 가장 확실하겠지."

"네……?"

그렇게 한별과 대화를 주고받는 사이 순간적으로 무언가 의림의 머리에 스쳤다. 북학인과 관련된 일들은 모두 상당히 위험하다는 사실이 그것이었다. 자기도 모르는 사이에 준우가 하던 일들을 대신하게 된 의림은 비로소 자신이 큰 위험에 노출돼 있다는 사실을 깨달았던 것이다. 그러고 보니 북학인이 만나서 해야 할 얘기조차 모두 이메일이나 메신저로만 처리하는 데에는 신변 안전의 이유가 가장 클 거라는 느낌도 들었다.

그날 밤, 집으로 돌아가 이메일을 열어본 의림은 경악하지 않을 수가 없었다. 북학인은 메일을 통해 이렇게 말하고 있었다.

정 기자!
지금 세계는 보이지 않는 전쟁을 치르고 있소. 각국의 미래를 결정하는 큰 전쟁이오. 우리나라의 미래도 거기에 달려 있고, 나도 이 전쟁에 참여하고 있소. 짐작하고 있겠지만 정 기자는 이 기자 대신 나의 파트너가 된 거요. 이 기자는 적에 의해 살해를 당했소. 나는 시간을 다투는 연구를 하고 있기 때문에 지금의 내게는 죽은 이 기자처럼 나를 대신해서 움직일 수 있는 사람들이 필요하오. 이제는 정 기자가 그 역할을 해주어야 한다는 뜻이오. 느끼고 있겠지만 이것은 보통 일이 아니오. 바이스로이를 만나 다섯 사람의 행방을 빨리 알아내야 하오. 그 전에 정 기자는 우선 파리로 가서 프랑스 국방부의 제라르 소장을 만나시오. 조 대령으로부터 받았던 암호를 제시하면 그 사람이 정 기자를 만나줄 거요. 메일을 보는 즉시 메신저에 접속해 나를 찾으시오.

의림은 메일을 읽고 또 읽었다. 북학인은 지금 전쟁을 치르고 있는 중이라고 했다. 그러면서 준우의 사망을 살해로 단정하고 있었다. 그건 준우가 전쟁에서 전사를 한 것이란 말이나 다름없었다. 북학인은 또 이제는 의림이 준우의 역할을 대신해야 한다고도 말했다. 그건 의림 역시 준우와 마찬가지의 위험에 노출되었다는 의미일 터였다. 방금 전에 한별과 나누던 대화들에 대해 북학인은 쐐기를 박고 있는 셈이었다. 바이스로이에 가서 실종된 과학자들의 행방을 하루빨리 찾아내라는 지시 역시 한별과 나눈 대화 중에 등장한 내용이었다. 북학인은 아마도 그들의 일거수일투족과 생각까지를 훤히 다 꿰뚫고 있는 것인지도 모른다는 생각이 들었다. 역시나 북학인은 보통 사람이 아니었다. 그의 범접하기 어려운 카리스마가 느껴졌고, 그의 한마디 한마디가 거역할 수 없는 힘으로 의림에게 다가왔다.

의림은 메신저를 열고 북학인을 불렀다.

「메일은 받았소?」

「네. 제라르 소장을 만나서는 뭘 해야 하죠?」

「아마 스위스로 가게 될 거요. 정 기자가 풀어낸 그 수수께끼의 해답이 상당한 효과를 나타냈소.」

그 말은 의림의 추리가 적중했다는 말에 다름 아니었다. 그리고 이는 박정희가 숨겨두었던 비자금 가운데 일부가 제라르 소장이라는 자와 의림 자신에 의해 한국에 되돌아오게 된다는 의미일 터였다.

「언제 떠나죠?」

「바로 가시오. 경비는 내가 보내겠소. 거래 은행의 계좌번호를 주시오.」

북학인은 바로 접속을 끊어버렸다. 의림은 타국에서의 위험이라든지 자신의 신상에 대해 북학인에게 한마디도 하지 못했다는 것을 뒤늦게야 깨달았다. 하지만 결정을 번복할 생각은 들지 않았다.

의림은 밤이 늦은 것을 알면서도 한별에게 전화를 걸어 북학인의 지시에 대해 설명했다.

"보이지 않는 전쟁이라구요? 그 사람의 말을 믿어야 하나요?"

한별은 반신반의하는 표정이었다.

"믿어야 할 것 같아. 그래, 믿어야 해. 그의 정체는 베일에 가려져 있지만 결코 실없는 소리를 할 사람이 아니야. 비록 북학인이 모든 것을 설명하진 않았지만 틀림없이 뭔가가 있어."

"너무 위험하지 않을까요? 이준우 선배 일도 있고……."

한별이 걱정하는 바를 모르는 의림이 아니었다. 하지만 이제 와서 발을 뺄 수는 없다는 생각이 더 강렬했다.

"일단 가서 부딪쳐볼게. 죽기 아니면 까무러치기지 뭐."

그렇게 의림은 한별의 걱정을 덜어주려 실없는 농담을 던졌다. 하지만 듣는 한별에게는 뼈 있는 농담처럼 들릴 수도 있는 말이었다.

"선배, 위험은 항상 친근함을 가장하고 오는 법이래요. 절대 아무나 함부로 믿지 마세요."

전화를 끊으며 의림은 무슨 이유를 들어 회사에 휴가원을 제출할지 고민했다.

밀로의 비너스

파리의 샤를드골 공항은 세계 각지에서 온 관광객들로 몹시 북적거렸다. 그러나 워낙 간단한 입국 심사 덕에 의림은 쾌적한 기분으로 공항을 빠져나올 수 있었다. 프랑스가 거의 모든 세계인에게 편하고 믿을 만한 나라로 인식되는 데에는 이 공항에서의 입국 심사도 한몫을 할 것 같았다.

범죄자를 신문하는 듯 삼엄한 미국의 입국 창구와, 흑인이든 남루한 인간이든 간단한 신고서 한 장만 받고 바로 통과시키는 프랑스의 입국 창구가 어쩔 수 없이 비교되었다. 그럼에도 불구하고 프랑스의 보안 사고가 미국에 비해 오히려 적은 것에 의림은 속으로 쓴웃음이 나왔다.

택시를 탄 의림은 운전기사와 의사소통을 하는 데 적지 않게 애를 먹었다. 이번에도 의림은 쓴웃음을 지을 수밖에 없었다. 언젠가 프랑스인들은 영어를 잘하면서도 모국어를 아끼는 차원에서 외국인이 영어로 물으면 대답을 하지 않는다는 얘기를 들었던 기억이 났다. 그러나 프랑스의 기사들은 단 한 마디의 영어도 알아듣지 못했다. 의림은 이런 프랑스 기사가 오히려 행복할지도 모른다는 생각이 들었다. 유치원 때부터 영어를 배우려고 야단법석인 한국에 비해 프랑스는 한결 여유가 있어 보였다.

바스티유에 인접한 레퓌블리크 광장 뒤편의 한 작은 호텔에 짐을 푼 의림은 바로 거리로 나왔다. 호텔은 한국에서 미리 예약을 하고 왔기 때문에 프랑스어를 할 줄 모르는 의림이었지만 큰 불편이 없었다. 값이 싼 호텔을 예약한 터라 프런트 데스크에는 영어를 할 줄 아는 사람이 아예 없었다.

의림은 일단 조급해서는 안 된다는 생각을 했다. 천천히 파리의 분위기를 느끼고 시차에도 적응하면서 제라르를 만나야겠다고 생각했다.

센 강 주변의 유적들을 감상하며 한가롭게 걷던 의림은 루브르 박물관으로 갔다. 그리고 그곳에서 만난 밀로의 비너스에 완전히 압도당하고 말았다. 사진이나 그림으로 감상하던 밀로의 비너스는 의림의 머릿속에서 균형이 잘 잡힌 예술품 정도로만 자리 잡고 있을 뿐이었다. 그러나 그 실물은 회화에 비해 관심이 덜했던 조각이라는 장르에 대한 의림의 눈을 크게 틔워주었다. 의림은 태어나서 이렇게 완벽한 조각상을 보는 것이 처음이었다. 세계의 인류학자들이나 예술가들이 밀로의 비너스에서 가장 아름다운 육체의 균형비를 산출해낸 것은 결코 우연이 아니었다는 생각이 절로 들었다.

"밀로의 비너스가 언제 만들어졌는지 아세요?"

넋을 잃은 채 거의 세 시간이나 밀로의 비너스에 하염없이 빠져 있던 의림은 옆에서 들려오는 목소리에 흠칫 놀랐다.

의림이 오기 전부터 앉아 있었던 것 같은 이십대 중반의 아름다운 여자였다. 여자는 의림이 당연히 프랑스어를 못한다고 생각했는지 영어로 물었다.

"아니, 모르는데요."

의림은 계면쩍게 웃었다.

"기원전에 만들어졌어요."

"네? 도저히 믿을 수 없는데요."

의림은 밀로의 비너스가 기원전에 만들어졌다는 말이 믿기지 않았다.

"모두가 믿지 않죠. 하지만 사실이에요."

여자는 들고 있던 화보집을 넘겨 밀로의 비너스가 찍힌 사진을 보여주었다. 그 밑에는 기원전 제작이라는 활자가 선명하게 찍혀 있었다.

"오, 이런!"

"놀랍죠?"

"이건 놀라운 정도가 아니에요. 세상에 이럴 수가!"

정말이지 의림은 대단히 놀랐다. 이렇게 완벽한 조각상이 아득한 기원전의 것이라는 사실을 도무지 믿을 수가 없었다.

"아, 인간이란 원래가 완벽한 존재였군요. 현대인이 고대인보다 낫다고는 절대로 말할 수 없을 것 같아요."

"그러실 거예요. 밀로의 비너스는 예술의 눈을 가진 사람에게는 충격이니까요."

"눈이 두 개밖에 없는 내게도 그렇군요."

말간 얼굴에 빨간 립스틱을 진하게 발라 강렬한 인상을 풍기는 여자는 의림의 농담에 스스럼없이 깔깔 웃었다. 고개를 미미하게 흔드는 바람에 금발이 약간 흩날리면서 독특한 향수 냄새가 풍겨와 가볍게 코를 자극했다.

"재미있는 분이군요? 어디서 오셨죠?"

"한국에서 왔어요."

"아, 한국. 가보고는 싶지만 아직 기회가 없었어요. 가서 기와지붕 끝의 단청을 두 눈으로 직접 보고 싶은데 말이에요."

"호, 기와지붕 아래 단청을 직접 보고 싶다구요? 한국에 대해서 아는 게 많군요."

"조금 알죠. 미술을 하면 알게 되는 그런 정도예요."

"미술을 한다구요? 여기 프랑스에 살아요?"

"아니, 로마에 살아요. 하지만 파리엔 자주 와요. 미술 하는 사람들은 프랑스에 자주 와야 해요. 이런 박물관이나 대형 미술관도 봐야 하고, 무엇보다 뒷골목 화랑의 흐름을 봐야 해요. 모든 경향이 파리에서 나오니까요."

"그럴 것 같네요."

"제 이름은 소피아예요."

"저는 의림."

"파리에는 관광으로 오셨나요?"

"네."

"그런데 그렇게 밀로의 비너스에만 푹 빠져 있는 거예요?"

"네. 이걸 보니 대학 시절 섭렵했던 철학 공부를 새삼 다시 하고 싶어졌어요. 인간 존재에 대한 신비함이 되살아나면서 과연 인간이란 무엇인가 하는 의문이 계속 떠오르더군요."

"조각을 감상하는 차원이 아주 높은데요. 저도 오늘 하루 종일 밀로의 비너스 곁에만 있었어요. 문득 정신이 들어 보니까 나와 같은 사람이 한 사람 더 있더군요. 한 세 시간 되셨죠? 한국에서 온 철학자 양반."

"그래요? 인연이네요. 그럼 우리 차나 한잔할까요?"

"네."

두 사람은 갤러리 한편에 마련된 카페에 앉았다.

"저는 미술에 빠져 살아요. 어려서부터 미술을 아주 좋아했지요. 치장을 하거나 멋을 내는 데는 별로 관심이 없어요. 남들은 청승맞다고 할 정도로 저는 조각을 좋아해요."

"오, 그 점은 저와 같군요."

"네? 의림도 조각을 좋아해요?"

"아니, 그런 뜻이 아니고 외모에 전혀 관심이 없다는 바로 그 점에서요."

두 사람은 잠시 웃었다. 의림은 소피아가 미술을 해서 그런지 문화적 소양이 상당하고 남도 배려할 줄 아는 여자라는 생각이 들었다. 의림은 자신도 어릴 때 그림에 소질이 있다는 얘기를 들었던 기억을 떠올리며 미소를 지었다.

"무슨 생각 하세요?"

"미술 공부 하려면 돈이 많이 들죠?"

의림은 자기도 모르게 이런 질문을 하게 되자 다시 웃음이 나왔다. 왜 이런 질문을 하는지 모를 일이었다. 아마 자신도 여기 파리에 미술 공부를 하러 왔다면 이런 소피아 같은 여자를 만났을 거라는 생각이 앞질러 나갔기 때문일 것이었다.

"아녜요. 별로 돈이 들지 않아요. 그림만 잘 그리면 말예요."

"로마에서는 그림이 잘 팔리는 모양이죠?"

"아녜요. 저는 그림을 그리면 여기 파리에 와서 팔아요. 로마보다 열 배는 더 잘 팔린다고 할까요."

"호오, 두 도시가 그 정도나 차이가 있어요? 역시 파리가 세계 미술의 중심이군요."

"하지만 파리는 절대로 로마가 가진 아름다움과 멋과, 그 뭐랄까 저 깊은 곳에서부터 울려 나오는 영혼의 소리를 가지고 있지 못해요. 아이러니죠."

"파리가 얕다는 얘기처럼 들리는군요, 로마에 비해서."

"얕다구요? 정말 그래요. 그것 참 좋은 표현이네요. 의림은 뭘 하는 사람이에요? 어쩌면 그렇게 정확한 표현을 쓸 수 있죠? 로마와 파리에 대한 얘기를 수없이 들었어도 그런 멋있는 표현은 처음이에요."

의림은 자신의 신분을 밝히려다 말았다.

"단순한 관광객이에요. 한국에서는 평론을 하죠."

소피아는 의림이 평론을 한다는 말을 듣자 반가운 모양이었다.

"언젠가 미술 평론을 하고 싶었던 적이 있었어요. 하지만 작품을 손에서 놓기 싫었죠. 아니, 어쩌면 진정한 평론은 침묵에서 온다고 생각해서 그랬던 건지도 몰라요. 수천 년을 두고 서 있는 조각상들을 보면 그냥 말없이 바라만 보는 게 예의라는 생각이 들기도 하거든요. 괜히 그 앞에서 이런저런 해석을 하는 것이 선부른 짓이라는 생각도 들어요."

의림은 고개를 끄덕였다. 말과 글에는 분명히 한계가 있었다. 소피아는 그걸 얘기하고 있는 것일 터였다.

"침묵이야말로 인간에게는 가장 깊은 언어일지도 몰라요."

"의림은 정말 대단하네요. 한마디 한마디가 시인이 내뱉는 아름답고 의미 있는 시어 같아요. 저는 정말 그 침묵의 위력을 너무도 깊이 느껴요. 그래서 로마에서는 늘 포럼에 가요."

"포럼이요?"

"네. 고대 유적들을 폐허 상태 그대로 버려둔 곳이에요. 저는 어떤 미술품도 폐허 그 자체에는 미치지 못한다고 생각해요."

"그런 게 있나요?"

"네. 로마에 가시면 꼭 보셔야 돼요."

"알겠습니다. 좋은 충고에 보답하는 뜻으로 제가 저녁을 사면 어떨까요?"

"네, 좋아요."

의림은 예술과 문화에 대한 소피아의 사랑이 보통 수준이 아니란 걸 식사를 하면서도 확인할 수 있었다. 두 사람은 포도주를 곁들여 즐겁게 식사를 마쳤다.

"이번 여행에서 소피아를 만났던 게 참으로 오랫동안 좋은 기억으로 남을 겁니다."

"네, 저도 즐거웠어요. 특히 저녁도 감사하구요."

의림은 소피아라는 여성과 좀 더 가까이 지내보고 싶었지만 자신이 지고 온 막중한 임무를 떠올리며 여기서 그냥 헤어지는 게 현명한 처신이라 생각했다.

"그럼 안녕히……."

"네, 안녕. 좋은 여행 되길 바랄게요."

제라르 소장

다음 날 아침, 의림은 호텔에서 프랑스 국방부로 전화를 걸었다.

"제라르 소장을 찾습니다."

전화는 이내 돌려졌다.

"네, 소장실입니다."

"제라르 장군과 통화하고 싶습니다."

"어디십니까?"

"한국에서 온 사람이라고 전해주세요."

"잠깐 기다리십시오."

수화기에서는 점잖은 영어 발음이 전화선을 타고 흘러나왔다.

"제라르입니다."

"저는 한국에서 온 사람입니다."

"오늘 날씨는 어떻습니까?"

"파리는 안개에 젖어 있군요."

"잘 오셨습니다. 그럼 오늘 저녁을 같이하실까요?"

"네."

"몽파르나스에 마드무아젤 드 도빌이란 식당이 있습니다. 분위기도 좋고 편하게 얘기할 수 있는 곳이죠. 하지만 찾아오기가 쉽지는 않을 겁니다. 여섯 시에 리츠칼튼 호텔에 가 계시면 제가 차를 보내겠습니다."

"알겠습니다. 로비에 있겠습니다."

의림은 제라르 장군의 음성에 매료되지 않을 수 없었다. 정확하면서도 적절한 속도와 무게를 담은 제라르 장군의 음성은 그가 어떤 성격의 소유자인지를 너무도 잘 나타내고 있었다.

의림은 이런 사람과 같이하는 일이 잘되지 않을 리 없다는 생각이 들면서 긴장이 약간 풀리는 것을 느꼈다.

의림은 시내 구경을 하다 약속 시간이 되자 리츠칼튼으로 갔다. 로비에 잠시 앉아 있자니 말쑥한 신사복을 입고 머리를 단정하게 깎은 젊은 사람이 앞에 와 섰다.

"제라르 장군을 찾아오셨습니까?"

"네."

"인사드리겠습니다. 저는 제라르 장군님의 비서 자크 대위입니다."

"네, 안녕하세요."

"차로 모시겠습니다."

"고맙습니다."

의림은 밖으로 나와 목적지로 가는 동안 제라르 장군이 보통의 군인은 아니란 느낌을 받을 수 있었다. 의림이 타고 가는 차 외에도 앞뒤에 한 대씩의 차가 더 붙어 자연스럽게 경호를 하는 것이었다.

앞자리에 앉은 자크 대위 역시 영어를 훌륭하게 구사했지만 의림이 묻지 않는 말은 하나도 하지 않는 것으로 보아 규율이 잘 잡힌 청년 장교 같았다.

자동차는 리츠칼튼을 나와 얼마 떨어지지 않은 곳에 멈추었다.

"내리십시오. 제가 모시겠습니다."

의림은 자크 대위의 뒤를 따라 식당으로 들어섰다. 식당은 밖에서 보는 것과는 분위기가 전연 달랐다. 첫눈에 이 식당은 보통의 손님들이 오는 곳이 아니란 걸 알아챌 수 있었다.

"장군님께서 기다리고 계셔요."

놀랄 정도로 아름다운 여주인이 자크 대위 뒤편의 의림에게 다정스런 눈인사를 보내며 앞장을 섰다. 꽤 깊숙이 들어가서야 삼십대 초반으로 보이는 여주인은 한 방의 문을 열었다.

여주인의 뒤를 따라 방으로 들어서자 전화로 들었던 예의 그 목소리가 의림을 맞았다.

"어서 오시오, 이카루스."

의림은 순간 이 기자의 아이디인 이카루스가 작전용으로 만들어진 암호명이란 걸 알아차릴 수 있었다.

"반갑습니다."

"파리는 이카루스를 환영합니다."

장군은 의림을 포옹했다. 의림 역시 팔을 뻗어 장군의 등을 안았다.

"마드무아젤 도빌, 이 신사분을 소개하겠소. 이분은 한국에서 온 민완 기자, 이카루스요. 이카루스, 여기는 도빌의 숙녀 조세핀이오. 그 큰 눈과 개미 같은 허리, 그리고 뇌쇄적인 눈빛으로 지금 한창 파리를 휘어잡는 중이라오."

의림은 고개를 약간 숙여 보였다.

"이카루스는 이제껏 우리 집에 오신 분 중에 가장 영혼이 풍부한 분이에요."

조세핀은 즐거운 듯 깔깔 웃었다. 의림 역시 약간 웃어 보였다.

"가장 남루한 옷을 입었다는 얘기군요?"

"네. 그래서 이 집의 새로운 역사를 만들었어요."

"그러면 오늘 조세핀 역시 새로운 역사를 만드는 거야. 극빈자에게 최고 부자의 음식을 대접하는 셈이니까."

"네. 우리 셋이 새로운 역사를 만들어봐요."

조세핀은 장군을 잘 모시는 걸 임무로 생각하는 군인처럼 한시도 밖에 나가지 않고 옆에서 시중을 들며 대화 상대가 되어주었다.

장군은 음식이 들어오고 술이 거나해질 때까지 잡담을 늘어놓을 뿐 특별한 얘기를 꺼내진 않았다. 의림 역시 별로 할 말이 있는 것도 아니어서 편하게 음식과 술을 즐겼다. 시간이 꽤 흐른 다음에야 장군은 손짓으로 조세핀을 물리쳤다.

"조 대령은 잘 있소?"

"네, 하지만……."

"알겠소. 그 안에서의 생활이 즐거울 리야 없지. 하지만 조 대령은 이제 더 이상 위험하지 않소. 북학인도 잘 계시오?"

의림은 북학인이라는 말이 제라르 장군의 입에서 나오는 데 놀랐다. 하지만 생각해보면 북학인이 제라르 장군을 만나보라 하였으니 두 사람은 당연히 서로를 알고 있을 터였다.

"네."

의림은 물어보고 싶은 게 많았지만 꾹 참았다.

"우리는 내일 떠나는 게 좋겠소. 그들은 절대 스위스 밖으로는 돈을 움직이지 않소. 그들의 돈거래는 스위스 밖에서는 범죄가 되니까, 우리가 직접 가야 하오."

의림은 제라르 장군이 말하는 돈거래가 무엇을 말하는지 대강만 짐작할 뿐이었다. 하지만 모두 알고 있는 듯이 행동하는 것이 그로부터 더 많은 정보를 얻어낼 수 있을 것 같았다.

어차피 그와 얘기를 계속하다 보면 자연 알게 될 테니까.

"위험은 없을까요?"

"별 위험은 없을 거요. 그들의 거래는 항상 은밀하니까."

"그러면 내일 돈을 받게 됩니까?"

"그렇소."

"그런데 어떻게 일이 그렇게 쉽게 되었죠?"

"음, 스위스 정부를 압박했소."

"스위스 정부를 압박한 얘기를 좀 들려주시죠."

제라르는 입가에 미소를 떠올렸다.

"북학인으로부터 그런 기발한 제의를 받고 나서 나는 유럽연합의 집행부에 있는 아벨과 의논을 했소. 아벨은 은밀히 스위스 정부를 압박하는 것이 좋겠다는 아이디어를 주었소."

의림은 제라르에게 술을 한 잔 부어주었다.

"고맙소."

제라르는 포도주를 한 모금 마신 후 즐거운 기분으로 얘기를 이어나갔다.

"유럽연합은 스위스의 유럽연합 가입 신청을 번번이 거절했소. 스위스는 겉으로는 아무렇지도 않은 듯 버티고 있지만 사실 속으로는 매우 초조해하고 있소. 말하자면 고립되는 거니까."

"유럽연합은 왜 스위스의 가입을 거부합니까? 스위스는 프랑스, 독일, 이탈리아와는 떼려야 뗄 수 없는 나라 아닙니까?"

"그렇긴 하오. 하지만 아벨을 비롯한 유럽연합의 지도자들은 스위스가 그 비밀은행 제도를 폐지하지 않는 한 가입시킬 수 없다는 입장을 분명히 해왔소. 물론 표면적으로는 윤리적인 이유를 내세우지만 사실 그 내면은 아주 복잡하오."

의림은 유럽연합의 지도자들이 스위스의 비밀은행 제도를 경계하는 것은 아마도 종류를 가리지 않고 수많은 자금이 스위스로 몰리는 것을 막으려는 의도 때문일 것이라고 생각했다.

"스위스로서는 선택의 기로에 선 거요. 비밀은행 제도를 폐지하고 유럽연합에 들어가느냐, 아니면 그냥 남느냐 하는 선택. 일장일단이 있지만 결국 스위스는 유럽연합에 들어오게 되어 있소. 비밀은행에서 벌어들이는 돈도 막대하지만 유럽이라는 바다에서 홀로 고립된 상태로 지낸다면 얼마 안 가 파탄이 올 테니까."

"그렇겠군요."

의림은 맞장구를 쳤다.

"그래서 나는 생각을 했던 거요. 아예 스위스 은행의 추악한 점을 들추어 유럽연합의 의회에서 어떤 결의를 해버리면, 스위스는 설 땅이 없지 않겠소?"

"결의라면?"

"가령 모든 독재자의 자금을 해당국 국민에게 무조건 반환하라든지 하는 결의 말이오. 그래야만 유럽연합에 합류를 시키겠다고 하면 그들은 유럽에서 버림을 받고 마는 거요. 그 막대한 돈을 돌려줄 수는 없는 노릇이 아니겠소? 수백 년간 꿀꺽 삼켜버린 임자 없는 검은돈을 모두 다 말이오."

의림은 고개를 끄덕였다. 말이 되는 얘기였다.

"나는 스위스 정부에 이 점을 상기시킨 다음 협상 조건을 제시했소. 지난 1986년에 꿀꺽해버린 박정희의 비자금을 내게 반환하라고 말이오. 그러면 프랑스 정보국에 있는 스위스 은행의 비리 자료를 영원히 묻어주겠다는 조건을 같이 제시했소. 그러니까 채찍과 사탕을 같이 쓴 거요. 정치학 교과서에 있는 대로 말이오."

의림은 그제야 제라르 장군이 스위스 정부를 압박했다는 말의 정확한 뜻을 깨달았다.

"그런데 장군께서는 박정희 비자금을 어떻게 알아내셨지요?"

"그것은 아마도 바이스로이의 정보일 거요. 북학인은 바이스로이로부터 그 정보를 얻었다고 했소."

"그렇다 하더라도 하나의 추측에 불과한 정보를 가지고 스위스 은행을 압박하기는 어려웠을 텐데요."

"이카루스, 프랑스의 국방정보국은 세계적으로 정평이 나 있소. 그리고 나는 국방정보국의 책임자요. 그러면 대답이 되겠소? 물론 약간의 어려움은 있었소. 그래서 나는 아예 전두환이 돈을 빼간 날짜까지 그들에게 제시했소. 놈들은 쥐새끼처럼 벗어나려 했지만 프랑스의 국방정보국이 그렇게 만만한 존재는 아니지."

의림은 고개를 끄덕였다. 박정희의 비자금이 국내에서나 기밀이지 세계를 주름잡는 정보 책임자들 사이에서는 아무것도 아닌 일일 터였다.

그건 그렇고, 의림은 제라르 장군이 프랑스 국방정보국의 책임자라는 사실에 놀라지 않을 수 없었다. 자신이 프랑스에서 국방정보국 책임자의 환대를 받고 있다는 사실을 어떻게 받아들여야 할지 알 수가 없었다.

북학인은 어떻게 이런 사람을 움직일 수 있는 것일까. 그러자 의림은 북학인이 한국의 전투기 구매 사업에 관여했다던 말이 떠올랐다. 그때 다소사를 움직일 수 있는 거물이라는 사람이 바로 이 사람 제라르를 가리키는 것이라는 생각이 들었다.

"북학인과는 어떤 관계입니까?"

"우리는 동지요."

"동지라고요? 무슨 일을 하는 동지란 말입니까?"

"음, 북학인이 애기를 하지 않았소?"

"네. 지금 그분은 중요한 연구에 열중해 있기 때문에……."

"그럼 돌아가서 북학인에게 듣는 게 좋겠소. 그에게도 어떤 입장이 있을 테니까."

제라르 장군은 완곡하게 대답을 거부했다. 의림은 얼른 말을 돌렸다.

"내일 제가 특별히 할 일이라도 있습니까?"

"아니요. 이카루스는 기자 신분증만 보여주면 되오. 스위스 은행의 고위 책임자와 나는 한 사람의 한국인 기자를 입회시키기로 했소. 물론 이 일이 당분간 한국에서 보도되어서는 안 되오. 이카루스는 그저 증인일 뿐이오. 애초부터 한국인들의 돈이니 한국인 기자가 입회하는 것이 옳다는 게 나의 생각이오. 언젠가는 증언을 할 수 있겠지. 일이 성공하든 실패하든 말이오."

순간 의림의 뇌리에 강한 의심이 솟구쳤다. 한국에서 보도되어서는 안 된다는 얘기는 어떻게 생각하면 이들 몇 사람이 돈을 받아 가로채려는 의도가 있을 수 있다는 말로도 들렸던 것이다. 의림은 얼른 물었다.

"금액은 얼마나 되나요?"

"정확한 금액은 내일 은행 관계자가 설명할 거요. 조금 기다리시오."

"알겠습니다. 그런데 이 돈은 어떤 경로로 한국에 전달됩니까? 설마 제가 들고 가는 건 아니겠죠?"

제라르 소장은 호탕하게 웃었다.

"하하하, 북학인은 이미 나에게 돈의 처리에 관한 지침을 주었소. 돈의 일부는 바이스로이에게 갈 거요."

더 이상 돈에 대해 제라르 장군에게 물을 수는 없는 노릇이라고 생각한 의림은 입을 다물었다.

"내일 아침 아홉 시에 호텔로 자크 대위가 모시러 갈 거요. 스위스로는 헬기로 갈 예정이오. 그럼 오늘은 이만 돌아가 쉽시다."

"네."

의림은 몇 가지 의문이 머리에 더 맴돌았지만 당분간은 입을 꾹 다물고 있는 것이 낫겠다는 생각이 들어 장군을 따라 자리에서 일어났다. 조세핀이 어느새 들어왔는지 장군의 재킷을 꺼내 입혀주었다.

"제라르."

술이 좀 됐는지 장군을 보는 조세핀의 얼굴이 달아올라 있었다. 의림은 미남에다 최고의 권력자 중 한 사람인 제라르 장군에게는 도처에 저런 미녀가 있을 거라는 생각을 했다. 제라르 장군은 조세핀을 피하고 싶은 모양인지 의림에게 물었다.

"이카루스, 오늘 밤은 이 여자와 같이 보내볼 의향이 없소?"

의림은 소스라치게 놀라 급히 고개를 가로저었다.

"아니, 제라르. 오늘 밤은 기분이 이상해요. 오직 제라르가 필요해요."

조세핀은 매혹적 자태로 제라르의 품을 파고들었다.

"조세핀, 오늘은 안 돼."

"제라르, 나는 오늘 당신이 필요해요."

"안 된다니까."

제라르가 제법 완강하게 거절해도 조세핀은 물러서지 않았다.

"그럼 저는 이만."

의림은 이런 광경을 계속 보고 있는 것이 어색해 먼저 나가려 했다.

"입구에 자크 대위가 기다리고 있을 거예요. 그럼 잘 가세요."

조세핀이 제라르를 대신해 손을 흔들었다. 의림이 제라르 장군에게 인사를 하고 밖으로 나가려 하자 장군이 조세핀에게 속삭이듯 말했다.

"그럼 좀 있다 거기로 와."

장군은 의림에게 겸연쩍은 웃음을 지어 보였다. 마치 여자에게는 어쩔 수 없다는 듯.

장군의 죽음

다음 날 아침, 의림은 아홉 시가 넘도록 자크 대위가 자신을 데리러 오지 않자 약간 이상한 기분이 들었다. 어제 경험한 그들의 시스템을 고려하면 결코 늦을 리가 없었다. 로비에 나와 삼십 분 이상 기다리던 의림은 뭔가 일에 차질이 생겼다는 생각을 하면서도 그 자리에 버티고 서 있을 수밖에 없었다. 달리 무엇을 해볼 수 있는 상황도 아니었다. 그러나 아홉 시에서 한 시간 가까이 지나자 의림은 더 이상 기다리고 있을 수만은 없었다.

의림은 국방부로 전화를 걸었다.

"제라르 소장 부탁합니다."

"기다리세요."

교환은 어제와 같이 전화를 연결했다.

"소장실입니다."

"제라르 장군을 바꿔주세요."

"누구십니까?"

"이카루스라고 전해주세요."

"소장님은 잠시 나가셨습니다. 나중에 다시 전화를 주시죠."

"얼마나 있다 전화를 할까요?"

"삼십 분 후에 하십시오."

의림은 이상하다는 생각을 떨치지 못한 채 전화를 끊었다. 아무리 생각해도 이 상황이 이해되지 않았다. 만약 제라르 장군에게 예기치 못한 바쁜 일이 생겼다면 자크 대위라도 자신에게 와야 하는 것이었다. 그도 아니라면 최소한 전화는 할 사람들이었다. 그런데 제라르 장군이 국방부로 출근해서 일을 하고 있으면서도 자신에게 아무런 연락이 없다는 상황을 의림은 도저히 이해할 수 없었다.

'혹시 까맣게 잊어버린 것은 아닌가?'

그러나 그럴 일이 아니었다. 암호까지 줘서 파리로 자신을 부르고 그렇게 극진히 대접을 하고는 까맣게 잊어버린다는 것은 있을 수 없는 일이었다.

근 삼십 분을 더 기다린 의림은 짜증에 절어 두 번째 전화를 하려고 로비의 소파에서 일어났다.

"이카루스?"

뒤에서 소리가 들려왔다. 의림은 반가운 마음으로 뒤로 돌아섰다.

"이카루스?"

자크 대위는 아니었지만 과히 인상이 나쁘지 않은 사람이었다.

"네."

"여권이 있습니까?"

"네, 물론이죠."

"주시죠."

"왜요?"

"확인할 게 있습니다."

의림은 말없이 여권을 내밀었다. 사나이는 여권을 들춰 보고 의림의 사진을 확인하더니 여권을 자신의 양복 안주머니에 집어넣었다.

"같이 가시죠. 우리는 파리 경시청에서 나왔습니다."

"네? 뭐라구요?"

순간 두 사나이가 의림의 좌우에 섰다.

"조사할 일이 있습니다. 협조해주시죠."

"무슨 일인지 알아야 협조하든지 말든지 할 게 아닙니까?"

"미안합니다. 여기서는 말할 수 없습니다. 차에서 얘기하겠습니다."

의림은 직감적으로 무슨 일이 터졌구나 하고 생각하며 사나이들과 같이 호텔 현관에 대기하고 있던 차에 올랐다.

"제라르 장군이 사망했습니다. 미스터 정은 참고인 조사를 받아야 합니다."

"네? 뭐라구요? 제라르 장군이 죽었다구요?"

"그렇습니다."

"언제요?"

"시체는 오늘 아침에 발견되었습니다. 사망 추정 시간은 어젯밤 열두 시경입니다."

"이런!"

의림은 갑자기 허탈감에 사로잡혔다. 이럴 줄 알았으면 어젯밤에 궁금한 걸 모두 물어볼 걸 하는 후회가 밀려왔다.

"그렇다면 살인입니까?"

형사는 고개를 끄덕였다.

"범인은요?"

"조금 전 검거했습니다."

"어떤 사람이죠?"

"여자입니다."

'조세핀?'

의림은 순간적으로 이 이름을 입 밖에 낼 뻔했다. 어젯밤 조세핀이 그렇게나 장군을 붙들던 것으로 보아 어쩌면 이 사건은 미리 계획되었던 것일지도 몰랐다. 하지만 의림은 이런 경우에는 극도로 신중하게 대답해야 한다는 것을 너무도 잘 알고 있었다. 자칫 잘못하면 크게 말려들 수 있기 때문이다. 조세핀이 바로 붙들렸으니 망정이지, 아니면 어젯밤 식사를 같이 한 자신이 살인의 누명을 쓸 수도 있는 일이었다.

의림은 참고인 조사를 받았다. 참고인 조사에서 의림은 자신이 한국에서 온 기자인 것을 밝히고 제라르 소장과는 프랑스의 라팔 전투기가 한국에서 채택되지 못한 데 대한 프랑스 국방부의 입장을 취재하기 위해 만났다고 둘러댔다. 의림의 이런 주장은 설득력이 있었다.

수사관들은 제라르 소장과 의림이 나눈 대화의 내용을 알지 못하는지라 의림에게는 어젯밤 식사에 대해 이것저것 물어보는 정도로 질문을 끝냈다.

"그런데 여자는 왜 장군을 죽였답니까?"

수사관들은 구체적으로 대답하는 것을 피했다. 그러나 기자인 의림은 이런 상황에서 어떻게 답변을 끌어내야 하는지 잘 알고 있었다.

"수사에 도움이 될지 몰라서 묻는 겁니다."

이런 말에 약할 수밖에 없는 존재가 바로 수사관들이었다.

"장군이 자신을 협박해 동침을 요구한 데다가 환멸적인 변태 행위를 요구했다고 합니다."

"음."

의림은 조세핀이란 여자가 보통 사람은 아니라고 생각했다.

제라르 장군의 명예를 위해서는 사건을 덮어둘 수밖에 없는 교묘한 살해 동기를 듣는 순간, 조세핀으로부터 확 풍기는 프로의 냄새를 맡은 것이었다.

“그게 아닙니다. 나는 어제 조세핀이 제라르 장군을 유혹하는 광경을 똑똑히 봤습니다.”

수사관들은 잠시 서로 얼굴을 마주 보더니 그중 한 사람이 전화기를 들었다. 프랑스어로 말하는 통에 의림은 무슨 뜻인지 알아들을 수가 없었다. 약간의 시간이 지난 후 의림은 고급 간부로 보이는 한 사람과 마주 앉게 되었다.

“정 기자, 나는 경시청 수사국장이오. 지금 우리는 상당히 난처한 입장에 처해 있소. 우리는 이 사건의 뒤에 무엇이 있는지는 알 수 없소. 어쩌면 당신도 그냥 인터뷰하러 온 기자가 아닐지도 모르지. 제대로 수사를 하자면 당신이 수사와 재판의 중심부에 서 있게 될 거요.”

의림은 이 사람이 은근히 자신을 협박하고 있다는 생각이 들었다.

“당신의 진술을 서류에 담게 되면 당신은 이 사건 재판이 끝날 때까지 가장 중요한 증인이 되는 거요. 그렇게 되면 재판은 뉴스의 초점이 되고 군부는 두고두고 조롱과 멸시의 대상이 될 것이오. 그게 국가 안보에 미치는 손해를 돈으로 환산하면 오십억 달러가 넘을 거요. 지금 우리는 이 사건을 덮어달라는 군부의 강력한 요청을 받고 있소."

"그러나 무슨 음모가 있다면 밝혀야 하는 거 아닙니까?"

"그건 정보국에서 할 일이오. 조세핀은 보통 여자가 아니오. 그 여자는 평소에 제라르 장군의 변태 행각을 다 촬영해두었소. 완벽한 프로의 수법이오. 이것은 첩보전이오. 우리 정부의 방침은 이 사건을 조용히 덮는 거요. 무슨 말인지 알겠소? 정부는 마이너스 오십억 달러짜리 수사를 하고 싶은 의지가 없단 말이오. 언론은 물론이고 자크 대위 역시 여기에 동의했소. 당신도 여기에 동의해주시오."

의림은 달리 어떻게 할 도리가 없었다. 정말 큰 뉴스는 보도될 수 없다는 속설을 떠올리며 의림은 각서를 쓰고 경시청에서 조용히 나오는 수밖에 없었다.

의림은 막 하늘로 날아오르려는 순간 터져버린 풍선과도 같은 신세가 되었다는 생각에 허탈감을 떨치지 못했다. 자신도 자신이지만 제라르 장군에 대한 연민을 금할 길이 없었다. 그토록 점잖고 배포가 크던 제라르 장군이 하룻밤 사이에 갑자기 시체로 변해버린 사실을 어떻게 받아들여야 할지 알 수 없었다.

의림은 혹시 스위스 은행 측에서 제라르 장군을 살해했을 가능성에 대해 생각해보았다. 가능성이 전혀 없는 얘기는 아니었다.

그러나 의림은 다시 제라르 장군이 프랑스의 국방정보국장이라는 사실을 떠올렸다. 장군에게는 자신이 아는 것보다 훨씬 많은 피살 동기가 있을 것이었다. 어쨌거나 프랑스 정부가 덮으려는 사건을 자신이 나서서 파헤칠 상황은 아니었다. 그러기에는 자신이 가진 정보가 너무 부족했다.

무엇보다 의림은 엄청난 액수의 박정희 비자금이 날아가 버렸다는 생각에 망연자실했다. 의림은 자신이 제라르 장군처럼 스위스 정부를 압박할 방법은 없을까 생각했지만 역부족이었다. 혼자서는 아무것도 할 수 없다는 결론을 내리자 의림은 더 이상 귀찮은 일에 휘말리지 않는 게 상책이라는 생각이 들어 체크아웃을 하고 호텔에서 나왔다.

의림은 리츠칼튼 호텔의 비지니스 센터로 갔다. 가슴이 미어지는 듯한 안타까움을 메신저에 담아 북학인에게 보내자니 키보드가 잘 쳐지지 않을 정도였다. 누구도 생각지 못한 묘책을 실행에 옮겨 거의 성공하기 직전 깨져버린 허탈감을 글로 옮기자니 북학인의 실망감은 어느 정도일까 하는 우려와 불안이 밀려왔다.

과연 의림의 글을 접한 북학인은 충격이 대단한 모양이었다. 그는 평소와는 달리 답글을 보내지 않고 거의 한 시간이나 모니터를 대화 상태로 둔 채 침묵을 지켰다.

「돌아오시오.」

한 시간 만에 돌아온 북학인의 답변은 너무나 간단했다. 의림은 북학인의 이 간단한 답변에 담긴 안타까움을 누구보다 잘 이해할 수 있었다.

의림은 바로 항공사에 전화를 걸었다. 파리에서의 체재 기간은 너무도 짧았지만 더 이상 관광을 한다거나 선물을 산다거나 할 기분이 아니었다. 다행히 저녁에 한국으로 떠나는 비행기가 있어 의림은 바로 공항으로 나갔다.

게이트 앞에서 출발 시간을 기다리던 의림은 안내 방송에서 자신의 이름이 불리는 것을 듣고는 항공권에 문제가 있나 생각하며 항공사 직원에게로 다가갔다.

"제가 정의림입니다만."

"아, 그러세요? 이 번호로 전화를 해보시죠."

직원이 준 것은 한국의 번호였다. 의림은 서둘러 공중전화 부스를 찾아 신용카드를 이용해 한국으로 전화를 걸었다. 역시 북학인이었다.

"정 기자, 로마로 가시오. 가서 바이스로이를 만나시오."

의림은 순간 가슴이 떨 정도로 기뻤다. 북학인의 목소리를 듣자 이제껏 멀기만 하던 북학인의 실체가 바로 곁에 다가온 느낌이었다. 북학인의 목소리는 밝고 부드러웠으며 점잖은 힘이 들어가 있었다. 의림은 목소리만으로도 북학인이 공명정대

하면서도 강한 기를 가진 사람이라는 사실을 알 수 있었다. 의림은 이유도 묻지 않고 바로 공손하게 대답했다.

"네."

"제라르 장군의 사망으로 나의 계획은 큰 차질을 빚게 되었소. 하지만 이 반나절 동안 믿을 수 없는 일이 생겼소. 이제는 스위스의 비자금이 없어도 다시 일을 진행할 수 있게 되었소. 이건 기적이오. 하지만 문제는 역시 바이스로이요. 돈이 없는 이상 바이스로이와 정면으로 충돌하는 수밖에 없소. 그는 아주 괴이한 사람이라 일의 성공과 실패 여부는 전적으로 정 기자에게 달려 있소. 즉, 정 기자가 어떤 사람인가가 그의 기분을 전적으로 좌우하고 일의 성패를 가름할 거요. 그는 한국을 너무 잘 알고 있는 사람이자 한국에 미친 사람이오. 한국인에 대해서는 사랑과 증오를 동시에 가진 사람이오. 로마에 있는 바이스로이 재단에 가서 행방불명 중인 나영준 박사를 우선 찾으시오. 그 역시 재단이 주는 장학금을 받던 사람이오."

"지난번의 그 다섯 사람은 찾지 않아도 됩니까?"

"그렇소. 그들은 그냥 두시오. 나영준 박사는 그들과 연구 분야를 아주 달리하는 사람이오. 이것은 우리에게 아주 큰 행운이오. 최소한 바이스로이가 크게 의심을 하지는 않을 테니까 말이오."

"무슨 말인지 잘 모르겠군요."

"다음에 설명하겠소. 명심하시오. 바이스로이는 아주 괴팍한 사람이니까 조심하시오. 그는 정직보다는 거짓말을, 거짓말보다는 정직을 좋아하는 사람이오. 무엇을 어떻게 해야 할지 모르겠거든 운명에 맡기고 과감하게 나가시오. 그의 그릇은 그리 작지 않으니까."

'정직보다 거짓을, 거짓보다 정직을 좋아한다고?'

의림은 알았다고 대답하고 전화를 끊었다.

바이스로이 재단

다음 날 아침, 파리 북역으로 기차를 타러 나간 의림은 소스라치게 놀랐다. 객차에 올라 가방을 선반 위에 올려놓고 자리에 앉으려는 순간 한 여자의 모습이 눈에 들어왔기 때문이다. 투명한 얼굴이었다.

"어, 소피아!"

"어머, 의림!"

소피아도 많이 놀란 모양인지 큰 눈을 더욱 커다랗게 뜨고 의림을 보며 물었다.

"아니, 이렇게 빨리 떠나세요? 파리에는 그저께 도착했다고 하지 않았나요?"

"네, 맞습니다. 근데 일정을 바꾸었어요. 저는 로마에 주로 있을 거예요. 하지만 저도 소피아가 이렇게 일찍 갈 줄은 몰랐는데요."

"자리는 어디예요?"

"바로 여깁니다."

"세상에, 제 자리에서 멀지 않네요."

"아예 같이 앉아도 되지 않을까요?"

"물론이죠."

의림은 소피아에게 창가 자리를 양보하고 그 옆에 앉았다.

곧이어 기차가 플랫폼을 미끄러지듯 빠져나가자 의림은 적지 않게 기분전환이 되었다.

"이 기차가 얼마나 아름다운 코스를 달리는지 모를 거예요. 남프랑스의 목가적인 풍경과 알프스의 시원하고 눈 덮인 풍경을 한 번에 다 볼 수 있어요. 이탈리아에 들어가면 또 어떻구요. 롬바르디아 대평원의 농촌 풍경은 잊지 못할 거예요. 시간이 괜찮으면 피렌체든 플로렌스든 옛 도시들을 보는 것도 좋아요. 그리고 패션을 좋아하는 사람이라면 반드시 밀라노에 들러야죠."

기차는 아주 쾌적했다. 손님도 없어서 두 사람은 각자 두 자리씩을 차지하고 창가에 마주 보고 앉았다.

"사실 저는 밀라노를 다른 어떤 도시보다도 좋아해요. 거기에 두오모 성당이 있기 때문이죠."

"성당은 로마에도 많지 않은가요? 시스티나 성당이라든지."

"네, 그래요. 하지만 모든 이탈리아 성당 중에서도 밀라노의 두오모가 제일이에요. 아니, 세계의 모든 성당 중에서도 밀라노의 두오모가 제일이에요."

"제일 큰가요?"

"아니에요. 크기로는 독일의 쾰른 성당이 단연 최고죠. 하지만 세상의 어떤 성당도 절대 밀라노의 두오모를 못 따라와요. 두오모에는 무엇보다도 단순함이 있거든요. 아, 그 단순함에는 어떤 화려한 건물도 못 따라오는 소박함 속에 어떤 건물도 못 따라오는 장중함이 있어요. 사람들은 건물을 모양으로 짓는다고 생각하겠지만, 두오모를 보면 건물이란 느낌으로 지어야 한다는 것을 알게 될 거예요."

의림은 당장이라도 가는 도중에 있는 밀라노에 내리자고 말하고 싶었지만 꾹 눌러 참았다.

"두오모에 있으면 그 웅장함 속에서 과거와 대화를 나누고 있는 저 자신을 발견하게 돼요. 이 세상의 어떤 탐욕을 가진 사람도, 어떤 권태로 괴로워하는 사람도 두오모에서는 모든 것이 편해져요."

소피아는 기차가 알프스 기슭에 도착하기까지 쉬지 않고 두오모 성당을 이야기하느라 정신이 없었다. 의림은 소피아를 보며 인생의 여러 모습에 대해 생각하게 됐다. 인생을 사는 법이 여러 가지 있겠지만 소피아처럼 예술을 통해 과거와 끊임없는 대화를 나누며 사는 것도 훌륭한 방법이라는 생각이 들었다.

"저기 좀 보세요. 저 산 전체가 다 슬픔이에요. 산이 어떻게 저렇게 생길 수 있어요? 어머, 뭐 중요한 생각을 하고 있었던 건 아닌가요?"

"아닙니다. 음, 사실은 소피아를 그리워하고 있었습니다."

"저를요? 바로 코앞에 있는데요?"

"소피아가 코앞에 있어도 저는 소피아가 그립군요."

"그건 한 편의 시네요. 이제껏 그렇게 멋진 시는 들어본 적이 없어요. 저는 이 여행을 두고두고 기억할 거예요."

의림은 느끼지 못했지만 소피아의 태도에 약간의 변화가 생기기 시작했다. 언제나 광채를 발하던 소피아의 눈빛이 잠깐이지만 수수하게 가라앉고, 마치 대도시를 누비던 직업여성이 한때나마 조용한 고향 마을을 생각하는 듯 순수한 표정이 얼굴에 떠올랐다.

기차가 로마의 테르미니 역에 도착하자 소피아는 휴대폰 번호를 적어주었다.

"아직 어느 호텔에 묵을지 모르겠어요. 체크인하면 연락을 할게요."

두 사람은 역 앞에서 헤어졌다.

의림은 로마 시내가 훤히 내려다보이는 언덕 위의 로열힐튼 호텔에 짐을 풀었다. 물론 안전을 고려한 선택이었다. 의림은 객실의 호사스러움과 깨끗함에 놀라지 않을 수 없었다. 로마의 최고급 호텔답게 의림이 체크인을 하자 프런트의 직원이 직접 방까지 안내를 했다.

"바로 옆의 건물이 시스티나 성당입니다. 네로 황제는 이 언덕에서 불타는 로마를 내려다보며 시를 읊었습니다. 이제 곧 어둠이 오면 미스터 정도 로마의 야경을 보며 시를 한 수 읊어 보시지요. 로열힐튼은 귀하를 환영합니다."

직원은 거창한 환영사를 남기고 객실을 나갔다.

의림은 베란다에 앉아 로마의 거리에 가로등이 하나씩 켜지는 걸 보며 넋을 잃고 있었다.

'이 좋은 도시에 행방불명된 사람을 찾으러 오다니.'

그랬다. 로마는 단지 일 때문에 오기에는 너무도 역사와 문화의 향기가 강한 곳이었다. 이런 도시라면 아무 일 없이 그저 구경만 하러 왔어야 한다는 생각이 들자 바이스로이 재단에 임무를 가지고 왔다는 사실이 의림의 마음에 못내 아쉬움으로 남는 것이었다.

의림은 시내 구경을 나갈까 생각하다 내일 일을 염두에 두고 조용히 로마의 야경을 감상하며 밤을 보냈다.

다음 날, 의림은 아침부터 서둘렀다. 일찍 사우나에 가서 땀을 빼고는 다림질을 맡긴 양복을 찾고 말쑥하게 면도도 했다. 홍차를 곁들인 토스트로 간단한 아침 식사를 마치고는 시내로 나가는 셔틀버스를 탔다. 바이스로이 재단으로 가는 길은 이미 물어서 알고 있었지만, 로마 시내를 걸어 다니면서 로마의 분위기를 느끼고 로마와 좀 더 친숙해진 다음 과학재단으로 가려는 것이었다.

의림은 시내의 적당한 지점에서 차를 내려 걷기 시작했다.

과연 로마는 역사의 도시였다. 유서 깊은 거리는 말할 것도 없고 뒷골목에조차 산재한 문화의 잔재들이 의림의 발걸음마다 역사의 한 장면씩을 떠올리게 했다.

"음, 이건……."

의림은 영문으로 쓰인 친숙한 작은 간판을 보았다.

'Internet Cafe'

의림은 문득 북학인에게 메일을 보내고 싶었다. 아직 특별한 일이야 없지만 혹시 참고가 될 만한 말을 들을 수 있을지 모른다는 생각에서였다.

한국에서는 한 집 건너 있는 게 피시방이지만, 로마에서는 수십 분을 걸어 다닌 다음에야 겨우 눈에 뜨이는 명물이었다. 의림은 호기심에 끌려 로마의 피시방에 들어섰다. 협소한 방 안에는 나이 든 노인이 작은 의자에 앉아 있고, 조그만 컴퓨터 두 대가 어두컴컴한 조명을 받으며 한 귀퉁이를 차지하고 있을 뿐이었다.

"인터넷이 되나요?"

영어를 잘 못 알아듣는 노인과는 인터넷이라는 한 마디에 의지해 겨우 의사소통이 되었다. 하지만 막상 의림이 인터넷을 하겠다는 의사를 밝히자 노인은 고개를 가로저었다. 기계 문제인지 통신 문제인지 확실하진 않지만 인터넷을 이용하는 데는 시간이 매우 많이 걸린다는 것이다.

의림은 그냥 피시방을 나오고 말았다. 의림은 아쉽기도 했지만 한편으로는 이탈리아와 한국이 인터넷이나 기타 무선통신 등의 보급률이나 이용률에서 비교가 안 된다는 사실을 깨닫고는 흐뭇한 기분이 들었다. 앞으로의 세계를 정보나 지식이 좌우한다면 한국은 이제 그 분야의 강국으로 급부상하는 중이란 생각이 들었던 것이다. 인터넷이나 개인통신 등의 이용률에서 한국이 세계에서 첫 번째 혹은 두세 번째 간다는 사실을 떠올린 의림은 한국에는 밝은 미래가 있다는 것을 깨달을 수 있었다.

의림은 바이스로이 재단을 향해 걸었다. 바이스로이 재단은 한 유서 깊은 건물을 모두 차지하고 있었다. 놀라울 정도로 커다란 규모였지만 찾아오는 사람은 별로 없는지 조용하고 한가로웠다.

"무엇을 도와드릴까요?"

쾌활한 모습의 이탈리아 여자가 의림을 보자 자리에서 일어나며 친절하게 물었다. 이십대 후반으로 보이는 여자는 입가에 밝은 미소를 지으며 무슨 일이든지 도와줄 수 있다는 자신만만한 표정을 내보였다.

"나는 한국에서 온 정의림이라는 사람입니다."

"네, 어서 오세요. 이리 좀 앉으시겠어요?"

젊은 여자는 직감적으로 시간이 걸릴 일이라는 것을 깨달았는지 의림에게 의자를 권했다.

"고맙군요. 사실 나는 어떤 사람에 대해 알아보러 왔습니다."

"어떤 사람이죠?"

여자가 범상치 않은 의림의 말에 눈썹을 약간 찡그리며 관심을 보내왔다.

"나영준이라는 사람입니다. 제 사촌이에요."

"사촌이요? 네, 알겠습니다. 그런데 그 사람이 우리 과학재단과 어떠한 관계라도 있습니까?"

"그는 이 과학재단에서 장학금을 받은 사람입니다."

"그렇군요. 잠깐 기다리시죠."

젊은 여직원은 인터폰을 들고 상대방에게 의림이 찾아온 사실을 얘기했다. 그러자 곧 한 남자 직원이 나와 의림의 앞자리에 앉았다.

"우리 재단의 수혜자에 대해 알아보고자 한국에서 왔다고 하셨습니까?"

"그렇습니다."

"그 수혜자의 이름이 뭐라구요?"

"나영준입니다."

"그 사람과는 어떤 관계입니까?"

"저의 사촌입니다."

"당신의 신분을 확인할 수 있는 증명서 같은 것이 있습니까?"

"네, 여기 여권이 있습니다."

"잠시 기다리십시오."

남자 직원은 의림의 여권을 들고 방 안으로 들어갔다. 그러나 무엇을 하는지 시간이 제법 흘렀는데도 방에서 나오지 않았다. 이윽고 남자 직원이 의림의 여권을 들고 다시 나왔다.

"자, 여권은 받으시고 이리 좀 들어오십시오."

의림은 남자 직원의 안내를 받아 방 안으로 들어갔다. 방 안에서는 점잖고 세련돼 보이는 한 중년의 사나이가 자리에서 일어나 의림을 맞았다.

"앉으십시오. 바이스로이 재단의 사무국장입니다."

"네. 한국에서 온 정의림입니다. 나영준의 사촌입니다."

"그러시군요. 그런데 무슨 일로 오셨다구요?"

국장은 다시 한 번 의림에게 방문 목적을 확인했다.

"우리는 사촌으로부터 최근 한 번도 연락을 받지 못했습니다. 전에는 곧잘 연락이 오곤 했는데 최근에는 어디서 무슨 일을 하는지 도통 연락을 해오지 않는단 말입니다."

"음, 나영준이라구요?"

국장은 무거운 목소리로 대답하면서 담배를 한 개비 꺼내 물었다. 의림은 직감적으로 나영준에게 무슨 일이 있다는 것을 깨달았다.

"나영준이라는 사람의 거취에 대해서는 우리 컴퓨터에 입력된 것이 없습니다. 유감입니다."

"아니, 그럴 리가요! 우리야 사촌이 연락을 해오면 그제야 어디 있구나 하지만, 과학재단에서는 늘 사촌의 행방을 알고 있지 않았습니까?"

의림은 과감하게 넘겨짚었다. 그러자 국장은 더욱 난처한 모습이었다.

"다른 사람들의 경우는 그렇지만 나영준은 우리가 알지 못합니다. 틀림없이 우리에게서 장학금을 받았습니까?"

"물론입니다."

의림은 북학인에게서 팩스로 받은 은행의 입금표 사본을 보여줬다. 송금자는 분명히 바이스로이 과학재단이었다.

"틀림없군요. 하지만 이상하게도 컴퓨터에 전혀 입력된 게 없습니다."

국장은 계속 난감한 표정을 지었다.

"이러지 마십시오. 입금표에도 있듯이 나의 사촌은 이미 고등학생 때부터 귀 재단의 장학금을 받아왔습니다. 유학은 물론이고 직장까지도 모두 이 재단의 의사에 따라갔단 말입니다. 당신들은 끊임없이 사촌을 감시해왔고 지금 사촌은 행방불명 상태예요. 그런데 이제 와서 모른다고 하면 말이 됩니까?"

"하지만 컴퓨터에는 아무런 기록이 없습니다."

"여기에는 분명 무슨 음모가 있어요. 만약 내일 아침에 내가 다시 찾아올 때까지 결과를 못 내놓으면 나는 경찰서에 갈 거요. 사촌의 행방불명에 당신네 재단이 깊숙이 관여하고 있다고 수사를 의뢰할 거요. 뿐만 아니라 한국에 돌아가서 모든 학생의 부모들에게 바이스로이 과학재단의 음습한 행태를 공개할 거요. 물론 인터넷에도 도배를 해서 전 세계에 공개할 테니 내일 이 시간까지 결론을 주시오."

의림은 국장을 상대로 해봐야 결과가 나오지 않는다는 것을 깨닫고는 누군가와 의논할 시간을 주는 것이 온당하다는 생각에 그렇게 최후통첩을 하고 밖으로 나왔다. 남자 직원과 여자 직원이 문 앞까지 따라 나와 인사를 하는 것으로 보아 비록 그들이 상세한 내용은 모르더라도 의림의 출현이 그들에게 만만치 않게 받아들여지고 있다는 사실을 알 수 있었다.

의림은 호텔로 돌아가 비즈니스 센터의 컴퓨터를 이용해 북학인에게 사정을 알리는 이메일을 보냈다. 일단 내일 이 시간에 저들이 보이는 결과를 봐서 다시 연락을 하겠다는 이메일을 보내고 나자 의림은 달리 더 할 일이 없어 시내 관광에 나섰다.

콜로세움은 밖에서 보기보다 복잡한 구조로 이루어져 있었다. 의림은 지하에 갇혀 사자 밥이 되기를 기다리던 사람들의 심정은 어떠한 것이었을까 상상하며 지하로 들어가는 통로로 내려섰다. 그러나 지하 통로는 봉쇄되어 있었다. 의림은 이번에는 사자 밥이 되는 사람들을 보는 구경꾼들의 심리를 상상하며 계단을 걸어 올라갔다.

황제의 자리는 검투사들의 대결이나 희생자들의 비참한 최후를 가장 잘 내려다볼 수 있는 위치에 있었다. 의림은 황제의 자리에 서서 콜로세움이 귀족과 평민, 그리고 그들의 눈요기를 위해 죽어야 하는 희생자들을 얼마나 정교하고 견고하게 분리하고 있는지 관찰했다.

많은 사람들이 즐거운 마음으로 찾아와 구경하고 사진을 찍어 가는 이 건물이 사실은 아우슈비츠의 가스실과 다름없다는 섬뜩한 생각이 들었다. 무엇보다도 최후의 순간 돌에 새긴 절망의 손톱자국들은 기묘한 형태를 드러내고 있었다. 의림이 이 비참한 역사의 흔적을 따라 음침한 감옥으로 점점 깊숙이 들어가고 있을 때였다.

"으드득."

의림은 뒤에서 들려오는 이상한 소리에 반사적으로 고개를 돌렸다. 근육질의 우람한 체구를 가진 한 사나이가 징그러운 미소를 지으며 의림을 쳐다보고 있었다. 또 한 명은 강단이 있어 보이는 조그만 사나이였는데 역시 의림을 뚫어지게 쳐다보고 있었다.

"내게 볼일이 있소?"

의림이 말과 함께 이들을 비켜 돌아나가려 하자 옆에서 번개 같은 속도로 주먹이 날아와 의림의 뺨을 강타했다. 의림은 그 자리에 주저앉고 말았다. 큰 놈인지 작은 놈인지 구분도 되지 않는 가운데 의림은 주먹에 맞아 얼얼한 상태로 이들을 쳐다보았다. 순식간에 입안 가득 피가 고였다. 이때 작은 놈의 발길질이 의림의 턱을 명중시켰다. 의림은 머리를 벽에 부딪치며 땅바닥에 쓰러졌다. 작은 체구가 다가오자 의림은 갑자기 일어나면서 무릎으로 녀석의 사타구니를 내질렀다.

"윽!"

방심했던 작은 체구는 외마디 소리를 지르며 그 자리에 고꾸라지고 말았다. 그 순간 큰 체구가 의림의 옆구리를 걷어차고는 의림의 가슴을 타고 앉았다. 의림은 손가락으로 녀석의 눈을 번개같이 찔렀다. 녀석은 비명을 지르며 두 손으로 얼굴을 감쌌다. 의림은 틈을 놓치지 않고 벌떡 일어나 뛰기 시작했다. 그러나 큰 녀석은 한 눈을 가리고도 금방 쫓아와 의림을 뒤에서 붙들었다. 의림은 뒤도 돌아보지 않은 채 마치 럭비공처럼 솟아오르며 머리로 녀석의 턱을 들이받았다. 우지끈 소리가 나며 녀석의 턱이 깨지는 소리가 들렸다. 의림은 다시 몸을 빼내 젖 먹던 힘까지 다해 뛰었다.

비명을 내지르며 쓰러졌던 녀석이 이번에는 쫓아오지 않고 권총을 꺼내 의림에게 겨누었다. 몇 발이 발사되었지만 지그재그로 뛰는 의림을 명중시키지는 못했다. 의림은 복잡한 콜로세움의 기둥 사이를 돌아 밖으로 뛰어나왔다.

다행히 총소리에 놀란 경비원들이 총을 뽑아들고 의림을 향해 뛰어왔다. 의림은 손짓으로 녀석들이 있는 곳을 가리켰다. 경비원들이 뛰어가는 것을 보며 의림은 출구를 통해 밖으로 내달렸다.

소피아

호텔로 돌아온 의림은 흥분을 쉽게 가라앉힐 수가 없었다. 방 안을 한동안 이리저리 걸어 다니다가 찬물을 벌컥벌컥 들이켠 후 도대체 어떤 자가 녀석들을 보냈을지 곰곰 생각했다.

바이스로이 재단.

의림은 도대체 이들이 나영준의 행방불명과 어떤 관계가 있기에 자신이 나영준의 행방을 묻자마자 이렇게 테러를 가하는지 궁금했다. 위협만 주려 했던 듯 총알이 빗나가기는 했지만 자칫 잘못하면 목숨이 위험할 뻔했던 아찔한 순간이었다.

의림은 준우의 사건 배후에도 이 재단이 있을지 모른다는 생각이 들었다. 자신들의 어두운 얼굴을 세상에 드러내려는 준우의 시도를 눈치채고 아예 사고로 위장하여 그를 살해한 것일지도 몰랐다. 전쟁 중에 전사한 것이라는 북학인의 말에서도 그런 낌새를 느낄 수 있었다.

한번 의심이 들기 시작하자 제라르 장군의 죽음에도 이들이 연결되어 있을지 모른다는 생각마저 들었다. 사실 제라르 소장의 죽음에는 석연치 않은 데가 있었다. 우선 스위스 은행이 제라르 장군을 살해할 가능성은 희박할 터였다. 물론 제라르 소장의 죽음과 더불어 당장 막대한 액수의 돈을 보전할 수 있다는 점에서는 스위스 은행이 용의 선상에 가장 가까이 있었지만, 장군이 스위스 정부와 연관되어 있다는 점을 보건대 스위스 은행이 장군을 살해할 마음을 먹지는 못할 터였다. 그렇다면 역시 바이스로이 재단일 가능성이 가장 컸다. 그러나 제라르 장군은 스위스 은행에서 돈을 찾으면 일부는 바이스로이에게 갈 것이라고 했다. 그렇다면 바이스로이가 돈도 찾지 않은 제라르 장군을 죽일 리도 없었다.

이렇게 생각하자 제라르 장군을 살해한 배후와 자신을 테러한 자들의 배후는 다를 수도 있다는 결론이 나오는 것 같았다. 의림은 뭐가 뭔지 도무지 알 수가 없었다. 어쩌면 자신은 생각지도 못했던 복잡한 관계에 얽혀든 것인지도 몰랐다.

의림은 북학인에게 이메일을 보낼까 하다 그만두었다. 비록 믿음이 가긴 했지만 그의 정체 역시 베일에 싸여 있기는 마찬가지여서 지금 기분으로는 별로 대화를 하고 싶지가 않았다. 게다가 이런 정도의 위험은 있을 것이라고 예상했던 터라 시시콜콜 다 알리고 싶지도 않았다. 거울에 비친 일그러진 자신의 얼굴을 보는 순간 의림은 문득 외로움을 느꼈다. 일단 외롭다고 생각하자 호텔의 화려함이 기분을 더욱 황량하게 했다.

의림은 수첩에서 소피아의 전화번호를 찾아내 전화를 걸었다.

"로열힐튼이라구요? 세상에!"

소피아는 굉장히 놀랍다는 듯 소리를 질렀다.

"좀 무리했습니다."

"무리 정도가 아니잖아요? 의림 씨는 단순한 관광객이 아닌가 봐요."

"왜요?"

"파리에서는 불과 이틀만 머물고 로마에서는 성공한 비즈니스맨들이나 머무르는 최고급 호텔에 있는 걸 보면요."

"그렇게 됐습니다."

"제가 그리 갈까요? 그 호텔은 전부터 가보고 싶었어요."

"네, 로비에서 기다릴게요."

소피아는 몰라볼 정도로 화려한 차림으로 택시를 타고 왔다. 의림은 로비 라운지에서 소피아가 택시에서 내리는 걸 보고 밖으로 나가 그녀를 맞이했다.

"몰라보겠군요. 어느 나라의 공주라 해도 이렇게 화사하지는 못할 겁니다."

"어머, 고마워요."

"저녁을 예약해두었습니다."

"테라스 가든에요?"

"네, 아는군요."

"그럼요. 테라스 가든에서 시내의 야경을 바라보며 포도주가 곁들여진 식사를 하는 것은 모든 로마 시민의 꿈이니까요."

"그렇다면 오늘 소피아의 꿈이 이루어지는 거군요."

"덕분에요."

그러나 다음 순간 의림의 일그러진 얼굴을 알아보았는지 소피아의 목소리가 잦아들었다.

"아니, 왜 그래요, 그 얼굴?"

"별것 아닙니다."

의림은 적당히 둘러댔다.

"별거 아닌 게 아닌데……."

소피아는 의림의 얼굴에서 근심스러운 눈길을 떼지 못한 채 다그쳤다.

"식사나 하러 가죠."

의림은 왠지 모를 서글픔을 애써 누르며 앞장섰다.

식사는 물론 훌륭했다. 감미로운 포도주 향기가 밤바람을 타고 코를 자극하는 낭만적인 밤이었다.

두 사람은 식사를 마치고 로비 라운지로 내려왔다. 카푸치노를 주문하고 안락한 소파에 몸을 푹 파묻자 정열적인 모습의 연주자가 연주해내는 피아노 선율이 두 사람의 귀를 통해 가슴 깊이 흘러 들어왔다.

"객실에 가보고 싶어요."

소피아의 순진한 바람이 귀에 들어오는 순간 의림은 당황했다. 어떻게 받아들여야 할지 몰랐다. 호텔에 대한 단순한 환상 때문인지 아니면 다른 뜻이 있는 것인지 판단이 서지 않는 것이었다. 의림은 잠시 생각에 잠겼다.

이런 의림의 모습을 소피아는 수줍은 얼굴로 바라보고만 있었다.

"네. 같이 올라가죠."

잠시 동안이지만 많은 것을 생각하던 의림은 자신도 모르게 그렇게 대답하고 말았다. 어느 쪽이든 다 받아들일 수 있을 것 같았다.

방에 들어서자마자 소피아는 감탄사를 터뜨렸다.

"아아, 정말 화려한 방이군요. 중세풍의 분위기가 그대로 살아 있잖아요. 교황의 방이나 유서 깊은 메디치가(家)의 어느 방에 들어온 것 같아요. 이렇게나 고급스럽고 깨끗하다니."

화장실에 다녀온 소피아는 다시 탄성을 토해냈다.

"화장실이 너무나 잘 갖춰져 있어요. 조명부터 수도꼭지에 이르기까지 모두 최신식이에요."

의림은 소피아가 좋아하는 모습을 보자 자기도 모르게 어깨가 으쓱할 지경이었다. 소피아는 침대에 가볍게 앉아보았다.

"마치 새의 깃털에 앉는 것 같아요. 침대가 이렇게나 보드라울 수 있다니."

소피아는 손바닥으로 가볍게 시트를 두드렸다. 순간 소피아의 눈빛이 야릇한 느낌을 주며 의림의 눈동자 깊숙이 뚫고 들어왔다. 잠시 침묵이 흘렀다. 무슨 말을 해도 어색할 것 같은 침묵이 두 사람의 젊음을 무겁게 짓누르는 시간이 흘러갔다.

먼저 입을 연 사람은 소피아였다.

"의림, 이리 와요."

의림은 순간 가슴이 울렁거렸다. 꿈에서나 있을 법한 일이 지금 이 순간 자신의 눈앞에서 이루어지고 있는 것이었다.

"어서요."

소피아의 감미로운 목소리가 의림의 가슴에 깊이 스며들었다. 의림은 무슨 말인가를 하려 했으나 순간적으로 목이 잠겨 목소리는 입안에서만 뱅뱅 돌 뿐이었다.

"소피아!"

소피아는 손가락을 입에 갖다 댔다. 아무 말도 하지 말라는 뜻이었다.

"어서 와요."

매혹적인 목소리를 의림의 귀에 남기고 소피아는 천천히 옷을 벗었다. 하얀 가슴이 눈부시게 드러나는 순간 의림은 숨이 멎을 것만 같았다.

"소피아!"

"이리 와요."

의림은 자기도 모르게 소피아의 옆으로 다가갔다. 소피아는 가늘고 긴 손을 뻗어 의림의 셔츠를 벗겼다.

"음."

의미를 알 수 없는 신음이 의림의 입에서 새어 나왔다. 소피아는 의림의 셔츠를 다 벗기자 자신의 치마와 속옷을 천천히 벗어 미끄러뜨렸다. 이 광경을 보고 있던 의림은 현기증이 나는 것을 느꼈다.

"샤워를 하고 와요."

소피아는 발가벗은 몸을 침대에 깊숙이 파묻으며 의림에게 샤워실을 가리켰다. 의림은 마치 정신이 마비라도 된 듯 뜨거운 몸을 억지로 일으켜 샤워실로 걸어갔다. 샤워 꼭지를 틀어 찬물을 온몸에 받자 비로소 약간 정신이 드는 듯했다.

"어머, 왜 그래요?"

의림이 샤워실에서 나오자 소피아의 놀란 목소리가 방 안에 울려 퍼졌다. 알몸이 되어서 나타나야 할 의림이 오히려 벗었던 셔츠까지도 모두 입고 나타났던 것이다. 의림은 테이블에 앉아 나직하고 부드러운 목소리로 입을 열었다.

"소피아, 옷을 입어요."

"네?"

소피아의 히스테릭한 목소리가 날카롭게 의림의 귓전에 꽂혔다.

"자, 소피아. 어서요."

"의림, 왜 그래요? 뭐가 잘못되었나요?"

"설명할게요. 어서 옷을 입어요."

"날 무시하는 거예요?"

"그건 절대 아니니까, 어서 옷부터 입어요."

소피아의 눈길이 재빠르게 의림의 표정을 스쳤다. 의림은 묵묵히 일어나 베란다의 창을 통해 밖을 내다보고 있었다. 소피아는 일어나 옷을 입었다.

"자, 여기 앉아요."

의림은 소피아가 옷을 다 입자 자리를 권했다.

"음, 먼저 사과를 드릴게요."

"네? 무슨 사과요?"

"어떤 면에서는 내가 남자답지 못한 행동을 했을지도 모르겠어요."

"……."

"하지만 나를 향한 소피아의 마음을 몰라서 그런 건 아니에요. 또 내가 소피아를 생각하는 마음이 부족해서 그런 것도 아니구요."

"……."

"오히려 나는 소피아한테 완전히 빠지고 말았어요. 소피아처럼 마음에 드는 여자를 만난 건 처음이에요. 그래서 나는 심각하게 고민해야 했어요."

"……."

"결국 결론은 모든 것을 흘러가는 대로 맡겨두자, 인연이 된다면 나는 소피아를 지킬 수 있을 것이다, 라는 거였지요."

"……."

"내가 진정 소피아를 사랑한다 해도 우리가 함께 섹스를 나누기에는 아직 들인 시간이 너무 부족해요. 좀 더 많은 그리움과 안타까움으로 우리의 내면에 서로가 깊이 자리 잡았을 때, 그때 몸을 나누는 것이 옳다는 생각이 들었어요. 그게 소피아를 지키는 거라고 생각해요. 이해하기가 어렵겠지만 받아들여줘요."

소피아는 단 한 마디의 대꾸도 없이 의림의 얘기를 잠자코 들었다.

의림은 소피아의 손을 쥐고는 입에 갖다 댔다. 손등에 입술을 가볍게 대며 의림은 소피아가 느꼈을 모멸감에 대해 깊이 걱정했다. 일순 후회도 되었으나 자신의 생각이나 행동이 올바른 것이라고 확신했다.

소피아는 슬며시 손을 빼내는가 싶더니 번개같이 일어나 핸드백을 들고는 문을 열고 나가버렸다.

"소피아!"

의림이 바로 뒤쫓아 나갔지만 소피아는 마침 손님이 타고 올라온 엘리베이터에 들어가 있었다. 의림은 급한 나머지 닫히는 문을 손으로 잡으려 했지만 한발 늦었다. 문이 닫히기 직전에 본 소피아의 얼굴은 매우 복잡한 표정을 하고 있었다. 그렇지만 여전히 아름다웠다. 의림은 가슴이 찢어질 것 같은 심정으로 막 닫히는 엘리베이터의 문 사이로 외쳤다.

"소피아, 가지 말아요!"

그러나 엘리베이터는 의림의 외침을 뒤에 남기고 내려가 버렸다. 의림은 급히 계단으로 뛰어 내려갔다. 1층에 도달하자 소피아는 이미 회전식 현관문을 빠져나가고 있었다.

"소피아!"

의림의 외침에 로비에 있던 사람들이 일제히 쳐다봤지만 의림은 아랑곳없이 소피아를 부르며 현관문으로 뛰어갔다. 의림이 지루하게 움직이는 육중한 회전문을 돌아 나가자 소피아는 택시를 타고 막 문을 닫으려는 참이었다.

"소피아, 잠깐 서요!"

그러나 소피아는 바로 문을 닫았고, 택시는 즉각 출발했다.

"소피아!"

의림은 막 출발하는 택시의 문손잡이를 잡으려 했으나 이미 택시는 의림의 손길을 빠져나가 버린 후였다.

"소피아……."

의림은 택시의 뒤꽁무니를 보며 자책했다. 자신의 한마디가 그녀에게 그렇게 큰 충격이 될 줄은 몰랐던 것이다. 의림은 황급히 객실로 돌아와 소피아의 휴대폰 번호를 눌렀다. 그러나 저쪽에서는 받지 않았다.

의림은 그날 밤늦도록 베란다에서 로마의 야경을 내려다보며 혼자 술잔을 기울였다.

여자의 정체

다음 날 아침, 의림은 일찌감치 바이스로이 재단으로 찾아갔다. 국장은 기다리고 있었다는 듯 의림을 맞았다.

"잘 오셨습니다. 로마 관광은 좀 하셨는지요?"

의림은 이자가 어제의 테러를 알면서도 시치미를 뗀다고 생각했지만 꾹 눌러 참았다.

"네, 덕분에요."

의림의 가시 돋친 대답에는 아랑곳하지 않고 국장은 신중한 표정을 지으며 말을 꺼내기 시작했다.

"저희 재단이 한국에 대해서 각별한 애정을 갖고 있는 건 아시죠?"

"네?"

의림은 이건 무슨 뚱딴지같은 소린가 싶었다. 어제의 테러는 말할 것도 없고 장학금으로 한국의 인재들을 지배하고 있는 재단이 한국에 대해 각별한 애정을 갖고 있다니……. 의림은 냉소를 흘렸다.

"이해 못하셔도 좋습니다. 아무튼 어제 정 선생님의 방문은 회장님께 보고되었고, 회장님은 오늘 저녁 정 선생님과의 만남을 희망하셨습니다."

"바이스로이 경이 말인가요?"

"그렇습니다."

"회장님은 오늘 석양 무렵 로마포럼에서 기다리시겠다고 했습니다."

"로마포럼? 석양에 폐허에서 나를 기다린다구요?"

"네. 회장님은 중요한 대화는 항상 거기서 나누십니다."

"음."

의림은 국장의 진지한 표정으로 미루어 거짓말은 아니라는 판단이 들었다. 어제 콜로세움에서의 일로 해서 꺼림칙한 구석이 없는 것은 아니었으나, 회장까지 들먹여가며 이런 식으로 거짓말을 할 리는 없는 것이었다.

"알겠습니다. 그런데 나영준의 행방은 찾았습니까?"

"회장님은 아마 그 일로 정 선생님을 만나려 하실 겁니다."

의림은 도대체 이 바이스로이 재단의 정체를 알 수가 없었다. 어제는 테러를 하고 오늘은 회장이 직접 자신을 만나겠다니.

"하여튼 알겠습니다. 만족할 만한 결과가 없으면 다시 찾아올 겁니다."

"그럴 필요 없을 겁니다."

국장은 묘한 대답을 했다. 어쨌거나 의림은 재단을 나올 수밖에 없었다. 다시 무엇을 해야 할지 알 수 없었다. 소피아에게 연락을 할까 생각했지만 마음이 내키지 않았다. 소피아도 충격과 모멸감을 극복할 시간이 필요할지 모른다는 생각에서였다.

호텔로 돌아오는 길에 의림은 마음을 정리했다.

'그래, 모든 걸 잊어버리고 관광이나 하자. 바이스로이는 어차피 저녁이 다 되어서야 만나기로 하지 않았던가. 소피아는 전화를 걸어올 때까지 기다리자. 안 걸어온다면 추억으로 남길 수밖에 없지 않은가.'

의림은 편한 옷으로 갈아입고는 안내 데스크로 가서 로마 관광 안내를 받았다.

"뭐니 뭐니 해도 로마에서는 시스티나 성당입니다. 라파엘로의 〈아테네 학당〉, 미켈란젤로의 〈천지창조〉를 안 보고 로마에 갔다 왔다는 사람이 있으면 그건 거짓말쟁이거나 예술에 대해서는 깡통이라고 선언을 하는 겁니다."

맞는 말이었다. 특히 의림은 미켈란젤로의 〈천지창조〉와 〈최후의 심판〉을 보고 싶었다. 붓을 내던지고 도망갔다가 다시 잡혀와 천장화를 그릴 수밖에 없었던 비운의 사나이 미켈란젤로. 그 오랜 세월 천장화를 그리다 목이 비뚤어져 버렸다는 이 화가의 불멸의 대작들을 굳이 안내인의 설명이 아니더라도 보고 싶지 않을 리는 없는 것이었다.

의림은 단체 관람객이 자리를 꽉 메운 매표소를 겨우 통과해 시스티나 성당의 복도에 들어섰다. 시스티나 성당은 이탈리아가 아닌 바티칸 시국에 속해 있는 건물이라서 스위스 경비병들이 경비를 하고 있었다.

교황의 예배당이기도 한 이 성당은 복도에서부터 의림을 완전히 사로잡았다. 헤아릴 수도 없이 많은 조각과 회화가 아직도 로마는 건재하다는 사실을 웅변하고 있었다. 처음에는 하나하나 꼼꼼하게 들여다보던 의림은 얼마 안 가 지쳐버리고 말았다. 이런 식으로 보면 일주일이 걸려도 다 못 보겠다는 생각에 의림은 발걸음을 빨리했다.

역시 미켈란젤로의 〈천지창조〉와 〈최후의 심판〉은 압권이었다. 시스티나 성당을 방문하는 모든 사람이 북적거리는 인파 속에서 한 번 앉지도 못하고 사람에 떠밀려 들어왔다 떠밀려 나가면서도 반드시 보고 가는 불멸의 대작. 그 앞에서 의림은 다시 한 번 기독교가 인류사에 미친 영향에 대해 깊이 생각하지 않을 수 없었다.

의림은 사람들에 떠밀리다시피 해서 미켈란젤로의 방을 나왔다. 회랑을 따라 걸어가니 바티칸 박물관이 나왔다. 시스티나 성당이 주로 회화에 치중하고 있다면, 바티칸 박물관은 헤아릴 수도 없이 많은 조각들이 진열되어 있었다.

주변의 조각품들을 감상하며 무심코 걸어가던 의림은 갑

자기 걸음을 멈추었다. 방금 스친 어떤 흉상에서 받은 인상이 너무나 강렬했던 탓이다. 의림은 뒤로 돌아섰다. 별로 이름을 들어본 적이 없는 황제의 흉상이었다.

"호오."

총명하기 그지없는 얼굴로 저 먼 곳을 바라보는 황제의 얼굴은 흐르는 강보다 더한 온유함과 부처의 얼굴 같은 인자함을 담고 있었다. 의림은 사람이 이렇게나 평화롭고 지혜로우며 보는 이로 하여금 자신의 내면을 돌아보고 반성까지 할 수 있도록 하는 얼굴을 가질 수 있는가 생각해보았다. 그러면서 이 흉상이 예술가의 작품이라는 사실을 깨닫자 마음속으로부터 더욱 깊은 감동을 느꼈다.

'아아, 과연 인간 창조력의 한계는 어디까지란 말인가.'

의림은 문득 파리에서 보았던 밀로의 비너스를 떠올렸다. 밀로의 비너스가 이상과 미래를 향한 아름다운 꿈의 분위기를 온몸에서 뿜어내며 한 점 오욕도 없는 신의 세계를 지향하고 있다면, 이 황제의 흉상은 현실을 살고 있는 인간에 대한 한없는 이해와 애정을 보여주는 것이었다.

철학을 공부하면서 미학과 미술에도 약간의 견문을 가질 수 있었던 의림은 미술사상 전혀 유명하지도 주목을 받지도 못한 이 황제의 흉상이 뿜어내는 은은하고도 그윽한 향기에 저절로 빨려 들어가 한동안 그 자리에 못 박힌 듯 서 있었다.

"올 줄 알았어요."

등 뒤에서 들려온 목소리는 다름 아닌 소피아의 것이었다.

"어, 소피아!"

"이곳에 온다면 반드시 이 흉상 앞에서 한참 동안 서 있을 걸로 생각했죠."

"전혀 유명하지도 않은 이 흉상 앞에서요?"

"네, 밀로의 비너스에 취해 몇 시간을 앉아 있는 사람이니 역시 이 흉상 앞에서도 그렇게 서 있을 걸로 생각했어요. 비록 유명하진 않다 하더라도 말이죠."

"그런데 어떻게 이런 일이 가능하죠? 어떤 미술사가나 평론가의 눈에도 띄지 않았던 이 흉상 앞에 내가 서 있고 소피아는 내가 여기 서 있을 줄 알았다니, 그런 일이 과연 가능한가요?"

"가능하다고 생각했어요. 그랬으니 제가 여기서 기다렸죠."

"나는 그냥 지나칠 뻔했는데."

"그랬을 수도 있죠. 그건 우리의 운이에요."

"운이라구요?"

"네. 죽느냐 사느냐 하는 운."

"무슨 말이죠?"

"제가 누군지 생각해본 적 없어요?"

"아뇨. 생각할 필요까지 있나요? 소피아, 아름답고 착한 미술학도. 틀렸나요?"

소피아의 얼굴에 자조적인 미소가 피어올랐다. 그녀는 잠시 말없이 황제의 흉상에 눈길을 던졌다. 의림은 그녀의 눈길에 담긴 서글픔을 보는 순간 왠지 모를 이상한 기분이 들었다. 이제껏 봐왔던 맑고 순수하기만 하던 소피아가 아닌 다른 모습의 소피아가 의림의 마음속에서 살아 나오는 것 같았다.

"나는 한국에서 의림 씨가 비행기를 타던 그 순간부터 의림 씨와의 만남을 기다리고 있었어요."

"네?"

의림은 그제야 파리에서 소피아를 만난 것이 우연이 아니었다는 생각이 들기 시작했다.

"그랬어요. 저는 파리에서 의림 씨를 기다렸어요. 그리고 우연이 아닌 필연에 의해 의림 씨와 같은 기차를 탔구요. 저의 임무를 수행하기 위해서였죠."

의림은 머리칼이 곤두설 정도로 놀랐다. 임무라니. 소피아가 무슨 일을 하는지 어떤 사람들과 연관되어 있는지 몰라도 의림에게 소피아는 천사 못지않은 순수와 기품의 상징이었다.

"소피아! 그게 정말인가요?"

"그래요. 하지만 의림 씨는 침대로 올라오지 않았어요. 오히려 내게 옷을 입으라고 했죠. 나를 진심으로 지킨다고, 그래서 섹스를 아낀다고 했어요."

"네."

의림은 마음을 가라앉히려 애쓰며 고개를 끄덕였다.

"일을 그르쳤구나 생각하는 나를 의림 씨는 오히려 상처받지 않았을까 염려하고 끝까지 저를 위로하려 달려 나왔구요."

"나는 지금 소피아가 하는 말을 도저히 믿을 수 없어요. 아니, 설령 믿는다 하더라도 소피아의 그 예술에 대한 사랑이나 순수한 자아는 결코 변하지 않아요."

"저는 순수하지 않아요. 그건 변함이 없을 거예요. 하지만 달라진 게 하나 있어요."

"……."

"나는 더 이상 이렇게 살지는 않을 거예요."

"무슨 얘기죠?"

"이제부터 내가 하는 말을 잘 들어요."

의림은 눈길을 황제의 흉상으로 재빨리 돌렸다.

"조세핀은 나의 동료예요. 그녀는 제라르를, 나는 당신을 맡으라는 임무를 부여받았어요."

"조세핀과 동료라구요?"

"네. 하지만 그게 중요한 게 아녜요. 중요한 건 당신이 지금 위험에 빠져 있다는 사실이에요. 나 말고도 사람은 있으니까요."

"도대체 누가 그런 일을 시키는 겁니까?"

"우리는 CIA 요원이에요. 쉿!"

갑자기 소피아의 대화 내용이 달라졌다.

"그러니까 고딕 미술이 시작되기 전의 헬레니즘 미술이 오히려 훨씬 인간적이고 화려함은 물론 섬세하기도 했어요. 르네상스의 인간 중심주의는 사실 헬레니즘의 전통을 잇는다고 보면 되죠……."

의림은 두 사람을 지나쳐 걸어가는 몇 사람의 관광객 중 한 사람이 왠지 이상하다는 느낌을 받았다. 오십대로 보이는 그 사람은 미술품을 감상하는 척하면서 두 사람의 대화에 귀를 곤두세우고 있는 듯했다. 그 관광객이 지나가자 소피아의 대화는 다시 원래대로 돌아왔다.

"저들은 내게 변화가 생겼다는 것을 알아차렸어요. 그간 저는 한 번도 실패한 적이 없었기 때문에 바로 의심을 산 거죠."

의림이 숨을 골랐다. 그러고는 '임무'라는 말을 들었을 때부터 궁금했던 것을 천천히 물었다.

"그 임무에는 살인도 들어가 있나요?"

소피아는 고개를 저었다.

"안심하세요. 살인은 저와는 거리가 머니까."

"그러면 당신의 임무는?"

"당신을 통해 북학인의 소재를 알아내는 거예요."

"그러고는요?"

"그다음은 다른 요원들에게로 넘어가죠."

"음."

의림의 입에서 신음이 새어 나왔다. 시간이 지나면서 의림의 가슴이 쓰려왔다. 그 쓰라림은 자신이 음모에 빠져 살해당할 뻔했다는 사실 때문이 아니었다. 소피아와의 인연이 이런 음모 속에 이루어진 것이라는 사실로부터 시작된 안타까움이었다.

"하지만 이제 이 생활은 끝이에요. 비록 이번 임무는 실패했지만 그동안 내가 세운 공을 저들도 무시하지는 못할 거예요. 이제 저는 마음대로 두오모 성당에서 평범한 미술학도로 앉아 있거나 서 있을 수 있을 거예요. 의림 씨, 이제 작별이에요."

"음."

"언젠가 더 이상 이 일을 못 할 것으로 생각은 했지만 결정적인 원인을 제공한 건 바로 당신이에요. 이 일을 하고 처음으로 인간다운 인간을 만났으니까요. 아마, 사랑두요. 당신과의 만남은 영원히 잊지 못할 거예요."

"소피아, 당신은 안전한가요? 이제 정말 두오모 성당에 한가롭게 앉아 몇 시간이고 과거와 대화를 나눌 수 있게 되나요?"

"고마워요. 당신은 진심으로 저를 생각해주는군요. 하지만 당신이 해줘야 할 일이 한 가지 남았어요."

"그게 뭐죠?"

"바이스로이를 만나면 그는 당신에게 저를 사랑하는지 물을 거예요. 그때 절대 예스라고 하면 안 돼요. 그러면 우린 둘 다 죽어요. 그가 어떤 이야기를 하더라도 냉정하게 판단하세요."

"소피아, 당신은 바이스로이와 어떤 관계죠?"

"저는 그 사람을 사랑해요. 때로는 그에게 우리 정보를 넘겨주기도 했어요. 앞으로도 그의 그늘에서 살아야 할 거예요. 제가 두오모와 로마를 사랑하는 한 말이에요."

의림은 소피아에게 뭔가 복잡한 사정이 있다는 것을 짐작할 수 있었다.

"참, 그리고……."

소피아는 갑자기 뭔가가 생각난 듯했다.

"네."

"그 다섯 사람의 과학자는 찾으려 하지 마세요. 죽음과 맞닥뜨릴 뿐이에요. 이준우 기자가 죽은 것도 사실은 그들을 찾으려 했기 때문이에요."

"그게 정말인가요? 좀 더 설명을 해줄 순 없나요?"

"시간이 많지 않아요. 최대한 짤막하게 설명을 해드리죠. 이 일은 원래 세 사람의 거물들이 동시에 참여한 프로젝트에서 시작되었어요."

"세 사람이라면?"

"바이스로이, 북학인, 그리고 제라르죠. 우선 처음에 바이스로이가 스위스 은행이 삼켜버린 박정희의 비자금을 북학인에게 알려줬어요. 북학인은 무슨 수를 썼는지 제라르 장군을 끌어들여 돈을 찾게 했죠. 그리고 그렇게 찾은 돈의 상당액은 바이스로이에게 가기로 되어 있었어요."

"제라르 소장이나 북학인은 무얼 얻게 되죠?"

"그건 우리도 구체적으론 몰라요. 다만 북학인이 스위스 은행에 남아 있는 박정희의 비자금을 찾아서 바이스로이에게 양도하는 대신, 바이스로이는 숨겨둔 과학자 다섯 명을 북학인에게 넘겨주기로 했다는 첩보는 있었어요."

"북학인은 그 다섯 명의 과학자들의 몸값으로 바이스로에게 스위스 은행의 박정희 비자금을 건네주기로 했다는 얘기군요?"

"그래요."

"그 과학자들로 무얼 하려고?"

"정확히는 알 수 없어요. 아마 북학인만이 알고 있는 거대한 프로젝트가 진행 중일 거라고 짐작은 돼요."

"어떤 프로젝트인지 전혀 짐작할 수 없나요?"

"그 다섯 명의 과학자들은 공통적으로 반도체 전문가들이에요. 나노 반도체라는 최신 기술과 관련된 과학자들이죠. 우리 본부에서는 북학인이 무언가 새로운 반도체를 만들어내려고 하는 게 아닌가 의심하는 눈치예요."

"그래서 삼성전자 얘기가 등장하는 건가요?"

"삼성전자? 그건 제가 모르는 일이에요. 저도 모든 정보를 알고 움직이는 건 아니니까."

"그래도 이상해요. 북학인과 바이스로이 사이에 일종의 계약이 이루어졌다는 건 알겠어요. 그리고 지금은 제라르 소장이 죽어버리는 바람에 그 계약이 깨졌다는 것도 알겠고요. 하지만 제라르 소장이 북학인을 돕는 건 무슨 이유죠? 정말로 단순히 한국의 차세대 전투기 사업에 자국의 라팔을 팔기 위해서일까요?"

"정확한 정보는 저도 몰라요. 다만 북학인이 최신 반도체와 관련된 어떤 프로젝트를 진행하고 있고, 제라르와 그가 손을 잡았다는 건 확실해요. 스위스에 있는 박정희의 비자금을 제라르가 찾아주는 대신 북학인은 그에게 무언가 반대급부를 제공하기로 약속을 했을 거예요. 조세핀은 그 구체적인 내용을 알아내기로 되어 있었고, 제라르가 의외로 완강하게 저항하는 바람에 살인으로까지 이어진 모양이에요."

"좋아요, 북학인과 바이스로이와 제라르 사이에 모종의 계약이 이루어졌다고 칩시다. 당신네 CIA가 이들 사이에 끼어들어 문제를 일으키는 이유는 뭐죠?"

"음…… 그건 말하기 곤란해요. 다만 우리는 이들 세 사람이 추진하려는 프로젝트, 특히 북학인이 추진하려는 프로젝트에 대해 강한 의구심을 갖고 있어요."

"어떤 의구심이죠?"

"미국의 국익에 크게 해가 될 수 있는 일이 일어날 수도 있다는 의구심이죠."

의림은 북학인이 소리 없는 전쟁 운운했던 일을 기억해냈다. 미국의 CIA와 프랑스의 국방정보국, 그리고 이탈리아에 본거지를 둔 이상한 과학재단이 포함된 매우 거대한 대결이 펼쳐지고 있다는 느낌이 들었다. 그것은 신문사 기자가 죽어나가고, 프랑스 정보국의 장성이 간단히 죽어나가는 전쟁이기도 했다. 그 한가운데 지금 자신이 놓여 있는 것이고, 그 꼭대기에는 북학인이라는 존재가 있었다. 이 엄청난 전쟁의 가장 중요한 위치에서 지휘를 하고 있는 사람이 바로 북학인이라는 말이었다. 보안에 그토록 예민한 이유가 이해될 것도 같았다.

소피아는 이 말을 끝으로 작별을 고했다.

"의림, 그럼 안녕."

의림 역시 더 묻고 싶은 말들을 모두 묻어두고 잔잔한 목소리로 안녕을 고했다.

"행복하길 바랍니다."

소피아는 눈에 고이는 눈물을 애써 숨기며 뒤로 돌아서 온갖 프레스코 천장화가 그려져 있는 회랑을 활기차게 걸어 나갔다.

거위 간

저녁이 되어 찾은 로마포럼은 콜로세움에서 가까운 곳에 있었다.

"미스터 정?"

의림은 입구에 서 있던 선글라스 쓴 사내의 물음에 가만히 고개를 끄덕였다.

"안내하겠습니다."

선글라스의 손짓을 따라 두 사람의 덩치가 의림을 호위하듯 양옆에서 걸었다.

길에는 깨진 벽돌들이 나뒹굴고 있었다. 거의 허물어져 가고 있는 몇 개의 크고 작은 개선문들 위로 까마귀들이 요란스럽게 날아다녔다. 석양이 질 무렵이라 커질 대로 커진 태양이 을씨년스러운 폐허 위에 마지막 잔광을 쏟아내고 있었다.

"저기 저분에게로 곧장 걸어가십시오."

사내들은 의림을 혼자 걷게 하고 자신들은 걸음을 멈춘 채 뒤에서 바라만 보고 있는 것이었다.

의림은 자신을 기다리고 있는 사람들을 향해 천천히 발걸음을 옮겼다. 석양 무렵의 태양은 넘어가는 속도가 상당히 빠른 것 같았다.

세 남자가 웃는 얼굴로 의림을 바라보고 있었다. 세 사람 모두 검정색 양복을 입고 있었지만 풍기는 분위기는 제각각이었다.

"어서 오시오, 정의림 기자."

의림은 자신의 귀를 의심했다. 그의 한국말은 너무나 유창한 것이었다.

"바이스로이요."

점잖은 목소리였다. 그는 한 손으로 선글라스를 벗으며 나머지 손을 내밀었다.

"여기 앉으시오."

바이스로이는 허물어져 내린 개선문의 파편 한 조각을 가리켰다.

"딱딱한 돌이지만 앉아보면 의외로 편할 거요."

의림은 말없이 돌 위에 앉았다.

"자, 한잔 받으시오."

바이스로이는 들고 있던 잔을 의림에게 권했다. 비서가 재빨리 바이스로이에게 병을 건네주었다.

"술을 마시고 싶은 기분이 아닙니다."

의림은 내키지 않았다. 죽음의 위기를 목전에 두고 편하게 술을 마실 기분이 날 리 없었다.

"아니요. 마셔야 하오. 해가 지고 있지 않소? 이 장엄한 순간 앞에서는 술을 마셔야만 하오. 그래야 대화가 되지 않겠소?"

바이스로이는 막무가내로 술을 따랐다.

"일단 한 모금 드시오."

의림은 술잔을 기울였다. 바이스로이는 자신의 잔에도 술을 따라서는 한 모금 넘겼다.

"술을 마시기 전에는 위장을 비워놔야 하오. 그것이 인생에서 가장 중요한 일이오."

바이스로이는 잔을 내려놓으며 엉뚱한 말을 내뱉었다. 비서가 얼른 은 접시를 내밀었다. 바이스로이는 거위 간 한 조각을 집어 들었다.

"자, 드시오."

의림은 말없이 바이스로이가 내미는 거위 간을 받아 입에 넣고 천천히 씹었다.

"한국인들, 당신들은 아주 이상한 사람들이오. 나의 일을 이렇게 망쳐놓고 이제 다시 맨주먹으로 시작하겠다고 덤비는 걸 보면 말이오."

의림은 입을 꾹 다물고 바이스로이를 응시했다.

"제라르는 바보요. 겉으로는 그럴듯하지만 뭐가 뭔지도 모르는 멍텅구리란 말이오. 어쨌든 그놈과 당신들 때문에 나는 입에 담기도 싫은 손해를 보았소. 나는 세상을 잘 모르지만 분명히 아는 것이 하나 있소."

바이스로이는 술잔을 손에 쥐고 어둠 속에서 서서히 흉측한 모습을 드러내는 폐허의 잔해를 응시했다.

"아버지가 해주신 말이 있소. 내게 기쁨을 가져다주는 자는 친구요, 내게 슬픔을 가져다주는 자는 적이라고. 나는 평생을 책이나 읽고 살아왔지만 아버지의 이 말씀만은 절대로 잊어버리지 않았소."

의림은 북학인의 얘기대로 아주 이상한 성격을 가진 사람을 만났다고 생각했다.

"아버지는 또 말씀하셨소. 친구는 살리고 적은 죽여야 한다고. 하지만 나는 이 말씀만은 아주 싫어했소. 사람이란 때로는 적도 되고 때로는 친구도 되는 법이오. 아버지의 말씀을 따르자면 나는 모든 사람을 죽여야만 했을 것이오. 나는 아버지의 이 말씀만은 따르지 않았소."

의림은 너무도 이상한 바이스로이의 말에 아무런 대답도 할 수 없었다.

"그런데 나는 나중에야 깨닫고 만 거요. 아버지의 말씀이야말로 진리였다는 것을 말이오. 죽여야 할 자를 죽이지 않았을 때 나는 괴로웠고 나의 일은 엉망이 되었소. 언젠가부터 아버지의 말씀을 따르기 시작하자 나의 일은 하루가 다르게 풀려 갔소."

바이스로이의 목소리는 이 대목에서 떨려 나왔다. 의림은 바이스로이가 갑자기 깊은 슬픔 속으로 잠겨드는 것을 느낄 수 있었다. 바이스로이는 의림에게 잔을 권했다. 의림은 마시지 않을 도리가 없었다.

"그래서 나는 맹세를 했소. 아버지의 무덤 앞에서 말이오. 앞으로는 무슨 일이 있어도 원칙을 지키겠다고 말이오. 죽여야 할 자라면 반드시 죽이겠다고."

바이스로이는 자신의 잔을 직접 따라 마셨다.

"그래서 나는 불쌍한 소피아를 죽이고 말았소."

"뭐라구요? 소피아를 죽였다구?"

"그렇소. 지금 나는 말할 수 없이 슬픈 심정이오. 이 폐허를 이해하는 사람은 소피아밖에 없었는데…… 그녀를 내가 죽이고 만 거요."

의림은 소피아가 죽었다는 바이스로이의 말을 받아들일 수가 없었다. 불과 몇 시간 전에 그녀와 얘기를 나누지 않았던가.

"소피아는 겉으로 보기와는 달리 대단히 냉혹한 데가 있었소. 그것은 그녀의 예술관 때문이기도 하오. 그녀는 조각상과 침묵의 대화를 나누는 것을 좋아했지. 그녀는 조각을 그저 조각으로만 여기는 게 아니었소. 조각을 실제 인물로 생각한 거지."

바이스로이는 모르는 게 없는 듯했다. 의림은 소피아에 대한 그의 분석에 혀를 내두르지 않을 수 없었다.

"그러다 보니 그녀는 현실의 인간들을 별로 좋아하지 않았소. 지저분하다고 생각했던 거요. 그녀는 아버지 밑에서 가혹한 어린 시절을 보냈소. 그리고 세상에 나와서는 거의 모든 타입의 인간들을 다 겪었소. 여하튼 그녀가 좋아하는 인간이란 조각상뿐이었소. 나는 그녀가 한 번도 현실의 인간에게 어떤 감정을 품는 걸 보지 못했소."

바이스로이는 다시 한 잔을 따라 마셨다.

"자, 한 잔 더 하시오."

의림은 막무가내로 권하는 바이스로이의 잔을 아무 말 없이 받아들였다.

"그런데 소피아는 당신에게 빠졌소. 그녀가 마지막 남긴 말은 당신을 살려달란 것이었소. 나더러 당신을 살려주라고 했단 말이오. 나는 그 순간부터 큰 고민에 빠졌소."

바이스로이는 손짓으로 의림에게 술을 마시라고 권하고는 다시 거위 간을 집어 의림의 손에 쥐어주었다.

"자, 드시오. 거위 간이오. 거위 간만이 이 세상의 진실이오."

바이스로이는 말없이 의림이 거위 간을 입속에 밀어 넣는 것을 보았다.

"맛이 괜찮소?"

의림은 고개를 끄덕였다. 바이스로이는 갑자기 의미를 알 수 없는 웃음을 공중으로 날려 보냈다. 슬픔과 신비함을 동시에 띤 웃음이었다.

"나는 소피아에게 물었소. 도대체 왜 당신을 살려주라고 하는지 말이오. 그랬더니 그녀가 하는 말이 당신은 고급 인간이라는 거였소. 고급 인간. 참으로 오랜만에 들어보는 말이었소. 그건 언젠가 소피아가 나에게만 붙여줬던 찬사였거든. 소피아가 그럴 때에는 반드시 이유가 있소. 그녀는 보통 여자가 아니오. 나는 거듭 고민을 했소. 당신은 죽어야만 하는 사람이거든. 나에게 크나큰 슬픔을 줬단 말이오. 하지만 깊은 고민 끝에 나는 결심을 했소. 한 가지 테스트를 해보고 그 결과에 따라 당신을 살려주거나 살려주지 않거나 하기로 했단 말이오."

바이스로이의 말은 의림에게 다시금 묘한 긴장을 불러일으켰다. 테스트라니, 사람의 목숨을 걸고 도대체 무슨 테스트를 하겠다는 말인가. 바이스로이는 다시 한 잔을 따라 마셨다.

"당신은 소피아를 사랑하오?"

의림은 내심 크게 놀랐다. 소피아는 바이스로이가 이런 질문을 할지 어떻게 알고 있었을까. 의림은 이제 안전해졌다고 생각했다. '아니요'라고만 대답하면 최소한 죽음은 면할 것이었다. 아마도 바이스로이는 소피아를 매우 사랑해서 질투심에 사로잡힌 사람일지도 모른다는 생각이 들었다.

의림은 바로 '아니요'라고 대답해야 한다고 생각은 하면서도 쉬 입이 떨어지지 않았다. 의림은 잠시 고민했다. 우선 폐허 속에서 이런 폭력을 당해야 한다는 사실이 믿겨지지 않았다. 얼마나 많은 인간들이 이런 말도 안 되는 상황에서 죽어갔던 것일까 싶은 생각도 들었다. 의림은 살아남기 위해 마음에도 없는 말을 한다는 것에 대한 거부감이 온몸을 뒤덮는 것을 느꼈다.

일순간 의림의 가슴속에서 '예'와 '아니요'가 거세게 충돌했다. 어떻게 할 것인가. 그때 문득 북학인이 하던 말이 떠올랐다. 그는 어떻게 해야 할지 모르겠으면 운명을 따르라고 했었다. 여기에 생각이 미치자 의림은 마치 단말마의 비명과도 같은 외마디 소리를 질렀다.

"죽여요. 나는 그녀를 사랑하니까."

의림은 갑자기 사위가 죽음과도 같은 적막 속으로 빠져들어 가는 것을 느꼈다. 자신은 왜 살 수 있는 유일한 길을 버리고 죽음의 길로 자진해서 들어서는지 몰랐다. 잠깐 만난 여자 소피아를 사랑한다고 하면 어떻고 사랑하지 않는다면 어떨 것인가 하는 생각이 들었다. 사실 의림으로서는 죽음과 바꿀 정도로 소피아를 사랑하는 것이 아님은 물론이니 굳이 오답을 대고 죽을 이유가 있는 것도 아니었다. 하지만 이런 가혹한 부당 행위 앞에서 그저 살기 위해 자신을 모두 내던지고 싶은 생각은 더더구나 없었다.

"당신은 테스트를 통과했소."

의림은 이해할 수 없었다. 이런 상황을 예견하고 정답을 알려준 소피아가 틀렸다는 말인가.

"당신은 고급 인간이오. 자, 가시오."

의림은 이제 웃음이 나올 지경이었다. 도대체 이 상황을 어떻게 받아들여야 할지 몰랐다. 한 광기에 찬 사나이가 테스트를 통해 자신이 고급 인간인지 아닌지를 알아보고 죽일지 말지를 선택하겠다는 것이며, 그런 자신을 살리기 위해 사랑하는 여자가 미리 알려준 정답이 사실은 오답이었다는 데에 생각이 미치자 모든 게 한 편의 코미디처럼 여겨졌다.

"가라면 가지요. 그러나 나영준의 행방을 알기 전에는 갈 수 없어요."

바이스로이의 뒤에 서 있던 비서와 운전기사의 얼굴에 놀란 표정이 떠올랐다. 그러나 바이스로이는 의외로 차분한 표정을 지었다.

"나영준의 행방이라……. 그러니까 맨주먹으로 다시 시작한다는 얘기지? 하지만 그걸 가르쳐줄 순 없소."

"나는 그걸 알기 위해 여기에 왔어요. 목숨의 위협을 무릅

쓰고 말이에요. 그러니 목숨이 유지되었다고 즐겁게 떠날 수는 없어요."

"후후, 하지만 가르쳐줄 수 없소. 어쨌든 당신은 목숨을 부지한 것만으로 만족하고 떠나야겠소."

갑자기 의림의 가슴속 깊은 데서 분노와 더불어 용기가 솟아올랐다. 의림은 술잔을 기울이고 있는 바이스로이를 향해 도발적인 어투로 말했다.

"만약 내가 테스트를 한 번 더 통과한다면 여기에 온 목적을 달성할 수 있나요?"

순간 바이스로이의 입가에 저절로 미소가 피어올랐다.

"테스트를 한 번 더 통과하겠단 말이오?"

"그래요."

"하하하, 재미있군, 재미있어."

바이스로이는 아주 재미있다는 표정으로 크게 웃어젖혔다.

"보통 사람이라면 이런 상황에서 죽어라 하고 도망칠 텐데 테스트를 한 번 더 통과하겠다구? 그러나 아니면 말고 식은 곤란하오."

"무슨 뜻이죠?"

"통과하지 못할 때에는 그에 따른 대가를 치러야 공평하지 않겠소?"

"대가라면?"

"죽음이오."

의림은 움찔했다. 그러나 이제 와서 그런 말을 듣고 물러설 수는 없는 노릇이었다.

"좋소. 내보시오."

사나이는 한동안 폐허 위에 눈길을 던지고 있다가 느릿느릿한 목소리로 물었다.

"360은 어떻게 둘로 쪼갤 수 있으며, 한국에서는 누가 그렇게 쪼갰소?"

순간 의림은 크게 당황했다. 이제껏 바이스로이에게서 느껴지던 호의와 온기가 씻은 듯이 사라지고 만 것이었다. 의림은 자신이 바이스로이에 대해 크게 잘못 판단했다는 것을 깨달았다.

"나는 한국의 역사를 매우 아끼는 사람이오. 하지만 한국인을 볼 때마다 화가 나는 게 있소. 그들은 인류 공동의 재산에 대해 너무 무지하오. 사실 세계는 유대인과 한국인의 싸움이라고 볼 수 있소. 그러나 유대인에 비해 한국인은 너무 바보 같소. 머리는 더 좋으면서 사는 꼴은 가관이오. 사실 유대인이 노벨상을 독차지하고 있지만, 내가 관찰한 바로는 머리는 한국인이 더 낫소. 세계수학경시대회는 거의 한국 아이들이 일등을 차지하잖소? 문제라면 한국인에게는 그 다음이 없다는 거요. 자, 이 문제를 풀어보시오. 시간은 내일까지 주겠소. 내일 이 시간에 이리로 다시 오시오. 어떤 한국인에게 물어도 좋소."

바이스로이는 다시 의림의 잔에 술을 따랐다.

"꼭 풀어내시오. 사실 나는 당신을 죽이고 싶지 않소. 소피아를 아끼기 때문에 섹스를 하지 않는다는 당신의 얘기에 나는 뭐랄까, 향수를 느꼈다고나 할까, 오래전 내가 희망과 기대를 안고 처음 한국으로 찾아가던 때가 생각이 났소. 그 나라에는 그런 게 있었소."

의림은 망설이지 않고 술잔을 기울였다. 상대는 도저히 종잡을 수 없는, 매우 이상한 사람이었다. 한국을 잘 아는, 한국에 대한 애정이 풍부한, 그리고 얼마간의 증오를 가지고 있는 사람이었다.

"돈을 하찮게 보는 정신문화 말이오. 고리대금업으로 자신들을 일으켜 세운 유대인과는 다른 문화가 있었소."

의림이 느끼기에 그는 한국인들이 물질문명에 뒤덮여 본래의 정신문화를 잃어가고 있는 사실에 대해 화가 나 있는 듯도 했다. 의림은 넌지시 물었다.

"그러나 어떤 정신문화도 지금의 물질문명 속에서 문을 닫고 외따로 존재할 수는 없을 텐데요?"

"나는 그런 걸 얘기하는 게 아니오. 좀 더 본질적인 것을 얘기하는 거요. 너무 얇아져 가는 한국에 대한 안타까움을 얘기하는 거요. 정신이 아닌 과학기술이라 해도 좋소. 가장 뛰어난 사람들인데도 아무것도 못하고 있는 어리석음에 나는 분노하고 있소. 지구상에서 일어나는 모든 것은 결국 인류의 공동재산이기 때문이오. 즉, 한국인들은 자기 몫을 못하고 있는 거요. 문제투성이란 말이오."

의림은 잔을 내려놓고 천천히 걸었다.

의림은 바이스로이와 얘기를 나누면서 생사 여부를 떠나 그가 낸 문제를 풀고야 말겠다고 작정했다. 자신보다 한국을 더 잘 아는 듯한 인상을 주는 사나이. 이 사나이의 속에 있는 생각이 무엇인지 알지 않고는 못 견딜 것만 같아서였다.

《성서》와 《격암유록》

의림은 호텔로 돌아와 깊은 생각에 빠졌다. 아무리 생각해도 알 수 없는 이상한 문제였다. 의림은 과거에 철학의 한 명제를 가지고 며칠이고 생각하던 습관이 있었고, 또 그렇게 하면 무슨 문제든 어느 정도의 결론은 이끌어낼 수 있었다.

그러나 이 문제는 정말 이해하기가 힘들었다. 360이란 원을 얘기하는 것 같았다. 360을 둘로 쪼갠다고 할 때 가장 쉽게 머리에 떠오르는 것은 정확한 양분이었다. 180으로 수박 쪼개듯 양분하는 것이 가장 쉬운 방법이었다. 그러나 여기에는 그 다음이 없었다.

의림은 쓴웃음을 지었다. 거위 간의 경우처럼 둘로 딱 쪼개는 게 해답이 될 수 있을지 고민하는 자신에 대해 웃음이 나지 않을 수 없었다.

의림은 객실에 있는 게 답답해져 밖으로 나왔다. 호텔 주변을 걸으면서 분위기를 바꾸어봐도 신경은 온통 그 괴상한 문제에 쏠려 있었다.

의림은 다른 방식으로도 생각을 전개해봤다. 360이란 혹 음력의 날수를 의미하는 것인지도 모른다는 생각이 들었다. 그렇다면 정답은 30씩 12개로 쪼갤 수 있다고 대답하는 것일 터였다. 그러나 그것은 예전부터 전해져 내려오는 태음력의 문제인 데다 한국에서 누가 이 태음력의 발명에 관여했다는 기록을 본 적이 없었다. 의림은 우길까도 생각해봤지만, 더 큰 문제는 이것이 둘로 쪼갠 것이 아니라는 데 있었다.

북학인.

의림은 북학인을 떠올렸다. 진작 북학인하고 의논했어야 했다는 생각이 들자 의림은 호텔의 비즈니스 센터에 가서 북학인을 불렀다. 그러나 북학인은 부재중이었다. 의림은 메일을 보내고 객실로 돌아와서도 계속 생각에 생각을 거듭했으나 도저히 떠오르는 게 없었다. 의림은 밤새 여러 번 아래로 내려가 이메일을 체크했으나 북학인은 여전히 대답이 없었다.

'괜한 짓을 한 것인가?'

의림은 날이 밝으면 짐을 싸서 떠나버릴까도 생각했다. 만약 감시자가 있다면 경찰을 불러 신변 보호 요청을 할 수도 있을 것이었다. 그러나 왠지 그러기는 싫었다. 무엇보다도 바이스로이의 모호한 기대에 대해 배신을 하는 것 같아서였다. 바이스로이는 한국인에 대한 기대와 증오를 동시에 갖고 있었다. 자신이 그냥 떠나버리면 그는 다시 한 번 한국을 비웃을 것이었다. 의림은 한국의 한별에게 전화를 걸었다.

"어머, 선배."

한별의 반가워하는 목소리를 듣는 순간 의림은 왈칵 그리움이 솟았다.

"잘 있어?"

"물론이죠. 그런데 선배 목소리가 별로 안 좋은 것 같네요. 일이 잘 안 됐어요?"

"별로 시원스럽지는 않아."

"우선 무사한 것만도 다행이죠. 일이 잘 안 되면 그냥 돌아와요."

의림은 자신이 위기에 처해 있다는 얘기는 빼고 바이스로이가 낸 문제를 한별에게 물었다.

"이상한 문제네요."

"빨리 알 수 있는 방법이 없을까?"

"알아볼게요. 그러나 아닌 밤중에 홍두깨 같은 문제라 누구에게 물어야 할지 판단이 안 서네요."

한별도 역시 마찬가지 기분을 느끼는 모양이었다.

"북학인에게는 연락하셨어요?"

"응. 그런데 계속 부재중이야."

"그런데 이렇게 이상한 문제에 왜 그렇게 빨리 대답해야 하는 거죠?"

"약속을 했어. 꼭 해내기로."

목숨이 경각에 달렸다는 얘기가 목구멍까지 치밀어 올라왔으나 의림은 꾹 눌렀다. 전화를 끊는 의림의 심정은 말할 수 없이 답답했다.

아침이 훤히 밝아와도 북학인으로부터 답신은 오지 않았다. 의림은 기다림에 지쳐 잠시 잠이 들었다.

의림이 눈을 떴을 때는 이미 정오가 넘어 있었다. 의림은 황급히 비즈니스 센터로 뛰어 내려갔다. 이메일이 도착해 있었다. 그러나 바이스로이가 물었던 문제에 대한 답은 없었다.

여섯 시간 후 연락을 하시오. 기다리고 있겠소.

의림은 시간을 체크했다. 한 시간 전에 온 메일이었다. 그렇다면 다섯 시 무렵이 되어서야 연결이 된다는 얘기였다. 의림은 불안했다. 아무리 북학인이라고 한들 이런 이상한 문제를 풀 수는 없을 것이란 생각이 들었다. 의림은 초조하게 시간이 가기만을 기다렸다.

시간이 1분, 2분 느리게 흘러갔다. 의림은 술을 시켜 마시려다 이내 마음을 바꿨다. 문제를 풀든 못 풀든 술에 취한 모습으로 바이스로이 앞에 나서기는 싫었다. 어쨌든 여긴 전쟁터인 것이었다.

그사이 한별에게서는 여러 번 전화가 왔다.

"어떤 학자에게 물어도 고개를 가로저을 뿐이에요. 온갖 방면의 사람들에게 다 물었지만 아는 사람이 없어요. 혹시 그가 장난을 하는 것은 아닌가요? 선배를 골탕 먹이기 위해."

의림은 한별이 애쓰는 모습을 상상하며 이제 그만두라고 말하고는 전화를 끊었다.

오후 다섯 시. 의림은 컴퓨터로 가서 메신저로 북학인을 불렀다. 다행히도 북학인은 바로 나왔다.

「문제는 보았소. 바이스로이의 괴팍함에 시달리고 있는 걸로 생각되오.」

「시달리는 정도가 아닙니다. 그는 저를 죽이겠다고 했습니다. 뿐만 아니라 제가 만났던 어떤 여인도 이미 죽인 것 같습니다.」

「그러고도 남을 사람이오. 그는 일의 경중을 재는 눈이 보통 사람과는 다르오. 예측할 수 없는 인물이지.」

「그런데 그 문제는 정말 이상하지 않습니까?」

「음, 그와 만나서 나눈 얘기를 전부 나에게 해주시오.」

의림은 이제까지의 모든 얘기를 북학인에게 전해주었다.

「그런 밑도 끝도 없는 문제는 처음입니다. 정말 답이 있는 겁니까?」

「물론 있소.」

의림은 소름이 끼쳐올 정도였다. 북학인이란 그야말로 신비하기 짝이 없는 존재라는 생각이 들었다. 더불어 세상은 자신이 생각하고 규정한 것과는 별개의 아주 특수한 그 무엇에 의해 지배되는 게 아닌가 싶기도 했다.

「우선 360을 둘로 나누는 법에 대해 설명하겠소, 360은 216과 144로 나누어지오. 이것은 수메르인들이 나눈 방법인데 그대로 《성서》에 녹아 들어가 있소. 《성서》에서는 216을 악마의 수로 기술하고 있고, 144를 구원의 수로 규정하고 있소.」

「네에? 저도 여러 번 《성서》를 읽어봤지만 216이라는 수는 본 적이 없는데.」

「그렇다면 악마의 수라고 기술한 것은 보았소?」

「네. 666은 악마의 수이니…….」

「그렇소. 바로 그 666이 216이오.」

「어째서 그렇지요?」

「666을 곱해보시오.」

「음, 216이군요.」

「360에서 216을 빼보시오.」

「144.」

「그렇소. 《성서》의 〈요한계시록〉에는 144가 구원의 숫자로 나와 있소. 최후의 심판 때 구원을 받는 사람들의 수는 항상

144, 혹은 그 10배수로 나타나는 거요.」

의림은 북학인의 설명에 놀라지 않을 수 없었다.

「그러면 한국에서는요?」

「격암 남사고가 쓴 《격암유록》에 144가 성경과 똑같은 논리 구조로 나와 있소.」

「설명을 해주시죠.」

「〈요한계시록〉에는 구원을 받는 사람의 숫자는 12개 지파에서 1만 2천 명씩 모두 14만 4천 명이라는 말이 나와 있소. 《격암유록》에도 똑같은 말이 똑같은 문장 구조로 기술되어 있소.」

「어떤 문장이죠?」

「12명의 신인이 각각 1만 2천 명을 거느리고 나와 그 수는 모두 14만 4천 명이라는 문장이오.」

의림은 자신의 눈을 믿을 수 없었다. 세상에 《성서》가 소개조차 되지 않은 시대에 이렇게 《성서》와 똑같은 문장이 쓰였다는 것을 믿을 사람이 있겠는가.

「도저히 믿을 수 없군요. 그 《격암유록》이라는 책은 어떤 종류의 책입니까?」

「〈요한계시록〉과 같은 예언서요.」

「시대도 다른 동서양의 두 예언서가 모두 같은 예언을 하고 있다는 말이군요.」

「그렇소. 144라는 숫자가 똑같이 나와 있는 경우는 또 있소.」

「그건 어떤 거죠?」

「〈요한계시록〉에는 '천사가 천상의 도성을 금으로 만든 자로 재어보니 길이가 144스타디온이었다'라는 말이 있소. 같은 말이 《격암유록》에도 있소.」

「어떤 말입니까?」

「'이것을 금으로 만든 자로 재니 144척의 고성이다. 충신의 사가 이 성에 들어간다네'라고 쓰여 있소.」

「그런데 바이스로이는 왜 그런 문제를 냈을까요?」

「그는 유대인이오. 정통 유대교도인 그에게는 그 숫자가 인류 최고의 수수께끼인 거요. 동서양의 각기 다른 문화권에서 나온 책에 같은 숫자가 믿을 수 없을 정도의 같은 논리 구조로 나오고 있다는 점이 그에게는 수수께끼 중의 수수께끼란 말이오. 그는 수메르, 이스라엘, 한국이 같은 뿌리라는 것을 증명하고 싶어 하오.」

「그런데 그게 정말 타당성이 있습니까?」

「그렇소. 바이스로이는 정 기자의 대답을 들으면 만족해할 거요.」

북학인은 접속을 끊었다.

의림은 허탈한 기분이 들었다. 자신은 아무리 생각해도 풀 수 없었던 것을 북학인은 아무것도 아닌 문제라는 듯 간단하게 대답하고는 접속을 끊어버리지 않는가.

의림은 일이 너무도 쉽게 풀리자 반신반의했다. 시계를 보고 서둘러 로마포럼을 향하면서도 의림은 도대체 두 사람을 이해할 수가 없었다.

바이스로이는 여전히 기괴한 모습의 폐허를 바라보면서 술잔을 기울이고 있었다. 다른 점이 있다면 앉아 있는 위치가 조금 바뀌었다는 것뿐이었다.

의림이 걸어오는 모습이 눈에 들어오자 바이스로이는 흠칫 놀라는 모습이었다. 그러나 그는 어제와 같이 술을 따르고 거위 간을 권했다.

"술을 마시기 전에는 언제나 위장을 비워야 하오. 그러고는 스카치에 거위 간만을 먹어야 하오. 이 세상에서는 오직 거위 간만이 진실이오."

여전히 알 수 없는 말을 되풀이하던 그는 폐허에 남아 있던 태양의 마지막 한 자락 광선이 사라지자 술잔을 입에 털어 넣고는 의림에게 감정이 섞이지 않은 목소리로 말했다.

"정 기자, 아니면 말고 식은 곤란하다고 어제 분명히 말한 것을 기억하고 있죠?"

"네, 해답을 가지고 왔어요."

바이스로이는 말이 없었다. 그는 이제 막 내리기 시작하는 어둠 속에서 검은 모습으로 변해가는 폐허 위의 잔해들에 무심한 표정으로 눈길을 던지고 있었다. 그의 이런 모습은 마치 폐허의 일부분인 것처럼 보였다. 의림은 그가 폐허와 너무도 잘 어울린다는 생각 끝에 그 역시 폐허의 일부가 되고 싶어 할지도 모른다는 생각을 했다.

"말하지 마시오."

"네?"

"해답을 말하지 말란 말이오."

"아니, 왜요?"

"말하지 말고 그냥 가시오."

"약속은 이게 아니었잖아요."

바이스로이는 순간 멈칫했다. 그는 아무런 표정 없이 잠잠히 있다가 마치 최후의 한마디를 던지듯 말했다.

"해답을 말하지 않고 그냥 갈 수 있다는 뜻이오. 당신은 죽지 않고 그냥 갈 수 있는 것을 다행으로 여겨야 하오."

"왜 약속을 지키지 않는 겁니까?"

"뭐요? 그럼 당신이 정말 해답을 알아왔단 말이오?"

"물론입니다."

"말을 안 하면 갈 수 있지만 틀리면 죽을 수밖에 없소."

"마음대로 하세요."

의림의 자신에 찬 목소리에 바이스로이는 화가 난 듯한 얼굴로 의림을 응시했다.

"그럼 말해보시오."

"《성서》에서는 360을 666과 144로 나누었습니다. 한국에서는 격암 남사고가 《성서》와 같은 144를 썼구요. 이것은 세계 정신사가 한 뿌리에서 시작되었음을 보여줍니다. 앞으로 한국의 과제는 수메르 문명과의 연관성을 밝히는 겁니다."

순간 바이스로이의 얼굴이 굳어졌다. 의림의 대답은 매우 짧았음에도 불구하고 바이스로이에게 큰 충격을 주었음이 틀림없었다.

굳은 얼굴로 말없이 폐허를 응시하던 그는 이윽고 술잔을 내밀었다. 글렌이 얼른 술을 따랐다. 거위 간을 입안으로 집어넣은 그는 한참 동안이나 말이 없었다. 그는 마치 폐허의 일부분이 된 것처럼 어둠 속에서 오랫동안 그대로 있었다.

이윽고 그는 입을 열었다.

"누가 이것을 정 기자에게 가르쳐줬소, 역시 북학인이오?"

"네."

"음, 북학인……."

"북학인을 알고 있습니까?"

"어렴풋이 알고 있소. 나로부터 다섯 명의 중요한 과학자를 빼내가려는 사람이오. 그리고 이제는 그 명단에 당신이 어제 들고 온 나영준이라는 인물이 한 사람 추가된 것 같고."

의림은 새로운 궁금증이 일었다.

“그 사람들을 감춰두는 이유가 뭐죠?”

“감춰둔 게 아니라 보호 중이오.”

“보호라고요?”

“그렇소. 한국에서 보호를 못하니 나라도 보호를 해야지.”

“무슨 뜻인지 잘 이해가 가지 않는군요.”

“나는 한국인들의 머리를 사는 거요. 그들이 평생 잘 지낼 수 있도록 보장하는 대가로. 마음 놓고 공부를 하고 최고의 직장을 가질 수 있도록 하는 거란 말이오.”

“그래서 한국의 수재들에게 그렇게 장학금을 지불했나요?”

“그렇소. 아마 머리에 비해 세상에서 가장 대우를 못 받는 사람들이 한국의 수학이나 과학 방면의 수재들일 거요. 나는 나중에야 어떻게 되든 일단 그들에게 장학금을 지불하고 보는 거요. 그들이 학교를 졸업하면 나는 그들을 세계의 일류 회사로 보내고, 대신 내가 들인 돈을 회사로부터 받아내는 거요.”

“1등에게 장학금을 주지 않고 18등에게 줄 때에는 무언가 의혹이 있다고 생각했더니, 결국 당신은 노예 상인 같은 사람이군요.”

“노예 상인? 그건 아니오. 그건 정 기자가 참으로 어리석은 생각을 하는 거요. 정 기자는 참으로 훌륭한 사람이오. 하지만 사람을 보는 시각은 아직 거기에 미치지 못하는 것 같소.”

“왜요?”

"등수가 뭐가 그리 중요하오? 나는 창의성을 보는 거요. 이십대에 법조문이나 달달 외워 고시에 합격하면 평생 권력이 보장되는 그런 사회가 정 기자에게는 그리도 좋소?"

"음."

"18등 아니라 꼴찌라도 1등보다 나은 사람이 있소. 아인슈타인이 그랬고, 내가 그랬소."

의림은 한 방 먹은 기분이었다.

"가장 웃기는 건 당신네 사회는 과학자에 대한 대접이 세계에서 제일 엉망이란 거요. 수학, 과학은 미래를 이끄는 요체요. 하지만 당신네 사회는 수학, 과학 선생님은 말할 것도 없고 세계적인 과학자조차 푸대접하는 사회요. 영어에만 미쳐 있지. 나는 한국을 사랑하기 때문에 가난한 과학도들을 도와준 거요. 그들을 훌륭한 과학자로 성장시킨 내가 그들로 인해 돈을 버는 것에 대해서 당신네 사회는 뭐라 말할 자격이 없소."

"……."

의림 역시 뭐라 말할 게 없었다.

"어쨌거나 정 기자가 그 문제를 풀었으니 나영준의 행방을 알려주겠소."

의림은 바이스로이가 괴이하지만 정확한 사람이라는 걸 알 수 있었다.

바이스로이는 술을 한 잔 마시고는 담담한 어조로 말했다.

"그는 미국에 있소."

"미국에요? 어느 회사에 있습니까?"

"셀텍, 세계적인 제약 회사요."

"그 회사는 어디에 있지요?"

"세계 여러 도시에 있지만 그는 스포캔에 있소."

"스포캔?"

"그렇소. 아주 작은 도시요."

"거기서 무슨 일을 하고 있죠?"

"유전자와 관련된 무슨 실험인가를 하고 있을 거요. 그런데 당신들의 계획에는 나영준이 전혀 필요하지 않을 텐데 왜 그를 찾는 거요?"

의림은 무슨 소리인지 몰랐지만 순간적으로 북학인이 중요한 연구에서 빠져 있다고 하던 얘기를 떠올렸다.

"나는 별로 아는 것이 없습니다."

"아무것도 모른다? 그럴 수도 있겠지. 어쨌든 이제 가시오. 나도 나를 이해할 수 없소. 애초에 죽여야 할 사람에게 이런 친절을 베풀다니."

바이스로이는 차갑게 웃었다.

"어쨌든 고맙군요."

의림은 이상하게도 바이스로이에게서 호감이 느껴졌다. 그가 소피아를 죽였다는 것도 이제는 믿어지지 않았다. 다른 사연이 있을지 몰랐다.

"자, 작별의 잔이오."

바이스로이는 말없이 잔을 내밀었다. 의림은 언제나 바이스로이가 내미는 잔을 거절할 수 없었다.

"이 잔을 들고 한국으로 돌아가시오. 당신은 내게 잃어버렸던 한국의 모습을 보여줬소. 사랑하기 때문에 섹스를 아낀다? 하하, 유쾌하군, 유쾌해. 좋소, 좋아. 그래, 그런 문화가 있어. 아직도 있다니까. 이봐, 글렌. 보았어? 세상 어딘가에는 이런 내면의 힘이 있다니까."

의림은 이상한 생각이 들었다. 자신이 보는 한 바이스로이는 괴팍하긴 해도 한국에 대해 상당한 호의를 가진 인물이었다. 그리고 살인을 밥 먹듯이 저지르는 그런 인물 같아 보이지도 않았다. 의림은 혹시나 하는 물음에 내처 이렇게 물었다.

"한국의 이준우 기자를 당신이 죽였나요?"

"이준우? 아니오, 나는 한국인은 죽이지 않소."

"뭐라구요? 사람을 죽이는 데 국적을 봐가면서 죽이나요?"

"그렇소. 나는 절대로 한국인은 죽이지 않소."

"왜죠?"

"사람은 누구나 호감을 가지는 나라가 있지 않소? 나는 젊어서부터 한국을 매우 좋아했소. 내가 했던 영험한 연구의 현상이 거의 한국에 있었소. 알겠소? 음, 그리고……"

바이스로이는 잠시 말을 멈췄다.

"한때 나는 한국으로 귀화할 생각을 한 적도 있었소."

의림은 바이스로이의 말에서 어느 정도의 신뢰감을 느낄 수 있었다. 괴팍한 사람은 거짓말을 하지 않을 것 같은 생각도 들었고, 어쩌면 사람이란 거짓말을 하지 않기 위해 괴팍해지는지도 모른다는 생각도 들었다.

"당신이 이준우 기자를 죽이지 않았다는 걸 제가 어떻게 믿을 수 있죠?"

"나는 직접 손에 피를 묻히는 걸 좋아하는 사람이 아니오. 손에 피를 묻히지 못해 안달하는 친구들이 좀 있기는 하지만."

"CIA의 친구들 말인가요?"

"어쨌든 나는 한국 사람을 죽이거나 죽이라고 시켜본 적이 없는 사람이오."

"그렇다면 당신은 처음부터 나를 죽일 생각도 없었겠군요. 그리고 소피아도 죽였을 리가 없는 것 같은데요."

"자, 이제 가시오. 그런 쓸데없는 것은 더 이상 묻지 마시오."

의림은 고개를 끄덕였다. 바이스로이가 결코 소피아를 죽이지는 않았다는 것을 확신할 수 있었다.

의림은 손을 내미는 대신 가볍게 고개를 숙여 인사를 했다. 그러고는 로마포럼의 폐허에는 사연도 많을 것이란 생각을 하며 바이스로이를 뒤에 두고 언덕길을 천천히 걸어 내려왔다.

나영준 박사

서울로 돌아온 의림은 먼저 북학인을 메신저로 불렀다. 북학인은 바로 응답해왔다.

「나영준이 미국의 스포캔에 있단 말이오?」

「네, 바이스로이가 분명히 그렇게 말했습니다.」

「셀텍 연구소? 」

「네. 그런데 그는 어떤 인물입니까?」

「세간에 비록 알려지진 않았지만 대단한 생물학자요. 바이스로이 재단에서는 대상을 매우 엄밀하게 분류하고 있소. 최고가 오메가지. 그 재단으로부터 오메가급으로 분류된다는 것은 최고의 가능성을 인정받았다는 얘기요. 나영준은 오메가급이었소.」

「그런데 세상에 모르는 게 없는 것 같던 바이스로이도 북학인이 나영준 박사의 행방을 추적하는 것에 대해서는 전혀 이해를 하지 못하더군요.」

「그렇겠지. 그가 알 수 있는 분야가 아니니까.」

「어쨌든 저는 북학인을 한번 만나야겠습니다. 풀고 싶은 의문이 헤아릴 수 없을 정도로 많으니까요.」

「나의 사정을 이해해주시오. 몇 가지 이유로 아직은 얼굴을 드러낼 수 없소. 그보다 미안하지만 당분간은 정 기자가 내 역할을 대신해주기 바라오.」

「무슨 일을 하는지는 알아야 역할도 대신할 수 있는 거 아닙니까?」

「음, 정 기자는 조 대령을 보고 어떤 생각이 들었소?」

「무슨 말씀입니까?」

「신뢰할 수 있는 사람이라고 생각했느냔 말이오?」

「물론입니다.」

「제라르 장군을 보고는 어떤 생각이 들었소?」

「결코 만만치 않은 어떤 일을 추진한다는 생각이 들었습니다.」

「바이스로이는 어땠소?」

「괴이하지만 믿을 수는 있는 사람이었습니다.」

「그렇다면 나를 믿어줄 수 있을 거요.」

의림은 더 이상 할 말이 없었다.

「그런데 그 일은 실패하지 않았습니까?」

「일단은 실패했소. 제라르 장군이 스위스 은행에서 돈을 찾지 못하고 죽었으니까 말이오.」

「그렇다면 모든 게 다 틀어진 것 아닙니까? 바이스로이는 그 점에 대해 무척 분노하고 있었습니다. 자신이 막대한 손해를 입었다고 했고요.」

「그건 그렇소. 하지만 그와 우리 사이의 전쟁이 끝난 것도 아니고, 아직은 우리가 패배한 것도 아니오. 스위스 비자금 문제보다 더 큰 문제가 우리 앞에 있소. 이제는 정 기자가 정말로 중요한 역할을 해줘야 하오.」

「무슨 일입니까?」

「나영준 박사를 만나주시오.」

「미국에 가서요?」

「물론이오. 급하오.」

「무슨 일을 하는 거죠?」

「음, 이번에는 그리 쉬운 일이 아니오. 가서 전문적인 얘기를 좀 해야 하오.」

「네? 전문적인 얘기라구요?」

「그렇소. 그를 한국에 오게 해야 하는데, 그게 아주 어려운 일이오. 현재로선 그 무엇도 그를 한국으로 끌어들이지 못하니까. 하지만 내가 하나의 방법을 생각해냈소. 정 기자가 과학자가 되어 미국으로 가는 거요.」

「네?」

「가서 그와 그의 전공에 관한 대화를 나누는 거요. 그를 데리고 오느냐 마느냐는 전적으로 정 기자에게 달려 있소.」

「안 됩니다. 할 수 없습니다.」

「왜요?」

「저는 과학이라면 완전 백지 상태나 다를 게 없습니다.」

「그렇겠지. 그러나 할 수 있소.」

「네? 저 같은 문외한이 그런 천재 과학자와 전문 분야에 관한 대화를 나눈 후 동행한다는 게 도대체 말이나 됩니까?」

「내가 될 수 있게 할 거요. 정 기자가 아주 바보만 아니라면 말이오.」

의림은 반신반의했다. 북학인이 도대체 무슨 말을 하는지 알 수가 없었다.

「문제는 개념이오. 그에게 개념 제시만 하면 되는 거요. 그런 정도의 천재는 사물을 보는 방식이 다르오. 그러니 정 기자도 가서 천재처럼 행세하면 되는 거요.」

「그러나 아무리 그렇다 해도…….」

「염려하지 마시오. 정 기자는 틀림없이 할 수 있을 테니까. 정 기자가 가서 무슨 대화를 해야 하는가는 내가 이메일로 보내겠소. 자, 오늘은 이만합시다.」

의림은 고개를 가로저으며 퇴장하는 수밖에 없었다. 의림은 이어서 곧바로 한별에게 전화를 걸었다. 한별은 평소의 그녀답지 않게 소리를 지르며 반가움을 표시했다.

"그 문제를 북학인이 해결했다는 얘기를 듣고 얼마나 안도했는지 몰라요. 참 신기한 일이죠?"

"그 바이스로이라는 자는 한마디로 이해할 수 없는 사람이었어. 과학적 신비주의자에다가 허무주의자라고나 할까? 거위간을 숭배하는 것 같기도 하고……."

의림은 로마포럼에서 있었던 얘기를 그대로 들려주었다. 한별은 도저히 믿기지 않는 모양이었다. 저녁에 만난 두 사람은 내내 바이스로이의 얘기로 밤늦게까지 이야기꽃을 피웠다.

"그 나영준이라는 사람은 생물학자라고 그랬어요?"

"응. 북학인은 나더러 그를 찾아가서 설득하여 한국으로 데려오라네, 내 참."

한별은 의림의 얘기를 듣고 나더니 깔깔거리고 웃었다.

"팔자에 없는 과학자가 되라는 얘기네요. 그런데 북학인은 정말 대단한 사람이군요. 현실적으로 가능한지 아닌지는 차치하고라도 그런 야심찬 계획을 세우고, 또 선배를 미국에까지 보낸다니 말이에요."

"그의 정체를 도저히 종잡을 수가 없어. 도대체 나 같은 문외한더러 가서 무슨 말을 하라는 건지……. 장난을 칠 사람은 아니지만 너무 황당해."

그러나 다음 날 의림은 이메일을 통해 온 북학인의 메시지를 보는 순간 결코 장난이 아니라는 생각이 들었다.

과학이란 그리 어려운 것이 아니오. 다만 얼마나 관심을 가지느냐에 따라 다른 모습으로 다가올 뿐이오. 내가 보내는 내용을 그저 편한 마음으로 재미있게 한번 읽어보시오. 그러면 나영준 박사와 대화가 될 거요.

의림은 북학인이 보낸 과학적 지식을 머리에 집어넣었다. 사실 그 내용은 그리 복잡하지 않았다. 오히려 너무 간단해 의림이 불안할 지경이었다.

의림은 미국으로 출발하기 직전 북학인에게 다시 다짐을 두었다.

「정말 이런 정도의 간단한 내용으로 나 박사와 대화가 가능하단 얘깁니까?」

「그럴 거요.」

「그와는 만난 적이 있습니까?」

「아니, 없소. 다만 그가 어떤 방면의 연구를 하는지는 알고 있소.」

북학인은 짧게 대답했다.

「그런데 왜 그를 한국으로 데려오려는 거지요? 그에게 뭐라고 설명해야 하는 거죠?」

「아무 말도 할 필요가 없소. 그냥 그런 대화만 나누시오. 나머지는 그에게 달려 있으니까. 잘 갔다 오시오.」

그날 저녁 의림은 반신반의의 심정으로 다시 비행기에 올랐다. 신문사에는 열흘간의 장기 휴가를 내놓은 상태였다.

바이러스 배열

의림은 밴쿠버에서 비행기를 갈아타고 시애틀로 향했다. 시애틀에서 다시 작은 비행기를 타고 작은 도시 하나를 경유해 스포캔에 도착했다. 스포캔은 워낙 좁은 곳이라 공항에 택시조차 없었다.

"택시 회사에 전화를 걸어요. 그러면 여기까지 나옵니다."

공항 직원이 일러주었다. 의림은 쓴웃음을 머금었다. 시애틀에서 나영준 박사에게 전화를 걸었을 때 박사는 이런 사정에 대해서는 입도 벙긋하지 않았고, 의림도 미처 상황을 예기치 못했었다. 의림이 공중전화를 걸려고 할 때였다.

"정 박사요?"

반가운 한국말이었다.

"네."

척 보기에도 세상의 온갖 너저분한 일에는 전혀 관심이 없을 것처럼 생긴 사십대 중반 즈음의 사나이가 협수룩한 양복을 입고 서 있었다.

"음, 생각보다 젊은 사람이군. 갑시다."

"그런데 어떻게 제가 이 비행기로 올 줄 아셨죠?"

"여기는 비행기가 몇 편 없소. 오후에 날 찾아오기로 했으니 오전 비행기로 와야 할 것 아니오?"

나영준은 의림을 태우고 자신이 근무하는 연구소로 데려갔다. 의림은 연구소의 규모에 혀를 내둘렀다.

"대단한 연구소로군요."

"별것 아니오."

의림은 나영준이 연구원임에도 불구하고 따로 비서가 있다는 사실에 다시 한 번 놀랐다. 비서는 친절한 미소를 띠며 음료수를 가져왔다.

비서가 가고 나자 나 박사는 의림에게 푸념처럼 한마디 던졌다.

"암캐요, 감시견이지."

"암캐라니요?"

"하루 종일 날 지킨단 말이오. 아마 지금쯤 정 박사도 감시 리스트에 올라가 있을 거요. 온라인으로 말이오."

"왜 지키죠?"

"지금 내가 여기서 하는 연구 때문이오. 엄청난 돈이 왔다 갔다 하는데 지키지 않을 도리가 있겠소? 게다가 바이스로이가 받아간 몸값도 있고 보면."

"네? 바이스로이가 받아간 몸값이라구요? 그게 얼마나 되는 거죠?"

"상상을 초월할 거요. 세상 사람들은 운동선수만 몸값이 있는 줄 알지만, 사실 과학자들의 몸값은 알려지지 않아서 그렇지 운동선수에 비할 바가 아니오."

"그런가요? 그런데 저는 왜 몸값이 없지요?"

"후후, 아무나 몸값이 있는 게 아니오."

"박사님은 저를 얕잡아 보시는군요."

"그런 게 아니오. 내 말은 일찍부터 사냥을 당하지 말아야 한다는 말이오."

"사냥이란 무슨 말입니까?"

"인재 장사꾼들의 손아귀에 들어가지 말아야 한다는 뜻이지. 그들은 수재의 장래를 사는 거요. 작은 돈을 쥐가며 키운 다음 상상도 못 할 큰돈을 받고 팔아넘기는 거요. 물론 표면적으로는 모두 계약이지만 당사자들은 그 계약에서 그리 자유롭지 못하지."

"바이스로이는 그러니까 악랄한 인재 장사꾼이군요."

"그렇소. 그는 일찍이 한국인에 대해 눈을 떴소. 한국에서는 수학과 과학이 극도로 천대를 받지만 막상 한국인들의 머리는 매우 비상하다는 것을 이 사람은 일찍 깨달았던 거요. 그는 한국인들의 장래를 사고파는 거요."

의림은 쓸데없는 얘기들을 자꾸 하다 보면 자신의 정체가 탄로 날 수 있다는 생각이 들어 자신도 괴짜처럼 행동해야겠다고 생각했다.

"그럼 본론을 얘기해보지요. 우선 박사님이 하는 실험에 대해 얘기해주세요."

"좋소. 그런 다음에는 당신이 전화상으로 얘기했던 그 개념에 대해서도 설명을 하는 거요."

"물론입니다."

"자리를 옮깁시다."

엉뚱하게도 박사가 의림을 데리고 간 곳은 사우나였다.

"여기에도 사우나가 생겼소. 미국인들은 뜻밖에도 이 사우나를 매우 즐기고 있소. 나는 이제껏 와본 적이 없지만 평소에 한번 가보리라 생각하고 있던 중이었소. 물론 오늘은 보안 유지를 위해 왔지만 말이오."

박사는 보안에 굉장히 신경을 썼다. 도크에 들어가 땀이 흐르기 시작할 무렵 박사는 얘기를 꺼냈다.

"바이스로이는 나를 셀텍에 보냈소. 하지만 당시 나는 독자적으로 유전자 연구를 하고 있었소. 게다가 비밀리에 1번 염색체 주변의 렁스3이 어떤 기능을 하는지 알아냈소."

의림은 렁스3이 뭐냐고 물으려다 순간적으로 입을 다물었다. 지금은 자신도 천재적 과학자였다.

"그랬군요."

"인간의 세포핵 속에는 모두 스물세 쌍의 염색체가 있소. 이 염색체 안에는 약 사만 개의 DNA가 있지. 이 DNA가 바로 인간의 유전정보를 담은 비밀 코드요. 렁스1은 백혈병의 원인이 되는 유전자고, 렁스2는 뼈의 생성과 관련된 유전자요. 하지만 렁스3은 아직 그 정체가 밝혀지지 않았소."

"음."

의림은 의미를 알 수 없는 신음을 내뱉었다.

"나는 렁스3 유전자에 푸른 색소를 주입해 선충의 몸속에 집어넣었소. 선충은 게놈 프로젝트에 의해 유전자 정보가 모두 밝혀진 벌레요. 시간이 지나자 선충의 소화기관에 있는 세포에서 푸른빛이 나기 시작했소."

"그렇다면 렁스3은 인간의 소화기관에 작용하는 유전자군요?"

"바로 그렇소. 나는 직감적으로 위암을 떠올렸소. 이 유전자를 잘 이용하면 위암을 치료할 수 있겠다는 확신이 섰소. 위암은 한국인들이 가장 많이 고통을 받는 병이잖소? 그즈음 바이스로이 재단은 나를 셀텍에 보내려 했소. 그곳에 가면 나의 연구 결과는 모두 셀텍의 것이 되고 마는 거요. 계약 기간은 십 년이면 끝이오. 나는 바이스로이로부터 빠져나오려 했소. 하지만 마지막 장학금을 받을 때 그들이 내민 서류에 사인을 한 것이 결정적으로 나의 발목을 잡았소. 무려 오백만 달러를 물어야 나는 자유의 몸이 될 수 있었던 거요. 나는 바이스로이에게 시간을 달라고 했소. 그는 로마포럼의 폐허에서 나에게 거위 간을 권하며 한 가지 제안을 했소."

"뭐죠? 그 제안은?"

"셀텍에 보내지 않는 대신 나의 모든 연구가 완성되면 상업적 이익의 50퍼센트를 자신이 가져간다는 거였소."

"수락했나요?"

"물론이오."

"그래서요?"

"나는 한국으로 갔소. 한국에서는 지방대에 자리를 얻어 독자적으로 연구를 했소. 하지만 실험실 사정이 말이 아니었소. 무엇보다도 렁스3 유전자를 조작해 실험을 계속할 쥐가 없었소. 할 수 없이 나는 일본에 실험실을 부탁했고, 거기서 일본의 과학자와 공동 연구를 하게 됐소."

"연구 결과는 어땠나요?"

"그것은 밝힐 수 없소. 하지만 나는 확신하오. 얼마 후 내가 위암을 극복할 약을 반드시 만들어낼 거라는 사실을 말이오."

"그런데 왜 한국에 있지 않고 여기 셀텍에 있나요? 바이스로이 재단에서 음모를 꾸며 이런 짓을 한 건가요?"

나 박사는 한숨을 푹 쉬었다. 그의 얼굴에 절망의 그림자가 짙게 드리워졌다.

"그게 우리나라의 현실이오. 우리나라 과학계의 현주소란 말이오."

"……?"

"나는 이 프로젝트를 가지고 수십 번이나 정부에 연구비 신청을 했소. 그동안에 내가 동원할 수 있는 모든 자금도 동원했소. 심지어는 집도 팔고 아는 사람들에게 몇십만 원도 빌렸소. 하지만 그것 가지고 연구비가 되겠소?"

"여기 미국에 오게 된 것은 그럼……."

"내가 돈을 빌린 사람들 중에는 이 연구가 곧 떼돈이 되는 줄 알고 돈을 빌려주었던 자들이 있었소. 처음엔 좋은 일에 쓰는 거니 갚을 생각은 하지 말라고 했소."

말을 하다 말고 나 박사는 쓴웃음을 지었다.

"이런 큰 연구가 주식 투자하듯 되는 줄 아는 사람들도 문제지만, 더 큰 문제는 과학자가 그런 돈을 쓰게 만드는 한국 사회의 풍토요. 과학기술만이 살길이니 어쩌니 하고 떠들어대지만 한국 사회의 실상은 그렇지 않잖소."

"음."

의림은 침통한 심정을 가눌 수 없었다.

"연구를 위해 돈을 빌려 쓰다가, 나중에는 연구고 뭐고 돈에 쫓겨 인생이 말이 아니었소. 집사람은 일방적인 통고를 하고는 떠나버렸소. 나는 할 수 없이 바이스로이에게 연락을 했소. 그가 내 빚을 정리해주고 여기로 나를 보낸 거요. 대신 나는 내 연구의 모든 것을 공개해야 했소."

"그래서 그 실험은 결국 여기서 계속되고 있군요."

"그렇소. 내가 여기서 연구 결과를 정리해 미국의 〈셀〉이라는 과학 잡지에 보냈더니 전 세계에서 연구비를 지원하겠다는 제안이 쇄도하고 있소. 일본에서 같이 연구했던 친구는 상상도 할 수 없는 거액을 받고 외국으로 갔소."

"안타까운 일이군요."

"내가 한국으로 갔던 것은 나의 연구에 대해 확신이 있었기 때문이오. 렁스1의 연구 결과는 그대로 글리벡이라는 백혈병 치료제로 이어져 엄청난 돈을 제약 회사에 벌어줬소. 나의 렁스3 연구는 위암 치료제로 연결될 거요. 나는 오직 우리 기술로 약을 개발해 우리나라에 부가가치를 창출하려고 했지만…… 한국이라는 나라는 아직 역부족이었소."

"……"

"한국의 비상한 두뇌들은 속속 외국으로 빠져나가고 있소. 나라가 이런 식이니 이제 얼마 안 가 한국에서 이학박사 학위를 받는 사람들도 거의 없어질 것이고, 외국에서 박사 학위를 받고 한국에 되돌아갈 사람도 없어질지 모르오. 나처럼 한국에서 연구하겠다고 결심했다가 돈 땜에 사람 꼴 다 버리지 않으려면 말이오."

나 박사는 비장함이 느껴지는 음성으로 말했다.

"과학자들은 언제나 조국이냐 외국이냐를 강요받고 있소. 끝까지 조국을 위해 남으려 몸부림치지만 메아리 없는 조국의 현실에 지칠 대로 지쳐 결국은 외국 정부나 회사의 하수인이 되는 거요."

나 박사의 절규와도 같은 마지막 한마디에 의림의 가슴은 무거울 대로 무거워졌다. 생각해보면 그들은 나라의 미래를 짊어지고 나가는 사람들이지만, 한국 사회는 과학자들에게 얼마만 한 대접을 해주고 있을까?

"그런데 정 박사가 전화로 얘기했던 그 바이러스 배열의 개념은 뭐요?"

의림은 나 박사가 바이러스 배열이라는 말에 매우 집착하고 있다는 것을 알 수 있었다. 의림은 북학인의 말을 떠올렸다.

"이 바이러스 배열이라는 개념은 아주 새로운 겁니다."

"그야 그렇겠지."

나 박사는 희미하게 고개를 끄덕였다.

"그러다 보니 큰 문제가 있습니다."

"무슨 문제요? 보안과 관련된 문제라면 염려하지 마시오. 신물이 날 정도라 이제는 거의 본능이 되었소."

"그게 아닙니다. 우리는 나 박사님이 한국에 들어와 이 연구를 했으면 하고 바라는 겁니다. 한국에 들어와 연구를 하시겠다고 다짐했을 경우에만 개념에 대해 알려드릴 수 있습니다."

"무슨 엉뚱한 수작이오? 이제 한국에서도 바이스로이를 닮은 인간이 나왔다는 얘기요?"

"그건 아닙니다. 여기에는 아무런 조건도 없습니다. 오시든 안 오시든 그건 박사님 마음에 달려 있습니다. 다만 저를 여기로 보낸 북학인이라는 분은 박사님이 안 오고는 못 배길 거라 했습니다. 그 개념만 듣고 나면요."

"북학인? 그는 도대체 뭐 하는 미치광이요?"

"저도 잘은 모르지만…… 아마도 한국 최고의 천재일지도 모릅니다."

"푸하하하, 당신들은 아주 이상한 사람들이군. 감히 내 앞에서 천재라구?"

"약속을 하실 수 있나요? 한국으로 들어와 연구를 하시겠다고."

"더 이상 어리석은 소리는 하지도 마시오. 바이스로이는 젊은 시절의 내게 백이십만 달러를 투자해 셀텍으로부터 오백만 달러를 받아 갔소. 지금은 내 연구가 성공해 나는 회사로부터 수백만 달러를 받게 되어 있소. 물론 회사는 앞으로 몇 억 달러 이상을 더 벌 테지. 그런 나를 겨우 세 치 혀를 가지고 데려가겠다는 말이오? 더군다나 그 신물 나는 한국으로 말이오?"

의림은 조급해졌다. 자신이 생각해도 말이 안 되는 조건을 가지고 태평양을 건너 이 작은 도시까지 온 것이 자명했다. 도대체 무엇을 가지고 축구 선수 지단이나 베컴보다도 몸값이 높은 이 천재 과학자를 한국으로 데리고 갈 수 있단 말인가. 의림은 자신이 무척 초라해지는 기분을 맛보았다. 마치 동냥을 하러 온 기분이었다.

그러나 의림은 숨을 들이마시고 배에 잔뜩 힘을 주었다. 그리고 조금도 굴하지 않는 듯한 목소리로 다짐하듯 물었다.

"들어보고 어떤 느낌이 온다면 가시겠습니까?"

"어떤 느낌이라면?"

"생각도 못했던 어마어마한 것이 터져 나온다면 말입니다."

"내 전공 분야에서 말이오?"

"물론입니다."

"내 전공에서 내가 머리를 칠 정도의 탁월한 이론이 나온다면 말이오?"

"그렇습니다."

"해보시오."

박사의 얼굴에 독기가 서렸다. 그것은 세계 최고봉에 서 있는 학자로서의 자존심이었다.

"버르장머리 없는 것들!"

박사는 혼잣말로 중얼거렸다.

"개념은 단 한 문장으로 말할 수 있는 것입니다."

"해보란 말이오!"

의림은 조마조마한 가슴을 누르고 북학인이 머리에 넣어준 한마디를 입 밖으로 밀어냈다.

"파지 디스플레이를 이용해 나노 입자를 바이러스에 주입하는 것입니다. 그게 바이러스 배열의 개념입니다."

의림은 입 밖으로 마지막 한 음절이 나가는 순간 거칠게 숨을 몰아쉬었다. 왠지 불안한 느낌이 들었다. 이 이상하고도 이해할 수 없는 게임을 이기기는커녕 가뜩이나 한국을 혐오하는 박사에게 비참하게 망신을 당하고 종내는 정체마저 탄로 날 것 같았다. 어쩌면 박사에 의해 수상한 인간으로 몰려 경찰에 인도될지도 모를 일이었다.

"후—아."

의림은 밖으로 나가고 싶었다. 가뜩이나 갑갑한 사우나에서 숨을 쉬기도 힘든데 이런 긴장과 불안에 휩싸여 앉아 있기는 정말 힘이 들었다. 의림은 손바닥으로 이마에 연신 맺히는 땀방울을 쓸어냈다. 의림은 이제 박사의 분노에 찬 음성이 터져 나오면 바로 밖으로 나가버릴 생각이었다.

"후—하."

의림은 다시 한 번 거칠게 숨을 몰아쉬었다. 그러나 의림은 옆에서 들려오는 또 하나의 숨소리를 들었다. 박사가 가쁜 숨을 몰아쉬는 소리였다.

"다시 한 번 말해봐."

박사는 시비라도 거는 듯이 반말을 내뱉었다. 의림은 바로 사우나 밖으로 뛰어나가 버렸다. 도크 안에서 박사로부터 비웃음과 욕설을 듣는다는 생각만으로도 머리가 터져 나갈 것만 같았다.

의림은 문을 쾅 소리가 나도록 닫고는 샤워 꼭지를 틀었다. 찬물이 머리 꼭대기에서부터 쏟아졌다. 살 것 같았다.

의림은 순간적으로 자신이 우스운 사람이 되었다는 생각과 함께 북학인에 대한 원망이 부글부글 끓어올랐다. 명실공히 세계 최고의 천재 중 한 사람인 나영준 박사 앞에서 문외한인 자신이 박사의 전공을 가지고 거드름을 피우며 마치 바이스로이처럼 그를 시험했던 게 너무나 부끄러웠다.

의림은 그동안 자신이 북학인의 카리스마에 최면이 걸렸던 거라 생각했다. 의림은 찬물을 온몸에 받으며 고함이라도 치고 싶은 기분이었다. 박사가 도크에서 나오기 전에 옷을 갈아입고 떠나버리고 싶었다. 의림은 찬물을 더욱 세게 틀기 위해 손을 뻗었다. 그러나 갑자기 물이 멎었다. 박사였다.

"다시 말을 하라니까!"

박사의 분노한 얼굴에서는 형언할 수 없는 강렬한 눈빛이 쏟아져 나왔다.

"박사님, 사실 저는 과학자가 아닙니다. 기자입니다."

"……."

"북학인이 시키는 대로 했을 뿐입니다. 그는 저에게 박사님을 만나 그렇게만 말하라고 했습니다. 사실 저는 그게 무슨 뜻인지도 모릅니다. 사과드리겠습니다."

의림의 입에서 회한에 찬 목소리가 터져 나왔다.

"절대로 박사님을 놀리려고 하거나 다른 목적이 있어서 그랬던 것은 아닙니다."

그러나 박사의 굳을 대로 굳어버린 얼굴은 풀릴 줄을 몰랐다.

"다시 한 번 말해보라니까!"

박사의 음성은 더욱 노기를 띠었다. 의림은 이판사판이라는 생각에 한 번 더 똑같은 단어들을 입 밖으로 밀어냈다. 몇십 번이나 암기해서 실수는 있을 수 없는 단어들이었다.

"파지 디스플레이를 이용해 나노 입자를 바이러스에 주입하는 것입니다. 그게 바이러스 배열의 개념입니다."

"후—하."

박사는 다시 한 번 숨을 거칠게 몰아쉬었다.

"파지 디스플레이를 이용해 나노 입자를 바이러스에 주입한다……?"

나영준 박사는 샤워 꼭지 밑에 발가벗고 엉거주춤하게 선

채로 이 말만을 몇 번이나 반복했다. 의림도 그냥 그 자리에서 있었다. 어떻게 움직일 수 있는 상황이 아니었다.

박사는 선 채로 조용히 눈을 감았다. 그의 눈꺼풀이 미세하게 떨렸다. 박사는 몇 번이나 주먹을 쥐었다 폈다 하다 머리를 크게 흔들기도 하고 혼잣말로 무언가를 열심히 중얼거리기도 했다. 그러다 마침내 손을 뻗어 의림의 팔을 꽉 움켜잡았다. 박사의 입에서 괴수의 울부짖음과도 같은 비명이 터져 나왔다.

"아아! 내가 왜 그 생각을 이제껏 하지 못했을까? 유전자 바이러스와 나노 입자의 결합을 말이야. 바보! 바보 같으니라구! 바보야! 나는 바보야!"

박사는 마치 흐느낄 듯, 아니 당장이라도 통곡을 할 듯 격렬한 감정을 쏟아냈다.

"결합을 말이야. 바보! 바보 같으니라구! 바보야!"

"……."

"아! 그러면 DNA 보전도 가능하구나! 그런 방식이라면 DNA 보전도 가능해. 아! 나노 입자와 유전자 바이러스의 결합이라! 이렇게 생각하고 보면 너무나 쉬운 건데! 하지만 콜럼버스의 달걀 아닌가! 누구라구? 누가 그런 이론을 생각해냈다구?"

"한국인입니다. 앞서 말씀드린 북학인이……."

"한국? 그 알량한 한국이라구……? 과학자의 지옥 한국에서 그런 이론이 나왔다구? 한국인의 머리에서?"

"네, 틀림없습니다."

"거짓말이야! 아니, 불가능해. 한국인이 그런 이론을 만들었단 말이지? 실험! 실험을 했어?"

"실험은 하지 못했습니다. 그래서 한국은 박사님을 필요로 합니다."

"오오! 유전자 바이러스와 나노 입자의 결합이라! 파지 디스플레이를 이용해서……. 아하, 그게 가능하구나. 그게 가능해!"

박사는 다시 한참이나 입속으로 뭔가를 중얼거렸다. 의림은 뜻밖의 상황 변화에 깜짝 놀랐다. 박사의 얼굴은 어느새 분노가 아닌 경악으로 굳어져 있었다. 박사가 평정을 찾은 듯 차분해진 목소리로 물었다.

"북학인이라고 했소?"

"네."

"당신은 과학자가 아니라 기자라 했소?"

"네."

박사는 다시 무언가를 곰곰 생각하다 물었다.

"파지 디스플레이가 뭐요?"

"저는 모릅니다."

"뭐요? 파지 디스플레이를 모른다구?"

"네, 모릅니다."

"허어!"

박사의 입에서 한숨이 흘러나왔다.

"정말 괴물이군, 그자는."

의림도 거대한 궁금증이 일었다.

"그게 뭡니까? 파지 디스플레이란 것이?"

"항원에 대한 항체를 식별해내는 생물학의 한 방법이오."

"그러면 방금 제 입에서 나간 그 말은 무슨 내용입니까?"

"말해도 이해할 수 없을 거요. 그런데 한국인의 머리에서 그런 생각이 나왔다구? 아, 그런 게 한국인의 머리에서 나올 줄은 몰랐군."

의림은 이때다 싶어 열변을 토했다.

"박사님, 이제 한국도 정신을 차리고 있습니다. 한국도 이제는 과학자와 기술자를 최고로 대우하고 존경하는 그런 사회로 탈바꿈해나가고 있습니다. 이런 때에 박사님 같은 분이 한국으로 돌아오셔야 합니다. 돌아오셔서 과학도와 이공학도들에게 힘을 주십시오. 과학자와 기술자를 무시하는 정치인과 관료와 법조인을 마음껏 꾸짖으십시오. 사회구조가 얼마나 우스꽝스러우면 이학박사들이 사법고시를 치겠다고 밤을 새운단 말입니까?"

"나는 한국은 이제 끝이라고 생각하고 있었소. 여기서 보면 세계가 돌아가는 모습이 훤히 보여. 당장 중국하고만 비교

해도 한심할 지경이었소. 중국은 이공계를 가는 학생이 전체의 90퍼센트더군. 한국은 이공계를 가는 학생이 전체 학생의 25퍼센트니 경쟁이 되겠느냔 말이오. 당장 주석 장쩌민도 기술자 출신 아니오!"

"그러니 나라를 바꿔야 합니다. 박사님, 한국으로 돌아오십시오."

다시 눈을 감고 한참이나 무언가를 생각하던 박사는 뜻밖의 말을 내뱉었다.

"당신은 지금 당장 이 도시를 떠나시오. 나는 내일 중으로 귀국하리다."

의림은 감동이 밀려오는 것을 느꼈다. 그토록 한국을 혐오하던 나 박사가 북학인이 전하라고 한 간단한 개념을 듣고는 스스로 깨우치더니 당장 한국으로 가겠다고 하는 데는 놀라지 않을 도리가 없었다.

"셀텍하고의 관계는 어떻게 하지요?"

"어차피 내가 해줄 것은 다 해주었소. 이제 남은 것은 나에게 돌아올 대가를 결정짓는 일뿐이오. 하지만 그깟 거야 뭐 그리 중요하겠소? 일분일초가 아까운 게 이 분야의 연구와 실험이오. 나는 모레부터 한국에서 그 연구에 몰두하고 싶소."

"한국에 오시면 이리 연락하십시오."

의림은 사우나에서 나오면서 북학인의 이메일 주소를 알려주었다.

나영준 박사와 헤어져 한국으로 돌아온 의림은 긴 시간 휴가를 내준 신문사를 위해 정신없이 뛰어다녀야 했다. 그러다가 일주일쯤이 지나서야 북학인을 메신저로 불렀다.

「정 기자, 수고했소. 나영준 박사는 이미 여기에 와서 우리의 연구에 큰 힘이 되고 있소.」

「오면서 조국의 현실에 대해 많은 생각을 했습니다. 당신을 당장 만나고 싶습니다.」

「미안하오. 아직은 나를 사이버 공간의 인물로 남겨두시오.」

「하지만 제가 했던 일들에 대해 정리를 하고 싶습니다. 지구의 반을 돌아다니고도 무엇을 했는지 모른다는 건 말이 되지 않으니까요.」

「그 심정은 이해하오. 하지만 나는 지금 너무도 중요한 연구에 빠져 있소. 시간이 문제가 아니라 보안이 문제라는 얘기요.」

「알겠습니다. 이해합니다.」

의림은 충분히 이해할 수 있었다. 소피아의 임무는 자신을 이용해 북학인의 소재를 파악하는 거라 하지 않았던가.

「이준우 기자가 어떻게 죽었는지, 우리는 그 메커니즘을 아직 정확히 파악하지 못하고 있잖소?」

「네. 애초에 저는 바이스로이가 범인일 거라고 생각했지만 그들이 아닌 다른 세력, 그러니까 CIA가 이준우 기자 죽음의 배후라고 생각됩니다.」

「올바로 짚은 거요.」

「그런데 저들은 왜 이 기자를 제거했을까요? 북학인의 대리인이기 때문인가요?」

「아니오. 이 기자는 그들과 충돌할 정도로 나의 대리인 역할을 한 적이 없소.」

「그럼 무슨 이유입니까?」

「아마 이 기자 역시 저들의 어떤 행태를 눈치챘던 모양이오.」

「CIA의 음모를 알아냈단 말입니까?」

「그렇소.」

「어떤 음모인지 짐작 가는 게 있습니까?」

「언젠가 내가 이 전쟁의 한가운데에 삼성전자가 있다는 얘기를 이 기자에게 한 적이 있소. 그 후 이 기자는 삼성전자와 관련한 정보를 찾는 데 심혈을 기울이는 것 같았소.」

「저도 그것은 알고 있습니다. 이 기자는 삼성전자를 둘러싼 음모의 일단을 붙잡았다고 북학인에게 메일을 보내기도 했더군요.」

「그렇소. 이 기자는 그 음모를 공개하기 직전에 죽고 만 거요.」

「그런데 그 음모란 게 무엇이고, 이준우 기자가 지키려고 했던 국익이란 구체적으로 어떤 것이죠? 또 삼성전자와 이준우 기자의 죽음 사이에는 어떤 연관이 있는 거죠?」

「지금 세계는 치열한 기술 전쟁을 치르고 있소. 모든 방면에서 이제껏 생각도 못 했던 기술들이 무서운 속도로 발전하고 있지만 그중에서도 가장 눈부신 게 극소형 반도체를 만드는 기술이오.」

「극소형 반도체라구요?」

「그렇소. 거의 눈에 보이지 않을 정도의 작은 반도체를 만드는 싸움이 지금 선진국 사이에서 무섭게 벌어지고 있소.」

「그런데 그걸 왜 전쟁이라고까지 하는 거죠?」

「극소형 반도체는 인류 사회의 모든 것을 바꿀 거요. 모두가 불가능이라고 여겼던 것이 극소형 반도체를 통해 이루어질 수 있소. 내가 파악한 바에 의하면 지금 미국의 인텔이 극소형 반도체를 만드는 데 성공한 것 같소.」

「삼성전자는요?」

「삼성전자는 아직 성공하지 못했소.」

「그런데 왜 삼성전자가 이 전쟁의 한가운데 있다고 하시는 거죠?」

「반도체의 정상이자 신화이기 때문이기도 하지만, 인텔에서 개발한 방법은 어딘가 좀 허술한 것 같은 느낌이 든단 말이오. 지금 세계 반도체 업계나 학계에서는 탄소나노튜브를 이용한 방식이 최선이라 믿고 있소. 이 기술은 앞으로 십 년 안에 개발될 걸로 보고 있고 삼성전자가 그 연구의 선두에 서 있소.」

「그렇다면 이준우 기자가 파악한 음모란 무엇일까요?」

「아직 정확히 알 수는 없소.」

북학인은 무언가 알고 있는 듯했지만 말을 아꼈다.

제3의 시각

삼성의 이건희 회장은 한 장의 편지를 눈앞에 두고 깊은 상념에 빠져들었다. 평범한 종이에 컴퓨터로 쳐 넣은 편지의 내용은 지극히 짧고 명료했다. 그러나 이건희 회장은 벌써 몇 시간이나 고뇌하는 중이었다.

회장님께

삼성이 중국에 미래를 건다면 무엇보다 하이닉스가 중국에 넘어가는 것을 막아야 합니다. 8인치 웨이퍼와 나노도 문제지만, 더욱 무서운 것은 하이닉스가 중국의 토털 하이테크 시스템을 구축하는 첨병이 될 소지가 크다는 사실입니다. 전자기술은 상호 영향력이 매우 크다는 점은 잘 아실 테지요.

—북학인

비록 편지의 내용은 짧았지만 이 회장으로서는 고민하지 않을 수 없었다. 간부 회의에서는 중국이 하이닉스를 가져가도 삼성에는 타격이 없을 것이란 결론을 내려놓고 있었다. 워낙 삼성이 기술적으로 앞서 있다는 얘기였다. 게다가 반도체의 시장 규모가 통신 등의 사업에 비해 늘어나지 않는다는 것도 고려하고 있었다. 물론 전문가들의 결론이니만치 충분한 타당성이 있을 것이었다. 하지만 신중한 성격의 이 회장은 생각에 생각을 거듭하고 있는 중이었다.

삼성은 그룹의 미래를 중국에 거는 쪽으로 방향을 틀어가고 있었다. 그리고 세계 최대의 시장인 중국은 요즘 들어 매우 빠른 속도로 디지털화하고 있는 중이었다. 이런 거대한 변화의 초기부터 중국에 진출해야 한다는 것이 삼성의 결정이었고, 이에 따라 삼성에서는 중국 담당 부회장을 따로 둘 정도로 중국에 집중하고 있었다.

그런데 아무런 관련이 없을 것으로 알고 방관하고만 있던 하이닉스의 중국행을 경계하라는 편지가 날아들자 이 회장은 한없는 생각에 빠져든 것이었다.

편지는 간부 회의에서 생각지도 않았던 문제점을 지적하고 있었다. 8인치 웨이퍼니 나노니 하는 반도체 기술도 문제지만, 결국 중국은 하이닉스를 발판으로 삼아 토털 하이테크 시스템을 구축할 거란 점을 암시하고 있었던 것이다.

"으음."

만약 이 편지가 암시하는 대로 사태가 진행된다면 삼성이 중국에 미래를 건다는 것은 위험하기 짝이 없는 일이었다. 특히 기술은 상호 영향력이 크다는 마지막 한 구절은 간부 회의 때 아무도 지적하지 않았던 점을 예리하게 짚은 것이었다.

그러나 무엇보다 이 회장의 신경을 예민하게 하는 것은 편지 맨 밑의 서명이었다.

북학인.

결코 무시할 수 없는 이름이었다. 이 회장은 오래전 이 이름으로 자신에게 배달되었던 한 장의 편지를 지금도 잊을 수 없었다. 당시는 삼성이 메모리 반도체 분야에서 세계를 정복한 직후였다. 모두들 승리에 도취되어 있을 무렵 이 회장은 북학인으로부터 한 장의 편지를 받았던 것이다.

회장님. 독일의 인피니언에서는 X램이라는 전혀 다른 개념의 반도체를 개발했습니다. 삼성전자의 64메가 D램보다 크기는 네 배 작고 성능은 열두 배가 앞서는 새로운 개념의 반도체입니다. 따라서 D램의 시대는 끝났습니다. 지금 인피니언에서는 세계 유수의 컴퓨터 제조사에 X램 샘플을 선보였고, 컴퓨터 회사들은 돈이 되는 한 선금을 집어넣느라 정신이 없습니다. 한국의 컴퓨터 제조사에는 샘플을 보내지 않았습니다. 이것은 비밀을 지키기 위해서입니다. 이제 삼성의 미래는 없습니다.

편지를 받은 이 회장의 입에서 신음이 흘러나왔다. 편지의 내용대로라면 삼성반도체는 끝난 것이다. 삼성은 X램에 대해서는 개발 계획은커녕 이름을 들어본 적도 없었다. 이 회장은 즉각 긴급회의를 열었다. 회의에 소집된 간부들은 모두 서로의 얼굴을 쳐다보면서 눈만 껌벅거렸다.

X램이라니.

과연 이게 있을 수 있는 얘기인가. 윤 부회장이 즉각 독일에 전화를 걸었다. 자신의 인맥을 총동원하여 정보를 캐냈다. 아니, 윤 부회장만이 아니었다. 임원들이 모두 전화기에 붙어 앉아 온 세계를 샅샅이 훑었다. 그러나 X램에 대해 아는 사람은 아무도 없었다. 한동안 법석을 떤 후에야 사람들은 그 편지가 완전히 거짓임을 알아차렸다.

"어떤 놈이 이같이 악의적인 장난을 했단 말입니까?"

"그것도 이제 막 세계 정복의 축배를 들려는 참에!"

"아마 미국이나 일본의 악의적인 경쟁사 놈들이 보냈을 겁니다."

"북학인이라고? 이게 도대체 뭐 하는 놈의 이름이야! 가소로운 놈 같으니."

간부들은 모두 씩씩거렸고 결국은 흥분과 분노에 휩싸인 채 회의 석상을 떠나갔다. 그러나 극도로 신중한 성격의 이 회장은 아무 말 없이 오랫동안 그 자리에 그대로 앉아 있었다.

시간이 지나면서 가슴 깊이 느껴지는 바가 있었던 것이다. 허위에 불과한 편지였지만 이 회장은 거기에서 무서운 가상현실, 아니 얼마든지 닥칠 수 있는 미래를 보았던 것이다.

"음."

이건희 회장은 이런 장난 편지를 보낸 북학인의 존재에 대해 곰곰 생각했다. 그냥 아무것도 아닌 인간이라고 생각하면 그뿐이었다. 그리고 그저 장난으로 편지를 보낸 것이라고 생각하고 잊을 수도 있었다.

그러나 현실은 어떠한가. 그는 이 장난과도 같은 편지 한 장으로 이제껏 아무도 깨우쳐주지 못했던 교훈을 얻게 되었다. 반도체와 같은 기술 제품은 어느 날 아침 모든 것이 한 방에 날아가 버릴 수 있다는 사실을 깨달은 것이다. 세계 정상이니 뭐니 하는 건 그야말로 허황된 말이고 극도로 자중하고 조심해야 한다는 것을 느꼈으니, 이 회장은 이 편지에서 그 무엇과도 바꿀 수 없는 교훈을 얻은 것이었다.

그런데 이제 오랜 세월이 흐른 후 다시 그 북학인이라는 사람이 편지를 보내온 것이었다. 이 회장은 이 이름에 덧붙여 하이닉스를 생각했다.

하이닉스.

세계 3위의 반도체 제조업체. 삼성이 하이닉스를 인수해야 한다는 여론도 있었지만 이 업체를 인수한다는 것은 너무도 큰 불씨를 떠안게 되는 것이었다. 불과 얼마 전 현대전자가 LG로부터 반도체 부문을 인수할 때 얼마나 환희에 들떴던가. 그러나 순식간에, 그야말로 순식간에 하이닉스는 한국 경제의 문젯거리로 전락하고 말았다. 이제 주변 사람 모두가 하이닉스를 인수하는 것은 위험한 일이라고 말하고 있다.

"음."

이 회장은 중국의 하이닉스 인수를 막기 위해 사용할 수 있는 방법들을 떠올려보았다. 그러나 별 뾰족한 방법이 없었다.

간부 회의에서 삼성은 절대로 하이닉스 인수에 가담해선 안 된다는 결론을 내렸고, 사람들은 더 이상 이 문제를 생각하지 않았다. 사실 누구라도 이 이상 생각하고 싶지는 않을 것이었다. 하이닉스는 그야말로 공룡 같은 존재였다. 덩치가 너무 큰 것이다. 그 옛날 모두가 삼성이 반도체에 투자하는 것을 반대할 당시에도 과감하게 밀고 나갔던 자신이지만, 절대로 하이닉스를 인수해서는 안 된다는 것이 지금의 신념이었다. 반도체를 아는 사람이라면 모두 자신과 같은 생각이었고, 그런 면에서 결론은 명확했다. 너무나 명료한 결론이었다. 하지만 북학인은 한 단계 더 멀리 보고 있는 것이었다. 이 회장은 북학인의 편지를 다시 한 번 더 읽었다.

"음."

이 회장은 신음을 내뱉었다. 자신의 가슴속에 묻어두고 있던 북학인의 존재가 너무나 컸기 때문이었다. 게다가 편지를 받은 오늘은 마침 반도체와 관련한 외자를 완전히 청산하는 날이라는 점이 이 회장을 더욱 신중하게 만들었다. 고민을 거듭하던 이 회장은 마침내 인터폰을 눌렀다.

"간부 회의를 소집해줘."

이건희 회장이 소집한 삼성전자의 간부 회의에서는 숙의를 거듭했으나 중국이 하이닉스를 인수하지 못하도록 하기 위해 삼성이 하이닉스를 인수할 수는 없다는 결론이 나왔다.

"내가 걱정하는 것은 전자기술이란 파급력이 대단해 중국이 하이닉스를 인수한다면 관련 기술이 급속히 발달하고 결국에는 중국에 진출한 우리가 고전을 면치 못할 거라는 사실이오. 우리는 중국에 그룹의 운명을 걸려고 하는 판이 아니오?"

간부 중 누군가가 공감을 표시했다.

"냉정하게 보면 중국과 우리의 기술 수준이 그리 차이가 나는 건 아닙니다. 이들이 하이닉스를 인수하면 우리와의 격차를 순식간에 좁혀올 것입니다."

또 한 사람이 말을 받았다.

"맞는 말입니다. 기실 중국이 하이닉스를 인수하려는 목적은 바로 8인치 웨이퍼 가공 기술 때문입니다. 이 기술이 중국에 들어가면 추격은 불을 보듯 훤합니다. 더욱 무서운 것은 나노 기술입니다. 하이닉스에도 우수한 기술 인력이 많은 만큼 나노 기술에 대한 연구가 상당히 되어 있을 겁니다. 중국이 제대로 활용하기만 하면 미래의 반도체는 중국의 독차지가 될 수도 있습니다."

"음."

이 회장은 북학인의 정확한 예측을 다시 한 번 확인할 수 있었다. 그렇다면 장기적 관점에서 하이닉스를 인수하는 것은 어떤가. 하지만 이 회장은 정부 일각에서 제기한 대로 하이닉스의 인수전에 삼성이 뛰어드는 것은 정말 원치 않았다. 이 회장은 하이닉스를 인수하는 과정에 개입할 공무원이나 은행 등의 채권자들이 보기 싫은 것이었다.

"무슨 좋은 방법이 없겠소? 우리가 하이닉스를 인수하지는 않지만 역시 중국 차지도 되지 않도록 하는 방법은 없겠소?"

잠시 침묵이 흘렀다. 발언하는 사람이 아무도 없자 한 사람이 조용히 자리에서 일어났다.

"사실 저도 그런 방법을 생각해봤습니다."

신중한 목소리의 주인공은 부사장이었다.

이 회장은 부사장의 입가로 눈길을 보냈다. 부사장은 침착한 눈길로 좌중을 둘러보며 입을 열었다.

"차라리 하이닉스를 미국으로 보내버리는 것입니다. 마침 하이닉스의 경영진들이 미국과의 전략적 합병을 도모할 거라는 정보도 있습니다."

부사장의 이 말이 떨어지자 사람들이 웅성거리는 소리가 들렸다. 그러나 약간의 시간이 지나면서 웅성거림은 찬사로 이어졌다.

"호오, 그거 기발한 생각인데. 그렇다면 미국의 어느 업체로 보낸다는 얘기요?"

부사장은 특유의 웃음을 지었다.

"인텔이나 텍사스 인스트루먼트는 흥미가 없을 겁니다. 하지만 마이크론은 관심이 있을 걸로 생각합니다."

"마이크론이 달려들까요?"

"아마 그럴 겁니다. 그들은 지금 주가를 올릴 재료를 찾고 있는 중인데, 하이닉스의 인수는 호재 중의 호재입니다."

"그들도 하이닉스를 인수하면 너무 무거워질 텐데요."

"어차피 그들의 관심은 주가에 있습니다. 하이닉스를 싸게 샀다는 사실이 중요하죠. 정부와 채권단으로부터 큰 양보만 얻어내면 그들은 성공하는 겁니다. 게다가 하이닉스에는 그들이 탐을 내는 기술이 있습니다. 바로 차세대 반도체의 핵심이 되는 나노 기술이 깊이 연구되어 있습니다. 어느 정도 수준인지는 외부에서 알 수 없지만 마이크론은 이 기술을 몹시 탐내고 있습니다."

"그렇겠지. 적어도 기술 수준은 하이닉스가 마이크론보다 훨씬 우위에 있으니까. 마이크론이 하이닉스를 인수하면 그들은 주가와 기술이라는 두 마리 토끼를 잡는 셈이 되는군."

"그렇습니다. 인수 계약을 체결하면 본국에서의 주가는 치솟을 테고, 경영진은 주주로부터 큰 신임을 받게 됩니다. 그 후의 처리는 그들 형편에 따라 좌우됩니다. 아마 최악의 경우 그들은 하이닉스를 없애려 들지도 모릅니다. 우리는 그럴 경우 하이닉스의 인력을 어느만큼이라도 받아줄 정도가 된다면 다행이죠."

현장 출신의 한 간부가 안타까운 목소리로 말했다.

"어떻든 하이닉스를 외국에 내보내는 것은 안타까운 일입니다."

그러자 경영 출신의 한 간부가 말을 받았다.

"요즘 한국의 구조조정이란 게 그런 거 아닙니까?"

"젊은 연구 인력과 기술자들 사이에서는 하이닉스가 외국에 나간다면 죽 쑤어서 개 주는 꼴이라는 얘기가 돌더군요."

"이제까지의 노력이나 기술은 아깝지만 현재로서는 방법이 없습니다. 은행의 부실을 막는 게 무엇보다 중요하니까요. 부사장님 말씀마따나 최악의 경우 우리가 하이닉스의 기술자들을 흡수해줄 수 있다면 다행일 정도입니다."

부회장이 간부들의 공방을 막으며 물었다.

"그런데 부사장, 아까 하이닉스를 미국에 보내는 게 상책이라 했는데 그러려면 어떻게 하는 게 좋소? 우리가 할 일이 있느냔 말이오."

"하이닉스가 마이크론과 인수 가격을 협상할 때 우리가 하이닉스의 백그라운드가 돼주는 겁니다. 너무 깎으면 삼성이 인수할 용의가 있다는 정도로 서 있기만 하면 될 겁니다. 사실 마이크론은 삼성이 하이닉스를 인수하면 어쩌나 하는 불안감을 강하게 가지고 있습니다. 경우에 따라서는 우리가 하이닉스를 인수할 수도 있는 것처럼 보이면 그들은 이것저것 생각할 겨를 없이 바로 하이닉스를 인수하려 들 겁니다."

삼성의 간부 회의에서는 다양한 전략적 구상이 논의되었다. 그러나 진정한 위기는 생각지도 못한 방향에서 불씨를 피워가고 있었다.

나노 반도체의 탄생

버지니아 주 랭글리에 위치한 CIA 본부 빌딩의 지하 약 70미터에는 사방이 유리로 된 밀실이 있다. 지난 수십 년간 세계를 움직이는 거물들은 쉴 새 없이 이 자리에 초치돼 현안을 검토하고 결정을 내리곤 했었다. 물론 이 방의 주인은 CIA였지만, 이 방에서 내린 중요한 결정에 책임을 져야 하는 사람 중에는 외부 인사도 상당수 있었다. 그러니까 이 방은 CIA가 매우 예민한 상황에 대해 결정을 내리기 위해 외부의 인사를 초청하는 곳이었다.

본부의 모든 방들이 세계 각지에서 일어나는 사건과 정보들로 바쁘게 돌아가고 있었지만, 유리방만큼은 이집트 파라오들이 잠들어 있는 방처럼 끝없는 정적에 묻혀 있었다.

하지만 이 유리방의 정적은 언제나 바로 다음에 이어질 거대한 격변을 품고 적기를 기다리고 있는 전쟁의 척탄병에 다름 아니었다.

"어서 오시오, 워튼 박사."

정적을 깨고 원탁의 테이블에 마지막으로 도착한 워튼 박사를 맞는 목소리의 주인공은 대통령 수석고문 마운튼 볼이었다.

"제가 좀…… 늦었군요."

다른 멤버들이 모두 최소한 두 번 이상 이 방을 드나든 사람들인 데 반해 워튼 박사는 처음이라 그런지 다소 어수선한 모습을 보였다. 하지만 테이블의 의자를 차지하고 앉은 사람들은 모두 그가 이 자리의 결론을 이끌어내는 데 가장 중요한 사람이라는 사실을 잊지 않고 있었다.

"괜찮습니다."

누군가가 부드러운 목소리로 박사의 수습을 도와주었다.

"그러면 회의를 시작할까요?"

수석고문은 눈으로 멤버들의 얼굴을 하나하나 짚고 나서는 묵직한 목소리로 말문을 열었다.

"우선 국방성 비밀병기 담당 국장이 요점을 설명해주시오."

일행 중 유일하게 군복을 입고 있는 웰던 중장이 어깨의 별을 빛내며 자리에서 일어났다. 그는 벽에 걸려 있는 미국 국기를 향해 손을 올렸다. 이 회의는 오로지 미국의 안녕을 위한 것이라는 표시였다.

"우리는 주요 무기 백여덟 종에 대해 정밀한 연구를 한 결과 모든 무기의 성능을 그전과는 아예 비교도 할 수 없을 정도로 개선할 수 있다는 사실을 발견했습니다."

웰던 중장의 목소리가 약간 떨려 나오는 듯했다.

"세계 병기 개발 사상 유례가 없던 엄청난 발견입니다."

좌중의 참석자들은 눈도 껌벅이지 않고 웰던 중장의 입가에 눈길을 보냈다.

"원래 이 연구는 초소형 정찰 비행체를 만들기 위해 시작된 것이었습니다. 우리는 벌레 크기의 비행체를 만들어 인공위성을 통하는 것보다 훨씬 근접해서 정확한 정보를 얻어내고자 했습니다. 이 과정에서 비행체에 쓰기 위한 초소형 칩을 개발했던 것입니다."

사람들은 일제히 눈길을 워튼 박사에게 돌렸다. 군사용 초소형 칩을 개발한 사람이 바로 이 사람이었던 것이다.

"우리는 연구 끝에 초소형 칩을 이용해 만들 수 있는 병기의 종류가 거의 무한하다는 사실을 알아냈습니다. 아무런 관련도 없을 것 같은 지뢰나 소총에도 이 칩이 결정적인 역할을 합니다."

"잠깐, 지뢰에는 칩이 어떻게 작용하나요?"

국가정보국 국장이 짐작은 가지만 구체적으로 어떻게 쓰이는지 알고 싶다는 듯한 표정을 지으며 물었다.

"구식 지뢰는 무게를 받으면 터지게 되어 있는 것을 잘 아실 것입니다. 따라서 이 지뢰는 아군과 적군을 구별할 수 없습니다. 누구든 밟으면 터지는 것입니다."

국가정보국 국장이 무슨 얘기인지 알겠다는 표정을 지었다.

"짐작하시겠습니까? 칩을 넣은 지뢰는 아군을 식별하는 것입니다. 아무리 많은 병사가 한꺼번에 밟아도 지뢰는 터지지 않습니다. 그것이 아군인 한 말입니다."

"대단하군."

"이쯤 되면 여러분들도 걱정이 생기기 시작할 것입니다."

"말해보시오."

국방성 정보국장이 중장의 거드름에 제동을 걸었다.

"바로 대륙 간 탄도탄입니다. 아니, 모든 미사일입니다. 핵을 장착한 모든 미사일에 이 초소형 칩이 쓰입니다."

"그렇게 큰 미사일에 왜 초소형 칩이오? 지금 상용되는 칩을 달아도 되지 않소?"

"설마 앞으로 우리의 미사일에 지금 장착하는 칩보다 백배나 성능이 우수한 칩을 달지 말라는 얘기는 아니겠죠?"

"……"

"성냥갑만 한 슈퍼컴퓨터를 핵탄두를 탑재한 미사일에 붙인다면 그 결과가 어떻겠습니까?"

"뭐라 그랬소? 슈퍼컴퓨터를 성냥갑만 한 크기로 만들어 미사일에 붙인단 말이오?"

"바로 그겁니다. 어떤 요격 시스템도 이 가공할 미사일을 막아낼 수 없습니다. 우주 요격이니 뭐니 하는 개념은 근본부터 부정되고 마는 겁니다. 이제는 반도체가 전쟁을 결정합니다."

"음."

"병기에 쓰이는 정도는 아무것도 아닙니다. 더욱 가공할 사실이 있습니다."

일동은 단 한 순간도 웰던 중장의 입에서 눈을 뗄 수 없었다. 웰던 중장의 견장에 달려 있는 별이 불빛을 받아 찬란하게 빛났다.

"초소형 칩은 무기의 개념을 완전히 바꾸어놓았습니다. 적군과 언제나 같이 있으면서 전파를 발해 아군의 공격 목표가 되게 하는 것이 신무기의 개념이라면, 이 초소형 칩은 아예 적군을 아군으로 바꿔놓는 가공할 위력을 가지고 있습니다."

"그건 무슨 말이오?"

"초소형 칩을 혈관주사를 통해 인체에 투입하면 뇌에 가서 작용합니다. 뇌는 전기신호를 받아 사람의 생각을 바꾸는 것입니다. 적을 포로로 잡으면 그의 머릿속 정보를 몽땅 알아내는 정도의 초보적 수준에서부터, 아예 적과 아군의 개념을 바꿔놓을 수도 있습니다."

"음."

좌중에서는 신음이 흘러나왔다.

"우리는 결국 꿈의 병기를 개발해낸 것입니다. 그것은 바로 칩입니다. 앞으로 모든 무기에는 반도체가 내장되어야 합니다. 심지어는 지뢰나 소총에도 말입니다."

"이상입니까?"

"네. 다시 한 번 말씀드리지만 이제 전쟁의 승패는 반도체가 좌우합니다."

중장은 무뚝뚝하지만 단호한 목소리로 짤막한 결론을 내리고는 수석고문을 응시했다. 수석고문이 고개를 끄덕이자 중장은 국기를 향해 경례를 하고는 뚜벅뚜벅 걸어 유리방을 빠져나갔다. 그의 걸음걸이는 다소 거만하게 보이기도 했는데, 그것은 마치 우리는 확고한 결론을 내렸으니 나머지는 당신들이 알아서 하라는 시위 같았다.

중장이 나가고 나자 수석고문이 입을 열었다.

"웰던 중장의 보고는 여러분들도 최근 몇 차례에 걸쳐 접했으리라 믿습니다. 따라서 우리는 이제 반도체를 새로운 병기로 인정하는 바탕 위에서 세계 전략을 다시 짜고자 하는 것입니다."

좌중은 모두 고개를 끄덕였다.

"반도체의 세계적 상황을 점검하는 것은 과거 핵무기가 전력을 좌우하던 시절 각 나라의 플루토늄 보유 상황을 점검하는 것과 같은 의미가 되어버렸습니다. 우리는 어쩌면 세계 반도체 생산을 관리하고 제어해야 할지도 모릅니다. 하지만 아직 상황은 그리 복잡하지 않습니다. 문제가 되는 초소형 반도체는 인텔에서만 개발했기 때문입니다. 그러면 먼저 초소형 반도체를 개발한 인텔의 워튼 박사에게서 반도체에 대한 제반 설명을 들어야 할 것 같습니다. 자, 워튼 박사."

워튼 박사는 천천히 자리에서 일어났다.

"현재 메모리 반도체에 관한 한 왕자(王者)는 한국의 삼성전자입니다. 지난 십여 년간 우리는 전력을 다해 삼성전자를 추격했습니다. 그러나 우리는 해를 거듭하면서 그게 불가능하다는 사실을 알아차렸습니다. 비밀리에 연구 개발을 해 무언가를 발표할 무렵이면 삼성전자는 반드시 선수를 치는 것이었습니다."

"한국의 삼성전자가 그리도 대단하단 말이오? 나는 도저히 이해할 수 없소. 한국이란 그 수준이 그만그만한 나라 아니오. 자본, 기술 등 모두가 미국의 회사들과는 상대도 되지 않는 한국이 인텔이 못 좇아갈 정도의 반도체 왕자라는 사실이 나는 이해가 가지 않소."

국방성 정보국장이 뭔가 크게 잘못됐다는 식의 항변을 했지만 워튼 박사는 조용한 목소리를 이어갔다.

"그것이 세계 산업계의 불가사의 중 하나입니다. 사실 우리 인텔이 중앙처리장치나 마이크로프로세서 쪽으로 업종을 옮겨간 것도 삼성전자 때문입니다. 전력을 다했으나 도저히 삼성전자를 따라가지 못했으니 말입니다. 우리는 아예 충돌을 피해버렸지만, 일본 회사들은 삼성전자와 맞붙어 출혈이 대단했습니다."

"그것 참, 이해가 가지 않는군. 삼성전자가 그렇게나 크게 된 이유가 뭐요?"

"우리 분석으로는 한국인들의 교육열이 결국 그런 결과를 낳지 않았나 생각합니다."

"교육열?"

"그렇습니다. 한국인들은 대학은 기본으로 가기 때문에 누구나 무언가를 할 준비가 되어 있다고 말할 수 있습니다. 과학기술이란 것도 결국은 사람의 문제니까요."

"하여튼 계속해보시오."

"D램에 관한 한 삼성전자의 독주는 막을 수 없었으므로 우리는 색다른 연구를 하기 시작했습니다. 즉, 나노 반도체에 관한 연구를 시작했던 겁니다. 물론 다른 경쟁자들이 눈치채지 못하게 말입니다."

"그래서요?"

"우리는 자석의 원리를 반도체 제조에 쓸 수 있지 않을까 생각하고는 그쪽으로 깊은 연구를 했습니다. 다른 회사들이 탄소나노튜브를 이용한 나노 반도체 개발에 열중할 때 우리는 자석 반도체에 집중했던 겁니다. 바로 M램입니다."

"호, 자석의 어떤 성질이 반도체 제조에 쓰인다는 말이오?"

"자석에는 N극과 S극이 있습니다. 나노 크기의 극소형 자석을 많이 모아놓고 각 자석의 N극과 S극을 인위적으로 배열하면 메모리 소자가 됩니다. 반도체란 결국 소자의 배열입니다. 지금 쓰이는 실리콘 반도체는 실리콘을 특정한 성질을 갖도록 배열하는 것입니다. 이렇게 배열해두고 전기를 통하면 실리콘은 그 특성상 한쪽으로만 전기적 신호를 전달합니다. 바로 이것이 반도체입니다."

"현재의 실리콘 소자로는 극소형 반도체를 만들 수 없소?"

"안 됩니다. 실리콘 반도체의 경우 회로의 선폭이 반도체의 크기를 좌우합니다. 현재 삼성전자에서는 반도체 회로 선폭을 0.1마이크로미터까지 줄이는 데 성공했습니다만 나노 반도체에 비하자면 어림도 없습니다. 게다가 실리콘으로는 극소형으로 만들었을 때 전기가 새어나가 버립니다. 실리콘 반도체에는 이런 한계가 있습니다. 결국 그간 세계 반도체 업계는 누가 먼저 실리콘이 아닌 소자로 나노 반도체를 만드느냐의 전쟁이었습니다. 그런데 우리 인텔이 성공한 것입니다."

"축하하오."

"감사합니다. 이제 우리는 세계 반도체 업계의 선두 주자로 우뚝 일어섰습니다. 우리는 이 나노 반도체를 이용해 손목시계만 한 슈퍼컴퓨터를 개발할 것입니다."

"손목시계만 한 슈퍼컴퓨터라고요?"

"나노 반도체를 이용한 슈퍼컴퓨터는 제작비가 거의 들지 않습니다. 누군가가 수백 대의 퍼스널 컴퓨터를 병렬로 연결해 슈퍼컴의 성능을 갖도록 한 적이 있는데, 결국 그건 반도체의 용량을 증가시킨다는 개념입니다. 이제 드디어 꿈의 컴퓨터가 탄생하는 겁니다. 물론 무기에 적용시킬 수도 있습니다. 생각해보십시오. 슈퍼컴퓨터를 내장한 미사일을 어떻게 막아내겠습니까?"

좌중에는 잠시 숙연한 분위기가 흘렀다.

"그게 가장 큰 문제로군."

국무성 정세분석국장이 고개를 가로저으며 혼잣말처럼 내뱉었다. 그러자 국방성 정보국장이 퉁명스럽게 쏘아붙였다.

"도대체 뭐가 문제란 말이오? 지금 인텔이 세계 최초로 나노 반도체를 개발했고 우리가 이것을 무기에 적용시키는 데 무슨 문제가 있단 말이오? 슈퍼컴을 내장한 전투기를 만들 수 있다지 않소? 전투기 한 대당 능력이 수십 배 혹은 수백 배로 커지는데 걱정할 게 뭐가 있단 말이오? 게다가 나노 반도체를 이용하면 비용도 얼마 들지 않는다고 하지 않소?"

"글쎄, 바로 그 비용이 안 든다는 게 문제란 말이오. 비용이 안 든다면 아무나 만들 수 있다는 얘기 아니오?"

"음."

"그렇게 능력이 뛰어난 병기를 아무 나라나 개발할 수 있다는 데 문제의 심각성이 있단 말이오. 기술의 발달은 그런 게 문제거든."

정세분석국장의 말이 끝나기도 전에 대통령 수석고문이 말을 가로막았다.

"클라크 국장이 문제의 핵심을 짚었소. 오늘의 회의는 그래서 열린 거요."

사람들의 시선이 수석고문의 얼굴로 쏠렸다.

"우리 미국의 회사가 나노 반도체를 세계 최초로 개발한 것은 참으로 다행한 일이오. 이제 우리는 아주 새로운 보안 개념을 가져야 하오. 즉, 이런 나노 반도체를 아무나 만들지 못하도록 해야 한단 말이오. 그러기 위해서 우리가 해야 할 일은 산더미처럼 많소. 하지만 반드시 해야만 하오. 정책과 법률을 바꿔서라도 말이오. 나노 반도체의 제조 기술을 외국의 유학생들이 배우도록 하면 안 될지 모르오. 이런 것들을 우리가 의논하고자 하는 거요."

누군가 걱정스런 말투로 수석고문의 말을 잘랐다.

"인텔에선 완벽하게 M램을 보호하고 있겠지요?"

"물론입니다."

"다행이군."

다시 수석고문의 말이 이어졌다.

"우선 오늘은 외국의 동향을 살피고 정책을 안정적으로 조율하는 것이 좋겠소. 지금 외국 회사들의 나노 반도체 개발 수준은 어떻소?"

사람들의 눈길이 일제히 다시 워튼 박사의 얼굴로 쏠렸다. 미국의 정보를 전담하는 이들은 새롭게 출현한 나노 반도체가 앞으로의 세계정세에서 어떤 비중을 차지할지 본능적으로 느끼고 있었다.

"우리 인텔을 제외한 회사들의 나노 기술 수준은 모두 비슷합니다. 따라서 현재로서는 큰 걱정을 할 필요가 없다는 생각입니다."

"삼성전자는 어떻소?"

"그들은 D램에 매달려 있는 것으로 압니다. 하지만 상세한 내막은 알 수 없습니다."

이때였다.

"후후, 당신은 남의 회사 사정을 그렇게 함부로 확신할 수 있소?"

"네?"

아까부터 말없이 자리를 지키고만 앉아 있던 CIA의 특수공작국장이 냉소적인 표정으로 워튼 박사에게 일침을 가했다. 그는 옆에 앉은 사람조차 잘 안 들릴 것 같은 낮은 목소리로 입을 열었다.

"얼마 전 프랑스 국방정보국장 제라르가 피살된 것은 여러분 모두가 알고 있을 겁니다."

좌중의 사람들은 모두 고개를 끄덕였다. 그들은 어렴풋이 그게 바로 이 사람의 작품이 아닐까 생각하고 있던 중이었다.

"제라르는 라팔 전투기를 한국에 팔려고 했던 중심인물입니다. 그는 라팔 전투기의 제조 기술을 100퍼센트 넘겨달라는 한국 측의 요구를 다 들어주었는데, 아시다시피 한국이라는 나라에 전투기 제조 기술이 넘어가면 이 나라는 곧 세계 전투기 시장에서 강력한 경쟁자로 등장하게 될 것입니다. 우리는 라팔 전투기를 만드는 다소사의 내부 의사 결정 과정을 면밀히 검토한 결과 제라르가 강력하게 기술이전을 주장했다는 사실을 알아냈습니다. 우리는 이 점을 이해할 수 없었습니다."

국방연구소장이 공감을 표시했다.

"정말 이상하군요. 그는 국방정보국장이라 민간업체의 기술이전을 막아야 할 사람인데 오히려 100퍼센트 기술이전을 주장했다니……."

"그렇습니다. 우리는 보잉에 앞으로 십수 년간에 걸쳐 30퍼센트만 이전해주도록 압박을 가했는데, 프랑스의 국방정보국장이 다소에 당장 100퍼센트를 이전해주라고 했을 때에는 뭔가 심상치 않은 내막이 있다고 생각했습니다."

"아주 날카로운 부분에 착안했군요."

"검은 거래가 있는 겁니다. 우리는 먼저 한국 정부와 제라르 간에 검은돈 거래가 있는지 살폈습니다. 하지만 돈거래는 조금도 없었습니다. 더욱 이상한 생각이 들었죠. 그래서 그의 주변을 더욱 철저히 파고들었습니다. 그랬더니 아주 이상한 상황이 포착되더군요. 제라르가 스위스 정부를 협박해 한국의 박정희 비자금을 삼키려 했더군요."

상원 수석전문위원이 고개를 끄덕였다.

"음, 매우 고등적인 돈거래군요."

"처음엔 우리도 그렇게 생각했습니다만 그 돈은 제라르에게 돌아가는 게 아니었습니다. 로마의 바이스로이에게로 대부분이 가게 되어 있었습니다."

대통령 수석고문이 새로운 이름에 관심을 보였다.

"그 사람은 누구지요?"

"인재를 거래하는 사람입니다."

"인재를 거래한다는 게 무슨 말이오?"

"아주 특이한 인간입니다. 그는 가능성이 있어 보이는 젊은 이들에게 박사 학위를 딸 때까지 엄청난 금액을 지원합니다. 그 후에는 이들을 필요로 하는 기업에 가서 근무하도록 하는 겁니다."

"현대판 노예 장사꾼이란 말이오?"

"하지만 사람들은 그를 좋아합니다. 왜냐하면 그가 소개하는 직장이 매우 좋은 회사들이기 때문입니다. 그래서 그의 사업은 날이 갈수록 팽창되어 왔고, 이제는 세계적인 과학자들까지 그에게 소속되어 있을 정도입니다."

"그런데 제라르는 왜 스위스 은행의 돈을 바이스로이에게 지급하려 했던 거요?"

"우리도 그 점이 가장 의심스러웠습니다. 그래서 깊이 침투해 알아본 결과 그 돈은 바이스로이의 과학자들을 사려는 용도로 한국이 지불하는 것이었습니다."

"과학자들을 사서 무슨 일을 하려고 했다는 거요?"

"놀라지 마십시오. 제라르가 사려고 했던 과학자들은 모두 나노 반도체를 전문으로 연구하는 한국인들이었습니다. 제라르는 그들을 모두 한국으로 보내려 했습니다."

"한국으로요?"

"그렇습니다."

"왜 한국으로 보내려 했을까요?"

"아직 그것을 알아내지는 못했습니다. 하지만 추측을 할 수는 있었습니다. 한국에는 바로 삼성전자가 있기 때문입니다."

"그들이 삼성전자와 관련을 맺고 있다는 말이오?"

"그럴 가능성이 있습니다."

"그러나 삼성전자에도 우수한 연구원들이 있을 텐데. 나노 반도체에 대한 연구도 활발히 이루어지고 있을 테고."

"물론 그렇습니다. 그래서 우리는 더욱 불안한 겁니다."

국방연구소장이 끼어들었다.

"바이스로이의 과학자들이 삼성전자의 연구원들과 합쳐서 연구를 한다면 만만치 않은 결과가 나올 수 있겠지요?"

"그렇습니다. 그런 대단한 과학자들이 일시에 한국으로 간다는 것은 현재 그곳에 아주 획기적인 무언가가 있다는 얘기로 받아들일 수도 있습니다."

다시 대통령 수석고문이 비상한 관심을 보였다.

"획기적인 무언가라면?"

"즉각 나노 반도체를 만들어낼 수 있는 수준이 되었을지 모른다는 얘깁니다. 상대는 삼성전자니까요."

"음."

모두의 입에서 신음이 새어 나왔다.

"그래서 우리는 일단 제라르를 제거해야 했습니다. 바이스로이에게 돈이 넘어가기 전에 말입니다. 일단 그들의 계획을 중단시키기는 했지만 그 음모가 좌절됐다고는 볼 수 없습니다."

"제라르의 한국 쪽 파트너는 누구요?"

"아직 그자의 정체를 파악하지 못했습니다. 스위스 정부를 협박해 박정희 비자금을 받아내고, 바이스로이로부터 반도체 전문가들을 사들이고, 삼성전자와 힘을 합쳐 나노 반도체를 개발한다는 정도의 스케일이면 보통 사람이 아닙니다. 찾아내는 대로 제거할 생각이지만 아직 어떤 자인지 모르고 있습니다."

안전보장회의 사무국장이 심각한 표정으로 물었다.

"삼성전자를 그냥 내버려둘 수는 없는 노릇 아닙니까? 한 번이라도 그런 움직임이 있었다면 앞으로도 그런 위험은 상존한다는 얘기니까요."

"그렇습니다. 지금 인텔이 개발한 극소형 반도체, 즉 나노 반도체는 매우 위험한 물건입니다. 핵무기의 원료인 플루토늄보다 훨씬 위험합니다. 하지만 삼성전자의 연구 개발을 막을 수는 없는 노릇입니다. 반도체는 플루토늄처럼 통제할 수 없다는 건 다들 아시는 바와 같습니다."

좌중의 참석자들은 다시 한 번 새로운 개념의 무기를 곱씹었다. 이제는 리비아나 이라크를 감시하는 것으로는 어림도 없다는 생각이 들었다. 민간 회사를 감시하고 통제해야 하는 아주 새로운 전쟁을 시작해야 하는 것이다.

"큰일이군요. 삼성전자를 어떻게 해야 할지 모르겠군요. 이라크나 리비아라면 간단하지만, 민간 회사를 어떻게 한단 말이오?"

"우리는 이미 모종의 대책을 수립해 실행에 들어갔습니다. 성과가 나오는 대로 다시 보고하겠습니다."

수석고문은 흡족한 눈길을 특수공작국장에게 보내며 회의를 정리했다.

"아아, 물론 군사적 타격을 가하는 방법은 아니오. 민간 회사를 처리하는 방법은 따로 있으니까."

좌중에 웃음이 일었다.

"자, 오늘 회의는 일단 이것으로 끝냅시다."

회의를 끝내고 유리방을 빠져나가던 수석고문은 자신에 찬 눈빛을 특수공작국장의 얼굴에 던졌다.

위험한 투자자들

의림은 준우가 남긴 데이터들을 정열적으로 훑고 또 훑었다. CD뿐만 아니라 준우 주변을 온통 헤집고 다니면서 삼성전자와 관련한 그의 행적을 추적하는 데 전력을 경주했다. 하지만 준우는 주변의 누구에게도 자신이 찾고자 하는 목표와 관련해서 입을 연 적이 없었다. CD 역시 마찬가지였다. 준우는 삼성전자와 관련한 자료를 너무 많이 뽑아놓아 뭐가 뭔지 도저히 알 수 없었다.

"선배는 성과가 있어요?"

저녁에 만난 한별 역시 풀이 죽은 모습이었다.

"준우가 외국인 투자자들을 취재하기 위해 미국에 가고 싶어 했다는 말을 들은 적이 있어서 뭔가를 쉽게 알아낼 수 있을 것으로 생각했는데, 생각대로 잘 안 되는군."

"저두요."

한별이 고개를 끄덕였다.

"틀림없이 외국인 투자자들과 관련이 있을 텐데……."

"어쩌면 이 일은 한두 명의 투자자가 아니라 많은 투자자들과 동시에 관련이 돼 있을지도 몰라요."

"도대체 누구와 어떤 관계가 있는지 알 수가 없으니……."

"이준우 선배에게도 쉽지는 않았을 거예요."

"북학인도 모르는 일이라고 하니 어디 물어볼 데도 없고."

"선배, 자꾸 편하게 살려고만 하지 마요. 힘들어도 직접 해야죠."

"김 기자, 나하고 결혼하려고 그래?"

한별은 뜻밖의 말에 놀란 모양인지 목소리가 높아졌다.

"네?"

"자꾸 남편 교육시키려는 듯한 말만 하니까 그렇지. 혹시 결혼하면 자기 편하려고……."

"치이."

의림의 농담에 잠시 놀랐던 한별은 한참 무언가를 생각하다 고개를 끄덕였다.

"뭔가 떠올라?"

"아니, 우리가 너무 안이하게 생각하는지도 몰라요."

"무슨 말이지?"

"우리는 투자자들과 삼성전자의 관계만을 조사했잖아요. 주식 매매라든지 하는 것들만 말이에요."

"그랬지."

"어쩌면 투자자들 자체를 조사해볼 필요가 있을지도 몰라요."

"삼성전자와 상관없는 부분까지도 조사하잔 말인가?"

"네, 그래야 할 것 같은 예감이 강하게 들어요. 이준우 선배의 CD에는 삼성전자와 관계없이 투자자들의 회사에 대한 정보도 가득 들어 있었어요."

"그랬지."

"그게 뭘 말하는 거죠?"

"글쎄……."

아무래도 경제부 기자인 한별에 비해 사회부 기자인 의림은 그 분야의 두뇌 회전이 느렸다.

"아직 드러나지 않은 어떤 음모가 있다면 삼성전자와의 직접적인 관계는 오히려 깨끗할지도 몰라요. 그러나 여러 투자자들에게서 공통적 요소가 나온다면 그게 오히려 더 음모적이라는 거죠."

"삼성전자의 투자자들에게서 나오는 공통적 요소라……."

"네. 어쩌면 아주 쉬운 일일지도 몰라요. 이준우 선배가 워낙 많은 자료를 조사해두었으니까."

다음 날 의림은 한별의 전화를 받고 다시 한 번 기대 어린 마음으로 그녀의 자리로 갔다. 늘 침착하고 조용하던 한별은 약간 들떠 있는 모습이었다.

"선배, 혹시 뭐 찾아낸 거 있어요?"

"아니, 없어. 워낙 자료가 많아서……."

"그럴 줄 알았어요. 하긴 경제 분야의 문외한에게는 쉬운 일이 아닐 거예요."

의림은 한별의 말투로 보아 그녀에게 성과가 있었다는 사실을 짐작할 수 있었다.

"뭐 좀 알아낸 모양이지?"

"네. 아주 무서운 일이 진행되고 있는 것 같아요."

준우를 죽음으로 몰아넣었던 이유가 이제 밝혀질지도 모른다는 생각에 의림은 정신이 번쩍 들었다.

"무서운 일이라구? 그게 뭐지?"

"이걸 보세요."

한별은 컴퓨터에서 자신이 만들어둔 도표를 열어 보였다.

"이 회사들을 보세요. 삼성전자의 주식을 보유하고 있는 미국의 회사들이에요."

의림은 모두 열 개의 회사들이 약 40퍼센트에 달하는 삼성전자의 주식을 보유하고 있는 것으로 나타난 도표를 보는 순간 깜짝 놀랐다.

"세상에!"

"현재 삼성전자의 주식 보유 비율을 보면 외국인 비율이 정확하게 60퍼센트예요. 여기 보세요. 이 중 독일과 일본계 자금이 7퍼센트를 갖고 있고 나머지는 모두 미국 자금이에요. 53퍼센트."

"그렇군."

"이 도표는 상위 열 개 회사의 삼성전자 주식 비율을 보여주는 거죠."

"대단하군. 언제 외국인들이 이렇게 삼성전자 주식을 많이 사들였지?"

"삼성전자의 실적이 좋으니 한국에 주식 투자하러 들어온 자금은 당연히 삼성전자를 선호하게 되어 있어요. 하지만 이들이 보유하고 있는 주식의 대부분은 지난 IMF 때 헐값으로 사들인 거죠. 말도 안 되는 싼 가격에 말이에요."

차분한 성격의 한별도 흥분이 되는 모양이었다.

"문제는 돈을 못 가진 노동자들이야. 전에는 회사에서 물건을 만들어 이익이 남으면 회사 측과 노동자가 나누었지만, 이제는 여기에 외국인 자본가가 가세하고 있단 말이지. 그러니 노동자의 몫이 줄어들 수밖에."

의림 역시 열이 올랐지만 다시 원래 문제로 돌아갔다.

"우선 가치판단은 뒤로 미루고 그 음모의 일단부터 찾아보는 게 어떨까?"

"저는 이미 찾았어요."

"뭐? 어떻게?"

"이걸 봐요."

한별은 도표의 밑에 있는 종이를 빼 의림에게 밀어놓았다.

"이준우 선배는 정말 날카로운 기자였어요. 이 자료는 이 회사들이 최근 보여준 특이한 변화를 조사한 거예요."

의림은 자료를 꼼꼼하게 살폈으나 별다른 느낌을 얻을 수 없었다.

"의미를 파악하지 못하겠는데."

"그럴 수도 있을 거예요. 경제 분야에 전문이 아니면 알아보기 힘들 수도 있어요. 머리가 좋은 사람이라면 분야에 상관없이 알아보겠지만……. 제가 설명을 해드릴게요."

의림은 한별을 만난 것은 천운이라는 생각이 들었다. 혼자라면 아무것도 할 수 없었을 것이란 생각이 들자 한별의 농담조차 소중하게 귀에 들어왔다.

"이 회사들의 중요한 영업상 변화예요. 이 열 개 회사에 공통되는 어떤 특징이 있단 말이에요. 어제 우리가 찾아내야 한다고 생각했던 바로 그 공통적 요소가 이 자료에 있어요. 이준우 선배는 각고의 노력 끝에 이걸 알아냈던 거죠."

"어떤 공통적 요소지?"

"이걸 보세요. 시티은행은 삼성전자의 주식을 10퍼센트나 보유하고 있어요. 삼성그룹 전체가 보유하고 있는 7퍼센트보다 많아요. 그런데 이 회사의 영업적 변화를 보세요. 석 달 전에 미국 공무원 연금의 30퍼센트가 새로이 이 은행의 투자 자금으로 들어갔어요."

"음."

"그리고 트러스트뱅크. 역시 재향군인회 적립금이 모두 이리로 옮겨왔어요. 다음은 골드만삭스, 그다음은 모건스탠리. 다 비슷해요. 최근 몇 개월 사이에 엄청난 액수의 미국 정부 자금이 이 회사들로 흘러들어 갔어요."

"그렇다면 어떤 해석이 가능할까?"

"특혜예요. 법적으로 하자가 없는 자금들이지만 최고 권력자, 혹은 그 측근이 크게 배려해야 가능한 자금들이 모두 이 회사들로 들어갔어요. 삼성전자의 주식 보유율이 높은 회사들로 말이에요."

"여기서 우리는 무엇을 읽어내야 하는 거지?"

"만약 이것이 음모라면, 삼성전자의 지배주주들을 누군가가 규합하고 있다는 얘기예요."

"지배주주들을 규합해 무엇을 하려는 걸까?"

"어떤 종류의 영향력을 행사하려 들겠죠. 그것이 무엇인지는 아직 알 수 없지만."

드러나는 음모

대통령 수석고문 마운튼 볼의 요청에 따라 CIA의 유리방에 모인 사람들 중에는 지난번과는 다른 면면이 섞여 있었다. 펜타곤의 핵심 인물들이 모였던 지난번과는 달리 이번에는 주로 경제 관련 부서의 인물들이었고, 월스트리트를 주름잡는 자본가들도 몇 사람 있었다. 이미 다른 방에서 브리핑을 받고 온 사람들이 자리를 다 채우자 수석고문이 나직하지만 힘 있는 목소리로 입을 열었다.

"여러분들은 지난 80년대의 포클랜드 전쟁을 기억할 거요. 당시 아르헨티나는 국력이 충만했지만 영국에 일방적으로 패배했소. 그런데 아주 획기적인 사태가 발생했소."

수석고문은 좌중을 돌아보며 천천히 서론을 열어나갔다.

"해군의 나라 영국이 세계에 자랑해 마지않던 셰필드 구축함이 프랑스의 엑조세 미사일 한 방에 날아가 버린 거요. 그 비싼 배가 단 한 방의 수중 미사일에 말이오."

사람들은 그때의 기억이 생생한지 고개들을 끄덕였다.

"지난 9·11테러 때도 그 거대한 쌍둥이 빌딩이 민간 항공기의 충돌에 날아가 버리는 것을 보았을 거요."

수석고문은 서두르지 않고 천천히 자신의 얘기를 풀어나갔다.

"나는 미래의 전쟁이 어떤 양태로 변해갈 것인가를 깊이 생각해왔소. 왜냐하면 나는 재래식 전쟁의 불합리함을 무엇보다도 싫어하는 사람이기 때문이오. 인간이란 열악하고 조잡한 문명을 끊임없이 개선해온 존재요. 역사란 그런 시간이 쌓이는 것을 말함이 아니겠소? 모든 분야에서 인간의 문명이 발전해왔는데 전쟁만이 발전하지 말란 법은 없지 않겠소?"

월스트리트에서 온 자본가들은 흥미 있는 눈초리를 대통령 수석고문의 입술에 고정시켰다. 자신에 차 있는 그의 입술은 역시 자신에 찬 목소리를 내보내느라 연신 움직이고 있었다.

"저 친구들은 자신감이 너무 지나쳐."

한 투자자가 동료에게 비난 섞인 푸념을 내뱉었다.

"무슨 얘긴지 서론이 대단한데……."

"결국은 우리에게 무언가를 부탁해올걸."

사람들은 푸념을 하면서도 뭔가 매우 특별한 이 자리의 의미를 열심히 생각하는 중이었다.

"이젠 전쟁에서 인구가 많다거나 재래식 무기가 많다거나 하는 것은 더 이상 의미가 없소. 전쟁의 승패를 결정하는 것은 하이테크요."

사람들은 고개를 끄덕였다. 그들은 이렇게 쉬운 결론을 이끌어내는 데 수석고문이 너무 거창한 서론을 펼쳤다고 생각했다.

"그중 우리에게 너무 빨리 다가온 것이 바로 나노 반도체요. 나노 칩의 군사적 의미에 대해서는 방금 브리핑을 받았을 줄 아오. 제기랄! 과학기술은 언제나 사람이 못 쫓아갈 속도로 내닫는다니까. 그걸 쫓아가야 하는 인간의 운명도 이젠 정말 피곤할 지경이오. 하여튼 인텔이 최초로 나노 반도체를 개발한 것은 정말 행운이었소. 저 망할 놈의 북한이나 이라크가 그걸 개발했다면 세계는 아수라장이 될 뻔했소. 하지만 당장 인텔을 따라 나노 반도체를 개발해낼 가능성이 있는 업체가 있소. 바로 삼성전자요. 첩보에 따르면 한국의 누군가가 나노 반도체를 전문으로 연구하는 사람들을 모두 삼성전자로 집결시켜 일을 낼 가능성도 있다고 하오."

"그렇다면 세계 나노 반도체 연구자들의 이동을 통제하면 되지 않습니까?"

"물론 그렇게 하고는 있지만, 그런 방법은 늘 구멍 난 철조망 같은 거요. 어느 놈이든 기어 나가거든. 알겠소? 철조망의 운명이란 결국은 뚫려버리는 거요."

월스트리트의 자본가들은 머리가 아파오기 시작했다. 무슨 얘기든 일 분 안에 끝내버리는 그들에게 수석고문이 얘기를 풀어나가는 방식은 조급증이 나게 했다. 그래도 그들은 지그시 성질을 누르고 앉아 있었다. 상대방은 대통령 수석고문인 마운튼 볼이었다.

"삼성전자, 참 눈엣가시 같은 존재요. 그 회사가 있는 곳에서 승용차로 기분 좋게 한 시간만 달리면 바로 그 악의 축 북한이 버티고 있소. 그리고 그 위에 또 어떤 놈들이 있는지는 여러분이 너무나 잘 알 거요. 이제 이십 년 안에 미국을 추월한다는 미치광이들의 나라 중국이 있소, 중국 말이오."

수석고문은 중국이 곧 미국을 추월한다는 얘기에 신경질적인 거부감을 보였다.

"생각해보시오. 북한이나 중국 놈들이 미사일에 슈퍼컴퓨터를 붙여 뉴욕을 공격한다면 미국의 운명은 끝장이오. 슈퍼컴퓨터를 장착한 핵미사일을 생각해보시오. 불과 얼마 전만 해도 이 회의장 전체를 다 차지하던 크기의 슈퍼컴퓨터가 이젠 손목시계만 해진단 말이오. 당연히 값도 엄청나게 싸지는 거요. 그놈들은 모든 미사일에 슈퍼컴을 붙이고 핵탄두든 백색가루든 실어서 미국으로 보낸단 말이오."

"삼성전자를 북한이나 중국이 장악할 리는 없지 않습니까?"

"물론이오. 그런 일이 일어나선 안 되지. 하지만 불안하기 짝이 없소. 남한과 북한이, 아니면 남한과 중국이 또 어떤 거래를 할지 모르는 일 아니오. 지금 한국의 대통령이 펼치는 햇볕정책이란 건 결국 북한이나 중국과 가깝게 지내자는 얘기 아니오? 우리는 절대로 삼성전자를 그냥 둘 수 없소."

대통령 수석고문은 잠시 말을 끊었다. 사람들은 이제야 그가 결론을 내놓는다고 생각했다.

"생각에 생각을 거듭한 결과 우리는 완벽한 방법을 생각해냈소. 그래서 여러분들을 이 자리에 모신 거요."

사람들이 모두 심각한 표정으로 수석고문의 입술을 주시했다.

"삼성전자를 우리가 장악해버리는 거요. 바로 M&A를 통해서 말이오."

"으음."

사람들의 입에서 신음이 터져 나왔다. 과연 그게 가능할 것인가. 타이거 펀드를 운용하는 미리엄은 몇 년 전의 일을 떠올렸다. 한국에 IMF가 터졌을 당시 삼성전자의 경영권을 장악하기 위해 몇몇이 마이애미의 요트에서 회의를 열었던 일이 있었다. 가장 적은 돈을 들여 삼성전자의 경영권을 장악할 절호의 기회였지만 불가능한 것으로 결론이 났었다. 그런데 지금 삼성전자가 강대할 대로 강대해진 마당에 삼성전자의 경영권을 탈취한다? 미리엄은 고개를 가로저었다. M&A로 경영권을 탈취하기에는 삼성전자는 이미 너무나 거대한 회사였다.

"물론 쉬운 일은 아니오."

강한 의지 하나로 몇 대의 대통령을 거친 수석고문은 의욕에 찬 눈길을 번득거렸다. 그의 힘 있는 목소리가 유리방의 공간에 울려 퍼졌다.

"하지만 우리가 힘을 합한다면 얼마든지 가능한 일이오."

수석고문은 인터폰을 눌렀다. 그러자 유리문이 열리며 한 사람이 당당한 자세로 걸어 들어왔다. 짙은 눈썹에 움푹 들어간 눈매는 그가 매우 강한 의지를 가진 사나이라는 것을 나타내고 있었다. 그는 자신감에 찬 표정으로 손을 들어 좌중의 아는 사람들에게 인사를 했다.

"제임스 코크란. 미국 제일의 M&A 전문가요. 모두들 아시리라 믿소."

미리엄은 코크란을 보는 순간 야릇한 흥미가 생기는 것을 느꼈다. 뭔가 일이 볼만하게 되어간다 싶었다. 저 사나이라면 혹시 해낼지도 모른다는 생각이 드는 순간 코크란의 힘찬 목소리가 들렸다.

"삼성전자, 힘이 넘치는 회사입니다. 이제는 세계 일류의 초우량 기업입니다. 더욱이 최근의 도약은 괄목할 만합니다. 작년에 이 회사는 삼백억 달러 매출에 삼십억 달러의 흑자를 올렸습니다. 우리 미국의 대표적 기업들이 죽을 쑤던 바로 그 시기에 말입니다."

코크란의 입에서 흘러나오는 목소리를 들으며 사람들은 묘한 기대감에 사로잡혔다. 불가능한 만큼 이 거대한 작전에 참여하고 싶다는 생각이 더 커지는 것이었다. 사실 삼성전자는 정말 먹고 싶은 떡이었다. 하지만 도저히 입에 넣을 수 없는 떡이었다. 그러나 지금 이 순간 어쩌면 이 거대한 떡을 먹어볼 수 있을지도 모른다는 야릇한 기대감이 좌중을 사로잡고 있었다.

"삼성전자의 총 주식 수는 1억 7,600만 주, 회장 이건희는 0.1퍼센트인 17만 주를 갖고 있습니다. 삼성그룹이 7퍼센트, 기타 삼성에 우호적 세력이 갖고 있는 주식이 약 10퍼센트, 모두 17퍼센트의 힘으로 이건희는 삼성전자를 장악하고 있는 것입니다."

"음, 17퍼센트라……."

미리엄은 머리를 빠른 속도로 돌렸다.

"하지만 삼성전자는 막대한 현금을 보유하고 있습니다. 만약 문제가 일어날 조짐이 보이면 그들은 현금을 풀어 주식을 마구잡이로 사들일 것입니다. 뿐만 아니라 현금 동원력에서 한국 제일인 삼성생명과 삼성화재를 필두로 한 삼성그룹의 막강한 계열사들이 가세할 겁니다. 이들은 만약의 경우 일본에서 단기자금을 거의 무한정 빌려올 수 있습니다. 보수적인 일본의 금융계에서도 삼성그룹만큼은 단연코 신용도가 최고니까요."

미리엄은 다시 고개를 가로저었다. 역시 삼성전자는 먹기 힘든 떡이라는 생각이 머리를 채워오는 것이었다.

"더욱이 이 한국이라는 폐쇄적인 나라에서는 엉뚱한 일이 생길 가능성도 큽니다."

"엉뚱한 일이라면?"

아메리칸생명의 회장이 눈을 빛내며 물었다. 세계 금융계를 주름잡는 그도 나름대로 머리를 돌리던 중이었다.

"지난번 IMF가 터졌을 때 한국인들이 자발적으로 금 모으기를 하는 걸 봤을 겁니다. 이게 한국을 쉽게 볼 수 없는 점입니다. 지구상의 오직 한 나라, 한국만이 시장의 원리가 아닌 이상한 감정에 의해 움직입니다. 이 점은 지금 경제학자들이 분석 중입니다만, 이런 이상한 현상 때문에 한국인들의 총 주식 보유 비율도 염두에 두어야 합니다."

"한국인들이 갖고 있는 주식 수를 염두에 넣어야 한다? 그것 참 이해할 수 없는 얘기군."

"이해해야 합니다. 그 나라에서는 어쩌면 삼성전자 지키기 운동이 일어날지도 모릅니다. 한국인들이 범국민적 차원에서 삼성전자를 지키자는 식으로 나올 수 있다는 얘깁니다. 그 회사는 한국에서 매우 큰 비중을 차지하고 있는 데다가 상징성이 있습니다. 삼성전자의 경영권이 외국인의 손에 넘어간다고 했을 때 모두들 금 모으기 식으로 달려들 수도 있습니다."

"삼성전자의 주식은 얼마 정도요?"

"약 삼백 달러 정도로 보면 됩니다."

"그렇다면 삼성전자 주식을 약간이라도 보유하고 있으면 부자라는 얘긴데, 부자들이 시장 논리에 따르지 않고 감정에 따라 움직인단 말이오? 그런 일은 이 지구상에서는 있을 수 없소."

"아닙니다. 한국은 부자들도 특별한 종류의 감정에 휩쓸릴 때는 보통 사람들과 같이 행동을 합니다. 그들은 우리와는 다른 특별한 가치관을 갖고 있습니다."

"하여튼 그렇다 치고, 한국인들이 보유하고 있는 주식 비율이 어느 정도나 된단 말이오?"

"약 40퍼센트입니다. 아까 제가 얘기한 삼성그룹, 혹은 삼성전자에 우호적인 주식 보유자들 17퍼센트를 빼면 일반 투자자들이 가지고 있는 주식은 약 23퍼센트입니다. 이들 중 어느 정도가 삼성전자 지키기에 동참할 것이냐가 우리 작전의 변수 중 하나입니다."

"삼성전자 지키기라? 그것 참."

"최악의 경우를 가정하는 것뿐입니다."

"그래요, 그건 당신이 잘하는 거요. 이런 큰 전쟁에 최악의 경우를 가정하지 않을 수 없지. 그럼 어느 정도가 최악의 경우인 삼성전자 지키기에 동참할 것 같소?"

"일단 삼성에서도 미친 듯이 주식을 사 모을 것입니다. 제 판단으로는 약 5퍼센트 정도는 삼성이 가져갈 테고, 눈앞에 보이는 돈을 마다한 채 주식을 팔지 않고 보유하고 있어주는 사람들이 최대 3퍼센트까지 될 가능성이 있습니다."

"3퍼센트라면 금액으로는 얼마가 되지요?"

"지금은 약 십오억 달러 정도지만 M&A가 붙으면 두 배 혹은 세 배까지 뛸 걸로 봅니다."

좌중의 참석자들은 내심 크게 놀라고 있었다. 코크란의 음성에 실려 나오는 얘기는 도대체 이해가 가지 않는 것이었다. 하지만 그들은 IMF 때의 금 모으기 운동을 생생히 기억하는 터라 이 점이 크게 마음에 걸렸다. 정밀한 계산을 생명으로 하는 M&A에 이런 이상한 변수가 등장한다는 사실을 이들은 참을 수 없었다.

"웃기는군. M&A가 붙으면 주식 보유자들이 모두 한몫 보겠다고 벌떼같이 몰려들게 마련인데…… 번연히 벌리는 돈을 마다하고 기업 지키기에 나선다? 하하하, 세상엔 별 이상한 인간들이 다 있군."

누군가가 계산되지 않는 이상한 변수에 화가 난 듯 비아냥거리는 웃음을 터뜨렸다.

"챌린저 회장, 그들을 비웃으면 안 돼요."

"웃기는 건 웃기는 거 아니오? 시장 원리와 거꾸로 가는 부자들이라니."

"챌린저 회장, 나는 지금 코크란 씨의 말을 들으며 일종의 부끄러움을 느끼고 있었소. 그 사람들이 돈에 우선하는 가치관을 가졌다는 게 위대하지 않소? 그런 사상이 이곳 미국에 있을 수 있소? 우리들은 철저히 자본의 논리에 묶인 포로가 아니오? 사실 나는 지난번 한국 IMF 때도 한없이 부끄러웠소. 우리야 모두 그 상황을 이용해 돈을 크게 벌었지만, 그때 그 사람들이 결혼반지까지 빼서 나라를 위해 내놓는 걸 보고 충격을 받았소. 나는 결국 그때 번 돈을 투자 형식으로 한국에 되돌려주고 말았소."

"윌리엄 회장은 그 유치한 감정에 전염되었단 말인가요?"

"뭐요? 감히 내게 그런 식으로 말하다니!"

윌리엄은 자리에서 벌떡 일어섰다.

"나는 이 일에 관여하지 않겠소. 이건 그 나라 국민의 돈을 빼앗는 비열한 짓이오."

"흥, 당신이 번 돈 거의 대부분이 멕시코나 아르헨티나에서 온 거란 사실을 잊었소? 지금 와서 갑자기 감상주의자가 됐단 말이오?"

"사람들이 다르잖소? 모두 달러로 바꿔 외국으로 돈을 빼버리는 사람들하고, 결혼반지를 빼서 내놓는 사람들하고는. 나는 그때 분명 충격을 받았소. 한평생 돈만을 신봉하고 살아왔던 내가 부끄러워졌단 말이오. 나는 더 이상 힘없는 나라의 돈을 빼오는 일은 하지 않겠소."

"후후, 그건 마음대로 하시오. 하지만 나는 그럴수록 더 한국인들의 추악한 꼴을 보고 싶소. 흐흐, M&A가 벌어져 거액이 바로 수중에 들어오는데도 삼성전자 지키기 운동이 벌어진다구? 그건 잠시일 뿐이오. 인간은 돈 앞에서는 약한 존재요. 이건 진리요."

"어쨌거나 나는 가겠소."

윌리엄은 마지막 한마디를 내뱉고 뚜벅뚜벅 걸어 나가버렸다. 대통령 수석고문은 윌리엄의 뒷모습을 바라보며 싸늘한 음성으로 물었다

"보안은 유지하실 테지요, 윌리엄 회장?"

윌리엄 회장은 걸음을 멈추고 뒤를 돌아다보았다. 그의 눈매에 분노가 서려 있었다.

"그런 식으로 나를 모욕하지 마시오. 한평생을 그놈의 보안으로 살아온 사람이니까."

"알고 있습니다. 이해하십시오."

수석고문은 손을 내밀었고 윌리엄 회장은 수석고문과는 적이 되고 싶지 않다는 뜻을 확실히 표하는 동작으로 손을 흔들고는 돌아서서 방을 나갔다. 수석고문은 그가 사라지자 약간 조롱기가 섞인 음성으로 좌중을 향해 물었다.

"더 나가실 분은 없습니까?"

"없소. 계속하시오."

"저 미친놈 때문에 아까운 시간만 흘러갔잖아."

한평생 돈을 다루며 살아온 이들은 이런 일쯤은 안중에도 없다는 듯 즉각 눈길을 코크란에게 되돌렸다.

"한국인들의 그런 성향을 고려할 때 이건희는 최대 약 25퍼센트 정도의 비율을 확보할 수 있을 걸로 보입니다."

"음, 우린 그 이상한 변수 때문에 막대한 부담을 져야 한다는 얘기군. 그런데 당신의 계획은 어떤 거요?"

"워낙 금액이 막대하고 큰 싸움이기 때문에 시간이 흐르면 흐를수록 우리는 불리합니다. 우리 쪽의 단결이 와해될 수도 있고 적에게 여러 가지 카드를 허용하게 될 수도 있기 때문입니다. 그래서 우리는 상상하지도 못할 강력한 힘으로 기습 공격을 하려 합니다."

"상상하지도 못할 강력한 힘으로 기습 공격을 한다?"

"그렇습니다. 그들은 경영권 방어를 위해 온갖 장치를 다 해 두었습니다. 따라서 우리는 가장 단순한 방법으로 가장 무식하고 빠르게 치고 들어가야 합니다."

"주총을 열어 이사 해임 결의를 하잔 말이오?"

"그렇습니다."

"대표이사 이건희도?"

"물론입니다."

"그러려면 우리가 50퍼센트를 가져야 한다는 얘기가 아닌가?"

"그렇습니다. 그들이 최대 25퍼센트를 가진다고 봤을 때 우리는 50퍼센트를 가져야 이사 해임 결의를 하고 우리 측의 인물들로 이사회를 구성할 수 있습니다."

"50퍼센트라……. 삼성전자의 50퍼센트를 가진다는 게 가능할까?"

"할 수 있습니다. 우리 미국의 기업과 투자자들이 가진 주식이 정확하게 53퍼센트입니다. 나머지 7퍼센트는 일본과 유럽계 자금이 가지고 있습니다."

"아무리 미국 회사나 투자자라 하더라도 삼성전자와 깊은 관계가 있는 사람들이 있을 텐데 위임장을 쉽게 써줄까?"

수석고문이 챌린저의 의구심을 풀어주려는 양 끼어들었다.

"챌린저 회장, 이것은 테러와의 전쟁이오. 그냥 두면 우리 미국은 아무런 힘도 없는 늙은 암캐가 되어 난롯가에나 웅크리고 있어야 한단 말이오. 아무도 그런 미국을 원치 않소. 게다가 우리는 그동안 암암리에 손을 써왔소."

"무슨 손을 써왔단 말이오?"

"이 자리에서 구체적으로 말할 수는 없지만, 우리는 미국 자본은 물론 모든 외국 자본에 대해 너그럽게 배려했소."

"말하자면 특혜를 줬단 말이군요?"

"그렇소. 챌린저 회장의 펀드에도 체신연금을 맡긴 것으로 아는데……."

"그게 정부의 특혜였소?"

"그렇소. 다른 사람들도 모두 비슷한 혜택을 받았을 거요. 뿐만 아니라 일본과 독일의 자금에도 여러 형태의 배려를 했소. 직접자금도 충분히 준비해두었소."

"얼마를 가지고 있는 거요?"

코크란이 끼어들었다.

"우리는 장내에서 이십오억 달러를 투입해 4.9퍼센트를 사들일 것입니다. 물론 한국인이 가지고 있는 지분입니다. 그러면 한국인은 모두 35퍼센트를 가지게 됩니다. 삼성 쪽을 더 압박하자는 얘깁니다. 하지만 장내에서 삼성의 주식을 살 때에는 아주 조심해야 합니다. 다행스럽게도 여러분 모두 삼성전자의 주식을 사고팔았기 때문에 여러분들을 통해 주식을 매입한다면 의심을 받지 않을 것입니다. 여러분, 어떻습니까? 우리는 경영권을 장악할 수 있는 모든 준비를 마쳤습니다."

위너스 펀드의 조지프 회장이 주위를 살피며 이의를 제기했다.

"내가 보기엔 문제가 있는 것 같소."

"네, 말씀하십시오. 무슨 문제든 미리 얘기하는 것이 좋습니다."

"여기에 지금 시티은행의 회장이 안 보이는 것 같소. 내가 알기론 시티은행도 삼성전자의 주식을 상당히 보유하고 있는데……."

"잘 지적했습니다. 시티은행은 독자적으로 삼성전자의 주식을 10퍼센트나 가지고 있고, 지배주주로서 삼성전자로부터 보이지 않는 여러 가지 편의를 제공받고 있습니다. 그래서 아마 이 자리에 안 나온 걸로 압니다. 하지만 시티은행이 삼성 측에 위임장을 써주는 일은 없을 겁니다."

"그건 염려 마십시오."

목소리의 주인공은 CIA 특수공작국장이었다.

"시티은행은 우리가 맡고 있습니다. 현재 일이 잘 진행되고 있습니다. 곧 위임장을 보내올 겁니다."

"그렇다면 만사 오케이입니다. 우리는 다양한 작전을 펼칠 수 있습니다."

코크란의 목소리는 경쾌하기만 했다. 신중한 조지프 회장이 코크란의 목소리와 대비되는 무거운 음성으로 물었다.

"내 생각에도 일이 잘될 것 같소. 하지만 세상의 일이란 뜻하지 않게 실패할 수도 있는 법이오. 만약 우리 자금에 피해가 발생한다면 어떻게 할 거요?"

"염려 마시오."

다시 수석고문이었다.

"지금 현재의 주가대로 보상하겠소. 물론 앞으로도 정부에서 여러분의 사업을 진지하게 관찰할 거요."

회의가 끝날 무렵 미리엄은 그토록 먹을 수 없을 것 같던 삼성전자라는 떡이 이제 코앞에 다가와 있다는 느낌이 들었다.

코크란이 경쾌하기 짝이 없는 목소리로 회의의 말미를 장식했다.

"이제 곧 삼성전자의 주가를 최대한 떨어뜨리겠습니다. 주가가 요동을 쳐야 소리 없이 대량 거래가 이루어집니다. 아 참, 또 하나 있습니다. 이 작전이 순수한 민간의 M&A로 비치도록 우리는 다소 복잡한 테크닉을 구사할 겁니다. 우리는 정부를 보호해야 하기 때문입니다. 즉, 5퍼센트의 지분은 시장을 통하지 않고 삼성 측에 팔 수 있습니다. 물론 아주 높은 가격에 말입니다. 그들이 5퍼센트를 사고 안심하는 순간 주가는 대폭락합니다. 삼성은 이런 흔들기를 두 번은 견뎌낼 수 없습니다. 이것이 M&A의 진정한 기법입니다."

그로부터 며칠 후 서울의 애널리스트들은 삼성전자에 대한 비관적 전망을 내놓기 시작했다. 이에 따라 외국인들이 대거 주식을 쏟아내자 국내의 기관이나 개인 투자자들이 곧 뒤를 따랐다. 인텔의 M램 개발로 이제 삼성의 반도체는 끝났다고 생각하는 사람들의 심리는 투매 양상까지 불러일으켰다. 엄청난 매물이 시장에 쏟아졌으나 사자고 하는 세력이 없어 삼성전자의 주가 하락은 날이 갈수록 폭이 커졌다. 게다가 미국 쪽에서 나오는 갖가지 불길한 정보는 당장 삼성전자가 몰락할 것 같은 느낌마저 주고 있었다.

월스트리트 피닉스 펀드의 해외투자 담당 매니저인 새뮤얼슨은 회장의 호출을 받았다.

"서울의 삼성전자 주식을 닥치는 대로 사."

"얼마나 말입니까?"

회장이 한 손을 펴 보였다.

"오천입니까?"

회장은 고개를 저었다.

"오억."

"으음."

새뮤얼슨의 입에서는 자신도 모르게 신음이 흘러나왔다.

오억 달러.

아무리 자신이 있는 주식이라도 이렇듯 막무가내로 사들일 수는 없는 일이었다. 새뮤얼슨은 직감적으로 이것은 작전이라는 생각이 들었다. 그런데 과연 누가 이 시점에서 삼성전자의 주식을 매집할 수 있단 말인가. 지금 삼성전자의 주가는 아래로 곤두박질치고 있는 중이었다. 새뮤얼슨은 머리를 굴렸다.

어떤 확실한 정보가 있지 않고서는 회장이 이렇듯 무모하게 주식을 사들이지는 않을 것이었다.

"회장님, 무슨 정보가 있습니까?"

"……."

회장은 말이 없었다.

"어떤 가격대에서 살까요?"

"무조건 시장가에 사."

"알겠습니다."

새뮤얼슨은 회장이 도대체 어떤 정보를 갖고 있는지 알기 위해 여러 가지로 말을 붙여보았지만 회장의 입은 굳게 닫힌 채였다. 새뮤얼슨은 회장실을 나오며 한숨을 내쉬었다. 평생 주식을 해왔지만 이런 식으로는 한 번도 해보지 못한 자신에 대한 한탄이었다. 언제나 이렇게 무식하고 엉뚱하게 하는 자들이 떼돈을 긁는다는 것을 늘 봐오던 터였다. 하지만 새뮤얼슨은 자신이 이번에도 구경만 할 뿐이라는 사실을 너무도 잘 알고 있었다.

새뮤얼슨은 모니터를 보며 삼성전자의 주식을 검토하기 시작했다. 한국의 증권가에서는 삼성전자의 주식이 날이 갈수록 떨어지고 있었지만 그 와중에도 끊임없이 주식을 사 모으는 세력들이 있었다.

검은 재회

앨런 마이크로닉스의 이동우 박사는 미국 여행 중 숙소로 배달된 한 장의 편지를 보면서 입가에 미소를 떠올렸다.

리, 오랜만이오. 리의 소식은 뉴스 등을 통해 자주 듣고 있소. 역시 학교 때부터 남다른 데가 있더니 리는 이 분야에서 최고의 실력을 보여주는군. 리를 만나서 의논하고 싶은 일이 있어 뉴욕으로 갈 거요. 리가 이 편지를 볼 때면 아마 뉴욕에 도착해 있을지도 모르겠소. 연락하겠소.

편지는 유학 시절 연구실에서 자주 같이 밤을 새우곤 하던 지도교수 칼슨 박사로부터 온 것이었다. 짧은 내용이었지만 편지를 다 읽고 나자 가슴 저편에 묻어두었던 아련한 기억이 되살아나 이동우 박사는 자리에서 일어나 스카치를 한 잔 따랐다. 목구멍을 타고 넘어가는 온더록스 잔에 자신의 얼굴이 비쳤다. 그리고 그 얼굴 너머 자욱한 안개 사이로 서서히 다가오는 자신의 옛 모습이 있었다. 아니, 그것은 비단 자신만의 모습은 아니었다. 외국에서 죽을힘을 다해 공부를 하면서 일본을 꺾고 미국을 추월하려 모든 걸 바치던 과학도들이 같이 겪었던 세월이었다.

쏴아.

쫘르르르.

꽝.

해변으로 밀려오는 파도를 바라보는 세 젊은이들은 여느 때와는 달리 깊은 상념에 잠겨 있었다. 짧지 않은 시간이 흘렀지만 누구 한 사람 말문을 여는 사람이 없었다. 세 사람은 파도가 밀려오는 저 먼 곳을 응시하며 제각기 생각을 정리하고 있었다.

"가토, 이제 결론을 내렸어?"

애정이 담긴 아름다운 목소리였다. 약간 시간이 지나서야 가토라고 불린 청년이 무겁게 입을 열었다.

"그래."

"어떻게 할 거지?"

"일본전기로 간다."

"일본전기?"

"그래."

"왜 그리로 가지? 후지쓰나 히타치가 더 나을 거라 그랬잖아."

"그건 그래."

"그런데 왜?"

"나는 미래를 보는 거야. 미래에는 일본전기가 더 나을 거야. 아니 더 낫게 만들 거야. 내가, 이 가토 유키나가가 일본전기를 일본 최고의, 아니 세계 최고의 반도체 회사로 만들 거야."

가토의 얼굴에 결연한 의지가 비쳤다. 표정뿐만이 아니었다. 이 젊은이는 목소리마저 비장했다.

"너는 언제나 너무 진지한 게 탈이야. 어디 전쟁에라도 나가는 사람 같잖아."

아름다운 목소리의 주인공인 스테파니가 얼굴을 찡그리면서 불평했다.

"내 인생을 가르는 순간인데 어떻게 진지하지 않을 수 있어?"

"그건 그래."

스테파니는 이내 가토를 이해한다는 듯한 표정을 지으면서 이번에는 또 한 사람의 동양인에게 물었다.

"동우, 너는?"

동우라고 불린 청년은 팔짱을 낀 채 눈길은 먼 바다로 던지고 있었다. 아직 한창 나이인데도 약간 희끗희끗한 머리칼이나 깊이 들어간 눈매가 사려 깊은 인상을 주었다. 아까부터 무슨 생각엔가 사로잡혀 말없이 태평양을 응시하는 그의 모습은 어딘지 꽤나 고독해 보였다.

"얘!"

스테파니의 재촉을 받고 나서야 동우는 팔짱을 풀고 젊고 아름다운 스테파니에게 눈길을 돌렸다.

"응, 나? 나는 그냥 학교에 있을 것 같아."

"학교에?"

"그래."

이번에는 가토가 놀랍다는 듯이 끼어들었다.

"학교에? 학교에서 할 일이 뭐가 있어? 이미 학위도 다 받았는데."

"그냥, 갈 데도 마땅찮고 말이야."

"갈 데가 마땅찮다고? 네 실력이면 이 세상천지에 못 갈 데가 어디 있어?"

가토는 이해가 안 간다는 듯 목소리를 높였다. 동우는 얼마 전 IBM과 인터뷰하던 기억을 떠올렸다. IBM은 동우의 기록을 보고는 인터뷰를 요청했다. 동우의 기록이 워낙 좋았기에 인터뷰는 신체의 이상 유무 정도를 보는 간단한 것이었다. 하지만 동우에게는 마음에 걸리는 문제가 하나 있었다. 그것은 바로 회사의 기밀과 관련하여 동우에게 미국 국적을 취득하라는 IBM의 권유였다. 물론 미국 국적을 취득하지 않으면 채용할 수 없다는 식의 극단적인 얘기는 아니었지만 완곡하나마 미국 국적을 취득하라는 분명한 권유였고, 이것이 동우의 정서를 거슬렀다.

"너 일전에 얘기했던 그 문제로 망설이는구나."

"……."

스테파니로부터 동우가 망설이는 이유를 듣고 난 가토의 입에서 불만스러운 목소리가 튀어나왔다.

"양키 놈들, 그런다고 저네들이 일류 기술을 몽땅 독점할 수 있을 것 같아?"

그러면서도 가토는 자신의 꿈을 펼칠 수 있는 자국의 기업이 있는 게 자랑스러운 모양이었다. 스테파니가 애정이 담긴 권유를 해왔다.

"얘, 동우야. 이번 기회에 국적을 바꿔버려. 미국 시민이 되는 거잖아, 미국 시민. 이 세상 사람 모두가 미국 시민이 못 되어서 안달인데 너는 왜 그래? 너만 승낙하면 회사에서 다 도와줄 텐데."

"……."

동우는 말이 없었다. 스테파니는 위로한답시고 그렇게 말하는 것이겠지만, 자신은 미국 시민이 된다는 조건으로 취직을 하고 싶은 생각은 조금도 없었다. 물론 IBM에서 일하고 싶은 욕심이 없는 것은 아니었다. 아니, 오히려 자신의 꿈을 위해서는 반드시 IBM에서 일을 해야만 했다. 그래야 대학이나 연구소에서 다루는 이론들이 현장에서 어떻게 적용되는가를 알 수 있었다. 동우는 무엇보다도 현장을 보고 싶었다. 언젠가 고국인 한국에 돌아가 일할 때를 위해서라도 그건 꼭 필요했다.

"어쨌든 내일 졸업식이 끝난 후 좀 더 생각해보겠어. 내 일을 걱정해줘서 고마워. 스테파니, 근데 정작 너는 뭘 할 거지?"

"나는 TI로 갈 거야."

"TI라면 텍사스 인스트루먼트?"

"그래. 가서 메모리 반도체 연구를 하게 될 거야."

"좋겠군."

동우는 사실 두 사람이 부러웠다. 무엇보다도 두 사람에게는 돌아가서 마음껏 꿈을 펼칠 수 있는 자기 나라의 기업이 있었다. 그러나 자신에게는 지금부터 벌써 국적 취득이니 뭐니 하는 제한이 가해져 오고 있는 것이 아닌가.

물론 자신을 위해서는 미국 국적을 취득하는 것이 나쁠 리가 없었다. 미국 국적을 취득하고 그들 사회에서 같이 일하다 보면 자연히 그들과 어울리게 될 것이었다. 그리고 세월이 지나면 그들 사회에서 제법 비중 있는 인물로 부상할 테고, 한 인생 잘사는 데는 아무런 무리가 없을 것이었다. 그러나 동우는 미국에 있던 내내 한국을 떠나올 때 문교부의 한 나이 든 관리가 하던 말을 가슴에 품고 살아왔다.

'여러분들은 국비 유학생입니다. 이 못사는 나라 한국으로서는 여러분의 공부를 위해 정말 파격적인 금액을 투자하는 것입니다. 이 돈은 이 나라의 근로자들이 온몸을 바쳐 일한 대가입니다. 우리는 여러분들이 외국에서 훌륭한 공부를 마치고 돌아와 여러분에게 기회를 준 이 사회를 위하여 봉사해주기를 진심으로 바라고 있습니다. 여러분 조국을 잊지 말아주십시오.'

너무도 평범한 말이었지만 동우에게는 결코 잊히지 않는 말이기도 했다. 실제 미국이라는 사회에서 살아보니 평등이라는 것은 어림도 없는 말이었다. 모두가 무언가에 의해서 차등 지어져 있었다. 유학생은 말할 것도 없고, 심지어는 관광객조차도 그 국적이 어디냐에 따라 엄밀히 구분되는 곳이 바로 미국이란 사회였다. 비단 미국 사회뿐만 아니라 유럽이나 여타 나라라 하더라도 이 점은 크게 차이가 있을 것 같지 않았다. 동우는 조국의 위상을 끌어올리는 것만이 자신의 위상을 끌어올리는 첩경이라고 생각했다.

동우가 대학원을 졸업하고도 갈 데가 없어 망설이고 있을 때 동우의 앞길을 열어준 사람이 바로 칼슨 박사였다.

칼슨 박사는 명성이 자자한 반도체 전문가로, IBM의 초청을 받아 회사를 방문하던 중 동우를 찾았으나 아무 데서도 동우를 볼 수 없자 IBM 측에 물었다.

"얼마 전 내가 보낸 이동우 학생을 만나본 사람이 있소?"

아무도 대답하지 않았다.

"이상한 일이군. 나는 분명히 이동우 학생을 보냈고, 이동우 학생 역시 분명히 갔다 왔다고 얘길 했는데."

"아마 신규채용센터에서 면접을 했을지 모릅니다."

회사의 내규를 잘 아는 듯한 누군가가 대답했다.

"저런! 그런 사람을 신규채용센터에서 면접만 하고 말았다는 얘기요?"

"아직 학생이라……."

"MIT 최고의 수재 중 한 사람인 데다 내가 강력 추천을 했는데 당신네 회사에서 그냥 돌려보냈단 얘기요?"

"잠깐만요, 교수님. 신규채용센터에 알아보겠습니다. 도대체 그런 학생을 왜 우리가 만나볼 수 없었는지."

잠시 후 불려온 신규채용센터의 휘센 박사는 연신 머리를 긁고 있었다.

"대답해보시오. 왜 이동우 학생을 그냥 돌려보냈는지."

"저희는 우리 회사의 규칙에 대해 설명해주었습니다. 앞으로 우리 회사에서는 많은 비밀을 접하게 될 텐데 그러기 위해서는 한국 국적으로는 곤란하다고 얘기했습니다. 실제로 이것은 우리 회사의 정책이므로……."

"그래서요?"

"그 학생은 반드시 국적을 옮겨야만 하느냐고 다시 물었습니다."

"그래서요?"

칼슨 교수의 목소리가 점점 올라갔다.

"취직하기 싫다면 국적을 옮기지 않아도 된다고 말해주었습니다."

"그랬더니요?"

그 자리에 함께 있던 연구원들은 점점 고조되는 분위기를 온몸으로 느끼며 휘센 박사의 입에서 눈길을 떼지 못하고 있었다.

"아무 말 없이 그냥 돌아서서 갔습니다."

이때 칼슨 교수의 날카로운 목소리가 바로 이어졌다.

"동우가 아무 말 없이 그냥 돌아서서 갔다구요?"

휘센 박사는 영문을 모르는 채 담담하게 말했다.

"네, 그냥 돌아서서 갔습니다."

"아무 말 없이요?"

"네."

"겨우 이 분도 못 되는 인터뷰를 마치구요?"

"네. 저는 붙잡지 않았습니다. 그건 우리 회사의 규칙이니까요."

"예끼, 이 바보 같은 사람!"

휘센 박사는 칼슨 교수의 호통이 자신을 향한 것임을 알게 되자 겁먹은 표정으로 눈만 껌벅거렸다.

"다시 보내주시죠. 제가 직접 만나보겠습니다."

연구소장이 난처한 표정으로 어쩔 줄을 몰라 하는 가운데 칼슨 교수는 고함을 질렀다.

"나는 할 수 없소. 당신네 같은 회사에 나의 사랑하는 제자를 보낼 수 없소. 그래 MIT가 자랑하는 천재를 단 이 분 인터뷰하고 보낼 수 있소? 그것도 국적을 바꾸어야 한다고 엄포를 놓으면서? 당신네 회사가 얼마나 대단한진 모르지만 그 학생은 당신네 회사 연구원 백 명보다 더 중요한 사람이오. 알겠소? 그 학생이 한국인이어서 안 되는 이유가 뭐요? 그는 성실하고 온순하며 예의 바른, 아주 훌륭한 학생이오. 그는 이제껏 내가 겪었던 학생들 중 제일이었소. 그런데 뭐요? 국적을 바꾸라구? 취직을 하려면 한국을 포기하고 미국을 택하라구? 미친놈들 같으니라구!"

"칼슨 박사, 전적으로 우리 직원의 실수이자 나의 책임이오. 부탁하건대 한 번만 다시 보내주시오."

동우는 서서히 회상에서 깨어났다. 그때의 가토는 현재 일본전기의 중역이 되어 있고, 스테파니는 가토의 아내로 일본에서 매우 만족스럽게 살아가고 있다는 소식이 들리는 터였다. 동우는 회상을 접으면서 한시라도 빨리 칼슨 박사를 만나고 싶었다. 어려웠던 순간마다 도움을 주었던 칼슨 박사가 자신을 만나러 온다는 사실이 더없이 즐거운 한편, 박사가 자신과 의논하고자 하는 일이 무엇일까 하는 궁금증이 밀려드는 것이었다.

다음 날 동우는 사무실로 걸려온 칼슨 박사의 전화를 받았다.

"리, 나 칼슨이오."

"칼슨 교수님!"

"목소리는 여전하군. 칼칼하면서도 재기가 넘치던 바로 그 목소리야."

"어디에 계십니까? 미리 연락을 주셨으면 제가 공항까지 갔을 텐데요."

"높은 사람을 귀찮게 해서는 안 된다는 것이 나의 철학이오."

"원, 교수님도."

"하하하. 시간이 되면 만납시다."

"물론입니다. 당장 찾아뵙겠습니다. 지금 어디에 계십니까?"

"공항이오. 가능하면 같이 저녁 식사를 하고 싶소. MIT 시절 리의 집에서 몇 번 먹었던 한국 음식을 종종 그리워했소."

"좋은 한식당으로 모시겠습니다."

"각오하시오. 많이 먹을 거요."

칼슨 교수는 옛날처럼 허물없는 농담을 던져왔다.

식당에서 단둘이 마주 앉았을 때 칼슨 박사는 더없이 만족스런 표정이었다.

"리, 당신은 나의 가장 훌륭한 제자요. 나는 당신 같은 제자를 둔 것이 너무나 행복하오."

"모든 것이 교수님 덕분입니다. 연구실에서 같이 밤을 새우던 기억을 지금도 종종 떠올리곤 합니다."

"하하, 그때 IBM에서 리의 진가를 알아보고 나서는 내게 얼마나 통사정을 했던지. 지금도 그 생각을 하면 속이 다 시원해져. 그 후 리가 하이드로 다이내믹스의 상수를 발표하자 세계적 전문가들이 경악하던 모습을 나는 잊을 수 없어요."

"그 당시 교수님이 IBM의 신규채용 담당 책임자를 야단치신 것은 업계에서 유명합니다."

"리의 연구원직 수락 연설도 감동적이었소. 모두 폭소를 터뜨리게 만들었지만."

동우는 국적을 바꾸지 않으면 취직조차 시켜줄 수 없다던 IBM이 발표 현장에서 즉각 수석연구원 자리를 내주던 기억을 떠올렸다.

지도교수의 제안

"리, 무얼 그리 생각하고 있소?"

"아, 네. 죄송합니다."

"옛날 생각을 했던 모양이지?"

"네."

"감개가 남다르겠지."

칼슨 박사 역시 감회가 새로운 모양이었다. 음식이 나오고 술이 몇 순배 돌아가고 나자 칼슨 박사는 은밀한 목소리로 흉중의 말을 꺼내놓았다.

"리, 요즘은 어떻소?"

"괜찮습니다."

"연간 얼마나 벌고 있소?"

동우는 칼슨 박사가 이상한 것을 묻는다고 생각했지만 한편으로는 그럴 수도 있다는 생각이 들어 무심하게 대답했다.

"삼백만 달러 정도 됩니다."

"뭐요? 삼백만 달러?"

"네."

"세상에! 최고의 명성을 자랑하는 앨런 마이크로닉스의 리가 고작 삼백만 달러밖에 못 번다고?"

동우는 어쩐지 이상한 기분이 들었다. 이런 식의 대화를 할 칼슨 박사가 아니었다.

"충분합니다. 일반인들은 상상하지도 못할 정도입니다."

"그럴지도 모르지만…… 리는 능력에 비해 너무나 적은 돈에 만족하고 있군. 고작 삼백만 달러라니……."

동우는 다시 한 번 이상한 기분을 느꼈다. 오랜만에 만난 칼슨 박사와 자신이 나눌 대화가 아니었다. 칼슨 박사는 다시 은밀한 목소리를 내밀었다.

"리, 봉급을 많이 주는 회사의 회장 자리로 옮길 생각은 없소? 사업체는 그동안 다른 사람이 관리하면 될 테지."

동우는 잠시 침묵을 지켰다.

"엄청난 금액이오. 오천만 달러. 아니, 그보다 더할 거요. 마이크론의 월버 회장보다 높소."

"음."

동우의 입에서 자신도 모르게 신음이 새어 나왔다. 돈에 대해서는 관심 없이 살아왔지만 연봉 오천만 달러라는 말에 무심할 수만은 없었다.

"사람이 달라지는 거요. 연봉 삼백만을 버는 사람과 오천만을 받는 사람은."

"하하, 제가 그럴 위인이 됩니까?"

"되고도 남지. 어떻소? 오천만 달러 이상을 보증한다면 자리를 옮길 수 있겠소?"

"하하, 교수님이 저를 만나 의논하고 싶다던 게 이겁니까?"

"그렇소."

동우는 의아했다. 반도체 전문가인 자신에게 연봉 오천만 달러 이상을 지불할 수 있는 회사란 손에 꼽을 정도였다. 독일의 인피니언이 그럴 리는 없다고 생각되자 동우는 마이크론을 떠올렸다. 그러나 칼슨 박사는 방금 새 직장의 봉급이 마이크론의 회장보다 높다고 말하지 않았던가. 그렇다면 마이크론도 아니었다.

"어딥니까?"

동우는 단도직입적으로 물었다. 칼슨 박사는 잠시 입을 다물고 동우의 얼굴을 뚫어지게 쳐다보다 좀 전보다 더욱 은밀하고 나직한 목소리로 말했다.

"무슨 일이 있어도 오늘 나와의 대화에 대해 비밀을 지키겠다고 맹세할 수 있소?"

동우는 함정이라도 있지 않을까 생각하느라 대답을 잠시 망설였다. 하지만 이런 정도의 일에 대해 비밀을 못 지킬 이유도 없었고, 맹세를 하지 않는다 하더라도 여기저기 떠들고 다닐

일도 아니었다. 동우는 고개를 끄덕이며 물었다.

"어딥니까?"

"삼성전자."

"네?"

동우는 너무도 놀라 벌린 입을 다물지 못했다. 삼성전자라니. 이 사람이 도대체 지금 무슨 말을 하고 있단 말인가.

"리가 삼성전자의 회장 자리를 맡는 거요."

"뭐라구요?"

"원하기만 한다면 그렇게 될 거요."

동우는 칼슨 박사가 무슨 말을 하는지 도저히 이해할 수 없었다. 연봉 오천만 달러를 줄 테니 삼성전자의 회장직을 맡으라니. 순간 동우는 뭔가 이상한 느낌이 들었다.

"리, 잘 생각해보고 내일까지 답을 주시오."

동우는 고개를 가로저었다. 이 사람은 도저히 있을 수 없는 얘기를 하고 있었다.

"무슨 말씀인지 전혀 이해를 할 수 없군요."

"리, 내가 누군지는 리가 누구보다 잘 알고 있을 거 아니오?"

"물론입니다."

"내 말이 한 번이라도 어긋난 적이 있었소?"

동우는 순간적으로 기억을 더듬었다. 이 사람 칼슨 박사야말로 내뱉은 말에 대해서는 완벽하게 책임을 지는 사람이었다. 그러자 동우의 마음에는 더욱 깊은 의구심이 생겨났다. 가장 믿을 수 있는 사람의 입에서 가장 불가능한 얘기가 나오고 있는 이 상황을 어떻게 받아들여야 할지 알 수 없었다.

“리가 결심만 하면 되는 일이오. 알겠소? 대답만 하면 확실하단 말이오. 내일까지 전화를 주시오.”

칼슨 박사는 이 말을 남기고 자리에서 일어났다.

동우는 숙소로 돌아와 칵테일 바에서 스카치를 한 잔 따라 가지고는 소파에 앉았다. 몽둥이로 뒤통수를 한 방 얻어맞은 듯한 충격은 스카치 한 잔을 단숨에 비워버렸음에도 가실 줄 몰랐다.

“무슨 고민이 있으세요?”

늦게 객실로 돌아간 동우가 잠을 이루지 못하다 게스트 룸으로 나와 다시 스카치를 한 잔 기울일 때였다. 아내가 평소와 다른 동우의 모습에 매우 신경이 쓰이는 모양인지 역시 잠을 이루지 못하다 따라 나왔다.

“아니, 별일 없어.”

“별일 없는 게 아닌데요, 뭐. 무슨 일인지 말해보세요.”

“그래? 내가 불안해 보여?”

“네, 평소 같지 않아요.”

동우는 차라리 다 털어놓는 게 낫겠다는 생각이 들어 저녁에 있었던 일을 아내에게 말했다. 동우의 설명을 듣고 난 아내의 얼굴이 흥분으로 달아올랐다.

"세상에! 삼성전자 회장 자리라니!"

아내는 도저히 믿기지 않는 모양이었다. 그러나 그 말이 칼슨 교수의 입에서 나왔다는 데에는 믿지 않을 도리가 없는 것이었다. 아내도 칼슨 박사에 대해서는 너무도 잘 알고 있는 터였다.

"그것도 연봉이 오천만 달러라니, 도대체 어떻게 된 얘기예요?"

"자세한 내막은 나도 모르겠어. 음, 하나 짐작 가는 일이 있긴 하지만."

동우는 얼마 전 대두됐던 삼성전자의 미국 이전론을 떠올렸다. 그때 삼성전자를 미국으로 옮겨야 한다는 주장이 미국의 지배주주들 사이에서 제기됐던 적이 있었다. 미국과의 무역마찰을 피할 수 있는 데다 미국으로 옮기는 즉시 삼성전자의 주식은 재평가를 받게 된다는 것이 이유였다. 그럴 경우 삼성전자의 주가는 지금보다 최소 다섯 배, 최고 여덟 배까지 오른다는 평가서가 첨부되었고, 상당수의 간부들은 삼성전자가 미국으로 옮길 경우 기업 환경이 훨씬 개선되어 지금보다 세 배 이상 성장할 것이라는 의견을 내놓았다.

'삼성전자는 한국의 기업이오. 삼성전자가 일어나는 데는 한국인들의 잠재력이 뒤를 받쳐주었소. 기업은 이윤과 성장을 제일로 하지만 그보다 더 중요한 건 더불어 살고 있는 사람들이오. 다소 덜 성장하고 덜 벌더라도 우리는 한국에서 한국인들과 같이 해나가야 합니다.'

그때 이건희 회장은 잘라 말했고 미국 이전론은 물 건너가 버렸다.

"미국으로 옮기는 일 말이에요?"

"그래, 그래서 미국의 주주들이 반란을 일으키는 것인가?"

동우는 그럴 가능성이 가장 높다고 생각했다. 왜냐하면 미국으로 옮기게 되면 의당 미국인 직원들을 많이 써야 할 테고, 그럴 경우 회장은 미국의 경영자들과 비슷한 봉급 수준을 유지해야 할 것이었다. 삼성전자의 경우 그 액수는 오천만 달러 정도가 적당할 것이었다.

"어떻게 대답하실 거예요?"

"글쎄……."

"당연히 예스라고 해야 하잖아요."

"하나 한 가지 미심쩍은 부분이 있어서 그래."

"뭔데요?"

동우는 고개를 가로저었다. 아내에게는 말하고 싶지 않은 비밀이었다.

"따르르릉."

"어머나!"

하던 대화가 대화인지라 아내는 심야에 울리는 벨소리에 깜짝 놀랐다.

"이동우 씨 부탁합니다."

아내는 수화기를 타고 흘러나오는 점잖은 목소리에 적이 안심이 되었는지 동우에게 수화기를 넘겼다.

"이동웁니다."

"한국의 삼성전자 부회장입니다."

"아, 네. 안녕하세요, 부회장님."

동우는 반갑게 인사를 나누면서도 의아한 생각이 들었다. 아무리 오랫동안 반도체 분야에서 협력 관계를 유지해왔다고 하지만 삼성전자 부회장이 이 시간에 전화를 하다니, 모를 일이었다.

"놀라셨다면 미안합니다."

"괜찮습니다. 그런데 무슨 일로……?"

"드물게 우리 회사가 위기에 처할 때 연락을 해주는 분이 있습니다. 그분의 부탁을 받고 전화 드리게 되었습니다."

"그분이 누구입니까?"

"북학인이라는 별칭만 한 번 들었을 뿐입니다."

"네? 저는 전연 모르는 사람인데요."

동우는 갑자기 소름이 돋는 것 같았다. 부회장이 한 번 이름만 들었을 정도인 사람의 부탁에 따라 이렇게 전화를 했다니.

"그분이 이렇게 전하라고 하더군요."

"……"

"IBM의 연구원직을 수락할 때 했던 연설을 한번 떠올려보라고."

동우는 다시 한 번 섬뜩한 느낌이 들었다. 누가 그 오랜 옛날 자신이 했던 연설의 내용을 알고 있단 말인가. 동우는 자기도 모르게 그 젊은 날의 패기만만했던 연설을 기억해냈다.

'저의 별명은 빅 마우스입니다. 제가 일본을 삼키겠다고 하자 칼슨 교수님이 지어준 별명입니다. 저는 반드시 일본을 이겨낼 것입니다. 저는 그러기 위해 IBM에서 여러분과 함께 활발하게 이론을 교환하고 기술을 익히며 새로운 반도체 설계를 위해 전력을 다하겠습니다. 그리하여 일본을 따라잡은 후 다음 목표인 여러분의 조국 미국을 따라잡겠습니다. 그리하여 저는 반도체 부분에서는 조국을 세계 100대 기술 보유국으로 만들겠습니다. 저의 이런 과업에는 IBM 여러분의 도움이 절대적으로 필요합니다.'

상대는 잠시 말을 끊고 동우에게 회상할 시간을 주는 듯했다. 동우는 얼떨떨하기도 하고 기분이 나쁘기도 해 퉁명스런 어조로 내뱉었다.

"그런데요?"

"기분 나빴다면 미안합니다. 하지만 저는 전적으로 그분의 부탁대로 하는 겁니다."

동우는 순간 이것은 간단한 일이 아니란 생각이 들었다. 삼성전자의 부회장을 시켜 이 시간에 전화를 하게 할 수 있는 사람이라면 보통 사람이 아닐 것이었다.

"괜찮습니다. 말씀하시지요."

"엉뚱하게도 그분은 이런 얘기를 하라고 했습니다."

"얘기하시지요."

"삼성전자와 관련된 얘깁니다."

"뭡니까?"

부회장은 과거를 회상하는 듯 느린 말투로 이야기를 시작했다.

"오래전 제가 삼성전자의 기흥 공장장을 할 때였습니다."

동우는 약간 긴장하면서 수화기에서 흘러나오는 목소리에 온 신경을 집중했다. 그때라면 동우가 삼성전자의 사외이사 기술고문으로 있을 때였다.

"어느 날 서울의 비서실에서 전화가 왔습니다."

"누구의 비서실 말입니까?"

"삼성그룹 이병철 회장님 비서실입니다."

"그래서요?"

"회장님이 병든 몸을 이끌고 남쪽으로 내려가신다는 얘기였습니다. 막 톨게이트를 통과하셨다는 보고였죠."

"……."

"남쪽에 있는 회사들에 비상이 걸린 것은 당연한 일입니다. 우리는 수원의 삼성전자에 가실 것으로 판단했습니다. 그때는 전자와 반도체가 나뉘어 있을 때였으니까요. 하지만 회장님이 몇 군데의 삼성 계열사를 그냥 지나쳐서 오신 회사는 바로 저희 삼성반도체였습니다. 우리는 설마 하다 모두 놀라 긴장했습니다. 회장님은 사람들의 부축을 받아 간신히 회의실로 올라오셨습니다."

"몸이 불편할 때였던 모양이군요."

"네. 도대체 병원에서 일어나 밖으로 나간다는 것부터가 주변 사람 모두의 놀라움이었습니다. 회장님이 공장에 와서 하신 말씀은 단 한 마디였습니다."

"그게 뭐였습니까?"

"봤제?"

"그게 무슨 말이죠?"

"보았느냐라는 말입니다."

"보았느냐?"

"그렇습니다. 그날 신문에 한국의 반도체는 일본 것을 베끼느라 날이 새고 있다는 기사가 났습니다. 회장님은 그 기사를 보고 부랴부랴 기흥으로 내려오신 겁니다. 우리는 할 말이 없었습니다. 미국이든 일본이든 단 한 조각의 기술도 안 주는 판에 회사를 차려놓고 그냥 있을 수 없는 일이라 몇 가지 제품을 뜯어보고 그 구조를 연구해 나름대로 디자인을 하고 제품을 내놓을 때였습니다."

"그래서 어떻게 했습니까?"

"우리는 고개를 수그린 채 '봤습니다'라고 대답했지요. 회장님은 미동도 하지 않고 그 자리에 꼿꼿이 앉아 계셨습니다. 누군가 앞에 나서 '회장님, 그건 악의에 찬 일본 신문에서 우리를 폄하하는 겁니다'라고 대답하더군요. 그러자 회장님은 얼굴 가득 분노를 담은 채 여전히 미동도 하지 않고 계시는 겁니다. 깊은 침묵만이 계속 흘렀습니다. 그러고 있자니 회장님의 건강이 걱정되더군요. 숨 쉴 기력도 없는 분이 죽을힘을 다해 앉아 계시니 말입니다. 그래서 제가 앞에 나섰습니다. '회장님, 지금 이 순간까지는 그 신문기사가 맞습니다. 하지만 이 순간 이후로 다시는 그런 기사가 나오지 않도록 죽을힘을 다해 연구하겠습니다'라고 대답했습니다. 회장님은 그 말을 듣고서야 비로소 일어나셨습니다. 사람들의 부축을 받아 간신히 걸음을 옮기던 회장님은 자동차를 타기 전 쓰러지셨습니다. 그리고 그게 마지막이셨습니다."

"음."

"우리는 반도체가 회장님의 목숨을 빼어갔다고 생각하고 그 날 이후로는 한 달 내내 집에 가서 잔 적이 없었습니다. 정말 목숨 걸고 연구에 몰두해 결국 일본을 추월한 어느 날, 우리는 회장님을 생각하며 모두 눈물을 흘렸습니다."

"그분은 가히 반도체에 목숨을 바쳤다고 얘기할 수 있겠군요."

동우의 입에서 안타까운 목소리가 새어 나왔다.

"또 하나 하고 싶은 얘기가 있습니다."

"뭡니까?"

"지금 세계를 휘어잡는 삼성전자의 휴대폰과 현재 회장입니다."

"휴대폰?"

"이건희 회장님은 휴대폰을 수없이 뜯어보는 건 말할 것도 없고, 밤에도 안고 자면서 휴대폰의 디자인을 연구했습니다. 어느 날 이건희 회장님은 휴대폰의 '센드(Send)' 버튼을 위로 올리라고 하더군요. 우리는 모두 웃었습니다. 어느 회사든 회장이 제품에 간섭하는 일은 종종 있지만 수박 겉핥기 식일 뿐입니다. 게다가 전 세계 모든 휴대폰의 센드 버튼은 아래쪽에 있는데 그걸 위로 올리라니. 우리는 그러다 말겠지 하고 건성으로 받아들였습니다."

"호오, 그거 재미있군요."

"그런데 회장님은 진지했습니다. 과학적으로 설명을 하시더군요. 엄지손가락이 위에 있는데 그걸 밑으로 내려 전화를 거는 지금의 방식은 불합리하고 불편하다고 하시더군요."

"그래요? 그거 그럴 법한 얘기네요."

"그 후로 어떻게 되었는지 아십니까?"

"어떻게 되었습니까?"

"한동안 전 세계 모든 휴대폰의 센드 버튼이 다 위로 올라갔습니다."

"이건희 회장이 직접 그 아이디어를 냈단 말입니까?"

"그렇습니다."

"그 사람이 경영의 귀재인 줄은 알았지만 그런 고등 기술자인 줄은 몰랐습니다."

"그게 답니다."

"네?"

"그리고 그분은 박사님께서 급히 한번 들어오시는 것이 좋겠다고 하시더군요."

"한국으로요?"

"네."

"왜요?"

"그 이유는 생각해보면 아실 거라 했습니다."

"음."

"참, 그리고 혹시 한국에 오신다면 회사에 꼭 들러주십시오. 저희는 언제든 기다리고 있겠습니다. 그러면 실례했습니다."

부회장은 북학인이라는 사람의 연락처를 알려주었다. 동우는 부회장의 성격을 익히 아는 터라 스스로 마음이 내켜서 건 전화가 아니란 사실을 짐작할 수 있었다. 북학인이란 자가 하필 삼성전자의 부회장을 시켜 이런 전화를 하도록 했다면 거기에는 필시 의미심장한 이유가 있을 것이었다. 동우는 이런 상황을 어떻게 받아들여야 할지 알 수 없었다. 도대체 그 북학인이란 자는 어떤 의도로 다른 사람을 통해 전화를 했으며, 왜 한국으로 들어오라고 했을까. 곰곰 생각하던 동우는 이것이 혹시 칼슨 박사의 제안과 관련이 있을지 모른다는 생각이 들었다. 그리고 그가 한국으로 들어오라는 것은 삼성전자와 관련해 모종의 상황이 전개되고 있다는 암시일 듯싶었다.

다음 날 호텔의 식당에서 칼슨 교수를 만난 동우는 저녁을 마치고 칵테일 바의 조용한 코너로 자리를 옮겼다.

"리, 생각해봤소?"

"물론입니다."

"오, 과연. 얼굴색이 좋군. 이건 리에게는 말할 수 없이 좋은 기회요."

"잘 알고 있습니다."

"리의 능력이라면 얼마든지 더 나은 대접을 받는 게 당연한데, 본인의 생각은 어떻소?"

동우는 말없이 고개를 끄덕였다.

"그럴 테지. 그럼 수락한 걸로 알겠소."

칼슨 교수는 흡족한 표정을 지었다. 사실 누구라도 이런 제의를 거절할 이유는 없을 것이었다. 그러나 칼슨 교수는 동우가 미국인이 아닌 한국인이라는 이유 하나로 일말의 불안감을 갖고 있었다. 한국인 유학생들을 겪은 경험이 있는 칼슨 교수는 가끔 한국인들에게는 돈이 모든 것이 아니라는 사실을 알고 있었다. 아니나 다를까. 흡족해하는 칼슨 교수의 표정을 물끄러미 바라보고 있던 동우는 스카치 한 모금을 넘기고 나더니 입을 열어 삼성전자의 창업주와 현 회장의 에피소드를 잔잔한 목소리로 전했다.

"음."

칼슨 박사의 입에서 신음이 새어 나왔다.

"그래서 저는 이렇게 생각합니다."

"어떻게요?"

"제가 반도체에 다소 밝다 해도 그분들처럼 반도체를 위해 목숨을 던지거나 휴대폰을 안고 잘 수는 없다고 말입니다."

"음. 삼성전자의 주인은 따로 있단 말로 들리는군."

"좋은 제의를 해주셨는데 미안합니다."

"……"

칼슨 교수는 한동안 말없이 앉아 있다 앞에 놓인 스카치 잔을 들어 단숨에 들이켰다. 그러고는 자리에서 일어나며 동우의 손을 잡았다.

"리는 역시 나의 자랑스러운 제자요. 나도 다시 학교로 돌아가겠소. 보스턴에 오면 MIT에 들러주시오."

"알겠습니다, 교수님."

동우는 칼슨 교수를 배웅하고 나서 바로 돌아와 깊은 생각에 잠겼다. 칼슨 교수의 느닷없는 제의와 북학인이라는 자의 메시지로 보아 지금 삼성전자를 두고 엄청난 일이 벌어지고 있으리라는 생각이 들었다. 칼슨 교수의 자신 있는 제의로 보아서는 누군가 삼성전자를 탈취할 공산이 있는 게 틀림없었다. 동우는 고개를 가로저었다. 누군가 삼성전자를 탈취하려 든다면 그건 보통 큰일이 아니었다. 비록 삼성전자가 거대 기업이라 하나 미국의 거물들이 힘을 합하면 당해낼 리가 없었다.

"음, 혹시?"

동우는 고개를 갸웃거렸다. 그는 북학인이라는 자가 무슨 의도로 자신을 불렀는지 생각해보았다.

M랩

의림은 삼성전자를 찾아갔다.

여유 있는 미소를 띠며 의림의 얘기를 듣던 경영총괄 사장은 손을 내밀어 의림의 얘기를 끊었다.

"지배주주들이 규합해 삼성전자를 격침시킨다, 이런 내용입니까?"

"그렇습니다."

"매우 재미있는 가상 기사가 되겠군요."

"가상이 아닙니다. 이것은 지금 일어나고 있는 실제 상황입니다."

"하하, 정 기자. 지금 우리 삼성전자가 보유하고 있는 현금이 얼마인지 압니까?"

"……."

"오조 오천억 원입니다. 어떤 사태가 일어나도 우리는 충분히 방어할 힘이 있습니다."

"아마 그건 일반적인 상황을 염두에 두신 것일 테지요. 하지만 저쪽에서 보다 면밀한 계산하에 덤벼든다면 문제가 될 수 있지 않겠습니까?"

"돈에도 생리란 것이 있습니다. 투자자들은 물이 위에서 밑으로 흐르듯 정확하게 돈이 되는 길을 따라갑니다. M&A가 붙으면 주식은 오르고, 따라서 시장으로 나오게 되어 있습니다. 주식시장에 규합이란 없습니다. 돈이 흐르는 길이 있을 뿐입니다."

"그러나 어떤 특정한 힘이 주주들을 규합한다면요?"

"세상에 그런 힘은 있을 수 없어요. 그래, 그런 힘을 행사하는 자가 누구랍니까?"

"……."

의림은 미국 정부라고 얘기를 하려다 그냥 입을 닫아버렸다.

"하하하, 정 기자는 차라리 소설가가 되는 게 낫겠어요."

"제가 이건희 회장께 직접 얘기하면 안 될까요?"

"하하, 회장님은 소설 같은 이야기에 신경 쓸 시간이 없습니다."

의림은 분노가 치밀었지만 혀를 차며 나오는 수밖에 없었다.

그 시간 이동우 박사는 한동안 고민하다 어떤 강한 힘에 이끌려 한국행 비행기에 올랐다. 미국의 거물들이 힘을 합해 달려든다면 삼성이 견뎌낼 힘은 없어 보였다. 현재의 상황을 살피고, 필요하다면 자신이 도움이 되어야 했다. 누구보다 반도체를 잘 아는 동우는 삼성전자가 이루어낸 기적은 반드시 지켜져야 한다고 생각했다

한국으로 돌아온 동우는 호텔에서 북학인의 번호를 눌렀다. 응답이 없어 음성을 남겨놓은 동우는 외출에서 돌아오자 전화기에 음성 메시지가 남겨져 있는 것을 확인했다.

버튼을 조작해 메시지를 듣던 동우는 메시지를 남긴 주인공의 이름을 듣는 순간 경악하고 말았다.

'동우, 오랜만일세. 나 민서야. 진작 연락 전하지 못했던 것은 미안하네. 자네 앞에 나타나고 싶은 생각이 들 때마다 이를 악물고 참았다네. 자네 소식은 뉴스 등을 통해 늘 듣고 있네. 자네가 꿈을 이루었듯이 나 역시 가고자 했던 길로 갔다네. 그런데 지금 급히 자네를 만나 의논하고 싶은 일이 있네. 연락 주게.'

동우는 놀라지 않을 수 없었다. 그럼 북학인이라는 사람이 바로 민서란 말인가. 한참 생각하던 동우는 고개를 가로저었다. 민서라면 삼성전자의 부회장을 시켜 자신에게 전화를 걸어올 리가 만무했다.

짧은 내용이었지만 메시지를 다 듣고 나자 가슴 저편에 묻어두었던 아련한 기억이 되살아나면서 자욱한 안개 사이로 서서히 한 친구의 모습이 다가왔다.

이민서. 결코 잊을 수 없는 젊은 시절의 친구였다.

"이거 받아."

"뭐지? 어, 돈?"

"그래, 유학 생활은 쓸쓸할 거야. 힘들 때면 여기 생각하면서 한잔씩 해."

"그런데 너무 많잖아."

"난 알아, 넌 절대로 국비 장학금을 사적으로 쓰지 않을 사람이야. 술은 이걸로 먹어. 그렇게 하자면 많은 돈이 아니야."

민서가 봉투 속에 담아 건넨 돈은 백 달러. 너무 큰 돈이었다. 모두가 어렵고 가난하던 시기였기에 동우는 차마 봉투를 받을 수 없었다.

"받아둬."

민서는 봉투를 되돌려주려는 동우의 손을 조용히 밀었다.

"그런데 민서 너는 어떻게 지내?"

"응, 나는 나대로의 길을 가고 있어. 산에서도 좀 지내고."

동우는 민서의 대답에 다소 놀랐다. 산에서 지낸다는 말이 묘한 뉘앙스로 다가왔다. 원래 민서는 고등학교 때부터 수석을 도맡아놓고 하던 천재였다. 동우네 학교에서뿐만 아니라 동우가 아는 한 또래 학생 중에 민서가 지닌 수학적 사고의 넓이나 깊이에 견줄 수 있는 사람은 없었다. 대학에 들어가서도 마찬가지였다. 민서는 출처를 알 수 없는 지식이나 생각으로 끊임없이 수학이나 물리, 화학을 담당한 교수들을 당혹케 했다. 그러던 그가 어느 날 홀연히 학교에서 사라져버렸던 것이었다. 그가 사라진 지 일 년이 넘도록 아무도 그의 소식을 아는 사람이 없었다. 그런 민서가 자신의 유학 소식을 듣고 찾아와준 것이 동우는 못내 고마웠다.

"학교에 있었으면 네가 국비 장학금을 탔을 텐데."

"네가 탄 게 잘된 거야. 난 알고 있어. 너는 큰사람이 될 거야."

"그런데 네가 산에서 지낸다니 너무 이상하게 들린다. 너 괜찮은 거니?"

"후후, 산에서도 수학을 하고 물리며 화학도 한다. 우리나라에도 과학의 전통이 있어. 사람들이 몰라 그렇지."

그렇게 이상한 말을 남기고 헤어졌던 민서였다.

동우는 전화를 걸었다. 민서는 전화를 기다리고 있었는지 바로 응답했다.

"동우?"

"그래, 나 동우야. 민서지?"

"목소리는 여전하구나."

"의논할 일이 있다고? 지금 만나자."

"고맙네."

"이리 오는 건 어떨까?"

"미안하지만 이리 와주겠어?"

"그래."

동우는 전화를 끊으며 이상하다는 생각이 들었다. 민서가 만나자고 하는 방식이 아주 이상했다. 그것은 마치 간첩들이 쓰는 접선 방법 같다는 느낌을 주는 것이었다.

동우는 민서가 전화에서 일러준 대로 한 청년을 만났다. 그 청년 역시 이상한 방법으로 만났고, 청년은 동우를 민서에게 안내했다. 두 사람은 오랜만의 회포를 나누었다. 고등학교 동창이란 이상한 힘이 있었다. 수십 년 만에 만났음에도 불구하고 바로 어제 헤어졌던 것 같은 느낌을 주는 것이었다.

"그런데 자네는 그간 어떻게 지낸 거야? 지금은 무얼 하고 있고?"

동우는 무엇보다도 민서의 근황이 궁금했다.

"평범한 삶은 아니었어. 하지만 내게는 의미가 있는 길이었네."

"구체적으로 좀 얘기해보게. 내가 아는 최고의 천재가 과연 어떤 길을 걸었는지 알고 싶네."

"후후, 아무것도 아니라고 해두세. 나중에 얘기하지. 그건 그렇고, 급히 연락해서 미안하네."

민서는 자신의 얘기를 시원하게 털어놓지는 않았다.

"무슨 소릴! 그런데 만나서 의논하자고 했던 건 뭐야?"

"먼저 극비를 하나 알려주겠네."

"극비라고? 뭐지?"

동우는 민서가 어딘지 이상하다는 생각이 들었다. 급히 만나자는 것이나, 만나는 방법이나, 만나자마자 자신에게 극비를 털어놓겠다는 거나, 일상에서 흔히 볼 수 있는 모습이 아니었다. 동우는 약간 불안해지기 시작했다. 혹시 민서는 전연 엉뚱한 인물이 되어 있는지도 몰랐다. 그렇지 않고서야 그 오랜 세월을 아무에게도 연락하지 않고 숨어 살다 갑자기 나타나 이상한 얘기를 꺼내놓을 리가 없었다. 동우는 약간 가슴이 아파오는 것을 느끼며 민서를 편하게 해줄 양으로 한마디 보탰다.

"뭐든지 얘기해봐. 내 힘 되는 대로 도와줄게."

동우로서는 처음 해보는 말이었다. 인생을 사는 여러 가지 방법이 있겠지만, 동우는 부탁을 하고 부탁을 받는 그런 식의 삶을 살아본 적이 없었다. 그저 과학기술자로서의 길을 묵묵히 걸었을 뿐이었다. 겸손한 성격의 동우는 한 번도 자신이 누굴 도울 힘을 가졌다고도 생각해본 적이 없었다.

하지만 동우는 이 친구를 위해서라면 뭐든 할 수 있다고 생각했다. 비록 그것이 금전적 도움을 요청하는 일이라 할지라도 동우는 세상에서 단 한 사람, 이 친구를 위해서는 얼마든 도와주리라 생각했다.

"인텔에서 나노 반도체를 개발했네."

"……."

민서의 말에 동우는 다시 한 번 놀라지 않을 수 없었다. 갑자기 나타나 극비라고 하는 것도 이상했지만, 그 극비의 내용이 자신의 전공인 반도체에 관한 것이라니. 게다가 인텔이라면 누구보다 자신이 훤히 알고 있는 곳이었다. 인텔사 회장과는 이미 십여 년 전부터 때로는 서로를 격려하고 때로는 경쟁하며 연락을 나누는 사이였다. 무엇보다 인텔이 눈물을 머금고 반도체를 포기하게 한 것도 자신을 비롯한 삼성전자의 핵심 멤버들이 아니었던가. 그렇듯 내부 사정을 누구보다 잘 알고 있는 인텔이 나노 반도체의 개발에 성공했다는 소식을 이 친구를 통해 듣다니……. 동우는 웃음과 더불어 다시 한 번 그의 엉뚱함에 마음이 아파왔다.

"M램이야. 나노 크기의 자석 소자로 반도체를 만드는 거지. D램보다 훨씬 작고 성능은 비교도 안 되게 월등해. 전기도 거의 먹지 않아. 지금 삼성이 만드는 반도체보다 성능이 수십 배 이상 되는 거야."

동우는 순간 깜짝 놀랐다. 민서의 입에서 M램이라는 단어가 튀어나왔던 것이다. M램은 이론적으로 검토 가능한 반도체였지만, 탄소튜브를 이용한 나노 반도체에 비해 많이 떨어질 것으로 생각하던 것이었다. 인텔이 그것을 개발했다면 틀림없이 자신들이 알지 못하는 어떤 기술을 찾아냈다는 것인데……. 그보다 그런 전문적인 용어를 민서는 자연스럽게 입에 올리고 있었다.

"M이란 마그넷의 그 M인가?"

"그렇다네."

"음."

갑자기 민서의 극비라는 말이 현실감 있게 다가왔다.

"이제 반도체 업계의 판도가 달라지네. 삼성전자의 반도체 신화는 인텔의 일격에 무너지고 말 위기에 처했네."

동우는 민서의 말에 반발하고 싶었지만, 만약 그의 말이 사실이라면 인텔의 M램이란 현실이 눈앞에 다가온 것이었다.

"그런데 자네가 어떻게 그런 정보를 알지? 우리도 전혀 모르는 사실을."

"프랑스 정보국에서 알아냈네. 그들은 이미 이 나노 반도체를 군사용으로 전환할 설계까지 하고 있네."

"흐음."

동우의 한숨이 더욱 깊어졌다. 군사용으로 전환할 설계까지 했다면 이미 실험실 수준이 아니었다. 그렇다면 같은 기술로는 도저히 인텔을 따라갈 수 없다는 얘기였다. 동우는 지금 한창 연구 중인 탄소튜브를 이용한 나노 반도체를 머리에 떠올렸다. 이론적으로는 가장 완벽한 방법이지만 그 연구는 너무 시간이 많이 걸릴 것으로 예상되고 있는 터였다. 인텔은 세계 반도체 업계의 허를 완전히 찌른 것이다. 반신반의하며 동우가 생각에 잠겨 있자 민서가 물었다.

"앞으로 어떻게 할 셈인가?"

"글쎄. 우선 사실 확인부터 해볼 작정이야."

"그래야겠지. 확인이 되는 대로 즉각 연락을 해주게나."

동우는 다시 이상한 생각이 들었다. 왜 이 친구는 자신에게 즉각 다시 연락을 하라고 하는 걸까.

"왜지?"

"삼성전자의 운명과 관련해 같이 생각해볼 문제가 있네."

"삼성전자의 운명?"

"그렇다네."

민서의 대답은 역시 당황스러운 것이었다. 만약 인텔의 M램 개발이 사실이라면 삼성전자에 심각한 타격이 올 것은 확실했다. 그렇다 하더라도 삼성전자의 운명이란 표현까지 써대며 연락을 달라는 민서가 이해가 되지 않았다. 더군다나 세계 일류인 삼성전자의 운명을 같이 생각해보자니……. 그러자 동우는 이 친구가 어떻게 지내왔는지 더욱 궁금해졌다. 프랑스 정보국 운운하는 걸로 보아서는 허황된 것 같기도 했고, M램을 정확히 설명할 수 있는 걸로 보아서는 과거의 그 능력을 활용한 길로 간 것 같기도 했다.

"알겠네."

동우는 일단 대답을 하고는 자리에서 일어났다. 마음이 급했다. 우선 인텔의 M램 개발 사실 여부부터 확인해야 할 터였다.

호텔로 돌아간 동우는 즉각 인텔의 램버슨 회장에게 직접 전화를 걸었다. 다른 정보원을 통해 알아보고 어쩌고 할 일이 아니었다.

"예, 램버슨입니다."

"M램의 성공을 축하합니다."

"아, 이동우 박사. 어떻게 알았소?"

"벌써 세계에 소문이 짜한데요."

"최대한 보안을 유지하려 했는데 잘 안 되는군. 하여튼 앞으로 붙어볼 만할 거요. 예전엔 삼성에게 당했지만 말이오."

"당하다니요?"

"그때 그 가짜 공장 말이오. 우리를 멋지게 따돌린 거 아니오?"

동우는 씁쓸했다. 평소 같으면 한바탕 웃음을 터뜨릴 일이었지만 지금은 도저히 그럴 기분이 아니었다. 반도체가 통째로 인텔에 넘어가게 생긴 판에 웃음이 나올 리 없었다.

"이제 다시 M램 가짜 공장을 짓지는 않겠지, 하하하하."

램버슨은 통쾌하게 웃어젖혔다.

삼성전자의 가짜 공장이란 기업 전쟁사에 남을 만한 일이었다. 인텔과 반도체를 놓고 치열하게 맞붙을 당시 삼성은 인텔이 64메가 D램으로 승부를 걸어온다면 도저히 승산이 없었다. 인텔은 총력을 다해 64메가 D램 양산 체제를 갖춰 세계 반도체 시장을 놓고 삼성과 사운을 건 승부를 하려 들었다. 무거운 분위기에 휩싸인 가운데 회의가 열리자 사장이 상황 설명을 했다.

"인텔이 64메가 D램을 만든다면 이제까지 우리가 고군분투해온 것이 모두 물거품이 됩니다. 며칠 밤을 뜬눈으로 지새우면서 생각했지만 도저히 방법이 없습니다."

사장의 상황 설명에 모두 침묵을 지킬 뿐이었다. 전혀 대처할 방법을 찾지 못하는 사이에 시간은 한없이 흘러갔다. 이때 삼성전자의 사외이사로 기술 부문의 자문을 맡고 있던 동우가 뜬금없는 말을 꺼냈다.

"다른 방법이 없다면 허허실실 해보면 어떨까 싶어요."

모두 동우에게 눈길을 돌렸다.

"허허실실이라니? 그게 무슨 얘깁니까?"

"가짜 공장을 짓는 겁니다. 진짜보다 더 그럴싸하게 말입니다. 그것도 지금 저들이 지으려는 64메가 D램이 아닌 256메가 D램 공장을 짓는 겁니다. 보안만 철저히 유지하면 저들이 지레 겁을 먹고 포기할 수도 있지 않겠습니까? 물론 모험이지만 말입니다."

동우의 기절초풍할 만한 제의에 따라 삼성은 아직 개발에 들어가지도 않은 256메가 D램 공장을 짓기로 결정했다. 회의 다음 날부터 삼성은 거대한 자본을 들여 사상 초유의 256메가 D램을 생산하는 가짜 공장을 짓기 시작했고, 이 정보를 입수한 인텔은 이내 손을 들어버리고 반도체 산업을 아예 포기해버리고 말았다.

"하하, 별걸 다 기억하고 계시는군요."

동우는 가볍게 웃었다.

"어찌 그 일을 잊을 수 있겠소. 하지만 그때 우리가 손을 들었던 것이 결과적으론 잘된 일이오. 삼성은 반도체의 왕자로, 우리는 마이크로프로세서의 왕자로 군림하게 되었으니까. 하지만 이제 M램이 만들어가는 세상을 같이 한번 봅시다. 아마 볼만할 거요. 그간 우리는 삼성전자에서 반도체 사대기에 바빴지만 이제 삼성전자에서 우리 반도체를 살 날이 올지도 모르는 것 아니오?"

"하하하, 아무튼 축하드립니다."

동우는 웃으며 전화기를 끊었다. 인텔에서는 별로 숨기지도 않고 M램의 개발을 시인했다. 그렇다면 이미 상당히 진척되었다는 얘기였다.

동우는 깊은 고민에 빠져들기 시작했다.

M&A

"사장님, 큰일 났습니다."

삼성전자의 경영총괄 사장은 상무가 내미는 서류를 받아 찬찬히 살폈다.

"갑자기 주식이 치솟고 있습니다."

"그게 그리 큰일이오?"

사장은 눈으로 서류를 살피면서 별 이상한 소리 다 듣겠다는 투로 대답했다.

"그게 아니라 오늘 아침부터 외국인 물량이 안 나오고 있습니다."

"주식이 오르면 물량이 안 나올 수 있는 거 아니오? 투자자들은 좀 더 오른 뒤에 팔고 싶어 하지."

"그냥 안 나오는 게 아니라 아예 문이 잠겨버렸습니다."

사장은 그제야 머리에 퍼뜩 스치는 게 있었다. 어제 찾아왔던 기자. 그는 지배주주들을 규합해 삼성전자를 M&A하려는 세력이 있다고 하지 않았던가. 그렇다면 이건 누군가가 계획한 일이란 말인가. 그는 두리번거리며 급히 서류를 살폈다.

"이런!"

"큰일입니다."

사장의 안색이 확 변했다.

"이건 보통 일이 아닌데……. 뭔가 불길해. 65퍼센트에서 주식이 이렇게나 안 나온다면."

삼성전자는 매일 주식 이동을 철저히 관찰하고 있었다. 외국인들이 활황기에 삼성전자 주식을 62퍼센트까지 보유한 적이 있었기 때문에 이번의 대폭락 사태에 외국인 주식 비율이 올라가는 것에 대해서 우려 반 기대 반의 이중적 시각을 견지해왔던 것이다.

"여기엔 분명 무슨 의도가 있습니다. 둘 중 하나입니다."

사장은 고개를 끄덕였다.

"주가가 오르기를 기다리거나 M&A, 둘 중 하납니다."

"어쩐지 기분이 영 안 좋은데."

사장은 서류를 거듭 살폈다. 사장이 서류에서 눈을 떼는 순간 기분은 어느새 현실로 바뀌어 있었다.

"M&A. 아, 이것은 주식 폭락 때부터 계획된 거대한 음모야."

"설마설마했더니 이런 일이……."

상무도 이제는 매우 불안한 모양이었다. 처음엔 주식을 대거 내놓아 폭락 사태를 부추겼던 외국인들이 어느 시점부터 나오는 매물을 속속 거두어들이자 삼성전자도 상당한 규모로 자사주를 사들이고 있던 중이었다. 여느 때 같으면 외국인들의 보유 비율이 65퍼센트에 이르지 못하도록 갖은 수단을 다 동원했겠지만, 이번엔 워낙 대폭락 사태라 외국인들이 주식을 사주기를 바라는 심리도 없지 않았다. 그러다 갑자기 외국인들로부터 매도 물량이 딱 끊긴 것이다.

"이럴 게 아니라 어서 부회장님한테 갑시다."

사장은 불안감이 엄습하는 것을 느끼며 부회장실로 향했다. 부회장 역시 오늘의 사태에 대해 심각한 불안을 느끼고 있던 참이었다.

"사태의 발생을 처음부터 짚어봅시다."

"네."

사장은 모니터를 짚으며 설명을 시작했다.

"서울에 있는 애널리스트 한 사람이 삼성전자 주식에 대해 극히 비관적인 전망을 내놓았습니다. 그러자 외국인들이 앞을 다투어 팔기 시작했고, 이 현상은 국내의 기관투자가와 개인 투자자에게 그대로 이어졌습니다. 문제는 이런 악재가 충분히 반영된 후에도 주가는 멈출 줄 모르고 계속 떨어지기만 했다는 것입니다. 영향력 있는 애널리스트들이 계속 비슷한 전망을 내놓았기 때문입니다. 우리는 주가 방어도 하고 지분율도 높일 생각으로 주식 매수에 나서려고 했습니다. 그런데 디

데이 하루 전 외국인들이 갑자기 주식을 사대기 시작했습니다. 우리도 즉각 매수에 나섰는데, 일반 투자자들은 계속 주식을 내다 팔았습니다. 워낙 우리 회사의 앞날에 대해 비관적 전망이 많이 나왔기 때문입니다. 그 결과 외국인들의 주식 보유 비중이 5퍼센트 증가한 것은 어제 보고를 드렸습니다만, 오늘 아침부터 외국인들이 물량을 전혀 안 내고 있습니다. 평소 우리 주식을 늘 사고팔던 투자자들이어서 우려를 하면서도 여기까지 왔습니다만, 이들이 주식을 전혀 안 내놓는 현상은 매우 불안합니다."

"대폭락 사태로 우리는 2퍼센트를 사들였고, 외국인들은 모두 5퍼센트를 사들인 건가요?"

"그렇습니다. 정확하게는 4.9퍼센트입니다."

부회장은 한참 생각하다 혼잣말처럼 되뇌었다.

"그게 가능할까? 삼성전자를 인수합병한다는 것이?"

"현재까진 불가능하다고 생각했습니다. 하지만 오늘은 왠지 불안해지는군요."

"솔직한 판단을 얘기해보시오."

"이것은 M&A입니다."

"음."

부회장의 입에서 신음이 터져 나왔다.

"상무는 어떻소?"

"제 생각에도 이것은 M&A입니다."

"나도 그렇소."

세 사람은 잠시 멍한 기분에 말없이 앉아 서로를 응시했다. 세상에, 삼성전자가 M&A에 휘말리다니. 영원히 불가능할 것만 같던 일이 이제 바로 코앞의 현실로 다가와 있는 것이었다. 그것도 쥐도 새도 모르게.

"어떻게 방어하지요?"

부회장이 불안이 짙게 깔린 목소리로 물었다. 상무는 현재 참여하고 있는 지배주주들의 규모를 보아 방어가 매우 어렵다는 사실을 알고 있었지만, 이런 분위기에서 억지로 헤어나기라도 하려는 듯 목소리에 힘을 주었다.

"이번에 2퍼센트를 취득했기 때문에 우리 쪽은 모두 19퍼센트입니다. 만약에 이게 M&A라면 65퍼센트나 되는 외국인 주주를 뒤에서 규합하고 조종하는 자가 있을 겁니다. 어렵긴 하지만 우리는 외국인 주주를 최대한 우리 편으로 끌어들여야 합니다. 외국인 주주 중 우리에게 위임장을 써줄 사람들을 적게는 3퍼센트에서 많게는 7퍼센트, 아니 어쩌면 10퍼센트까지 잡을 수 있을지 모르겠습니다. 일본과 독일의 자금이 모두 우리에게 위임장을 써줄 경우에 말입니다. 그리고 우리에게는 시티은행이 있습니다. 시티은행의 지분 10퍼센트가 우리에게 위임장만 써준다면 문제될 것이 없습니다."

하지만 부회장은 사태의 본질을 꿰뚫는 안목을 가지고 있는 사람이었다. 그는 상무의 전투적 자세 뒤편에 깔린 불안을 읽어냈다. 그는 다가온 현실을 누구보다도 정확하게 인식하고 있는 사람이었다.

"이게 만약 M&A라면 시티은행은 우리에게 위임장을 써주지 않을 거요. 이미 그들이 물밑 접촉을 했다고 봐야 하오. 일본이나 독일의 자금도 안심할 수 없소. 삼성전자를 인수합병하려는 세력이라면 일본이나 독일에 대한 영향력도 엄청난 자일 게 분명하오. 알 수 없군. 도대체 이런 일이 어떻게 일어날 수 있는 거지?"

부회장은 개운치 않은 머리로 자리에서 일어나 창밖을 내다보았다. 보통 때보다 유달리 매연이 심한지 태평로 거리는 뿌옇게 보이기만 했다.

유체 이탈

북학인이라는 사람에게서는 여전히 전화가 없었다. 그 대신 옛 친구 민서가 연락을 취해온 것이다. 동우는 몇 번이나 민서에게 연락을 취하려다 전화기를 내려놓곤 했다. 이상한 기분이 들었다. 극비라고 알려준 민서의 정보는 사실로 확인되었지만, 민서가 삼성전자의 운명을 같이 생각해보자던 말은 쉽게 받아들이기 어려웠다. 그런 말은 웬만한 사람으로서는 절대로 쓸 수 없는 말이었다. 백번 양보해 그의 말을 그대로 받아들인다 하더라도, 도대체 삼성전자의 운명과 관련해서 무엇을 의논하자는 것인지 전혀 현실감이 들지 않았다.

하지만 민서에게서는 어딘지 모를 신비감이 느껴졌다. 조용한 목소리며 여유 있는 동작에서는 어떤 종류의 신뢰감이 느껴졌다. 한참 망설이던 동우는 결국 전화기를 들고야 말았다.

"확인이 되었어."

"방법이 있나?"

민서는 역시 나직한 목소리로 물었다.

"없어."

"그럴 테지. M랩은 모두의 허를 찔렀어. 아무도 M랩이 그렇게까지 위력을 발휘할 것으로는 생각하지 못했지."

민서는 반도체에 대해 아주 잘 아는 사람 같은 어투를 구사했다. 동우는 무엇보다도 민서 자체에 대해 알고 싶어졌다.

"그런데 민서, 자네에 대해 좀 말해주게. 도대체 자네는 지금 어떤 인물이 되어 있는 거야?"

"일단 만나서 얘기하지."

민서는 다시 청년을 보내왔다. 청년은 나이답지 않은 조심스러움을 보이며 복잡한 경로를 거쳐 동우를 민서에게로 안내했다. 동우는 이상한 기분을 떨치려는 듯 크게 웃었다.

"하하하, 전에도 그러더니 이번에도 마찬가지군. 자넬 만나는 것은 마치 비밀결사와 접선이라도 하는 것 같아."

"그런가? 그런 기분을 이해하네."

"그렇다면 자네가 비밀결사에 들어 있다는 말인가?"

"비밀결사? 그렇게는 생각하지 않지만 우리가 하는 어떤 구상들에는 비밀스러운 요소가 많아. 우리는 우리의 구상을 세상에 내놓기를 그리 즐기지는 않네."

"우리라면?"

"나와 비슷한 사람들이지."

"능력이 있지만 세상에 이름을 내놓지는 않는다는 뜻으로 받아들이면 되나?"

"그럴 수 있겠네."

"그럼 비밀결사야. 무엇을 위해 모였는지는 모르겠지만. 그건 그렇고, 자네들에게는 어떤 구상들이 있는지 한번 들어보고 싶네."

"자네 지금 어디에 있는지 아는가?"

"나? 자네 사무실에 있지 않은가?"

"그래. 하지만 자네는 지금 암반 속에 있네."

"암반 속이라구?"

"그래. 들어오긴 동산을 끼고 있는 한 건물로 들어왔겠지만 여기는 암반 속이야. 안전하고 건강한 곳이지."

"이해할 수 없군. 이렇게나 밝은데 암반 속이라니? 태양 광선이 들어오고 있지 않나?"

"태양을 암반으로 끌어들이는 건 그리 어렵지 않아."

"왜 이런 데 들어와서 사는 거지?"

"우리의 실험이야. 우리는 암반 도시를 생각하고 있어. 물론 미래의 도시지. 이삼 미터 두께의 흙만 걷어내면 세상은 모두 암반으로 이루어져 있다는 건 자네도 알 테지?"

"그건 알지만 암반 속에 도시를 어떻게 만들지?"

"중수를 이용하는 거야. 암반을 잘라 중수에 띄우면 중수가 암반을 밖으로 실어 나르게 돼. 지금 우리나라는 청정 공간이 부족해. 이런 식으로 하면 경제성 있게 공간을 확보하는 거지."

"흐음, 재미있군. 그러니까 자네는 대학을 다니다 산에 들어가지 않았나?"

"그랬지."

"그 당시 자네는 물리학을 전공했다고 하지 않았나? 한국에서 말이야."

"그렇지. 물리학을 전공하고는 학교에서 교수로 있었지."

"그 후로는? 지금도 학교에 있나? 그런 것 같지 않은데. 아니, 대학을 다니다가 산에 들어갔던 후부터 얘기를 해보게. 궁금해서 못 견딜 지경이야."

"내가 산에 들어갔던 것은 유체 이탈을 경험했기 때문이었어. 아니, 정확히 말하면 유체 이탈 직전에 몸을 뺐던 것이 못내 한이 되었기 때문이지."

"유체 이탈이라니? 그걸 자네가 경험했단 말이야?"

"어느 날 오후였어. 나는 며칠째 어떤 과학적 명제를 생각하다 너무도 지쳐버렸어. 소파에 잠깐 누웠는데 갑자기 이제껏 한 번도, 경험도 생각도 하지 못했던 현상이 일어나기 시작했어."

동우는 웃음이 나오려는 걸 간신히 참았다. 이야기가 허무맹랑한 쪽으로 흐른다는 생각이 들었다.

"그래서?"

"후후, 자네는 날 비웃겠지만 세상은 그리 간단한 것이 아니네. 계속 들어보게."

민서는 동우의 반응에 아랑곳하지 않고 이야기를 계속했다.

"꿈과는 분명 다른 거였어. 온몸의 신경이 곤두서면서 그 축 늘어진 몸에서는 생각도 못 할 정도의 강한 힘이 나의 혼을 일으키고 있었네. 이상하게도 의식은 아주 또렷했지. 몸은 그 본래의 억지력으로 나의 영혼이 일어나는 것을 막고 있었지만, 그 영혼은 너무도 강한 힘으로 몸을 떠나려 했네. 나는 무서웠네. 나는 바로 이것이 유체 이탈이구나 하고 생각했네. 이상하게도 의식은 그대로 살아 있었기 때문에 생각을 할 수 있었지. 이대로 그냥 나가면 돌아오지 못할 수도 있다는 생각이 들었네. 그게 바로 죽음이라는 생각도 들었고."

"꿈이나 상상이 아니었단 말이지?"

"물론. 몸을 남겨두고 영이 떠나려고 한다는 것을 분명히 느낄 수 있었어. 그런데 이상한 것은 의식이었어. 의식은 중립을 지키고 있더군. 의식은 현재 무슨 일이 일어나고 있는지 분명히 알고 있었어. 그러면서도 의식은 영을 떠나보내면 안 된다는 의지를 일으키고 있지 않았어. 그냥 지켜보고만 있는 거야."

동우는 아무 대답도 할 수 없었다.

"영은 무슨 의지를 갖고 있거나 그런 존재는 아닌 것 같았어. 하지만 우연히, 극히 우연히 영은 굉장한 힘으로 육체를 떠나려 하고 있는 거야."

"육체는 어떤 힘도 쓰지 못했나?"

"육체에는 본능이 있는 듯했어. 본능의 힘 말이야. 그러니 육체가 그냥 있는다 하더라도 떠나려는 영을 잡는 어느 정도의 힘은 있는 듯했어. 하지만 육체가 적극적으로 붙잡는 의지는 느끼지 못했어. 그건 아까 얘기했던 의식의 분야니까."

"거 참."

동우는 민서의 말을 들을수록 황당해졌지만 그런 중에도 어떤 논리를 찾을 수 있을 듯했다. 즉, 민서의 얘기 속에는 세 개의 각기 다른 주체들이 대립하고 있었다. 본능의 힘으로 존재하는 육체와 이유를 알 수 없는 힘으로 육체를 떠나려는 영, 그리고 이 모든 것을 의식하면서 영에도 육체에도 기울어지지 않는 의식. 동우는 민서가 거짓말을 하고 있다는 생각은 들지 않았다.

성인의 세계에서, 특히 삼성의 존폐를 좌우할 수도 있는 대화를 나누는 이 자리에서 황당무계한 이야기를 하고 있을 사람은 없었다. 특히 민서는 그럴 사람이 아니었다. 게다가 겪지 않은 일을 이렇듯 천연스럽게 말할 수는 없는 일이었다.

"영은 점점 힘이 세졌고 육체의 본능을 거의 이탈할 정도가 되었어. 나는 유체 이탈이라는 말을 들어본 적이 있었기 때문에 이것이 유체 이탈이라는 것을 확실히 느낄 수 있었어. 그때 생각이라는 것이 나더군. 생각은 의식의 분야니까 중립을 지키고 있던 의식에 변화가 생겼다는 뜻이 되는 거지. 겁이 덜컥 나는 거야. 영이 그대로 나가면 돌아올 가능성도 있고 돌아오지 못할 가능성도 있다는 생각이 들었어."

"그렇다면 생각은 정상적일 때와 다름이 없었다는 얘긴가?"

"그렇지. 보통 때와 꼭 같았어. 다만 현재 일어나고 있는 현상에 온통 집중하고 있는 중이었지. 나는 크게 망설였네. 그 망설인 순간이 찰나적이었는지 아니면 꽤 길었는지는 모르겠어. 하지만 나는 두 개의 각각 다른 생각 사이에서 망설였어. 하나는 아까 얘기했던 대로 일단 영이 나가면 돌아오지 못할 수도 있고, 따라서 죽을 수도 있다는 거였어. 겁이 났지. 또 하나의 생각은 죽더라도 나가보자, 그러면 알고 싶었던 것들을 모두 알게 될 것이다, 모든 것을 다 아는데 죽는다 한들 또 어떠랴 하는 것이었단 말일세."

"죽는다는 것은 육체의 죽음만을 의미하는 건가? 그래서 어떻게 했는가?"

동우는 이제 민서의 얘기에 이끌려 들어가는 자신을 느꼈다.

"나는 참으로 죽고 싶었어. 왜냐하면 모든 것을 다 알게 될 것 같은 생각이 들었거든. 나의 영은 공중에서 잠시 육체를 내려다본 후 알 수도 없는 곳으로 날아갈 것 같은 기분이 들었어. 그러고는 뭐든지 알 것 같은 생각이 들었단 말이야. 그런데 동시에 나는 죽어서는 안 된다는 생각이 강하게 들었어. 나의 누이동생 때문이지. 부모님이 돌아가시면서 나에게 부탁한 어린 여동생을 버리고 가선 안 된다는 생각이 의식을 점점 채워오기 시작했어. 순간 나는 강하게 저항하기 시작했지. 즉, 중립을 지키던 의식에 영이 나가게 해서는 안 된다는 의지가 강하게 생기기 시작한 거야. 그러자 영이 떠오르는 것 같던 기분이 가라앉으면서 나는 현실로 완전히 돌아왔어."

"음."

"후후, 믿기 힘들겠지."

"혼돈스럽네."

"그런데 그게 아픈 기억이 되어 늘 날 괴롭히기 시작했어. 무엇보다 진리를 알 수 있는 최고의 기회를 회피했다는 의식이 나를 괴롭혔어. 이후 나는 같은 경험을 하기 위해 무던히 노력했지만 되지 않더군. 나는 회의하기 시작했어. 내가 하는 수학, 물리학, 화학 같은 것이 무슨 의미가 있는지 진지하게 회의하기 시작했던 거야. 내가 겪었던 그 현상을 과학은 도저히 설명하지 못했거든. 그래서 나는 산으로 들어갔던 걸세."

"산에서 무엇을 했나?"

“인간이 쓴 모든 것을 읽기 시작했네. 독서와 사색으로 나의 젊음을 모두 소진했지. 영원히 산에서 내려오고 싶지 않았지만, 누이동생을 키우고 결혼시키는 문제를 내팽개치고 싶지는 않았네. 그래서 잠시 대학에 교수로 들어갔지. 나는 한때 당대 최고의 물리학자들과 물질의 맨 나중 단계에 대해 의견을 나누려 미국에 가기도 했었네.”

“그럼 자네는 물리학을 계속 공부했나?”

“물리학뿐만이 아니야. 인간이 할 수 있는 공부는 모두 다 했다고 할 수 있네. 나는 과학자라기보다는 오히려 철학자로 변모해갔어. 진정한 철학은 과학에서부터 시작해야 한다는 것을 나는 알게 되었어. 나는 어느 시점부터 동양의 정신세계와 서양의 물질세계를 통합하기 시작했어. 사실 이 둘은 본질적으로는 같은 거야.”

“그렇다면 자네에게는 은둔자의 생활이 맞을 것 같은데…….”

“나도 그렇게 생각했네. 그런데 머리를 깎고 산에 머물던 어느 날 매우 기이한 분을 만났지. 그는 내게 세상의 모든 행위는 본질이 다 같다고 얘기했네. 그래서 인간은 이치를 거스르지 않는 것이 아주 중요하다면서, 이치만 지킨다면 은둔하는 것이나 사회에 나서서 활동하는 것이나 의미나 작용이 다를 게 없다더군. 최고의 고승은 절에 있지 않고 오히려 저잣거리에서 백성과 같이하는 것이라면서 웃었어."

"하하, 재미있군. 그 사람이 은거하려는 자네를 세상으로 나가라고 했단 말이지?"

"그렇지."

"그 사람은 어떤 사람이야?"

"우리는 그분을 북학인이라고 부르네."

동우는 깜짝 놀랐다. 그의 입에서 북학인이라는 이름이 나온 것이다.

"북학인? 그분이 이 결사를 같이하고 있는 분인가?"

"그렇네. 자세한 건 나중에 얘기하세."

동우는 이제야 이해가 되면서도 갈수록 이상한 느낌에 사로잡혔다.

"그런데 도인 같은 자네가 삼성전자니 반도체니 하는 데 몰두하는 것을 보니 좀 이상한 기분이 드는 것은 어쩔 수 없군."

"그렇겠지. 하지만 그런 것을 외면할 수는 없어. 자신이 속한 공간을 지키는 것은 그 안의 사람들을 아끼고 사랑한다는 얘기야. 도를 닦는 것도 결국 그 안의 사람들과 같이 행복하자는 거야. 휴머니즘과 애국심은 전혀 다른 것 같지만 결국은 본질적으로 같은 거라는 뜻이지. 삼성전자는 경영을 담당하는 자들의 것이지만, 동시에 이 사회에 속한 모든 사람들의 것이기도 해. 마찬가지로 미국이 거대한 힘으로 세상을 덮으려 하는 욕심도 나의 집안을 다스리는 것과 마찬가지로 올바로 잡아 주어야 하는 거지."

동우는 우습기도 했지만 한편으로는 받아들일 수 있을 것 같기도 하다는 생각이 들었다. 동시에 삼성전자의 운명을 들먹이는 민서의 얘기도 허황되게 들리면서도 신뢰가 가는 것 같기도 했다.

"기분이 이상하군. 내가 잘못 살아온 것 같기도 하고."

"삼성전자는 이 나라를 위해, 이 사회의 사람들을 위해 나름 훌륭한 일을 해왔어. 그래서 우리 모두 그걸 지키려는 거야. 자, 인텔에 확인은 했을 테고. 말해봐, 어떤 방법이 있는지."

이상한 일이었다. 동우는 민서가 암반 속에 있다는 사실에 대해 딱히 말할 수 없는 어떤 부러움을 느꼈다. 오랜 세월을 학문과 과학과 기술의 세계에서 살아왔지만 자신은 일상에서 벗어나지 못했다. 그런데 민서의 일상은 신비감과 더불어 창조성을 엿볼 수 있는 것이었다. 그는 과학을 일상으로 끌어당겨 그 속에서 살고 있었다.

동우는 약간 힘이 빠지는 걸 느끼며 말했다.

"D램은 절대로 M램을 쫓아갈 수 없어. 그런데 삼성전자는 총력을 D램에 경주해왔어."

"그랬지."

민서는 고개를 끄덕였다. 당연히 그럴 것으로 생각했다는 태도였다.

"그런데 삼성전자의 운명을 얘기하자던 건 뭐야? M램 때문에 삼성전자가 어떻게 되기라도 한다는 말인가?"

민서는 이 말에는 대답을 하지 않고 손으로 턱을 괸 채 한동안 가만히 있었다.

"만약에 말이야."

"만약에?"

"그래. 만약에 누군가가 삼성전자를 통째로 먹겠다고 덤비면 어떻게 할 건가?"

"무슨 소리야?"

"앞으로 반도체의 주도권이 인텔에게 넘어갈 수도 있지 않겠나?"

"음, 그럴 수도 있겠지. 하지만 M램이 나왔다고 D램이 하루아침에 무용지물이 되는 것은 아니야. 타격이 크긴 해도 헤쳐나가야지."

"삼성전자가 위기를 맞은 것만은 틀림없지 않은가?"

"그렇긴 해."

"이 위기를 이용해 누군가가 삼성전자를 탈취하려 든다면?"

"불가능한 얘기야. 누가 감히 삼성전자를 탈취할 수 있겠어?"

동우는 일축하고 말았다. 그러나 민서는 진지한 표정을 풀지 않았다.

"내 말이 생각나면 전화나 한번 걸어주게."

"하하, 그럴 일은 없을 걸세."

동우는 웃으며 대답했지만 기분이 별로 좋지 않았다. 민서가 인텔의 M램 개발 소식을 알려주긴 했지만 그 사실에 너무 편승하려 한다는 기분을 떨치기 어려웠다. 누군가 삼성전자를 탈취하려 들면 어떻게 하겠느냐는 물음도 그렇거니와, 그런 일이 생기면 자기에게 전화를 걸어달라는 말도 과장이 지나치다는 생각이 드는 것이었다. 더군다나 얼마 전 자신과 반도체를 같이 의논하자는 말까지 떠올리자 동우는 더욱 기분이 좋지 않아졌다.

"기다리겠네."

동우는 기다릴 필요가 없다고 대답하려다 말고 입을 꽉 다문 채 묵묵히 민서의 사무실을 나와버렸다. 돌아오는 길에 동우는 다소 후회가 되기도 했다. 대학 시절 산에서 은둔 생활을 하다 내려와 자신의 유학길에 보태 쓰라고 백 달러를 건네주던 민서의 사려 깊은 모습이 떠올랐던 것이다.

하지만 대통령도 입에 올릴 수 없는 이상한 말을 거리낌 없이 해대는 민서에게 화가 나지 않을 도리도 없었다.

기습

주가 폭락을 틈탄 주식 매집 소동이 일단락되고 얼마 있지 않아 삼성전자 회장 비서실에는 미국으로부터 한 장의 편지가 도착했다.

편지의 내용을 읽어보던 비서는 강하게 눈살을 찌푸렸다. 이건희 회장 앞으로 온 편지 중에 이렇듯 직설적인 어투를 사용한 것은 이제껏 한 번도 본 적이 없었던 것이다.

비서는 팀장에게 편지를 가져갔다.

이건희 회장 귀하

우리는 삼성전자의 경영을 맡고 있는 이건희 회장의 판단에 문제가 있지 않은가 하는 우려를 갖고 있소. 따라서 우리는 주주로서 직접 방문해 몇 가지 의논을 하고 싶소. 다음주 초에 방문하고 싶으니 일정을 조정하고 기다리기 바라오.

—제임스 코크란

"아주 건방진 놈이군."

팀장도 무척 화가 나는 모양이었다.

"이 사람의 주식 보유 상황을 알아봐주게."

잠시 후 비서의 보고를 받던 팀장은 크게 놀랐다.

"이럴 수가!"

팀장은 흥분해서 자리에서 벌떡 일어났다.

"우리가 어떻게 이런 자를 모르고 있었지?"

팀장은 허둥지둥 부회장실로 달려갔다. 부회장 역시 팀장이 펼쳐놓은 편지를 보자 눈살을 짙게 찌푸렸다.

"제임스 코크란이라……."

"이전의 폭락 사태 때 주식을 사들인 자입니다. 틀림없습니다."

"그렇다 하더라도 혼자 5퍼센트에 육박하는 주식을 보유하고 있다니, 이런 일이 어떻게 가능할까?"

"이놈이 바로 그놈입니다. 미국 M&A의 전문가입니다. 어딘지 음모의 냄새가 물씬 풍기더라니……. 처음부터 끝까지 모두 이놈이 앞장서서 한 일입니다. 애널리스트들을 시켜 비관적 전망을 잔뜩 늘어놓게 하고, 외국인 보유 주식들을 모두 내다 파는 척하면서 오히려 위장 분산으로 주식을 사 모은 놈입니다. 결국 이놈이 이런 편지를 보냈군요."

"편지의 내용으로 보아선 우리의 경영권과 관련해 시비를 걸어올지도 모른다는 생각이 드는군."

"그러나 지금 세계가 우리의 경영진을 칭찬하고 있지 않습니까?"

부회장은 잔뜩 예민해진 신경을 그대로 드러낸 채 고함을 질렀다.

"그게 뭐가 중요하단 말이오. 세상 사람 모두가 인정한들 무슨 소용이 있단 말이오. 문제는 이자의 배후나 의도를 우리가 전혀 모르고 있다는 데 있는 거지."

팀장은 머쓱해졌다.

"편지의 투로 보아서 문제는 보통 심각한 게 아니오."

부회장의 예상은 들어맞았다. 화요일 아침 삼성전자 회장실에 들이닥친 사람은 모두 다섯이었다. 이건희 회장을 비롯한 경영진들은 다섯 사람의 면면을 보고는 놀라지 않을 수 없었다.

편지를 보내온 코크란이라는 자가 문제가 아니었다. 늘 긴밀한 협조관계를 유지하며 주식을 장기 보유하고 있던 주요 주주들이 그와 동행하고 있었기 때문이었다. 더욱 놀라운 것은 텍사스 인스트루먼트 등 삼성전자가 반도체를 팔면 앉아서 로열티를 받는 회사들이 코크란이라는 자와 동행하고 있다는 사실이었다.

이 회장을 비롯한 임원들은 입술을 지그시 깨물었다. 친구가 적과 동행하고 있다는 사실 앞에 불안감은 더욱 깊어졌다.

코크란은 키가 큰 자였다. 그의 눈은 삼성전자의 임원들을 높은 곳에서 내려다보았다. 나머지 동행한 사람들의 표정 역시 이전의 우호적인 것이 아니었다. 범인을 체포하러 온 수사관 같은 사나움과 단호함이 엿보였다.

그들은 큰 머그잔으로 커피를 주문했다. 설탕과 크림을 잔뜩 넣은 커피를 주문하는 코크란을 보며 삼성전자의 경영진들 역시 전의를 단단히 다졌다.

"단도직입적으로 얘기합시다. 비비 꼬는 건 내 취향이 아니거든."

코크란은 살기등등한 어조로 입을 열었다.

부회장의 눈초리가 날카로워졌다. 깐깐한 성격의 그는 코크란을 처음 대하는 순간부터 그의 태도로 보아 타협은 없다는 것을 직감적으로 느꼈다. 분노와 우려가 동시에 몰려왔다. 다른 임원들 역시 마찬가지였다. 비록 전의를 다지긴 했어도 어딘가에 타협점은 있으리라 생각했던 기대감은 코크란이 입을 여는 순간 다 날아가고 말았다.

"우리는 대립을 원하지 않소. 경영권을 내놓으시오. 지금 현재 우리 다섯이 보유한 주식만 해도 당신네보다 많소. 그리고 이건 위임장 사본이오. 불필요한 싸움을 피하기 위해 가지고 왔소."

"으음."

위임장의 맨 위에 시티은행의 이름이 들어가 있는 것을 보는 순간 임원들의 입에서 신음이 터져 나왔다.

"다시 얘기하지만 대항이란 무의미하오. 만약 대항이 있을 시에는 앞으로 당신네들이 영원히 기회를 갖지 못하도록 조치하겠소. 그게 무슨 의미인지는 잘 알 거요."

임원들은 너무 갑작스러운 얘기에 입을 열 수조차 없었다. 이것은 통상 있는 싸움이 아니었다. 어떤 선전포고도 어떤 탐색전도 없는 대살육전이었다. 적의 얘기는 목숨이라도 부지하고 있는 것이 좋다, 그래야 나중에라도 기회를 볼 수 있지 않느냐는 협박과 유혹이 뒤섞인 것이었다.

"경영권을 내놓으라는 이유가 뭡니까?"

경영총괄 사장이 굳은 얼굴로 추궁하듯 물었다.

"이유? 아직도 이유를 모르고 있단 말이오?"

"그렇소."

코크란의 야유하는 듯한 목소리가 경영총괄 사장의 가시 돋친 목소리를 덮어버렸다.

"이유는 없소. 다만 싸우면 내가 이길 것이라는 사실 하나요."

"세상에 그런 무도한 얘기가 어디 있습니까? 우리는 최선을 다해 삼성전자를 이끌어왔고 막대한 이익을 실현했습니다. 그런데 이유가 없다는 게 말이 됩니까?"

"그렇다면 싸우잔 얘기요? 서로 자기편을 끌어대고 주식 수를 맞춰보자는 거요?"

"어느 쪽이 주식을 많이 끌어댈 수 있다 없다의 문제가 아니잖습니까? 이유를 말하란 겁니다."

"그렇게나 이유를 알고 싶소?"

코크란이 조롱하듯 물었다.

"물론입니다."

"그렇다면 얘기해주지. 당신들은 반도체의 생명인 신기술 개발에 실패했소. 인텔이 M램을 개발하는 동안 당신들은 무엇을 했는지 모르겠단 말이오. 앞으로 삼성전자의 주식은 휴지조각이 될지도 모르는 위기에 처해 있소. 즉, 당신들은 내 돈을 모두 탕진할 수도 있단 말이오. 나는 내 회사를 당신들에게 맡겨둘 수 없소. 그게 이유요. 이제 알겠소?"

"반도체가 삼성전자의 모든 것은 아닙니다. 우리에게는 다른 많은 아이템이……."

"당신은 쓸데없는 말이 많은 사람이군. 나가시오."

코크란이 말을 끊었다.

"뭐라구요?"

"밖으로 나가시오. 여기 이 자리에 있지 말란 말이오."

경영총괄 사장은 흥분한 채 가쁜 숨을 몰아쉬었다. 이런 막무가내의 모욕은 처음이었지만 지배주주 앞에서 어떻게 해볼 도리도 없었다.

부회장이 코크란을 진정시키려 들었다.

"시간을 좀 주세요. 이것저것 따져봐야 할 것이 많습니다."

"그건 마음대로 하시오. 시간은 사흘 주겠소. 하지만 쓸데없는 잔재주는 피우지 마시오. 다시 한 번 경고하는데, 극한 대립으로 갔다가는 당신들과 삼성전자는 영원히 결별이오. 참, 그리고 노파심에서 한마디 하는데, 혹시 시장에서 주식을 긁어모아 대항하고자 한다면 나에게 주식을 사시오. 나는 5퍼센트를 가진 사람이오. 나의 5퍼센트가 당신들에게 넘어가면 방어에 큰 도움이 될지 모르니까."

임원들은 코크란이 닥치는 대로 마구 내뱉는 것 같지만 사실은 치밀한 준비를 하고 왔다는 걸 느낄 수 있었다.

주주들의 배신

자리를 옮긴 임원들은 위임장 사본을 앞에 놓고 앉았다.

“아아, 우리의 친구라고 생각했던 사람들이 모두 적과 함께 우리의 숨통을 조이고 있다니.”

“정말 도저히 방법이 없겠소?”

“그렇습니다. 현재 우리가 장악하고 있는 주식의 비율이 19퍼센트인데, 외국인들은 65퍼센트를 장악하고 있습니다. 시티은행, 타이거 펀드 등이 모두 코크란에게 가담하고 있는 걸로 보아 미국 측 주식은 거의 코크란에게 포섭되었다고 봐야 합니다. 그렇다면 55퍼센트가 확실히 적대 세력입니다. 나머지 일본과 독일의 자본도 이제껏 접촉한 바에 의하면 우리에게 우호적이지 않습니다. 어느 편에도 위임장을 안 써주게 만드는 정도가 최선이라고 생각합니다. 그리고 한국인들이 보유하고 있는 주식 16퍼센트는 M&A가 시작되면 무섭게 주가가 올라갈 겁니다. 이걸 우리나 그들이 같은 비율로 가져간다고 보면 각자 8퍼센트씩 보유율이 올라갑니다. 그러면 우리가 27퍼센트, 적대 세력이 73퍼센트가 됩니다. 적대 세력이 우리의 이사들을 해임하는 데 필요한 주식은 우리의 갑절인 54퍼센트입니다. 적대 세력은 19퍼센트나 남기게 됩니다. 여기에 어떤 변수를 넣어도 우리가 이길 수는 없습니다."

"그런데 어떻게 해서 이런 일이 발생하게 되었을까요? 우리의 친구들이 어느 날 갑자기 악당과 손을 잡고 회사를 빼앗으러 왔다는 사실이 저는 도저히 이해되지 않습니다."

"인텔이 M램 개발에 성공한 것 때문이라 하지 않았습니까."

"영향은 있겠지요. 하지만 그것이 다는 아닐 겁니다. 아직도 D램을 써야만 하는 업체들은 무수히 많습니다. M램이 D램을 완전히 대체하는 데에는 오 년 이상 걸립니다. 그동안 우리가 탄소나노튜브를 이용한 나노 반도체를 만들어낼 수도 있습니다. 주주들은 이런 사실 역시 너무나 잘 알고 있습니다."

"그럼 도대체 뭘까요?"

"알 수 없습니다. 하지만 일련의 사태를 볼 때 정체는 숨겨져 있지만 아주 강대한 세력이 뒤에서 조종하고 있는 것만은 틀림없습니다."

"문제는 미국 쪽에 우리 주식이 너무 많이 가 있었다는 점입니다."

"우리가 지금의 상황을 자세히 알리고 한국인들이 보유한 주식을 홀딩하게 할 수는 없을까요? 우리가 16퍼센트의 위임장을 받을 수 있다면 모두 35퍼센트가 돼버려 저들은 70퍼센트를 가져야 하는데, 그건 불가능하지 않습니까."

"우리는 기습을 당했소. 지금은 어떤 방법을 써도 이길 수 없소. 한국인들이 주식을 홀딩한다구요? 그런 꿈같은 가정은 하지 않는 게 좋아요. 우리가 경영권 방어 차원에서 주식을 매집하기 시작하면 매일 상한가를 칠 테고, 투자자들은 아슬아슬한 순간에 가장 지능적으로 주식을 내놓을 거요. 우리는 마지막 주식들을 아마 지금보다 세 배 이상은 뛴 상황에서 매집할 수 있을 거요. 더 무서운 건 저놈들이 이런 상황을 이용해 다양한 작전을 구사할 수 있다는 사실이오. 저들은 결정적인 순간 보유하고 있는 주식을 최고가에 우리에게 팔려고 할지도 모르오. 우리는 갖고 있는 모든 현금을 털어 넣고 나서 결국 경영권을 빼앗길지 모른다는 거요. 그게 최악의 상황이지. 그렇지 않소, 전 사장?"

"그렇습니다. 저들은 최고가에 주식을 팔고 나서 잠시 기다렸다 우리 주식이 떨어지면 그때 또 대량 매집을 할 겁니다. 이렇게 된 이상 어떤 경우든 우리가 이 싸움에서 이길 수는 없습니다."

모두 침통한 표정이었다.

"그런데 순순히 내놓으면 기회를 주고 그렇지 않으면 몰살시키겠다는 얘기는 무슨 의미입니까?"

"모든 임원을 다 갈아버리겠다는 얘기로 들리더군요."

"그 외에도 여러 가지 방법이 있습니다. 공장들을 분리 매각할 수도 있고, 본사를 아예 미국으로 가져갈 수도 있고, 어떤 특정 제품의 생산을 조정할 수도 있습니다. 삼성전자의 이름도 바꾸어버릴지 모릅니다. 순순히 내놓으면 그냥 일하게 해 줄 테니 우리가 나중에 다시 경영권을 되찾을 기회가 있다는 얘기지요."

"음."

대책회의에선 연신 신음 소리만이 터져 나올 뿐이었다.

"이럴 게 아니라 지금이라도 이번에 온 그 다섯의 배후를 캐봅시다. 그리고 그 코크란이란 자 외에 우리와 우호적 관계를 맺고 있는 주주들이 어째서 그자에게 가담하게 됐는지를 알아보고, 우리와 다시 손을 잡을 수 있는지 없는지를 집요하게 타진합시다. 혹시 그들의 부정행위라도 찾아낼 수 있을지 모르는 일이잖소. 그리고 금융팀은 이 위임장에 없는 외국인 주주들을 찾아 최대한 위임장을 받아오도록 하시오. 나는 일본으로 가겠소. 이 사장은 독일로 가시오. 미국 현지 법인은 아무리 작은 투자자라도 만나 힘을 보태도록 하시오."

부회장은 회의를 그렇게 끝냈고, 간부들은 각자의 라인을 총동원해 각종 대처법을 찾으려 했다. 그러나 간부들은 이미 대세가 기울었다는 것을 시간이 지나면서 점차 확인할 수 있었다. 그간 우호적이던 회사의 경영자들은 삼성 측의 전화조차 잘 받으려 하지 않았다. 어렵게 통화가 되어도 그들은 자세한 내용을 알지 못한다고 대답했다.

"이사회에서 처리한 일이라 우리는 내용을 알지도 못합니다."

"그러나 이사회에서는 잭슨 회장의 조언을 들었을 것 아닙니까?"

"물론 저도 이사회에 나가서 발언을 했습니다. 하지만 나보다 훨씬 강력한 사람들의 발언이 있었기 때문에 전문 경영인인 저의 발언은 별로 영향을 주지 못했습니다."

"이사회에 참석한 외부 인사는 누굽니까?"

"그것은 말할 수 없습니다. 보안을 유지하겠다는 다짐을 했기 때문입니다."

"회장님, 지금 우리는 너무도 다급합니다. 이 일의 배후를 알아야 대처를 하든 타협을 하든 할 수 있습니다. 제발 외부 인사가 누군지 알려주십시오. 이것은 저의 개인적인 부탁이기도 합니다. 은혜는 잊지 않겠습니다."

"사정은 이해합니다. 하지만 저는 분명히 약속을 했습니다. 미안합니다."

미국에 사업상의 동지를 두고 있는 임원들은, 주변의 모두가 삼성전자에 등을 돌리고 있다는 사실을 확인할 수 있었다.

이것은 자금을 마련해보려고 하는 임원들도 마찬가지로 절실히 느끼는 바였다. 냉혹한 주식시장에서 삼성전자를 지키기 위해 주식이 몇 배 오르더라도 팔지 않고 갖고 있어달라고 애원하는 것은 한 편의 코미디와 다름없는 일이었다.

코크란으로부터 얻은 사흘의 시간은 임원들이 백기를 들어야 한다는 것을 확인하는 시간에 다름 아니었다.

최후 통첩을 받은 날 오전에 열린 삼성그룹의 사장단 회의에는 비장함이 감돌았다. 그들은 지금 삼성전자의 덩치가 너무 커져 버렸다는 사실에 당혹감을 느꼈다. 삼성전자를 지키기 위해 그룹 전체가 나설 경우를 상정해보지 않은 것은 아니었다. 그러나 그럴 경우 삼성전자를 지키기는커녕 그룹 전체가 날아가 버릴 수 있다는 사실을 이들은 그간의 계산에 의해 너무도 잘 알고 있었다.

사장단 회의가 있을 때면 언제나 참석해 치열하게 토론을 이끌곤 하던 이건희 회장은 자신의 방에서 나오지 않았다. 사장단은 차라리 이 회장이 나오지 않는 게 낫다는 생각을 하고 있었다. 이 처참한 현장에 회장이 나온다면 자신들은 한마디도 하지 못할지 몰랐다.

윤 부회장이 먼저 입을 열었다.

"깊이 생각해본 결과 우리는 일시 경영권을 넘겨주는 것이

났다는 결론을 내렸소. 앞으로 우리의 주력 생산품인 D램의 수요가 급속하게 떨어질 수밖에 없는 상황에서 경영권 분쟁이 붙으면 그룹 전체의 운명이 위태로울 수 있다는 판단을 내린 거요. 삼성전자의 임원들은 모두 사직서를 써서 오후 회의에 제출하기 바랍니다. 이상입니다."

회의는 바로 끝났다. 아무도 이의 제기를 하지 않았다. 아니, 할 수 없었다.

삼성전자의 운명

삼성전자의 임원들이 모두 사직서를 썼다는 정보를 접한 동우는 민서의 얼굴을 떠올렸다.

'내 말이 생각나면 전화나 한번 걸어주게.'

비로소 삼성전자의 운명과 관련해 얘기를 나누자던 그의 말이 예사롭지 않게 다가왔다. 동우는 곰곰 생각했다. 처음 전화를 걸어왔을 때부터 심상치 않은 느낌을 주던 민서였다.

동우는 어쩌면 민서가 이런 사태를 예견하고 있었을지도 모른다는 생각이 들어 급히 민서에게 전화를 걸었다.

"그런데 지난번에 삼성전자의 운명에 대해 얘기를 나누자고 했던 건 무슨 얘기야?"

"회사에 무슨 변화가 있나?"

동우는 침통한 목소리로 대답했다.

"경영권을 탈취하려는 자들이 있다는군. 아주 막강한 자들이야."

"그들이 결국 일을 벌이는군."

"누구야? 그들이 누군지 혹시 자네는 알고 있나?"

"물론 알고 있어."

동우는 놀라지 않을 수 없었다. 그렇게 애써도 알 수 없던 상대의 정체를 민서가 알고 있다니. 동우는 다급히 물었다.

"누군가, 그들은?"

"만나서 얘기하세."

"그러지. 내 곧 가겠네."

"아니, 내가 사람을 보내지."

민서는 여전히 자신의 정체가 드러나지 않도록 애를 쓰는 모양이었다.

"그래."

동우는 답답했지만 참을 수밖에 없었다.

얼마 후 지난번처럼 청년이 왔고, 동우는 청년을 따라 민서의 사무실로 갔다.

"이해할 수가 없어. 도대체 어떤 자들이 이런 짓을 하는 걸까? 지금 경영권을 넘겨받으면 오히려 부진의 늪에 빠진다는 걸 상대도 잘 알 텐데 말이야. 회사를 망가뜨리자는 수작인가?"

"그럴지도 모르지."

"무슨 소리야? 회사를 망가뜨리려고 그 엄청난 돈을 투자해 주식을 사고 경영권을 뺏는다?"

"얘기가 좀 복잡해. 이것은 단순한 투자가 아냐."

"이상하군, 그런 큰돈을 들여 이해할 수 없는 행동을 하는 자들이 있다는 사실이. 그래, 그들은 도대체 어떤 자들이야?"

"미국의 군수산업체가 개입했어. 어쩌면 저들은 삼성전자를 통째로 주저앉히거나 최소한 반도체 부문을 떼서 팔아버릴지도 모르네."

"뭐라구? 미국의 군수산업이?"

"그래."

"왜? 도대체 왜?"

"나노 반도체 때문이야."

"나노 반도체?"

"그래. 가장 무서운 미래의 무기지. 핵미사일과 나노 반도체의 결합을 상상해보게. 나노 반도체란 바로 슈퍼컴퓨터를 만들어 미사일에 달 수 있다는 얘기가 아닌가?"

"오오!"

동우는 비로소 이 이상한 현상을 이해할 수 있을 것 같았다.

"음, 하나 더 궁금한 게 있네."

"말해보게."

"자네는 인텔의 M램 개발을 프랑스 정보국을 통해 알았다고 했는데, 그건 어떻게 된 건가?"

"그게 궁금하겠지. 사실 우리는 한국의 차세대 전투기 구입 사업에 약간 관여하고 있었네."

"그래? 어떤 연유로?"

동우는 다시 한 번 놀랐다.

"그것은 결국 엄청나게 비싼 기계를 고르는 사업이 아닌가? 우리 국민이 낸 세금으로 말일세. 나는 기계를 고르는 일에는 과학기술자가 관여해야 한다고 생각했어."

"그거야 그렇지만……."

"군인이나 행정관리들이 개입하면 그들이 말하는 대로 받아들일 수밖에 없지만, 과학기술자가 참여하면 그들은 모든 걸 다 내놔야 하네. 적당히 넘어갈 수 없지 않은가. 우리는 이 나라에 그런 전통을 세우려고 했지. 전문가들로 구성된 과학기술평가단이 낸 정확한 평가보고서가 그런 일들의 기본이 되도록 말이야."

"음."

동우는 민서의 말을 들으며 뭔가 깨달아지는 게 있었다. 사회가 과학기술자를 홀대한다고만 생각해왔지 과학기술자들이 스스로 나서서 적극적으로 사회에 참여하겠다는 의지를 보인 적이 없었다. 찾아보면 사회를 위해 과학기술자들만이 할 수 있는 일이 얼마든지 있는데도 그조차 인문계 출신들이 좌지우지하는 걸 보고만 있었던 게 사실이었다. 그 자신조차 그에 대해서는 자유로울 수 없었다.

"그래서 프랑스 측 기술자들과 대화를 나누다 보니 기발한 생각이 나지 않겠나."

동우는 이제 민서의 말이 결코 비현실적인 것들이 아니라는 걸 알게 되었다.

"어떤 기발한 생각이었지?"

"프랑스의 핵심 인물과 우리는 기발한 합작을 생각해냈어. 그 합작을 위해 프랑스는 우리에게 라팔 전투기의 제조 기술을 100퍼센트 이전해주기로 밀약을 맺었네."

"오, 라팔 전투기의 기술이전 배후에 그런 밀약이 있었단 말인가? 그러면 우리는 무엇을 대가로 주기로 했나?"

"우리는 라팔 전투기에 나노 반도체를 병렬로 이은 슈퍼컴퓨터를 달아주기로 했어. 그러면 라팔은 미국의 비행기와는 상대가 안 되는 거야."

"오오!"

동우의 입에서 자신도 모르게 탄성이 터져 나왔다.

"자네가 어떻게 그런 큰일을?"

"그런데 그만 일이 틀어지고 말았네."

"저런, 어쩌다……?"

"프랑스 측 핵심 인물이 죽고 말았거든."

동우는 더 이상 묻지 않아도 상황을 이해할 수 있을 것 같았다. 세계는 기술 전쟁 중이라는 말이 실감나게 다가왔다.

"가만! 그런데 자네 지금 나노 반도체를 병렬로 이은 슈퍼컴퓨터라고 했나?"

"그렇다네."

"인텔의 M램을 이용한 건가?"

"아니야. 전혀 다른 개념의 나노 반도체지."

"무슨 얘긴지 모르겠군."

"그렇겠지. 그래서 삼성전자에 위기가 생기면 연락을 하라고 했던 거네."

"왜 연락을 하라고 한 거지?"

"자네가 있어야 할 수 있는 일이니까."

순간 동우의 눈이 반짝 빛났다. 하지만 동우는 이내 고개를 가로저었다.

동우는 또다시 깊은 생각에 잠겼다. 민서의 말을 어떻게 받아들여야 할지 다시 고민이 되는 것이었다. 동우의 마음을 읽었는지 민서가 말했다.

"M램을 이겨낼 수 있는 방법이 있어."

"M램을 이겨낼 수 있는 방법이 있다? 그게 제정신으로 하는 말이야?"

"그래."

"믿을 수 없군. 오, 맙소사. 믿을 수 없어. 자네가 반도체에 대해 무얼 알겠나. 지금 이 지구상에 인텔의 M램을 능가할 나노 반도체는 있을 수 없어."

민서는 나직하지만 힘 있는 목소리로 말을 이었다.

"전혀 새로운 개념의 나노 반도체가 있어. M램을 능가하지. 지금 어떤 상황인지는 모르지만 이 반도체는 틀림없이 삼성을 살릴 수 있어."

"M램을 능가하는 반도체? 그걸 자네가 어떻게 안다는 거지?"

"모든 것은 사람의 생각에서 나오네. 누가 먼저 기발한 생각을 하느냐에 과학기술의 운명이 달려 있지."

동우는 잠시 생각에 잠겼다. 나노 반도체에 대해서는 전 세계의 전문가들이 머리를 싸매고 밤을 새워 연구하는 중이었고, 그것은 삼성전자도 마찬가지였다.

인텔은 사람들이 경시했던 자석 소자에 집착했고 거기서 맨 처음 나노 반도체의 실용화를 이루어낸 것이었다. 세계의 전문가들이 주목해온 방식은 탄소나노튜브를 이용한 소자의 배열이었다.

그렇다면 민서는 이미 탄소나노튜브의 모델을 만들었다는 것인가? 지금까지의 말들에 비추어볼 때 뭔가가 있는 건 분명했다. 만약 그가 탄소나노튜브를 이용한 방식을 갖고 있다면 한번 도전해볼 만할지도 모른다는 생각이 들어 동우는 물었다.

"혹시 자네는 반도체 제조에 응용할 수 있는 탄소나노튜브의 모델을 만들었나?"

"아니야."

"어쨌든 자네가 얘기하는 방식이란 탄소나노튜브를 이용했을 거 아닌가?"

"아닐세."

동우는 김이 빠졌다. 탄소나노튜브가 아니라면 기대할 것이 없었다. 동우는 다시 어쩌면 자신은 과대망상증 환자와 얘기를 나누고 있는지도 모른다는 생각이 들었다.

"그렇다면 도대체 어떤 방식이 있단 말이지?"

"여기서 말할 수 없네. 우리의 연구진과 같이 자네 회사에 가서 얘기하겠네."

"음……."

동우는 잠시 생각에 잠겼다. 탄소나노튜브를 이용하지도 않은 나노 반도체는 상상조차 할 수 없었지만, 그럼에도 기술 세계에서는 아이디어를 절대 함부로 얘기하는 것이 아니었고 그건 기술계의 불문율이었다. 그런 점에서 민서의 지금 태도도 이해할 만했다.

"그런데 그런 얘기를 왜 나에게 하는 거야? 직접 삼성전자에 가서 하면 되잖나?"

"삼성전자가 나를 믿겠나? 자네니까 내 말을 들어주는 것 아닌가."

그제야 동우는 고개를 끄덕였다.

"자네가 가서 먼저 내부회의를 하게. 자네는 기술위원에 사외이사였으니까 회의를 주도할 수도 있을 거네. 회의 결과 모두가 동의한다면 그때 삼성전자에 가서 방법을 말하겠네."

동우는 시계를 보았다. 임원들의 사표가 수리되는 오후 회의까지는 네 시간이 남아 있었다.

"가서 연구진들과 진지하게 의논해보게. 절대로 보안 유지를 하고. 세계의 정보기관이 주목할 수 있으니까."

"우리 회의를 왜 정보기관이 감시한단 말인가?"

"평면적으로 생각하지 말게. 지금 세계의 패러다임은 무서운 속도로 바뀌고 있어. 전쟁이나 무기의 개념이 완전히 바뀌고 있단 말이야. 삼성전자는 세계를 손아귀에 넣을 수 있는 무서운 무기를 제조할 가능성이 세계에서 가장 높은 회사야. 과학기술이 세계를 백팔십도 바꾸고 있는 거지."

"하여튼 의논해보지."

동우는 반신반의하면서 민서의 사무실을 물러나왔다.

삼성전자로 가면서 동우는 생각을 거듭했다. 너무나 허무맹랑한 이야기였지만 민서가 이렇게 자신감을 보이는 데는 틀림없이 이유가 있을 것도 같았다.

한동안 고민을 거듭한 끝에 동우는 회사에 들어서자 부회장실로 갔다.

비밀 기술회의

그날 오후 삼성전자에서는 비밀 기술회의가 열렸다.

이미 경영권 위기 소식을 접한 수석연구원들의 얼굴에는 어두운 그림자가 짙게 드리워져 있었다.

부회장이 태연한 표정을 유지하며 회의를 주재했다.

"여러분도 알다시피 인텔이 M램을 개발했소. D램으로는 도저히 쫓아갈 수 없는 차이가 있다는 걸 알 거요. 사실 그렇다고 전 세계의 D램 수요가 갑자기 없어지는 것은 아니지만, 문제는 심리적 효과요. 인텔은 향후 십 년 내에 세계 시장을 완전히 석권한다는 야심을 가지고 있소. 탄소나노튜브를 이용한 반도체 개발에는 그 정도 시간이 필요하다는 계산을 하고 있는 거요."

한국 반도체의 견인차 역할을 해온 주인공인 부회장의 목소리는 침통하게 들렸다.

"당장 생산 라인을 줄이고 매출을 내려 잡아야 할 상황입니다."

아직 경영권 양도 소식을 듣지 못한 공장장이 현재의 상황을 있는 그대로 보고했다.

"급속한 감원이 불가피합니다. 웬만하면 수요 회복을 기다리면서 직원들을 데리고 있겠지만, 기존의 생산품은 새로 나오는 나노 반도체와는 상대가 되지 않습니다."

구조조정본부장 역시 안색이 좋지 못했다.

좌중은 어느새 침묵에 휩싸였다. 누구도 거대한 망치로 머리를 후려치는 듯한 이 새로운 사실 앞에서 할 말을 생각해내지 못했다.

"그래서 말인데요."

사람들은 목소리의 주인을 찾았다. 이동우였다. 몇몇이 눈을 반짝 빛내고는 동우의 입술에 눈의 초점을 맞추었다. 하지만 대개는 기대조차 하지 않는다는 얼굴이었다. 모두가 현재 삼성전자가 처한 상황을 번연히 알고 있는 터였다.

"이 자리에 오기 전 저는 누군가로부터 한 가지 제안을 받았습니다."

사람들은 뭔가 이상한 얘기가 나올지도 모른다는 생각에 이번에는 약간의 기대를 갖고 동우의 다음 말에 귀를 기울였다.

"탄소나노튜브를 사용하는 방법 말고 M램을 앞지를 수 있는 방법이 있다고 합니다."

순간 사람들은 귀를 의심했다.

"에엣!"

"아니!"

"그럴 수가!"

세계적으로 쟁쟁한 명성을 얻고 있는 삼성전자의 일류 연구원들이었지만 동우의 이 말을 받아들일 수 있는 사람은 아무도 없었다.

"이 박사님, 저희는 이 박사님의 능력과 두뇌를 누구보다 잘 알고 있지만 그 말씀만은 받아들이기가 어렵습니다. 사실 M램은 새로운 개념은 아닙니다. 모두가 버린 휴지 조각에서 보물섬의 위치를 읽어냈다고 하면 맞을 정도로 M램은 반도체 연구가들 사이에서 그 가능성을 거의 인정받지 못했던 것입니다. 세계가 모두 탄소나노튜브를 이용하는 나노 반도체를 연구하는 것은 가능성이 가장 높기 때문입니다. 실제로 우리는 연구실에서 탄소나노튜브를 이용해 집게를 만들어 나노 입자를 하나씩 옮기는 실험에까지 성공했습니다. 현재 인류가 알고 있는 방법 중에는 최고의 것입니다. 비록 우리가 인텔에 허를 찔리기는 했지만 이제부터 죽기 살기로 탄소나노튜브에 매달리면 됩니다. 문제는 시간이지만, 길이 그것밖에 없는 걸 어떻게 하겠습니까?"

미국에서 탄소나노튜브에 관한 논문으로 센세이션을 일으키고 삼성전자에 온 스티브 김이 못을 박듯 분명한 목소리로 동우의 말을 일축했다.

"맞습니다. 비록 이번엔 우리가 크게 한 방 먹었지만 전열을 재정비해서 나갈 수 있습니다. 방법은 탄소나노튜브입니다. 과거로 돌아가기만 하면 됩니다. 과거 우리가 일본을 추격할 때 밤잠 한 번 제대로 잔 적이 있었습니까? 초심을 잊지 않고 그 시절로 돌아가 전력을 다해 나노튜브에 매달리면 됩니다. 나노튜브의 연구 그 자체는 몰라도 반도체에의 응용력은 현재 우리가 제일입니다. 우리는 하면 됩니다."

연구원들은 오기가 대단했다. 인텔에게 한 방 먹은 데서 오는 분노는 탄소나노튜브에 대한 오기와 열정으로 옮겨가고 있었다.

"이 박사, 그런데 그 제안을 해온 사람은 어떤 사람이오?"

부회장이 물었다.

동우는 약간 곤란하다는 생각이 들었다. 민서를 어떻게 설명해야 할지 몰랐다. 이 중요한 자리에서 사람들의 신뢰를 얻자면 모두가 쉽사리 수긍할 수 있는 경력이 필요했다.

"좀 설명하기 어려운 사람입니다."

사람들은 알 수 없다는 표정으로 동우의 얼굴을 응시했다.

"뭐라고 설명해야 할지 딱히 떠오르지는 않지만 아무튼 과학기술 전 분야에 걸쳐 몹시 해박한 사람입니다. 그는 고등학교와 대학에 걸쳐 수학과 과학 분야에서 타의 추종을 불허하는 실력을 보였습니다."

좌중에서 웃는 소리가 들리는 듯했다. 지금 이 자리에 필요한 사람은 세계적인 반도체 전문가로 나노 반도체에 관한 연구가 타의 추종을 불허하는 사람이라야 했다. 그리고 이런 사실을 동우가 모를 리 없었다. 그런데 고등학교 때의 수학 성적을 들먹이다니. 사람들은 동우가 예기치 못한 인텔의 M램 개발 앞에서 당황하고 있다고 생각했다.

"음, 그런데 그 사람에게 어떤 방법이 있다는 거요?"

"저도 아직 듣지 못했습니다. 모두가 모인 데서 방법을 설명하겠다는 겁니다."

"그건 좀 이상하지 않소? 이 박사는 세계 제일의 반도체 전문가인데, 이 박사에게 설명을 하면 될 것 아니오."

"저도 그 점을 지적했습니다만 그에게는 나름대로의 이유가 있어 보였습니다."

"그 나름대로의 이유가 뭐죠?"

"그는 보안 등 다른 이유를 대긴 했습니다만, 어쩌면 제가 알아듣지 못할 것을 염려했을지도 모릅니다."

사람들 사이에서 웅성거리는 소리가 들렸다.

"이 박사, 반도체 제조에서 이 박사가 못 알아들을 방법이 있다는 것이 말이 되겠소?"

기어이 좌중에서는 웃음소리가 터져 나왔다.

"물론 말이 안 됩니다. 하지만 세상은 무서운 속도로 바뀌고 있습니다. 어쩌면 세상에는 우리가 생각도 못 했던 방법이 있을지도 모릅니다."

동우의 이 한마디에 좌중은 갑자기 숙연해졌다. 자신이 최고라 생각하면서도, 하루아침에 최고가 최저로 곤두박질칠 수 있는 것이 과학기술의 세계라는 것을 누구보다 잘 알고 있는 그들이기 때문이었다.

"그는 어떤 조건을 달고 있소?"

"일단 만나서 자신의 조건을 얘기하겠다 했습니다."

사람들은 침묵했고, 부회장은 그들의 마음을 헤아려 결론을 내놓아야 했다.

한편, 코크란을 만난 이후 그의 의도를 파악한 이건희 회장은 어떤 움직임도 보이지 않았다. 이미 막강한 세력을 등에 업은 코크란과의 숫자 대결에서 진 것을 안 그는 모든 사람과의 접촉을 끊고 혼자 칩거했다.

비서들은 이 회장의 정신적 충격을 우려해 비상대기 상태에 들어갔으나, 가끔 마실 것을 주문하는 이 회장의 모습이 의외로 의연해 보이는 데 놀랐다.

이 회장은 경영권을 빼앗기기 직전 대개의 오너들이 보이는 초조하고 불안한 모습과는 거리가 멀었다. 다만 그는 밖에서 오는 모든 전화를 연결하지 말라는 지시를 내렸을 뿐이었다.

비서들은 회장의 이런 지시는 모든 것이 끝났음을 보여주는 거라는 걸 알고 있었다.

시간이 자꾸 흘러 코크란이 통보한 약속 시간이 다가오자 비서들은 안절부절못했다. 부회장을 비롯한 임원들이 모두 사직서를 썼다는 소식을 접하고는 눈물을 흘리는 비서도 있었다.

"흡."

이 회장이 시킨 음료를 들고 들어가던 여비서는 자신도 모르게 터져 나오는 목울음을 참을 수 없었다. 아무리 억제하려 해도 눈물이 흘러내렸다. 빨리 들어가야 한다는 생각이 들었지만 그런 모습으로 들어갈 수는 없는 일이어서 몇 번이나 다시 자리로 돌아와 눈물을 닦아내던 여비서는 회장이 문을 열고 자신을 보고 있는 것을 깨닫자 손수건을 놓고 후닥닥 일어나려다 음료를 엎지르고 말았다.

"어머!"

어쩔 줄 몰라 하는 여비서를 이 회장은 손짓으로 가만히 불렀다.

당황한 여비서가 다가가자 이 회장은 속삭이듯 말했다.

"북학인이라는 분의 전화가 오면 바로 연결시켜줘. 물도 한 잔 더 주고."

"알겠습니다, 회장님."

기어들어 가는 여비서의 목소리가 안쓰러운지 이 회장은 여비서의 어깨를 가볍게 두들겨주었다. 평소 수줍음이 많아 비서들에게조차 이런 행동을 전혀 보이지 않던 이 회장인지라 여비서는 더욱 당혹스러워했다.

얼마 후 여비서는 북학인이라는 사람의 전화를 받고는 바로 이 회장에게 연결시켰다. 통화가 끝나자 이 회장은 직접 메모를 써서 비서에게 주었다.

이민서 씨 일행에게 최대한의 편의를 제공할 것.

이 회장은 조용히 눈을 감았다. 얼마 전까지 시달렸던 불안의 실체가 분명히 드러난 셈이었다. 이 회장은 이를 악물었다. 선대 회장이 눈을 감기 직전 마지막 힘을 내 했던 유언이 떠올랐다.

'모두 삼성이 금융으로 돈을 번다고 생각하겠지만 그건 오산이다. 우리는 전자를 하기 위해 돈을 모았다는 사실을 명심해라.'

한평생을 오직 기업인으로만 살았던 아버지. 어느 기업인인들 마찬가지겠지만 아버지의 삼성전자에 대한 애착은 각별했다.

이 회장은 입속으로 나직하게 아버지를 불러보았다. 자기도 모르게 눈물이 뺨을 타고 흘러내렸다. 이제 비로소 삼성전자의 막대한 이익을 바탕으로 이 땅에 올바른 기업 문화를 심어보려던 거대한 포부가 산산조각이 났다는 걸 깨닫는 순간 이 회장은 가슴이 메어왔다.

아무도 자신을 도울 수 없도록 커버린 지금, 고독은 몇 배로 증폭되어 다가왔다. 그러나 다음 순간 이 회장은 주먹을 불끈 쥐었다. 처음 반도체를 시작할 때도 이런 일이 있지 않았던가. 그때 반도체가 실패하면 삼성그룹을 통째로 내줄 각오를 하지 않았던가. 이 회장은 방금 걸려온 북학인의 전화를 되새겼다.

'회장님, 회장님이나 저나 기술 사업은 어느 한순간에 붕괴될 수 있다고 같이 생각해왔습니다. 또한 미국의 거대한 자본을 이길 수 있는 힘은 오직 기술뿐이라는 것도 회장님과 저는 늘 상기하곤 했습니다. 이민서라는 사람이 갈 겁니다. 나영준과 이동우라는 한국이 낳은 천재들과 동행할 겁니다. 저는 여기에 희망을 걸고 있습니다.'

자신에게 희망을 주려는 북학인의 의도가 고맙기 짝이 없었다. 이런 일이 일어날 줄 알았으면 평소에 한번 만나두기라도 할 걸 하는 후회가 밀려왔다. 신비하기 짝이 없는 북학인이지만 지금 이 상황에서 할 수 있는 일이 뭐가 있을까 생각하던 이 회장은 처연한 미소를 머금었다. 이런 일에 가장 강하게 대처할 수 있는 사람이란 바로 자신이었다. 그런데 지금 그 자신이 절망에 빠져 있었다. 그렇다면 상황은 끝난 것이었다. 하지만 아직 전부 끝난 게 아니라는 생각이 자꾸 드는 까닭은 무엇인지 모를 일이었다. 이 회장은 다시금 처음 반도체를 시작하던 시절의 회상으로 빠져들어 갔다.

친절한 음모

1983년, 도쿄.

“음, 그러니까 삼성이 전력을 다해 반도체에 투자하기로 결정을 했다는 말입니까?”

마쓰시타 회장은 근심 어린 얼굴로 물었다. 그의 목소리에도 역시 짙은 불안감이 배어 나왔다.

그러나 이병철 회장의 대답은 단호했다.

“그렇습니다. 삼성은 전력을 다해 반도체에 투자할 것입니다.”

일본 경제의 리더로 통하는 마쓰시타 회장은 보일 듯 말 듯 고개를 가로저었다. 그의 고갯짓은 한편으로 이병철 회장이 이 어리석은 결정을 취소해주기를 바라면서도, 이 회장의 성격을 잘 아는 터이기에 소용없는 의견이라는 것을 알고 절반쯤 체념을 담고 있는 것이었다. 그러나 그는 포기하지 않고 다시 한 번 이 회장을 향해 정중한 목소리로 말했다.

"이 회장님도 반도체라는 것이 얼마나 위험한지는 알고 계시겠지요. 우리 회사에서도 한동안 반도체에 대한 투자를 고려했습니다만 결국 그만두고 말았습니다. 우리는 반도체가 회사를 거꾸러뜨릴 확률이 90퍼센트 이상이라는 결론을 내렸습니다. 이 마쓰시타조차 말입니다."

"알고 있습니다."

"물론 알고 계시겠지요. 저는 정말이지 걱정이 됩니다. 이 마쓰시타도 반도체에 투자하면 망할 거라는 생각이 드는데 삼성은 말할 것도 없지요."

이병철 회장은 아픈 데를 찔러오는 마쓰시타 회장의 지적에 움찔하지 않을 수 없었다. 마쓰시타가 보통의 기업인가. 일본의 전자업계를 리드하는 선두 중의 선두가 아닌가. 게다가 마쓰시타의 창업자인 이 사람 마쓰시타 회장이 또 보통의 인간인가. 모든 일본인들이 존경하고 숭배해 마지않는 최고의 일본 기업인이 아닌가. 그가 이토록 진심으로 만류하는 데에는 그 나름대로의 확고한 생각이 있기 때문임이 틀림없었다. 이 회장은 그것을 모르지 않았다.

"실패의 확률이 성공의 확률보다는 열 배가 넘겠지요."

이병철 회장의 말에도 아랑곳하지 않고 마쓰시타 회장은 말을 이어나갔다.

"삼성이 반도체를 하면 안 되는 세 가지 이유가 있습니다."

이병철 회장은 몸을 바로잡고 고개를 숙였다.

"경청하겠습니다."

마쓰시타 회장이 이런 결론까지 이르게 된 데에는 깊은 연구가 있었을 터였다. 이 회장은 귀를 기울였다.

"첫째, 삼성은 돈이 없습니다. 즉, 건지지 못해도 될 각오로 투자할 수 있는 돈이 없다는 얘깁니다. 삼성의 돈은 모두 뒷돌을 빼서 앞돌을 괴는 식입니다. 한국 경제는 성장률이 워낙 높기 때문에 기업들은 꾸준히 확장을 해왔습니다. 이익이 나도 재투자를 하기 바쁩니다. 삼성그룹의 모든 기업들이 이렇게 움직이기 때문에 거대 자본이 소요되는 반도체에서 실패할 경우 그룹 전체에 타격이 옵니다. 반도체만 정리할 수 없다는 뜻이지요."

"음."

마쓰시타 회장은 역시 탁월한 경영인이었다. 그는 삼성의 핵심 인물들이 가장 염려하는 부분을 정확하게 꿰뚫어보고 있었다.

"다음으로 한국에는 반도체를 같이할 수 있는 멤버들이 없습니다. 즉, 주변 기술의 수준이 너무도 낮다는 얘깁니다. 마쓰시타는 도움을 받을 기업도 많이 있고 주변에 얼마든지 끌어다 쓸 기술 자원이 있습니다. 전문화된 중소기업들이 많이 있다는 뜻이지요. 그러나 삼성에는 없습니다. 처음부터 끝까지 모두 삼성이 길을 열어나가야 한다는 얘깁니다. 그러니 돈이 마쓰시타보다 훨씬 더 많이 듭니다. 마쓰시타는 삼성보다 훨씬 유리한 조건에서도 안 된다고 판단했습니다. 냉정하게 들리시겠지만 삼성은 두말할 필요도 없는 것입니다."

"음."

또다시 폐부를 찔러오는 말이었다. 이병철 회장의 신음이 한층 깊어졌다.

"그런데 이런 것들보다 훨씬 무서운 것이 하나 더 있습니다. 그것은 바로 반도체는 생산에서부터 판매에 이르기까지 미국의 견제를 벗어날 수 없다는 사실입니다."

마쓰시타 회장은 잠시 말을 끊고 좌중을 둘러보았다. 이병철 회장이 요청을 해와 마련된 오늘 이 자리에는 평소 삼성과 우의를 쌓고 있던 기업인들과, 삼성에 자금을 빌려주고 있는 은행 및 기업의 대표들이 참석하고 있었다. 이 회장이 삼성은 반도체에 전력투구하기로 결정했으며 이 자리에서 자금을 마련하려 한다고 발표하자 좌중은 모두 놀랐고, 이 회장과 친분이 깊고 삼성을 진심으로 아끼는 마쓰시타 회장이 극력 만류하고 있는 중이었다. 사람들은 숨소리 하나 내지 않고 마쓰시타 회장의 입술에 눈길을 모으고 있었다.

"반도체에 대한 거의 모든 기술은 미국에서 나옵니다. 이 친구들은 매년 수백 건씩 특허를 내고 있습니다. 공장을 짓고 생산 라인을 다 마련해놓으면 이들이 시비를 걸어옵니다. 특허 도용이라는 구실로 말입니다. 재판에 시달리는 중에 또 새로운 제품이 나옵니다. 결국 로열티를 물어가면서 사업을 해야 한다는 얘긴데, 그러다 보면 남는 게 없습니다. 재판이나 로열티뿐이면 그래도 해보겠는데, 문제는 새로운 기술 개발에 대한 부담입니다. 이 분야는 워낙 기술 개발이 빨라 공장 하나 다 지어놓으면 금방 다른 기술이 나와 애써 지은 공장이 고물이 됩니다. 한국은 이런 기술 전쟁에 뛰어들 능력이 전무합니다. 그러니 제대로 생산 한 번 못하고 회사가 도산할 가능성이 너무 큽니다. 단언하건대 삼성은 절대로 반도체에 뛰어들어선 안 됩니다."

마쓰시타 회장은 마치 재판관처럼 확고하고도 선언적인 결론을 내렸다. 그는 이 자리에서 자금을 구하려는 이병철 회장에게 당장은 미안하지만 이것이 삼성을 구하는 길이라는 확신을 가지고 있는 듯했다.

사람들은 모두 눈의 초점을 이병철 회장에게 모았다. 이 회장은 눈을 감고 있었다. 생각을 하지 않았던 건 아니지만 마쓰시타 회장이 내놓은 세 가지 이유는 이 회장의 가슴에 엄청난 무게로 다가왔다. 사람들이 모두 자신을 주시하고 있는 줄도 모른 채 한참 눈을 감고 있던 이 회장은 이윽고 눈을 뜨고는 좌중을 둘러보았다. 사람들의 이글거리는 눈은 모두 자신으로 하여금 반도체 투자에 대한 결정을 철회하도록 요구하고 있었다.

이 회장은 이들로부터 투자 자금을 받아내기가 쉽지 않을 것이란 생각이 들자 난감했다. 동시에 치밀어 올라오는 분노를 억눌렀다. 설마하니 이렇게나 처음부터 봉쇄당할 줄은 몰랐다. 그래도 삼성이 아닌가.

이 회장은 빠른 속도로 머리를 굴렸다.

어떻게 하면 이들의 마음을 돌릴 수 있단 말인가. 그러나 별 묘안이 떠오르지 않았다. 이미 마쓰시타 회장의 칼날 같은 분석을 듣고 난 이들의 마음을 움직이기란 어렵기 짝이 없을 것이었다. 더더군다나 마쓰시타 회장은 친구의 입장에서 문제점을 일깨워준 것이었다. 그러니 그를 적으로 몰아붙일 수도 없는 일이었다.

"음."

이 회장은 신음을 토해냈다. 이때였다. 누군가가 손을 번쩍 들었다. 사실 이 자리에 무슨 의장이 있는 것도 아니라 아무도 발언하기 위해 손을 들 필요는 없었지만, 이 사람은 손을 번쩍 들고 한참이나 기다리고 있었다.

"발언하세요."

역시 아무런 지명 권한도 없는 좌중의 누군가가 소리쳤다. 손을 든 사람은 그제야 느릿느릿 자리에서 일어섰다. 이 모든 것은 사람들의 관심을 모으기 위한 행동이었다.

"노무라 증권의 나카타입니다."

이병철 회장은 고개를 갸웃했다. 자신이 아는 사람이 아닌 것은 물론 삼성에 투자한 적이 없는 사람이었다. 자신을 소개한 나카타는 아주 조심스러운 걸음으로 천천히 걸어 나왔다. 두 사람은 면식이 있는지 나카타가 마쓰시타 회장에게 절을 하자 마쓰시타 회장 역시 고개를 숙였다. 마쓰시타로부터 마이크를 넘겨받은 나카타는 좌중을 향해 고개를 깊이 숙인 다음 별도로 이병철 회장에게 고개를 숙여 보였다.

"저는 마쓰시타 회장님과는 다소 다른 생각을 가지고 있습니다만……."

나카타가 말문을 열자 사람들은 모두 눈이 휘둥그레졌다. 자신의 경험을 토대로 한 너무도 정확한 마쓰시타의 분석에 모두가 마음으로부터 공감하고 있던 중이었는데, 나카타는 입을 열기가 무섭게 마쓰시타의 발언을 통박하는 것이었다.

"삼성이 반도체에 투자하는 것에 대한 저의 생각을 말씀드리자면, 저는 전적으로 찬성입니다."

좌중은 술렁거렸다. 사람들은 웅성이며 저마다 한마디씩 내뱉었다.

"무슨 소리야."

"마쓰시타 회장의 면도날 같은 분석을 무시하는 건가?"

"음, 나카타 회장 역시 보통 사람은 아니지 않은가."

"그의 생각에도 뭔가 있을지 몰라."

나카타는 좌중의 소란이 가라앉기를 기다려 말을 이었다.

"그동안 삼성이 보여준 발전은 기적과도 같은 것이었습니다. 우리는 이 발전의 원동력이 무엇인지를 제대로 살펴야 합니다. 저의 생각으로 삼성 발전의 원동력은 바로 사람입니다. 저는 한국이라는 나라는 어딘지 모를 괴력이 있는 나라라고 생각합니다. 지난 세월 그들이 보여준 잠재력이 반도체라고 적용되지 않을 리는 만무하다고 봅니다. 저는 마쓰시타 회장처럼 구체적인 예를 들어가면서 설명할 수는 없습니다. 하지만 저는 한국인들의 잠재력을 믿습니다. 삼성이 앞장을 서고 그들이 뒤를 받치면 반도체도 성공하리라 봅니다."

나카타 회장의 낙관적 발언은 전혀 증권인답지 않은 것이었다. 그러나 지금 이 순간 그의 발언은 묘한 분위기를 일으켰다. 사람들은 그의 경력을 믿었고, 그런 그가 삼성의 장점을 일깨우자 어느 정도 신뢰를 가질 수 있었다.

"게다가 지금 삼성은 후계 구도가 완성돼 이병철 회장의 경륜과 이건희 부회장의 젊음이 최고의 균형을 이루고 있습니다. 저는 삼성이라는 기업에 돈을 빌려주지 않는다면 이 세상에는 돈을 빌려줄 기업이 하나도 없을 거라고 생각합니다. 우리 회사에서는 기꺼이 삼성에 돈을 빌려줄 것입니다. 채권자

컨소시엄을 구성할 테니 생각 있는 분들의 참여를 바랍니다."

나카타가 말을 마치는 순간 사람들은 불현듯 삼성에 돈을 빌려주고 싶은 유혹을 느꼈다.

회의가 끝나자 충분한 동반자를 확보한 나카타 회장은 삼성의 실무단과 마주 앉았다.

"나는 삼성이 우리가 빌려주는 돈에 대해 전환사채를 발행해주었으면 합니다."

전환사채란 기간 내에 돈을 못 갚으면 주식으로 자동 전환되는 채권을 말하는 것이었다.

"음, 전환사채를요?"

"그렇소. 동방생명 명의의 전환사채를 발행해주시오."

"동방생명 말입니까?"

"그렇소. 나는 다른 기업들은 잘 모르고, 하는 일이 비슷해서인지 동방생명이 좋소."

"……."

"가능한 일이잖소?"

"의논해보겠습니다."

"꼭 동방생명이라야 하오. 알겠소?"

실무자들은 컨소시엄의 리더인 나카타 회장에 대해 고마운 마음을 가지고 있었기에 그의 속셈을 헤아릴 수 없었다. 그러나 나카타의 요구 조건을 전해들은 이건희는 창밖을 내다보며 되뇌었다.

"동방생명의 전환사채라?"

이건희의 눈동자는 이글이글 불타고 있었다. 많은 사람들은 한참의 시간이 지나고 나서야 반도체 투자가 잘 되었니 못 되었니 판단할 것이었다. 그러나 이건희에게는 지금이 바로 성공과 실패를 가르는 순간이었다. 자금에 목말라 있는 삼성에 선뜻 돈을 빌려주겠다고 나선 나카타는 동방생명의 주식을 요구하고 있다. 이것은 무엇을 말하는가. 반도체가 실패로 돌아갈 경우 삼성그룹의 자금줄이자 황금알을 낳는 거위인 동방생명을 일본인들에게 내주어야 한다는 얘기가 아닌가.

돈 문제는 시간이 있으면 얼마든지 해결될 일이지만, 동방생명의 주식이 거론된다면 문제는 크게 달랐다.

"회장님의 전화입니다."

한참 동안이나 깊은 생각에 빠져 있는 이건희에게 전화를 걸어온 이병철은 뜻밖의 소리를 했다.

"부회장, 우리 요코하마의 바닷가로 산책이나 나가지 않겠나?"

"네, 알겠습니다."

전화를 끊으면서 이건희는 아버지도 지금 이 순간 같은 외로움을 느끼고 있을 거라는 생각이 들었다.

요코하마의 승부수

한적한 바닷가에 다다르자 이병철은 모랫바닥에 털썩 주저앉았다. 이건희는 어린 시절 부산 어딘가의 바닷가에 아버지와 같이 앉아 있던 기억을 떠올렸다. 참으로 오랜만에 아버지와 같이 바닷가 모래사장에 앉아본다는 생각이 들자 왠지 모를 슬픔이 밀려들었다.

"세월이 참 많이 흘렀구나."

같은 생각을 하고 있었는지 이병철은 감회 어린 목소리로 낮게 말했다.

"네, 아버님도 많이 늙으셨습니다."

"그래, 나도 예감한다. 이번 결정이 내 최후의 결정이라는 것을 말이다."

"……."

"나카타라는 놈이 동방생명의 주식을 담보로 달라고 했다면서?"

"네."

"그놈의 속셈이 뭔지는 너도 알겠지?"

"네."

"마쓰시타 회장의 말이 모두 옳아. 그 사람은 진정 우리가 잘못되기를 바라지 않아. 그래서 자신의 충심을 말한 거야. 하지만, 그 나카타라는 놈은 달라. 뭐? 한국인의 저력을 믿는다구? 거지 같은 놈."

"……."

"그놈은 동방생명을 노리고 있는 거야. 말은 삼성의 눈부신 발전 어쩌구 하지만, 실상 그놈은 우리가 반도체에 투자해서 망하기만을 기다리고 있을 테지."

"저도 그렇게 생각합니다."

"지금쯤 그놈은 좋아 어쩔 줄 모르고 있겠지. 삼성이 반도체에 투자해 성공할 리 없다고 생각할 테니까."

"……."

"건희야, 이제 네 생각을 말해보아라. 나를 위한 배려가 아닌, 경영인으로서의 너의 이유를 말해보아라. 어제는 나의 승부수 운운했지만 그것은 말이 안 되는 얘기다. 너도 느끼겠지만 동방생명을 잡히고 돈을 빌린다는 것은 반도체의 시작과 동시에 삼성의 몰락이 시작된다는 얘기다."

"알고 있습니다."

"그러니 너의 이유를 말해라. 너의 이유가 나를 설득시키지 못한다면 삼성은 반도체에 투자할 수 없다."

분위기가 어제와는 사뭇 달랐다. 이제야말로 건희의 답변이 모든 것을 좌우하는 순간이었다. 어떤 보장도 없는 미래를 향해 그룹의 운명을 걸고 나갈 것이냐, 아니면 안전한 경영으로 나갈 것이냐의 선택이었다.

"말해라. 너의 이유를 말하란 말이다."

건희의 눈에 문득 눈물이 비쳤다. 목소리는 거칠었지만 어딘지 가슴에 애잔하게 느껴지는, 노인의 무서운 고독이 느껴졌기 때문이었다. 그 고독은 세간의 인간들에게서 느껴지는 그런 고독이 아니었다. 그것은 바로 삼성의 후계자인 자신으로 인해 느끼는 고독임을 건희는 잘 알고 있었다. 이것은 무서운 승부였다. 동방생명을 걸라는 나카타의 파괴적 도전에 지금 아버지는 응전해야 하는 것이었다. 그 응전의 무기로 자신의 후계자인 아들이 아버지의 승부사로서의 경력을 내세우며 그것만을 믿고 삼성의 미래를 걸겠다고 대답한다면 승부는 이미 결정된 것이나 다름없었다. 그것은 패배였다.

"아버님."

"나를 아버지로 부르지 마라."

노회장의 목소리에는 맹렬한 독기가 서려 있었다. 의심과 미혹이 가득 찬 칼칼한 목소리를 건희를 향해 쏟아냈다.

"어제처럼 산전수전 다 겪은 한국 최고의 사업가인 이 애비를 믿고 한다는 말은 대답이 될 수 없다. 너의 이유가 그런 것이라면 삼성은 절대로 반도체에 투자를 해서는 안 된다."

건희는 눈을 감은 채 아버지의 목소리에 귀를 기울였다.

"확실한 이유를 말해야만 한다. 이것은 대한민국 역사상 가장 큰 투자다. 삼성이 죽느냐 사느냐 하는, 삼성의 운명을 건 투자다. 그리고 나라의 운명이 걸린 투자다. 말해라. 너의 확실한 이유를."

잠자코 귀를 기울이던 이건희의 가슴에 다시 한 번 뜨거운 기운이 치솟아 올랐다. 역시 아버지는 아버지였다. 아무도 범접할 수 없는 아버지만의 거대한 힘이 밀려드는 것을 느낄 수 있었다. 아버지는 지금 진심을 얘기하고 있다. 자신이 아버지를 만족시킬 이유를 대지 못한다면 아버지는 죽어도 반도체에 투자하지 않을 것이다. 그게 아버지였다. 일단 삼성의 후계자가 되었으면 모든 것을 맡긴다는 것이 아버지의 철학이요 고집이었다. 실력이 없으면 효도도 할 수 없도록 만드는 것이 바로 자신의 아버지 이병철이었다.

"저의 결론에는 변함이 없습니다. 저는 그룹의 운명을 걸고 반도체로 가겠습니다."

"어째서지?"

아버지 이 회장의 재촉에 이건희 특유의 차분한 목소리가 요코하마 해변가에 울려 나왔다.

"어제 미국은 또다시 이자율을 올렸습니다. 프라임 레이트가 5.5퍼센트가 되었습니다."

"그래서?"

"이것은 결코 이해할 수 없는 현상입니다."

건희는 말을 꺼내놓고는 무엇을 생각하는지 한참을 지체하다 느릿한 목소리로 말을 이어갔다.

"아무래도 이상합니다. 아직 아무도 이에 대해 설득력 있는 분석을 내놓지 않고 있습니다만 분명히 무슨 음모가 진행되고 있습니다."

"음모라니?"

이병철의 깐깐한 목소리가 건희의 신중한 목소리를 금세 뒤따랐다.

"지금 미국의 사정으로 볼 때 연방정부가 이렇게 이자를 올릴 수는 없습니다."

"그린스펀이 간이 부었나 보지."

이병철은 너무도 날카로워져 가는 신경을 누그러뜨리려는 듯 심드렁하게 한마디 던졌다. 이상하게도 아들 건희는 자신이 가장 예민하게 생각하는 부분인 이자율을 건드리고 있었다. 모름지기 모든 사업가는 이자에 대한 날카로운 분석으로부터 사업을 시작해야 한다는 것은 자신의 철학이었다. 건희가 일부러 그렇게 얘기를 시작하는 것은 아닐 터였다. 가장 무섭고

민감한 부분이니만치 그도 느끼고 있는 것일지도 몰랐다.

"연방정부의 프라임 레이트가 이 정도면 거기서 파생되는 각종 이자는 두 자리까지도 간다는 얘깁니다."

이병철은 침묵했다.

"지금 현재도 신용이 안 좋은 금융기관이나 고객들은 벌써부터 이자에 큰 압박을 받고 있습니다. 쓰러지는 기업들도 많습니다."

"그래서?"

"경기가 이토록 엉망인데 이자를 그렇게나 올리다니, 도저히 이해가 가지 않습니다."

"그래서?"

이병철은 애써 감정을 숨기며 냉정한 목소리로 아들의 말에 귀를 기울였다.

"지금 세계의 돈이 다 미국으로 모이고 있습니다. 이것은 일종의 음모입니다."

"음모? 음모라구?"

이병철의 귀가 번쩍 뜨였다. 이자란 얼마든지 요동칠 수 있는 것이었다. 자신은 사업을 하는 동안 이자가 몇 배씩이나 춤을 추는 걸 흔히 보아왔다. 그러나 지금 삼성 후계자의 입에서 나오는 음모라는 얘기는 금시초문이었다.

"그렇습니다. 일본의 이자율은 연간 1퍼센트가 약간 넘습니다. 또한 일본은 미국을 상대로 엄청난 무역수지 흑자를 내고 있습니다. 무섭게 벌어들이는 달러를 다시 미국에 보내 연리 6퍼센트 이상의 이자를 받아 갑니다. 반면 미국의 산업은 경쟁력이 없어 무역 적자가 날이 갈수록 눈덩이처럼 불어나고 있습니다. 당연히 이자를 낮춰 산업을 보호해야 하는데 반대로 엄청나게 이자를 올리고 있습니다. 미국 역사상 이런 적은 없었습니다."

"으음."

노회장은 처음 들어보는 얘기였다.

"여기에는 분명히 어떤 음모가 숨어 있습니다."

"무슨 음모?"

"그 음모가 무언지는 아무도 모릅니다. 뛰어난 경제학자라 해도 당장 일어나는 음모를 알 수는 없습니다. 하지만 저는 하나 짐작 가는 게 있습니다."

"짐작 가는 게 있다?"

"그렇습니다."

"그게 뭐냐?"

"IT입니다."

"IT라구? 그게 무슨 소리지?"

"굴뚝산업이 아닌 정보산업입니다. 미국은 이 길로 가는 것밖에는 방법이 없습니다. 온 세계의 돈이 다 미국으로 몰려들고 있지만, 미국의 어떤 제조업도 그 돈에 대한 이자를 지불할 능력이 없습니다. 미국은 지금 엄청난 모험을 하고 있습니다. 미국은 그 돈으로 주식시장을 키우려는 것입니다. 그러나 미국의 제조업들은 지금 주가 하락에 허덕이고 있습니다. 결국 미국은 IT에 승부를 걸려고 하는 것입니다."

"IT에 승부를 건다는 말이 도대체 뭐지?"

노회장에게는 아들이 꺼내놓은 이야기가 알 듯도 모를 듯도 했다.

"정보의 세계로 돈을 끌어들인다는 얘깁니다. 그것만이 미국을 살립니다. 이제 무서운 속도로 퍼스널 컴퓨터가 보급될 것입니다. 정보의 장을 키우는 방법은 그것밖에 없습니다."

"그래서?"

"반도체입니다. 그래서 삼성은 운명을 걸고 반도체에 투자해야 하는 것입니다."

"……."

노회장은 말이 없었다. 그는 가슴 깊은 곳에서부터 우러나오는 감동으로 어떤 말도 할 수 없었다.

한국의 어느 경영인도 반도체에 투자할 수 없을 것이라고 생각했다. 삼성 역시 반도체에 투자해서는 안 된다고 해야 올바른 경영자일 것이었다.

하지만 자신은 이유도 모를 운명의 힘에 이끌려 반도체 투자를 고집했다. 그리고 모든 사람의 반대를 받았다. 노회장은 그들이 반대하는 이유를 누구보다도 잘 알았기 때문에 아무리 강력한 운명의 직감에 끌리고 있다고 하더라도 반도체 투자를 망설이고 있었다. 그리고 결정적인 불안은 반대의 목소리가 아닌 찬성의 목소리를 들었을 때 극에 달했다. 나카타는 돈을 빌려줄 테니 동방생명을 담보로 걸라고 했다.

그의 제안에 밤새 고민하던 노회장은 마지막 순간 모든 것을 원점으로 돌려야겠다는 생각을 했다. 건희를 요코하마로 나오게 한 것은 그런 이유였다.

노회장은 아들이 자신에 대한 효심으로 반도체를 하겠다고 했을 거라 믿었다. 그 생각은 불안을 더욱 증폭시켰다. 실패하면 그룹이 날아가는 판에 아무런 망설임 없이 오직 효심 하나로 반도체를 하겠다고 뛰어드는 이 젊은 후계자를 나카타의 발톱 앞에 던져줄 수는 없었다.

그러나 지금 이 순간 삼성의 후계자가 세상을 보는 가슴을 열어보였을 때 노회장은 그저 감탄할 뿐이었다.

'음, 이놈이 이렇게나 컸던가!'

건희는 그저 운명이고 열정뿐이었던 자신의 꿈에 훌륭한 날개를 달아준 것이었다. 노회장은 마지막으로 자신이 가장 궁금해하던 것을 물었다.

"그런데 삼성반도체를 무슨 힘으로 성공시키겠느냐? 마쓰시타 회장의 분석은 참으로 예리한 것이었다. 누구라도 고개를 끄덕이지 않을 수 없는 것이었지. 그런데 너는 도대체 무엇을 믿고 반도체에 뛰어들겠다는 거냐?"

"사람입니다. 나카타는 단순한 생각으로 그런 말을 했지만, 실제로 한국인의 능력은 몇백 배 이상이기에 가능합니다. 아버님, 저는 한국인의 머리를 믿습니다. 언젠가는 반도체를 살릴 인재가 나올 것입니다. 물론 우리는 전력을 다해 이런 인재를 찾아낼 것입니다. 그때까지 적자를 견뎌내느냐 못 견뎌내느냐 하는 것이 삼성반도체의 운명을 좌우합니다."

노회장은 아무 말 없이 일어났다. 더 이상 어떤 대화도 필요하지 않았다. 두 사람은 각자의 자동차에 올라타고 각각 제 갈 길로 방향을 잡았다.

다음 날 아침, 한국과 일본의 언론들은 삼성의 반도체 사업 진출을 대대적으로 보도했다.

코크란의 승리

이건희 회장은 긴 회상에서 깨어나며 쓴웃음을 지었다. 당시 반도체에 투자하기로 아버지와 마음이 맞았던 것은 희귀한 일치였다. 삼성의 운명을 하늘이 보살폈던가. 나카타로부터 동방생명을 지켰음은 물론 한국 수출의 견인차 역할을 반도체는 훌륭하게 수행했다.

이 회장은 비서실 사장을 불렀다.

"지시한 것은 해두었나?"

"네, 회장님. 결국 하려 하십니까?"

"그래, 뭔지 모를 이상한 기운이 올라오는군."

"……."

"아버님이 삼성전자를 이렇게 버려두시지는 않을 것 같아. 아니, 우리 한국 사회가 삼성전자를 지켜줄 것만 같은 기분이 들어. 한반도 오천 년 역사상 처음 가져보는 이런 회사를 이대로 빼앗기진 않을 거야."

"투자자들 사이에 삼성전자 지키기 운동이 한창입니다만

워낙 저들이 막강해서요."

"알아, 다 알아."

"그리고 여기 보십시오."

"신문인가?"

"네. 이번 우리 삼성전자의 M&A와 관련해서 추측들이 분분합니다. 정의림이라는 기자는 배후 조종 세력이 CIA라고 단정했습니다. 그리고 그에 관한 자료들을 인터넷을 통해 세계에 알리고 미국대사관을 항의 방문하는 등 시민운동으로 확산시키려 하고 있습니다."

"음……."

이 회장은 다시 생각에 잠겼다.

"회장님, 그들을 만나실 시간이 좀 넘었습니다."

비서실 사장이 시간을 상기시키고 나서야 이 회장은 고개를 끄덕였다.

코크란은 기세등등한 표정으로 자리에 앉아 있었다. 다른 사람들이 이 회장 일행이 들어오는 것을 보고 자리에서 일어나 공손하게 목례를 했음에도 불구하고 코크란은 미동도 하지 않고 일행이 들어오는 것을 보고만 있었다. 그는 이 회장이 자리에 앉자마자 노골적으로 불쾌한 기색을 드러냈다.

"이 회장, 늦었잖소? 나는 시간을 지키지 않는 사람을 제일

싫어하오."

이 회장은 한마디 대꾸도 없이 코크란을 노려봤다. 코크란은 자신을 빤히 쳐다보는 이 회장의 눈길이 기분 나쁜지 거친 목소리로 말했다.

"임원들의 사직서는 가지고 왔소?"

이 회장이 대답하지 않고 계속 쏘아만 보고 있자 코크란은 눈길을 부회장에게로 돌렸다.

"사직서를 가지고 왔느냔 말이오."

부회장 역시 아무런 대답 없이 코크란을 응시했다.

"감히 나에게 도전하겠단 거요?"

아무런 대답이 없자 코크란은 손바닥으로 테이블을 내리쳤다.

"좋아! 실력 대결을 해보자는 얘기지? 삼성그룹의 돈을 몽땅 쏟아부어 보겠다는 얘기군. 어디 삼성그룹이 얼마나 대단한지 한번 볼까?"

코크란은 의자를 박차고 일어났다.

"이제 당신들에게는 다시 한 번 삼성전자를 경영해볼 기회조차 주어지지 않을 거요. 새로 결성되는 이사회에서는 삼성전자의 이름부터 바꿔버릴 테니까."

코크란은 저주가 담긴 말을 남기고 출구를 향해 걸어갔다. 코크란과 행동을 같이하는 네 사람도 잠시 우물쭈물하다 코크란을 따라 일어났다.

이때였다. 이제껏 단 한 마디도 하지 않던 이건희 회장이 입을 열었다.

"앉으시오."

그의 목소리는 나지막했지만 코크란 일행을 뒤돌아서게 할 만한 힘이 있었다.

"당장 임원들의 사직서를 내놓지 않는다면 다시 이 자리에 앉을 이유가 없소."

코크란이 강력한 어조로 말하며 이건희 회장을 노려봤다. 이 회장은 다시 나지막한 소리로 속삭이듯 말했다.

"당신이 가진 주식을 넘기시오. 이 싸움을 떠들썩하게 밖으로 확산시킬 필요가 있겠소? 당신이 가진 주식을 모두 내게 넘기시오."

"호! 주식을 사겠다는 얘기요? 그렇다면 얼마든지 팔 수 있소. 가격만 맞는다면 말이오."

"불러보시오."

코크란은 잠시 망설였다. 하지만 분명하고 확실한 계산이 서 있는 그는 내심 득의의 미소를 지었다. 이 회장의 발언은 M&A를 당하는 모든 오너들이 처음으로 택하는 수순이었고, 코크란은 이런 일에는 이골이 난 사람이었다. 그의 목소리가 여유를 되찾았다. 자신이 전문인 분야에서 목소리를 높일 필요는 없는 법이었다.

"주당 육백 달러요."

"좋소. 사겠소."

"뭐요? 육백 달러에 사겠다구?"

"그렇소."

이 회장의 목소리에는 기백이 담겨 있었다.

"주식 매수계약서를 작성할 수 있소?"

오히려 코크란의 목소리가 떨려 나왔다. 코크란은 육백 달러라는 무시무시한 금액을 불렀음에도 이 회장이 즉각 대답을 해오자 얼떨떨하기도 하고 기쁘기도 해 도시 마음을 진정할 수가 없었다.

주당 육백 달러면 가만히 앉아서 최소한 이십오억 달러가 굴러 들어온단 얘기였다. 문제는 거기서 그치는 게 아니었다. 자신이 주식을 넘기고 그 사실이 거래소에 공시되는 즉시 삼성전자의 주식은 곤두박질칠 것이었다. 그때 자신은 주당 백수십 달러, 혹은 백 달러 부근에서 주식을 되살 수 있을 것이었다.

"물론이오."

"그럼 당장 약정을 체결합시다."

코크란은 이런 순간에는 무엇보다도 약정서 작성이 우선이라는 것을 너무도 잘 알고 있었다. 많은 사람들이 많은 소리를 해대지만 종이로 만든 약정서만이 힘을 발휘한다는 것은 M&A의 귀재인 코크란의 신념이었다. 이 회장의 비서가 가지고 온 약정서에 도장을 찍는 코크란의 손에는 확신에 찬 힘이 들어가 있었다. 약정서 작성을 마치기가 무섭게 코크란은 자기 앞에 건네진 봉투를 의아해하며 물었다.

"뭐요?"

"현금입니다."

"현금? 돈이라구?"

"그렇소."

코크란은 봉투의 내용물을 보는 순간 입이 딱 벌어졌다. 봉투 속에는 오십억 달러짜리 수표 한 장이 들어 있었던 것이다. 코크란은 이 많은 액수가 단 한 장의 수표로 처리되어 있는 것을 보자 섬뜩한 기분이 들었다. 조용하고 사근사근해 보이던 이건희라는 자의 목숨을 건 의지와 귀기가 느껴지는 듯했다. 코크란은 불길한 기분을 날려버리려는 듯 호쾌하게 웃었다.

"크하하하, 과연 삼성이군."

"자, 이제 귀하는 그만 나가주실까요?"

부회장이 지극히 사무적인 어투로 말했다.

"암, 나가고말고. 나가지요. 나가드리지."

코크란은 벌어진 입을 다물 줄 몰랐다. 그는 속으로 이것은 자신에게도 천재일우의 기회라고 생각했다. 이제 삼성전자의 주식이 뚝 떨어지면 자신은 이 돈으로 다시 주식을 살 것이었다. 코크란의 머릿속에서는 삼성전자가 존재하고 오너가 회사를 지키려 드는 한 몇 번이고 이런 식으로 할 수 있다는 계산이 무서운 속도로 진행됐다.

"자, 우린 이제 나갑시다."

"그런데 우리 주식은 어떻게 되는 거지요?"

불과 십 분도 안 되는 사이에 눈앞에서 벌어지는 거래를 본 지분 소유자들은 배알이 뒤틀렸다. 비록 그들이 회사의 오너는 아니라 하더라도 각 회사의 재무 담당 이사들이었기 때문에 심한 회의를 느꼈던 것이다.

"그건 나중에 얘기합시다."

재무 담당 이사들은 엉거주춤 일어나지 않을 수 없었다. CIA의 특수공작으로 진행되는 이 일에서 무슨 추가 이득을 기대한 것은 아니었지만, 코크란이 순식간에 거액을 챙기는 걸 지켜보는 순간 그들은 머리가 무척 복잡해졌다. 그러나 그 자리에서 뭘 따지고 말고 할 일은 아니었다. 그들은 이건희 회장에게 목례를 하고는 회의장을 빠져나왔다. 밖으로 나온 이들은 즉각 자신들의 회사로 전화를 걸었다. 그러나 회사로부터 돌아온 대답은 뜻밖에도 코크란이 하는 대로 따르기만 하라는 것이었다. 이들은 솟아나는 의구심을 억누르고 코크란이 베푸는 만찬을 마음껏 즐겼다.

술이 오르자 코크란은 네 사람의 동료에게 자신이 얼마나 뛰어난 인간인지를 보여주려 했다.

"여러분, 당분간은 내가 하는 것을 지켜보고만 있으시오. 모든 일이 끝난 다음 나는 여러분의 회사에 이익금을 배분해줄 거요. 하지만 지금 여러분이 눈앞에서 왔다 갔다 하는 현금에 눈이 어두워 이 이상한 거래에 끼어들게 되면 모든 걸 망칠 수 있소. 여러분 회사의 주주들께는 내가, 아니 미국 정부가 현재가로 보장해주기로 약속했으니 걱정할 것 없소. 이 거래가 여러분에게는 틀림없이 이익이 될 거요."

"알고 있습니다."

코크란은 그럭저럭 동료들을 장악하고 있었다.

"이건희는 무덤을 판 거요. 그는 삼성이 M&A에 휘말렸다는 소문이 나면 시장에서 주식이 뛸 걸로 생각했는지 모르지만, 이렇게 한꺼번에 주식을 넘기고 나면 주가는 대폭락하게 되어 있소."

텍사스 인스트루먼트의 재정이사가 맞장구를 쳤다.

"그건 당연합니다. 인텔의 M램이 세계를 장악할 것을 아는 투자자들이 그렇잖아도 삼성 주식에 불안을 느끼는데, 경영권 방어를 위해 그토록 막대한 금액을 쏟아부었다는 소식을 들으면 당장 주식을 던져버릴 겁니다."

"그런데 그는 정말 이상한 사람이군요. 삼성그룹의 오너라면 이런 식으로 주식을 사서 경영권을 방어한다는 것이 대단한 무리라는 사실을 알 텐데요. 그것도 현금으로 이렇게 즉시 결제하면 당장 자금난이 올 텐데, 왜 그렇게나 경영권에 몰두하는지 모르겠군요."

코크란이 모든 것을 다 안다는 듯한 표정으로 대답했다.

"한국이나 일본의 오너들은 우리와는 사고방식이 달라요. 그들은 자신들이 창업한 회사에 대해 엄청난 애착을 가져요. M&A를 무슨 기업 도둑질 정도로 안다니까요."

"그렇다는 얘기를 듣기는 했지만 이토록 무리하게 경영권을 방어한다는 건 어딘지 모르게 좀 이상한데요."

"하여튼 두고 보시오. 내일부터 삼성전자 주가는 곤두박질 칠 테니까."

"어쨌든 우리가 보유하고 있는 주식에 대해서는 육백 달러를 보장해주셔야 합니다."

"그거야 어디 내가 보장하는 거요? 그들이 보장하는 거지. 그렇잖소?"

"하하, 내가 괜히 코크란 씨에게 엉뚱한 얘기를 했군요."

"이제 보시오. 삼성전자는 내일부터 하한가 행진을 계속할 거요. 나는 정확하게 일주일 후 백 달러 부근에서 주식을 다시 매집할 거요. 삼성은 나에게 완전히 걸려들었소."

이들은 여유작작하게 만찬을 즐겼고, 다음 날 삼성전자의 주식은 과연 대폭락했다.

정확하게 일주일이 지난 후 코크란의 부탁에 따라 삼성전자의 주식을 사려던 에이전트들은 뭔가 이상한 기미를 느꼈다. 아침부터 삼성전자의 주식이 심하게 요동치고 있는 것이었다. 이들은 즉각 코크란에게 전화를 걸었다.

"엄청난 매수세가 들어와 있습니다. 폭락에 지친 투자자들이 이때다 하고 미친 듯이 내다 팔고 있어 공방이 치열합니다."

"누가 사고 있는 거야?"

"삼성그룹입니다."

"결국 이건희 회장이라는 거야?"

"그렇습니다."

"후후, 이제 몸이 달 대로 달았군. 이러다가 삼성그룹 전체가 휘청하지 않겠어?"

"뒤는 나 몰라라 하고 사대는 형국입니다."

"그럼 그냥 둬. 곧 제2차 폭락 사태가 올 테니. 이상한 일이야. 삼성이 이렇게나 무리수를 두다니. 이건 그냥 골로 가겠다는 얘긴데."

전화기를 내려놓으며 코크란은 회심의 미소를 지었다.

생물 반도체

같은 시각, 뉴욕에서는 시티은행을 비롯하여 삼성전자의 주식을 쥐고 있는 주요 투자자들이 모두 자리를 같이하고 있었다. 그들은 며칠 전 삼성전자로부터 받은 비밀 전문에 따라 모여 있는 것이었다.

삼성전자의 주요 주주 여러분께,

우리는 인텔의 M램에 비해 열 배 이상의 성능을 가진 생물 반도체를 개발했습니다. 따라서 가장 중요한 몇 분의 주주만을 모시고 제가 직접 설명회를 가지고자 합니다.

그러나 최근 극비 정보를 캐낸 불순한 세력이 사욕을 채우기 위해 주주 여러분을 현혹하는 일이 발생하고 있으니 최고의 보안을 지켜주시기 바랍니다.

설명회에는 각각의 주주가 오직 한 사람만의 기술 인력을 동반하시기 바랍니다.

—대표이사 이건희

"나는 이게 도대체 무슨 얘기인지 모르겠소."

시티은행 회장이 눈살을 깊이 찌푸린 채 옆의 골드만삭스 회장에게 불평을 해댔다.

"그러게 말입니다. 일이 어떻게 돌아가는지 모르겠습니다."

"이건희 회장이 직접 온다고 했으니 일단 얘기를 들어봅시다."

"혹시 M&A에 우리가 참여하고 있는 것에 대해 분노를 표시하러 오는 게 아닐까요?"

"그는 그렇게 어린아이 같은 사람이 아니오. 조용하고 내성적인 사람이지. 그 사람을 생각하자면 사실 삼성전자의 일은 어딘지 마음이 편하지 못하오."

"하지만 미국 정부의 뜻이니 어떡합니까?"

"그놈의 테러 얘기, 이제는 신물이 날 지경이오. 왜 미국만이 나노 반도체를 독점해야 한다는 건지 나는 알 수가 없소. 이런 식으로 나가다가 미국이 세계로부터 고립되지나 않을지 걱정이오."

미국의 가장 핵심적 펀드를 지배하고 있는 이들은 시장 논리를 벗어난 그 어느 것도 수용하지 않는 사람들이었지만, 미국 정부가 테러 위협을 앞세워 삼성전자를 제어하는 공작에는 참가하지 않을 수 없었다.

"그런데 그 생물 반도체라는 게 무슨 말입니까? 반도체 전문가를 데리고 오긴 했는데 그도 무슨 말인지 알 수 없다고 하더군요."

"나도 마찬가지예요. 아무도 그 생물 반도체라는 말을 몰라요."

"가만, 이 회장이 저기 오는군요."

이건희 회장은 특별히 초대한 여섯 사람의 투자자들과 악수를 나누었다.

"미안하오, 이 회장."

삼성그룹과 각별한 관계에 있는 시티은행 회장이 직접 이 회장과 맞대면하는 게 껄끄러운지 이 회장을 제대로 보지 못하고 사과를 했다.

"무슨 사정이 있겠지요."

이 회장은 오히려 너그러운 표정으로 대답하며 마주 쥔 손을 흔드는 여유를 보였다. 이윽고 참석자 모두와 악수를 나눈 이 회장은 홀에 마련된 단상에 올라갔다.

"오늘 우리는 삼성전자의 주요 주주 여러분을 모시고 삼성전자와 관련된 일련의 음모에 관해 말씀드리고자 합니다."

자리에 앉아 있던 주주들은 내심 이건희가 회사를 빼앗기지 않기 위해 자신들에게 사정하러 왔다고 생각했기 때문에 이건희의 인사말을 듣자 오지 말았어야 할 자리에 왔다는 기분이 들었다.

"그간 우리는 최선을 다해 회사를 경영한 결과 불과 칠 년 만에 회사의 주가를 열 배 올려놓았습니다."

주주들은 고개를 끄덕였다. 아무리 양심의 소리를 듣지 않으려 해도 지난 세월 삼성전자의 경영은 눈부신 것이었다. 사람들은 가슴이 찔리는 한편 고개를 갸웃거렸다. 이건희가 생물 반도체를 이해할 수 있는 연구원들을 데리고 오라 했던 것이 무슨 의도인지 알 수 없었던 것이다. 사람들은 오늘의 모임이 혹시 처음부터 끝까지 M&A와 관련한 이건희의 호소로 끝나지 않을까 염려했다.

"하지만 최근에 이르러 인텔은 M램을 개발했고, 그간 우리가 치중해온 D램은 사양길에 들어설 가능성이 있습니다. 우리는 이런 현상을 부정적으로 받아들이지 않습니다. 오히려 우리 회사를 위해 긍정적으로 생각했습니다."

주주들은 내심 무슨 소리인가 하고 의아한 표정을 지었다.

"우리 역시 탄소나노튜브를 이용한 나노 반도체 연구에서 세계 제일이라고 자부하기 때문입니다. 하지만 우리는 무한한 기술의 세계에서 탄소튜브를 이용한 나노 반도체만이 유일한 대안이라고 생각하지는 않았습니다. 우리는 이제까지의 반도체 제조 개념과는 다른 매우 경이적인 기술을 개발한 것입니다."

이 회장은 주주들의 표정을 하나하나 살폈다. 모두가 심각해진 표정으로 이 회장의 입술에 시선을 집중하고 있었다.

"바로 생물 반도체입니다. 지금부터 우리의 기술진이 그 원리를 설명하고 시제품을 선보이겠습니다."

각 주주가 데리고 온 전문가들은 잔뜩 찌푸린 표정으로 단상에 올라오는 사람들을 보았다. 모두 반도체 분야에서 최고의 권위를 가진 이들은 오늘의 설명회가 하나의 해프닝으로 끝날 것이라는 생각을 하며 나영준 박사의 일거수일투족에 눈길을 모았다. 세계 반도체 분야의 최정상급에 포진하고 있는 이들 전문가들은 나 박사가 생물학자라고 하는 데에 웃음이 나올 지경이었다. 그러나 단상에 선 나영준 박사는 무뚝뚝하게 첫마디를 던졌다.

"나는 생물 반도체의 개념을 여러분에게 설명하겠소."

세련된 분위기라고는 전혀 찾아볼 수 없는 나영준 박사의 첫마디였다.

전문가들 중 몇몇이 가지고 온 노트에 생물 반도체라는 단어를 마지못해 써 넣었다.

"동종 동류의 단백질, 혹은 이종의 단백질 간에는 서로 반응하는 현상이 나타납니다. 우리는 이것을 파지 디스플레이라고 부릅니다. 현재 생물학계에서는 이 현상을 항원에 대한 항체를 찾아내는 데 이용하고 있습니다. 그런데 이 방법을 반도체를 제조하는 데 쓸 수 있습니다."

나영준 박사가 잠시 말을 끊자 참석자들은 처음과 달리 바늘 하나가 떨어져도 소리를 들을 수 있을 만큼 조용해졌다. 나 박사의 첫마디에서 뭔가 얘기가 될 것 같다는 생각이 들기 시작한 것이었다.

"파지 디스플레이 기술을 사용한다는 뜻은 박테리아 끝에 위치한 십억 개가 넘는 단백질을 배열시켜 봐서 어떤 배열이 반도체 표면을 가장 잘 인식할 수 있는지를 최단시간에 알아낸다는 뜻입니다. 그런 후 그 단백질 배열 모형에 나노 입자를 주입하면 반도체가 됩니다. 이것이 생물 반도체의 개념입니다."

나영준 박사는 너무도 간단히 설명을 마쳤다.

"질문하시오."

전문가들은 갑자기 멍해졌다. 설명회를 이렇게 빨리 끝낼 거라고는 생각도 하지 못했기 때문이었다.

"질문 없으면 내려가겠소."

단상을 내려오려는 나영준 박사를 한 연구원이 급한 목소리로 제지했다.

"잠깐만요, 박사님!"

"질문하시오."

"박사님 말씀은 그러니까 바이러스가 나노 입자를 품고 스스로 배열한다는 뜻입니까?"

"그렇소."

"바이러스 하나당 하나의 나노 입자를요?"

"그게 아니고 바이러스를 형성하는 단백질 하나가 나노 입자 하나를 품고 배열한다는 뜻이오."

"그런데 바이러스 하나에 그런 단백질이 십억 개가량 있다는 말입니까?"

"그렇소."

"오오!"

전문가들은 놀라움에 사로잡혀 입을 열 수 없었다. 세상에 이런 방법이 있을 수 있다니.

"생물 반도체. 그게 단순한 이론이 아니고 실제 가능한 방법이란 말입니까?"

나영준 박사는 단상에서 내려오려다 말고 먼저 질문을 던졌던 연구원을 답답하다는 듯 다그쳤다.

"간단하게 생각하시오. 유전자를 가지고 실험할 때 유전자 안에 색소라든지 이런 것을 넣는다는 것을 알고 있소?"

"그거야 물론 알고 있습니다."

"그렇다면 분명한 것 아니오? 색소 대신 나노 소자를 넣으면 되는 거요. 이때 유전자 바이러스를 조작해 길이를 마음대로 설정하면 극소형의 반도체 칩을 만들 수 있다는 얘기요. 인텔이 발표한 것보다 수십 배 이상의 고성능 나노 반도체를 말이오."

그때 누군가 웃음을 터뜨렸다.

"후후, 일이 그렇게 간단하면 얼마나 좋겠소?"

사람들의 시선이 모두 소리 나는 곳을 향했다.

"파지 디스플레이라구? 이론은 그럴싸하지만 트랜지스터 분리층 문제를 어떻게 해결할 거요? 반도체란 트랜지스터 간의 경계선을 최대한 줄여야 하는데, 경계층에는 산화막이 형성되고 있잖소? 업계는 그간 수없는 컴퓨터 시뮬레이션을 통해 안정된 조건을 찾으려 했지만 실패했소. 어떤 경우는 되고 어떤 경우는 되지 않는단 말이오. 그렇게 해서는 생산 라인은 불량의 홍수에 잠겨버리고 말아요. 그 대책을 설명해보시오."

나 박사는 순간 당황했다. 자신은 삼성전자에서 제공한 나노입자를 파지 디스플레이 방식을 통해 박테리아 속에 집어넣었을 뿐이었다. 전문가들 사이에서 웅성거리는 소리가 났다.

"묘한 현혹이군."

골드만삭스 회장이 비웃는 듯한 미소를 입가에 띠었다.

"아니, 아닙니다. 현혹이 아니에요."

사람들이 소리 나는 곳을 쳐다보았다. 이동우였다.

"여러분들이 전문인 부분은 여기 있는 이 부족한 사람도 역시 전문입니다. 우리 분야에는 나 박사님 같은 분이 없어서 문제지, 우리 중 어느 한 사람이 없다고 해서 문제가 되는 건 아닙니다. 그 산화막에 대해서는 제가 설명을 드리지요. 우리는 같이 삼성전자의 연구실에서 그 작업을 했으니까요."

"후후, 그럼 말해보시오. 산화막 형성을 막을 수 있었단 말이오?"

동우는 얼굴 가득 조소를 띠고 있는 질문자를 날카롭게 쏘아보았다.

"분리층에 산화막이 형성되는 것은 어쩔 수 없어요. 공기에 노출시키지 않을 수는 없으니까. 하지만 경계선이 어떻게 잡혀야 하는지에 대해서 정확한 수치를 잡아냈다면 어떻게 하겠소?"

"후후, 당신은 움직이는 경계선에 대한 수학적 해석이 가능하다고 생각하는 거요? 물론 이제껏 아무도 그 모델에 관한 수학적 공식을 찾지 못했다는 것은 아시겠지?"

"당신은 내가 실리콘 깨짐 현상을 해결한 사람이라는 사실을 잊었단 말이오?"

"물론 잘 알고 있소. 그러나 실리콘 반도체의 공식이 나노 반도체에서도 쓰인다고 생각하는 건 아니겠지? 아무리 당신이 유체역학에 훤한 수학의 대가라 하더라도 말이오."

"당신은 아직 신기술을 이해하려는 자세가 안 돼 있소. 나는 이번에 나 박사님과 같이 연구를 하면서 유전자 박테리아를 이루는 단백질이 형성하는 표면장력이 플룩스 상태의 점도 높은 액체가 형성하는 표면장력과 같다는 사실을 깨달았소.

더군다나 분자 하나, 아니 원자 하나가 각각 트랜지스터 역할을 할 수 있다는 것도 알아냈소. 모두 삼성전자 연구실에서 말이오. 유전자 연구의 대가인 나영준 박사와 함께 말이오."

"거짓말. 그럴 수는 없소."

질문자가 억지를 부리는 듯하자 묵직한 음성이 들려왔다.

"음, 당신은 학자와는 거리가 먼 사람이군."

사람들은 소리 나는 곳으로 눈을 돌렸다. 칼슨 박사였다. 칼슨 박사가 자리에서 일어났다.

"이동우 박사, 그걸 좀 설명해보시오. 단백질의 표면장력과 플룩스 상태의 액체가 형성하는 장력의 값이 일정하다는 사실은 충분히 수긍이 가오. 그런데 어떻게 그 상수를 찾아낼 수 있었소?"

"교수님, 와주셔서 감사합니다. 저는 관찰되는 단백질 응고형의 컴퓨터 시뮬레이션을 최대한 많은 그림으로 쪼갰습니다. 그리고 그림과 그림 사이의 미세한 차이를 미분함수로 표시했습니다. 해의 범위가 약간씩 차이나는 이들을 몇 그룹으로 묶어내 대푯값을 주었습니다. 그리고 이들 대푯값 사이의 통일된 해를 구하기 위해 방정식을 만들었습니다. 이 방정식은 오차방정식인데, 저는 군론을 이용해 이들 방정식을 풀고 방정식의 해를 그림으로 나타냈습니다. 그랬더니 놀랍게도, 아니 예상했던 대로 그림은 함수 그래프상의 와이축을 따라 이동할 뿐 언제나 같은 모양을 나타냈습니다. 그래서 상수의 존재가 증명된 것입니다."

좌중에는 잠시 침묵이 흘렀다. 동우가 너무 빨리 설명해버렸기 때문이었다. 그러나 약간의 시간이 지나자 전문가들은 동우의 말을 모두 이해했다.

"짝."

"짝짝."

"짝짝짝."

"짝짝짝짝."

한 사람 두 사람이 시작한 박수는 이내 좌중의 모든 사람들이 쏟아내는 거대한 박수의 물결로 변해갔다.

"완벽합니다."

"단 하나의 군더더기도 없습니다."

전문가들은 비로소 완전히 이해가 가는 모양이었다. 이것은 반도체 역사에 획기적으로 등장한 전혀 새로운 개념이었다.

"그런데 그게 정말 가능할까요?"

전문가 한 사람이 다시금 반신반의하며 나영준 박사를 향해 물었다.

"그렇다면 내가 거짓말을 하러 여기 와 서 있단 말이오?"

"아, 아니, 그게 아니구요……."

"생물 반도체의 핵심은 유전자 조작 기술과 나노 소자의 결합이오."

나영준 박사는 괴팍한 성격을 유감없이 드러내며 단상에서 뚜벅뚜벅 걸어 내려와 버렸다. 비록 그는 불과 오 분도 안 걸리는 발표를 했지만 전문가들이 받은 충격은 이루 말할 수 없을 정도였다. 하긴, 어떻게 하면 좀 더 정밀한 기계로 좀 더 미세하게 소자를 깎아내느냐가 최대의 관심사인 반도체 제조 공정에 나영준 박사가 던진 생물 반도체라는 화두는 대포알 같은 것이었다.

나영준 박사에 이어 다시 이동우 박사가 단상으로 올라갔다. 그는 작은 케이스에서 무언가를 꺼냈다.

"새로운 나노 반도체의 시제품입니다. 시험 기구도 가지고 왔으니 시험해보세요."

그러자 전문가들이 바로 단상으로 뛰다시피 걸어 나왔다. 그들은 자신들의 판단이 엄청난 결과를 미친다는 걸 잘 알고 있었기 때문에 최대한 정밀하고 철저한 방법으로 시제품을 확인하려 했다.

"음, 기계로 깎은 자국이 없군요."

현미경으로 들여다보던 한 전문가가 놀라운 일이라는 표정을 지었다.

"아, 이렇게 작은 반도체가 있을 수 있다니."

사람들은 일단 반도체의 크기에 놀랐다. 한 전문가가 성능을 테스트하기 위해 생물 반도체의 시제품을 테스트 장비에 걸었다. 장비에 스위치를 넣는 전문가의 손가락이 가늘게 떨렸다. 이제 스위치에 신호를 넣어 디지털 숫자가 나오기만 하면 인류사에 한 획을 긋는 어마어마한 발명품이 등장하는 것이었다.

"이 작은 반도체가 64메가 D램 정도의 수치는 나올까?"

스위치를 누르려던 전문가가 자못 긴장된 표정으로 동료에게 물었다. 동료는 고개를 가로저었다. 도저히 그럴 수 없다는 뜻이었다. 질문에 대답한 사람은 옆에 있던 이동우 박사였다.

"256메가 D램보다도 나을 거요."

전문가는 피식 웃었다. 그러나 얼굴 한편에는 새로운 물건에 대한 불안 섞인 기대감이 서렸다. 전문가는 드디어 스위치를 눌렀다.

"오!"

"오오!"

"아니! 이럴 수가!"

"오, 하느님!"

모두가 경악했다. 반도체의 용량을 나타내는 테스터는 256메가 D램의 백 배의 성능을 나타내고 있었다.

"아, 이럴 수는 없는 겁니다. 이 작은 반도체가 어떻게……?"

주주들 역시 자리에서 벌떡 일어났다. 그들은 다급히 이건희 회장 옆으로 몰려들었다.

"오오, 이 회장! 어떻게 이런 꿈의 반도체를 만들 수 있었소?"

"이 회장, 축하합니다."

그때 한 전문가의 선언하는 듯한 낭랑한 목소리가 실내에 울려 퍼졌다.

"생물 반도체는 꿈의 반도체입니다. 인류는 이제 꿈을 이룬 것입니다."

또 다른 전문가가 평소 면식이 있는 동우에게 감동을 감추지 못한 흥분된 목소리로 말했다.

"이 박사님, 생물 반도체는 반도체 역사에 한 획을 긋는 것은 말할 것도 없거니와, 생물과 무생물의 결합에 의한 제품 제조라는 새로운 개념을 우리에게 심어주었습니다. 방금 생각난 것이지만 유전자의 자기복제 기능을 이용해 영구적으로 쓸 수 있는 배터리 같은 것들도 얼마든지 만들 수 있을 것 같습니다."

칼슨 교수 역시 입을 다물지 못했다.

"역시 리는 대단한 응용력을 가진 사람이오. 과학은 이제 겨우 걸음마 단계일 뿐이오. 앞으로의 과학 발전 속도는 상상도 못 할 정도겠지."

"여기서 이럴 게 아니라 자리를 옮깁시다."

이 회장 일행이 발표장을 나올 때 누군가가 손뼉을 치는 소리가 들렸다. 이어 손뼉 소리가 차츰 커지더니 급기야는 우레 소리가 되어 실내에 울려 퍼졌다. 이것은 전문가들이 생물 반도체를 감명 깊게 받아들였다는 증거였다.

회개하는 주주들

시티은행 회장은 이건희 회장 일행과 주요 주주들을 자신의 요인 전용 접대실로 안내했다.

"보안이 확실한 곳이오. 이 회장, 할 말이 있으면 뭐든지 해주시오. 우리는 부끄럽고 민망하기 짝이 없소."

노회한 여섯 명의 주주들은 이제 삼성전자가 이런 종류의 모든 사업에서 단연코 황제의 자리에 올라섰다는 사실을 알았다. 그리고 이런 황제 회사의 주식을 가진 자신들의 재산 역시 상상도 못 할 정도로 증식되었다는 사실을 확실히 깨달았다. 그들은 수석고문이나 CIA가 베푸는 혜택과는 비교도 되지 않는 황금알이 품에 들어와 있음을 느꼈다. 시티은행 회장은 역시 사업이란 시장의 원리를 좇아야 하는 것이라고 생각했다.

이건희는 아무런 감정의 동요가 없는 편안한 얼굴로 여섯 사람의 지배주주 얼굴을 차례로 훑었다. 이윽고 그는 느릿한 동작으로 자리에서 일어났다. 그는 평소처럼 차분한 어조로 입을 열었다.

“존경하는 주주 여러분, 사실 이 기술은 우리 삼성전자의 기술진이 개발한 것은 아닙니다. 처음 이 기술을 개발한 사람은 따로 회사를 하나 차리고자 했고, 그러면 이 분야의 꿈의 회사가 탄생하는 것이었습니다. 물론 여러분이 가진 주식은 휴지 조각이 되다시피 하는 것입니다.”

“으음.”

주주들의 탄식이 절로 터져 나왔다.

“그러나 저는 그에게 어떤 조건이라도 다 들어줄 테니 삼성전자에서 제조하고 판매하게 해달라고 요청했습니다. 왜냐하면 저는 우리를 믿고 주식을 사준 여러 주주들을 배신할 수 없었기 때문입니다.”

“으음.”

다시 한 번 주주들은 신음 소리를 냈다. 이건희는 아무런 감정이 없는 원칙적인 말을 하고 있었지만, 자신들은 채찍으로 사정없이 질타당하는 기분이었다.

“우리는 계속 이런 정신으로 최선을 다해 삼성전자를 이 지구상의 가장 우량한 기업으로 만들어나가겠습니다. 이상입니다.”

이건희는 짧게 끝을 맺었지만 주주들은 한동안 아무런 말도 할 수 없었다. 한참의 침묵이 흐른 후 시티은행 회장이 참

회하듯 입을 열었다.

"내 이제껏 살아오면서 오늘같이 부끄러운 날은 처음이오. 삼성전자로 인해 막대한 돈을 벌었고 삼성전자의 최고 지배주주인 내가 이런 식으로 삼성전자를 배신했으니 내 인생에 가장 큰 오점을 남기고 말았소."

떨리는 그의 목소리는 중간중간 울먹임처럼 일동에게 전해졌다.

"어릴 때 이 세상 모든 것을 다 주어도 신의를 어기는 인간이 되어서는 안 된다고 스스로에게 다짐하던 모습이 생각납니다. 나는 이렇듯 쓸모없고 오직 돈만을 아는 퇴물로 전락해 살고 있었소. 아, 가슴이 뜯겨져 나가는 것 같소. 최고 지배주주인 내가 나의 회사를 이런 식으로 배신했다니. 이 회장, 나를 용서할 수 있겠소?"

"너무 상심하지 마세요. 나에게는 애초부터 유감이 없었어요. 다만 하나의 아픈 격려로 받아들였어요. 기술업에 영원한 황제는 없다, 더욱 긴장하라는 질책으로 말이에요."

이건희의 이 말은 시티은행 회장을 더욱 격렬한 감정의 소용돌이로 빠뜨렸다. 그는 한동안 감정을 추스르더니 단호한 목소리로 말했다.

"이 회장, 앞으로 십 년간은 우리가 보유한 삼성전자의 주식을 팔지 않겠소. 그 후에도 주식을 팔아야 할 일이 있다면 반드시 삼성과 의논을 하겠소. 그리고 지금 즉시 코크란에게 써준 위임장을 철회하고 이 회장에게 위임장을 써주겠소. 뿐만 아니라 이 회장이 경영권 방어 같은 데 신경 쓰지 않고 경영에만 매진할 수 있도록 내가 전력을 다해 돕겠소."

시티은행 회장뿐만이 아니었다. 주주들은 앞을 다투어 앞서의 배신행위에 대해 고해성사라도 하듯 중얼거리고는 시티은행 회장과 같은 내용의 다짐을 하는 것이었다. 이건희는 묵묵히 이들의 고백을 다 들었다.

"주주 여러분, 과학기술의 세계는 영원합니다. 차라리 자본이 더 가치가 없는지도 모릅니다. 우리는 자본의 증식을 목적으로 투자합니다. 그러나 투자에는 이 외에도 하나의 중요한 목표가 있다고 생각합니다. 그것은 발전의 촉진제입니다. 인류는 존재하는 한 끊임없이 과학기술을 발전시켜 나가야 합니다. 그래야 언젠가는 맞게 될 인류 멸망의 위기를 다스릴 수 있기 때문입니다. 지금 환경은 오염되고 석유를 비롯한 에너지는 고갈되고 있으며, 엄청난 규모의 기아가 발생하고 있습니다. 이것들은 궁극적으로 과학기술이 해결해야 할 과제인 것입니다. 나는 여러분의 투자가 인류의 이러한 문제를 해결하는 데 매우 중요한 역할을 한다고 생각합니다. 삼성전자는 여러분의 뜻을 받들어 인류 사회를 위한 이런 노력을 극대화해 나갈 것입니다. 삼성전자는 돈 이상의 가치를 창조하는 일에 매진할 것입니다. 여러분의 전폭적 신임에 진심으로 감사합니다."

짧고 담백하지만 힘 있는 연설이었다. 주주들은 더욱 감격했다. 그간 온갖 형태의 투자를 해왔지만 언제 한 번 인류의 미래와 가치를 창조하기 위해 투자를 한다는 생각을 해보았던가. 이건희의 짧은 연설을 듣고 주주들은 처음으로 자본의 의미와 자본가로서의 의무에 대해 생각이 미쳤다.

"그런데 그 코크란이란 자가 한 주당 육백 달러를 받고 이 회장에게 자신의 주식을 팔았다면서요?"

이건희는 묵묵히 고개를 끄덕였다.

"저런 나쁜 놈 같으니!"

"다 우리 잘못이오. 그놈이 그런 짓을 하도록 우리가 뒤에 버티고 있었으니."

"그자를 그냥 둘 수는 없소."

타이거 펀드 회장의 단호한 음성이 터져 나왔다.

"우리가 나서서 그자의 부당 이익을 모두 환수해 삼성전자에 돌려줍시다."

"물론이오. 그러지 않을 경우 수석고문 그자의 목부터 날려 버리고 말겠어."

그들은 다시금 이건희에 대한 미안함을 느꼈다.

다음 날, 미 대통령 수석고문 마운트 볼은 여섯 사람의 주주와 마주 앉았다.

"하하, 무슨 일로 세계의 지배자 여섯 분이 이렇게 같이 왕림하셨소? 그러니까 오늘 내 사무실에는 전 세계 돈의 반이 모였다고 생각하면 되겠군요."

수석고문의 너스레에 타이거 펀드 회장은 인사도 생략한 채 탁한 목소리로 물었다.

"당신 청문회에 서고 싶소?"

그렇잖아도 주주들의 표정이 경직돼 있다고 생각한 수석고문은 이 뜻밖의 말에 대경실색했다.

"무슨 말이오, 그건?"

"당신이 가진 힘만큼은 나도 가지고 있소. 그러니 잘 들으시오."

타이거 회장의 기세에 놀란 수석고문은 눈을 멀뚱거리며 귀를 기울였다.

"코크란 그 죽일 놈이 삼성전자에서 강탈한 돈을 모두 돌려주도록 하시오. 그리고 다시 한 번 삼성전자를 음해하는 공작인지 뭔지를 시도하면 당신도 끝이오. 미국 정부? 올바른 미국 정부는 그런 짓을 하지 않소. 만약 미국 정부가 당신의 배후에 있다면 그런 놈의 정부는 내가 뒤엎어버리겠어. 사흘 내에 삼성전자에 돈을 돌려주고 내게 전화하지 않으면 당신은 연방교도소로 가게 될 거요."

타이거 회장은 수석고문을 거세게 몰아붙인 후 자리에서 일어났다. 나머지 다섯 사람의 주주가 뒤를 따랐다. 수석고문은 말할 수 없는 치욕감을 맛보며 전화기를 들었다. 그는 도대체 일이 어떻게 됐는지 알 수가 없었다.

코크란의 부당 이득이 삼성전자에 되돌려진 사흘 후, 코크란은 마이애미에서 낚시를 하다 발을 헛디뎌 익사하고 말았다는 보도가 나왔다. 신문은 그가 평소보다 조금 멀리 나가 낚시를 했기 때문에 아무도 그를 구할 수 없었다고 했다. 어떤 신문에 따르면 그는 익사하기 전 몇 사람의 사나이에게 둘러싸여 있었다고도 했다.

삼성전자의 경영권을 박탈하는 데 실패한 수석고문은 방향을 완전히 바꾸었다. 그는 미국 정부의 이름으로 공식적으로 한국 정부와 삼성전자에 협조를 요청해왔다.

삼성전자의 생물 반도체는 세상을 뒤흔들어놓기에 족했지만, 인텔의 M램을 공개하지 않는 것과 비슷한 이유로 공개가 유보되었다.

에필로그

생물 반도체를 양산할 공장의 준공식에는 나영준 박사만 참석했다. 이상하게도 동우는 아무에게도 알리지 않고 자취를 감춰버렸던 것이다.

삼성전자는 나영준 박사에게 생물 반도체의 기술료를 지불하겠다고 제안했다.

삼성전자의 부회장이 나영준 박사에게 말했다.

"나 박사님, 말씀을 하세요. 이 새로운 반도체를 삼성전자에서 양산할 경우 나 박사님은 얼마의 로열티를 바라시는지요? 참고로 얘기하자면 D램의 경우 삼성전자는 텍사스 인스트루먼트에 약 10퍼센트 정도를 지불하고 있습니다."

나 박사는 잠시 말이 없었다. 반도체를 하나 만들어낼 때마다 10퍼센트에 해당하는 돈을 받는다면 실로 엄청난 금액이 수중에 들어올 것이었다. 나 박사는 돈에 팔려 다니던 젊은 시절이 생각나는 듯 복잡한 표정을 지었다. 바이스로이에게 장학금을 받은 후로는 마치 상품처럼 되어 어쩔 수 없이 그들이 시키는 대로 옮겨 다녀야 했던 지난날의 기억들이 주마등처럼 스쳐 지나갔다.

"음."

나 박사는 마른침을 삼켰다. 지금 귀에 들려온 부회장의 말은 쉽게 믿기지가 않았다. 자신에게도 이런 순간이 올 수 있다는 사실, 아니 바로 눈앞에 다가왔다는 사실을 쉽게 믿을 수가 없었다.

"편하게 말씀하세요."

부회장의 재촉이 돈에 묶였던 인생의 비애를 한층 더 절감하게 만들었다.

"정말 마음에 담아둔 얘기를 해도 되겠소?"

나 박사가 삼성전자의 경영진을 보며 물었다.

"물론입니다."

부회장이 뭐든 다 해줄 수 있다는 표정으로 대답했다.

"새로운 생물 반도체를 생산하여 얻는 이익이 얼마나 될 것 같소?"

"그야…… 아마 연간 십조 원 이상이 될 걸로 예상됩니다. 하지만 나노 반도체는 D램과 달리 얼마든지 새로운 수요를 창출할 것으로 보이기 때문에 실제 이익은 지금 말씀드린 것보다 몇 배, 혹은 그 이상 증가할지 모릅니다."

"그렇다면 내 얘기를 하겠소."

"네, 얼마든지 말씀하십시오."

"나는 단 한 푼의 로열티도 받지 않겠소. 하지만 내게 돌아올 몫을 어떻게 써주었으면 하는 바람은 있소."

"어떻게 말입니까?"

"이 땅의 모든 학생들이 법대나 의대, 상대가 아닌 우선 이공대에 가서 공부하고 싶어지는 마음이 들도록 필요한 곳에 쓰였으면 좋겠소."

임원들은 무슨 말인지 몰라 서로 얼굴을 쳐다보았다.

"방법은 여러 가지가 있을 거요. 예를 들어 우선 당신네 임원들이 받는 어마어마한 봉급을 공개하는 거요. 당신네들의 전매특허인 그 비밀주의에서 벗어나는 것이지. 그래서 모든 사람들이 당신네 회사를 부러워하도록 만드시오. 특히 취업을 앞둔 학생들의 목표가 삼성전자가 되도록 하는 거지요."

"알겠습니다."

부회장은 마치 어린아이 같은 나 박사의 얘기를 웃으며 들었다.

"지금 우리나라의 이공계 박사학위 취득자 수가 날이 갈수록 줄어들고 있는 것은 알고 있소?"

"그래서 저희도 고민입니다."

"삼성전자는 이공계 박사 과정에 있는 학생들 개개인에게 아무런 조건을 달지 말고 일인당 이천만 원 이상의 장학금을 지급하시오."

"네?"

"우리나라의 이공계 박사학위 취득자는 금년에 겨우 천 명을 좀 넘을 것으로 예상되고 있소. 삼사 년 전보다 반으로 줄어든 숫자요. 이것은 정말 나라의 위기라 아니할 수 없소. 과학기술만이 힘이라고 외치면서 사람들은 모두 인문사회계로 몰리고 있소. 예컨대 그들 모두에게 일인당 이천만 원씩 지불해봐야 천억도 되지 않는 돈이오. 우선 그들부터라도 돈 걱정 하지 말고 공부할 수 있도록 만들어주는 것이오. 물론 이공계 석사 과정의 학생들에게도 혜택을 주어야 할 거요. 그렇게 해서 이공계의 인재를 폭넓게 키우시오. 그들이 비록 삼성전자를 위해 일하지 않는다 하더라도 폭넓게 이 사회의 인재를 키우라는 말이오. 그게 다 나중에 삼성전자에 복이 되어 되돌아올 게요."

"……."

"내 바람은 그거요. 내 몫은 거기에 써주시오. 아 참, 그리고 해외의 석학들을 무한정 끌어오시오. 한국인이든 외국인이든 상관하지 말고 말이오."

놀란 얼굴로 자신을 보는 임원들에게 나 박사가 던진 한마디는 짤막한 것이었다.

"내 얼굴에 뭐 묻었소? 뭘 보시오?"

처음으로 친구의 묘를 찾아가는 의림의 마음은 가벼웠다. 성묘 길엔 한별이 동행했다. 옆 좌석에 앉은 한별이 말했다.

"선배, 정말 큰일 하셨네요. 솔직히 이건 대한민국을 구한 셈이잖아요."

"하하하, 너무 거창한데……. 그래도 조금이라도 그런 역할을 했다면 그 몫은 저세상에 있는 준우에게 돌리자고."

하긴 따지고 보면 그의 죽음이 촉발시킨 여러 의혹들을 좇으면서 북학인을 알게 됐고, 그에게 힘을 보태 삼성전자를 구한 셈이니, 궁극적으로 나라를 구한 셈이라는 한별의 말이 과장된 것만은 아닐지 몰랐다.

"그런데 그 북학인이라는 분 정말 한 번도 얼굴을 못 본 거예요?"

한별의 말에 의림은 얼마 전 마지막으로 나눈 북학인과의 메신저 대화를 떠올렸다.

「역시 생물 반도체의 위력은 대단하군요. 미국 정부에서 저렇게 매달리는 걸 보니. 기술 전쟁이라는 말이 정말 실감이 납니다.」

「이제 강국의 개념이 완전히 달라졌소. 인구나 영토는 더 이상 강국의 필요조건이 아니오. 요체는 과학기술이오.」

「미국은 나노 반도체가 만들어낼 슈퍼컴퓨터가 세계에 확산되는 걸 매우 두려워하는군요. 그게 테러범들 수중에 들어가면 불과 몇 사람의 테러범이 강국의 군대와 맞먹는 위력을 가질 수 있으니까요.」

「그렇소. 하지만 미국만이 이 기술을 독점해서는 안 되오. 그 막강한 자본과 정보에 나노 반도체까지 독점한다면 미국은 세계를 지배하려 들 거요.」

의림은 북학인이 비단 과학기술의 개발뿐만 아니라 과학기술과 정치, 혹은 인류의 공동선을 더불어 생각한다는 느낌을 받았다.

「그런 점에서 나는 이 기술 역시 중국으로 알려야 한다고 생각하오. 기술이란 자꾸 발달하게 마련이오. 영원한 기술은 없는 거지. 모두들 새로운 기술로 승부를 걸겠다고 나서지만, 기술의 형식을 결정하는 것은 그 기술을 이용하는 사람들의 문화요. 그러니 저토록 많은 인구를 가지고 있는 중국을 우리 기술문화의 영역으로 끌어들이는 게 중요하오. 인구가 적은 우리가 기술 개발을 맡고 그 기술을 중국이 써주면 이상적이오. 그런 점에서 이 나노 반도체는 매우 중요하오. 우리의 기술문화를 중국에 심는 씨앗이 될 수도 있을 거요.」

「무슨 소린지 알겠습니다. 북학인의 깊은 뜻을 제가 다 이해할 수는 없겠죠. 아무튼 북학인은 여전히 바쁘시겠군요.」

「하하, 그래요. 이제 정 기자는 언론인 본연의 임무로 돌아가시오. 정 기자 같은 사람들이 있어서 우리의 언론도 건강할 수 있는 걸 거요. 그동안 정말 수고 많았소.」

「고맙습니다. 그런데 정말 한 번이라도 우리가 직접 만날 수는 없는 것인가요.」

「아마 힘들 겁니다. 그렇지만 우리는 서로를 만나 정을 나눈 그 이상으로 서로를 잘 아는데 아쉬울 것도 없지 않겠소. 자, 그럼 이만…….」

"그래. 그는 아마 우리와는 다른 시간대를 사는 사람 같아. 아니면 인터넷 세상에만 존재하는……. 그러니 결코 만날 수는 없는 것이겠지."

"호호, 그게 무슨 소리예요?"

"아무튼 그래."

너무나 신비한 인물. 결국 의림은 북학인을 만나볼 기회를 끝내 갖지 못했다.

상황이 종결되고 나영준 박사를 통해 이민서의 이야기를 듣고는 혹시 그가 북학인이 아닐까 생각도 해보았지만 당연히 증명할 방법은 없었다. 어쩌면 그가 북학인이든 아니든 그건 전혀 중요한 일이 아닐 수 있었다.

북학인이란 조선 말기의 북학파에서 유래한 명칭이다. 당시 과학기술을 원천적으로 탄압한 시대의 모순적 제도 때문에 과학기술의 영재들은 숱한 시련을 겪어야 했다. 그들은 한국인의 두뇌는 과학기술의 어느 분야에서든 세계를 끌고 나갈 잠재력이 있다고 믿었고, 먼 훗날 이 땅에 과학기술의 풍토가 조성될 때까지 정체를 드러내지 않기로 하고 지하로 잠입했다. 북학인이 이민서 한 사람인지, 혹은 여러 사람인지 알 수 없는 일이기도 했다.

하지만 모든 힘의 근본은 과학기술에서 나온다고 믿는 북학인이 지금도 말없이 이 사회를 이끌어가고 있음은 부정할 수 없는 사실이라고 의림은 생각했다.

〈끝〉